那一傘的圓

尹玲散文選

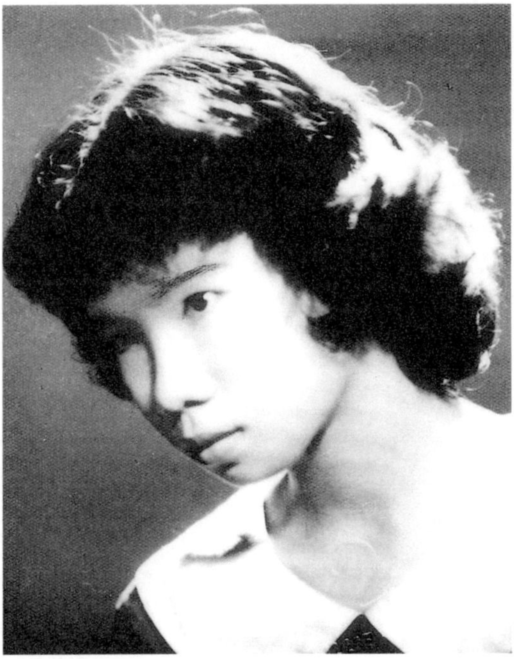

1960年的你，憑著小學時在崇正學校圖書館閱讀過冰心、丁玲、徐志摩、老舍、魯迅、巴金、沈從文，茅盾等作家的作品，進初中後迷戀金庸的武俠小說，當然還有香港其他作家，如徐訏、徐速等，十五歲有緣閱讀張愛玲，你就在這一年摸索學習；當然，青澀嫩雅，青春純真是必然的。之外，也不能忽略了很小時閱讀迷戀過的小小本畫圖文字一起的，吸引你得不得了的「公仔書」，武松打虎、七俠五義、包公、展昭等等；父親珍藏的許多中文文學書，小學四年級時，你找到《水滸傳》，也是躲起來一口氣讀完；武俠小說還有洪熙官，方世玉、黃飛鴻等，都是你小時每天裝模作樣擺出各種自以為是的拳腳架式之根據，管它是少林、武當、還是無影腳。

1969年，因準備出國到台灣讀書需要辦理各種證件文件，在西貢陳興道大道的HAU照相館所拍的大頭照。

1969年，離越前在西貢河邊留影，洋裝是西貢華姐所縫。

1969年，離越前在堤岸六叉路教堂旁邊；雙手還戴著講究的白紗薄手套。

1969年，離越前數月所拍。洋裝是西貢裁縫華姐所縫，雖然沒什麼錢，但總會去西貢最貴的衣料行購買布料，皮包與皮鞋都需配成套才行。拍攝地點為堤岸六叉路教堂旁。

1969年7月20日。那天是阿姆斯壯上月球的日子。自己騎著摩托車居然飆上二樓再連車帶人滾下來，左邊全半身與手腳全是鮮紅的血。一群越南小孩子快樂地拍手叫好：登陸月球了！登陸月球了！回到住處塗抹一番後仍去照相，當然只能拍右邊了。不過，觀看照片的人，誰會看得到左邊的慘狀？

越南長衫áo dài是各種場合都適合穿著的服飾，高中時讀了幾年越南學校，每天都穿白色的áo dài，配上白色長褲，腳穿有跟的美麗木屐，瀟灑飄逸在美拖或西貢的林蔭大道之間，走路或騎腳踏車去上學。此照片是紫長衫配白長褲，1970年，攝於台北圓山飯店。

身著越南服飾，1970年，攝於台北圓山飯店內。

1970年，攝於台北圓山飯店內。

台大校門外照相館所攝，1971年。

台大校門外照相館所攝，1970年，身上洋裝是西貢裁縫華姐所縫製。

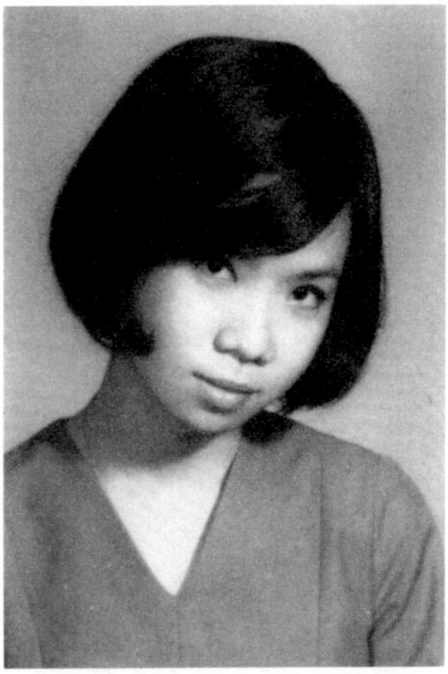

頭上戴著一頂短的假髮或假的短髮，其實真頭髮已長至腰際。那時是台大中研所博士班一年級生。1971年，攝於台北白光照相館。

中國文化學院，即文化大學校園內，1971年。

1971年，攝於台灣文化大學校園內。總得擺個姿勢吧！

1971年，台大洞洞館考古學系前。旗袍是1968年或1969年在越南堤岸縫製的。

1971年，台灣新莊輔仁大學校園內。

1971年，台大校門外相館所攝碩士照。

1971年，攝於台北白光照相館，當時為台大中研所博士班一年級生。

1983年，另外一次「機器相館」內拍照。每次都要擺不同的姿勢唄！

1983年再一次「機器相館」相片。

1983年，在巴黎讀書時沒錢去照相館照相，只好在火車站內或大賣場裡無攝影師的「機器相館」〈當時都會掛著黃色簾子〉內擲入幾個法國法郎銅板，篤篤篤篤幾個聲音之後就會照出四張照片來。當然也要端莊微笑才行。

陳文發所攝照片。

三歲半就會拍照的女兒常在大家聚會時替人拍照。2005年6月19日，女兒於台北西華飯店入門大廳拍下此照。

忘了是一九九幾年，陳文發攝影家帶著他的專業相機，在一家咖啡館連續拍了許多張，每一張都是他的傑作。

1990（？）年陽明山上賞櫻。

女兒出生後，每年都與她於四月至六月之間到照相館照相，希望能留下兩人一起成長或老去的模樣。這張攝於2009（？）年。

小學一畢業，父親就讓你到西貢阮寨（Nguyễn Trãi）街4號的這一所「中法學堂」讀法國中學課程，全部以法語授課，包括幾何、代數、數學、化學、物理、歷史、地理等，另外還有三種外語課：英文、中文、越文。這是唯一具有四種語文上課的法國境外中學。每天早晨升旗時，你們都必須唱三個國家的國歌：法國馬賽曲、中華民國國歌和越南共和國國歌。一直到今天2014年12月，你仍可以背誦這三國國歌，只是不知道同班同學有幾人還記得？是否有人看得出那時你們所接受的「薰陶」「影響」？

父親買這房子時（美拖丁部領街24號），才兩層樓而已。1966年父親找設計師設計成四層樓這副模樣，開始動工。完工後是這一區最高、最雅、最好看的「洋房」，整棟都是悅目的天藍色。當時一樓鄭懷德街這邊有籬笆欄杆，栽種許多花草樹木，最引人注意的是一株常年綻放美麗黃瓊英花的樹，在陽光和微風中輕晃。長長的小院十分舒適。

1965年你到西貢COTECO法國公司上班，每兩週回來一次，週六夜待一晚，第二天就離去，所以也沒住過幾天。父親和母親一直都住在對面（丁部領街21號）萬壽堂藥房，幾乎都沒怎麼過來。1979年臨去世前，父親因「政府」要「收走」藥房，只好到這邊來住了幾天。1979年三月「政府」全「收走」，將你們全家都趕走之後，就糟塌成這模樣。1973年夏天你自台北回來幾天，再次看到它已是1994年清明節。你心肝碎裂的狀況下特地去照幾張照片：那時父母親在「義祠」裡，姐弟妹無家可歸，昔日父親為你們辛苦建造的溫暖溫馨的「家」，今日是誰奪去？小小庭院花草樹木長廊欄杆，如今只活在你的文字裡。而奪屋的那「人」（？），竟然大吼你意圖「偷窺」「竊物」！！！

1968年1月，北越政府向南越政府提出「停火」協議，因為南越小老百姓每日活在戰火底下太多年了，幾乎從未「過年」，「停火」可以讓他們「過年」，最好也放鞭炮。南越政府同意，軍隊兵士放假回家過年，年二十九年三十年初一大家放最響最大聲的沖天炮，以為歡樂回來。1月30日（年初一）深夜年初二凌晨2點，整個南越在北越的「春節大崛起總攻勢」下，沒有一厘地不受到最強的炮火攻擊。你於2點聽到炮聲，總覺得不像「過年」的鞭炮；終於，解放軍已打到這屋子門口，有幾顆子彈射進來。你驚嚇得趕緊叫醒弟弟妹妹，跑到樓下最後面較安全的地方，在不停息的槍砲聲中等待天亮。

天亮後才知道郊外許多地方居民死亡慘重，或住屋全被燒光，幸運的就倉皇地逃出來，連拖鞋也來不及穿，到處尋找看家人在何處。滿街難民，有些開始衝進你們家中，希望能留住這兒，等待狀況好轉。越來越多不幸的人湧來，塞滿樓下。你們安慰他們，幫助他們，可以吃的穿的用的，盡量提供。戊申年總攻擊於年初一開始，打了三百多天。整個南越幾乎全毀，你本來是於年底回來過年，卻因美拖往西貢的公路和橋樑年初二起全被破壞摧毀，你要一個月後才花快一整天的時間，接接駁駁地回到COTECO上班。

在你們家中的難民，有的待了一週，有的待兩週，有的更久些，全看每人不同的遭遇和狀況。那時沒有電話，根本不知親人家人朋友已死或倖活。很久以後你們才知道誰就在那年的什麼時候走了。

一次，一顆子彈打到三樓的床上，除了大門鐵門上和屋內牆上的多個彈孔之外。本來常失眠的你，從此無法入眠。但至少，這棟房子曾於1968年慘烈戰役中幫助過許多人。

這是「獨立宮」，南越首都西貢的「總統府」。1973年七月，你從台北回家省親，當時的總統、副總統、總理，即阮文紹、阮高奇、陳文香、陳善謙等及他們的夫人與政府高官顯要，就在這「宮」內最大的宴會廳裡，招待從全世界各地返國的青年學子，如你。你們和他們把酒言歡，1973年三月尼克森下令美軍「光榮撤退」，越南政府以為「和平在望」，邀請你們在兩週內探訪整個南越。你搭著軍用直昇機和大型小型軍車，去看了在南越所有曾被烽火燃燒過、炮彈轟炸過、橙劑（落葉劑）摧毀過的「國土」，許多地方只剩「殘垣斷壁」。你的眼淚一直流一直流。還會有「明天」嗎？1975年4月30日早晨八時，才上台未夠48小時的「總統」楊文明熱情打開「獨立宮」大門，熱烈歡迎解放軍坦克進來解放。從此「獨立宮」變成「統一營」。

從1975到1979，四年整整，你淚流乾，心碎裂，憔悴不堪，每天往博愛路上的出入境管理局櫃台遞上申請單號碼，詢問：「請問這些下來了嗎？」櫃台後的臉永遠是冰的，不管春夏秋冬。有些壞人知道你孤苦伶仃，想騙你的人和你一丁點的錢，有些甚至從香港打電話來叫你將錢匯到香港某地址，你家人就能「平安」抵達台北。

你曾寫信給蔣經國先生，懇求哀求跪求，讓你雙親和弟妹們可以離開鐵幕，入境自由祖國台灣，最少父親和你曾為美拖崇正小學和後來的崇正中學盡心盡力。可惜永遠沒有消息。在你絕望以為要死的時候，昔日一位報界人士幫忙，入境許可下來了，為家人購買每人各兩張機票：一張是從西貢到曼谷，一張從曼谷到台北。然而，你這時才知道母親早已去世，你哭倒地上，幾乎暈了過去。等待父親和弟妹，他們分成兩批。先到的弟妹們說父親和二姐要等兩週後下一班機才能到。那天，你替他們整理帶來的行李，竟然看到一張死亡證明書，是父親的名字。他們忍了兩週的淚全部湧出，你淒楚無力地叫：老天爺，為何對我如此殘忍？為何開此玩笑？父親在上飛機的前一天，來不及與你相見，走了。

1977年你在台大獲得國家博士學位，教了兩年書，等待父親，父親與你相見無緣。安頓好弟、妹，你申請法國政府獎學金，飛抵巴黎，在第七大學與多所大學研讀你有興趣的文學理論和社會學。

這是巴黎聖母院經典身影，你拍它的照片早超過八百張。進入中法中學時，它已烙印你心頭，如同巴黎眾多的橋。你經常在巴黎多少座橋上，凝視永遠正在緩緩流動的塞納河水，一如你流浪他鄉流逝無數的多少歲月，追憶永不回轉的花樣年華。

昔日之惜，風華之華

蕭蕭（明道大學中文系教授）

牽繫著過去式的越南，遙遠的法國，關於尹玲，我們所能知道的會有多少？

二〇一四年的四月尹玲寄給我一包剪報，一九六六到六九年，短短長長，未經整理的散文與詩，她說，幫我寫一篇文字吧！

憑著這四年的剪報，純真的、未經戰火紋身、未受生活磨難的尹玲，藉著自己或別人的故事，出現在我們面前，但是，多麼稚嫩，何其陌生！這是我們熟悉的詩人尹玲嗎？

我們都知道，尹玲，本名何金蘭，廣東大埔人，一九四五年生於越南美拖市，是台灣唯一獲得雙文學博士學位的詩人：國立臺灣大學文學博士、法國巴黎第七大學文學博士。但是，我們認識越南美托市嗎？認識湄公河嗎？我們知道美拖位於美麗的湄公河三角洲的入海口處，距離胡志明市七十五公里，需要兩個小時的車程嗎？我們知道湄公河是一條跨越六個國家的跨國水系，主幹水流就有四千一百八十公里嗎？發源於中國青海省玉樹藏族自治區雜多縣，流經雲南，這時她叫瀾滄江，經過寮國、緬甸、泰國、柬埔寨、越南而後進入南海，湄公河最後離開陸地的三角洲就是美拖。尹玲就出生在流經六個國家、無數個種族的大河下游，水陸沖激、匯聚的三角洲——越南美拖，這樣的出生地對她文學的衝擊、思想的養成，我們知道那種震撼嗎？

尹玲是何金蘭的主要筆名，可是我們知道：伊伊、阿野、可人、徐卓非、蘭若、櫻韻、故歌、苓苓，也是何金蘭的筆名嗎？每個筆名的背後都該有個故事，小說、傳奇或者極短篇？譬如，「可人」是「何」字的拆解，但「故歌」呢？故歌，不是放歌，尹玲喜歡唱唱哼哼，但是她有放歌的時候嗎？故歌，不是放歌，所以是「老歌」的文言版？還是法語的音譯？這其間細膩的情思，可以在她早期的散文與小說中尋出一些些端倪嗎？

越南，長期以來與古老中國有藩屬與宗主的關係，十九世紀中葉之後，法國開始殖民越南，越南文化與生活習性，不免深受中、法影響。二次大戰時，日本的力量進入，尹玲在這時候出生，一九五五－一九七五年越戰發生，美國軍隊與共產主義相互拉鋸，一九六九年尹玲來到反共的台灣讀研究所，一九七五年越南淪陷，越共取得政權，尹玲無法重回故土，與家人完全斷了音訊，這樣的焦灼，我們如何能懂？一夜之間頭髮翻白的尹玲，類近於伍子胥過昭關的悲愁，我們如何能懂？整整二十一年，孤單在台，我們又如何能懂得中、越、法深層的文化底流，日、美、台暫時性的撞擊──對尹玲的衝擊有多大？懂得華語、客語、法語、越語，懂得南方各地方言，懂得法國之外其他各國的語言，這麼多的語言，在尹玲心中，相互之間如何翻譯？我們能懂嗎？我的學生余欣蓓以這樣的題目《從戰火紋身到鏡中之花──尹玲書寫析論》在何金蘭指導之下研究尹玲，她提出四個方向：「『翻譯』身份──失根漂泊的身份認同」、「『翻譯』戰事──〈血仍未凝〉的進行式」、「『翻譯』身體──〈千年之醒〉的自我辯證」、「『翻譯』存在──〈鏡中之花〉的永恆追尋」，這四個『翻譯』是尹玲文學的另一種隱喻，何嘗不是世間萬事的阻隔的象徵！

這二、三十年來，尹玲或孤獨、或帶著女兒，不停歇地流轉在西貢、台北、巴黎、威尼斯、伊斯坦堡、敘利亞……之間，她是在尋覓，還是在遺忘？

回過頭來，整理（她整理了嗎？）這些未經世事、未經戰事的散文、小說，沉浸在羅曼蒂克漣漪裡的作品。沒錯，我還是想問：她是在尋覓，還是在尋求遺忘？

曾經綻放的純潔的白色花蕊，曾經飛過的一隻白色鴿子，她們在尹玲的文學生命中，一定具有某種震撼性的意涵，在人類戰爭史上，一定深藏某種程度的象徵意義，在台灣的我們，可以容許自己說，我不懂嗎？

二〇一四年六月　寫於臺北

時代記憶與青春戀曲——讀尹玲的作品集有感

洪淑苓（台大台文所暨中文系合聘教授）

認識尹玲，是從她的詩開始。我被她獨特的人生經歷吸引，也為她書寫戰爭、歌詠青春、懷念家鄉的詩歌而感動。因此，她的《當夜綻放如花》、《一隻白鴿飛過》、《髮或背叛之河》等詩集，我不但反覆閱讀，也已經寫了學術論文〈越南、台灣、法國——尹玲的人生行旅、文學創作與主體追尋〉探討。尹玲，這位出生於越南美拖的女詩人，曾在西貢求學，又因越戰關係而到台灣念書；後來，又到了巴黎，然後回到台灣任教……她給我的深刻印象是，她的前半生或者是一生就是處在離散的狀態，身與心，夢與魂不斷的跨界、游移，只有文字是她所屬的國度。

一、為時代「寫真」

今年七月，在一家精緻的義式餐廳，尹玲遞給我一包厚重的文稿，多達三百頁。我們一邊品嘗美食（尹玲是個國際級的美食家），一邊欣賞帥哥廚師迷人的笑容，而斷斷續續交談的是，尹玲在越南的那段少女時光，很文青、很夢幻的那種。一整個下午，我彷彿跟著尹玲墜入那有法文腔調，有香奈兒香水味，卻又是滿佈戰火煙硝的時光隧道。我不禁想著，是怎樣的流金歲月，又蘊藏多少的歡笑和眼淚啊？

翻開尹玲的作品集，收錄的正是她年少時的作品。這些作品的剪報，我看過一些，沒想到整體數量有這麼多。試想在越戰砲聲隆隆，尹玲隻身來到台灣，行囊裡安放的就是這些剪報，可見這對她的意義深遠。當初也許只是為了紀念，珍惜自己那段青澀歲月的創作，但如今回首那段歲月，也只有文字為她保存了完整的記憶，能不感慨乎！

這些作品有散文也有小說，發表當時也用了幾個不同的筆名。許多作品乍看之下，只是尹玲個人的青春記憶，但若深入探究，其實是非常珍貴的，為越華文學增添寶貴的時代見證。

有關越戰的文學或電影作品，大多是從美國、好來塢的角度出發；越戰下的越南是怎樣的景況，當時的年輕人如何在烽火中為愛情煩惱，為不可預知的明日擔憂，工作、學業的種種又是如何，外界所知其實非常有限。到今天即便有了越戰紀念碑，這中間的歷史、真實、記憶，仍然是剪不斷理還亂。因此，尹玲這些載滿少女心思的作品，或是對美拖、西貢的回憶，或是記下初到台灣的感觸，就不僅是尹玲個人眷戀不忘的青春戀曲，更具有為時代「寫真」的意義。以下就揀選幾篇作品來談。

二、家鄉記憶與小歷史書寫

〈能說的只有回憶〉一文可視為整本書的序曲。文中以鳳凰花作為主要意象，歷敘自己從美拖到西貢，以及等待到台灣的心情。當時在西貢求學的尹玲，滿腦子風花雪月的浪漫思想，但因為也是離家在外，所以心情上也有些微傷感，尤其要往返於家鄉與「西貢的他」之間，那種複雜的情緒已經讓年輕的少女心難以承擔。而無論是美拖或是西貢的鳳凰花，那或紅的花影都已經深深印入尹玲的心中。等到來到台灣求學，遠離家鄉，與雙親家人闊別，加上越南戰情吃緊，鳳凰花已成為夢中遙不可及的意象。這股鄉愁，使尹玲希望在台灣也可以看到盛開的鳳凰花。無奈她幾番尋覓，前兩次看的是稀疏的花容，後來終於在新公園和新生南路看到盛開的樣貌，但家鄉已經人事全非，尹玲感嘆「只是，記憶終歸是記憶，何時才能回到那孕我育我、養我撫我的地方和雙親身邊，能再見到魂縈夢牽的昔日伴侶以及我終生的戀人：璀璨奪目的滿樹鳳凰？」

少女時代的尹玲，離家到西貢求學與工作，當時雖然也結交了愛好文藝的朋友，並且共組詩社，也開始投稿發表，算是相當活躍，但對父母、弟弟妹妹和家鄉的思念卻不時浮於紙上。

例如〈藥香〉寫的是家中開中藥鋪的事，透過經營中藥鋪的辛苦，寫出父親的形象。尹玲細膩的筆觸，讓我們看到一個殷實的華僑人家，如何在藥草、藥丸與藥粉間周旋，胼手胝足、克勤克儉，終於擁有自己安定的事業與家庭。而類似的人家，也都在行有餘力之下，籌辦「客幫」（客家籍）小學、會館、刊物和獎學金，獎助家鄉子弟。只是命運弄人，文章最後兩段寫道，尹玲來到台灣後，留在越南的家人正飽受戰火摧殘，她對家人除了思念就是擔心。而因為戰事日漸吃緊，尹玲開始為接出家人的事奔走，她為此心力交瘁的情形，〈我們怎能無語〉一文有極為真誠動人的記敘。遺憾的是，一九七五年四月三十日，北越軍和南越共軍攻佔西貢，南越政權淪陷，越戰宣告結束；而當年三月，尹玲在台北訂婚，因為時局不穩，連照片都不敢寄回家。九月底辦了結婚，但家人的音訊未卜，尹玲的心情忐忑不安，憂心忡忡，也只能不斷祈求上蒼保佑，希望家人終有相見的一天。當然，命運又再次開了個大玩笑，這一番離別，要到很久很久以後才知道家人的生與死……這些慘痛的經歷，相信是尹玲閉上眼睛也無法逃脫的噩夢。

另一篇〈誰能使時光倒流〉，寫作時間是離開越南十年，人在台灣之時。這篇文章細數在越南過年的趣味。無論是西貢的「新街市」，或是家鄉美拖的「樂鴻公園」、花市、大菜市場，處處都是熱鬧的辦年貨景象。在文章中，尹玲還記下從尾牙、祭灶、除夕到新年的習俗，食、衣、住以及娛樂各方面都寫到了，顯現她驚人的記憶力與生動的文筆。但這篇文章的結尾仍是對越南家鄉無盡的懷念，令人讀來也不禁有所同感。

如今，越戰結束已四十年。這些有關家鄉、親人與年少的種種情事已經過去，但對尹玲來說，可能永遠不會過去，但也只能在夢中追尋，在夢中與父母親以及早逝的三妹相會。就大時代的書寫而言，尹玲把這些個人經歷記下來，甚至是最直接的即時反應，可說是以個人的小歷史來印證時代的記憶，固然血淚斑斑，但也成為可貴的資料。

三、青春之戀與無盡的離別

徐卓非、阿野、尹玲、葉蘭、櫻韻、苓苓、謝苓苓、小乖、小鈴……這些筆名都是尹玲的化身。使人好奇的是，為什麼要用那麼多筆名。尹玲說，苓苓、謝苓苓，是因為當時她最著迷的明星叫謝玲玲；取筆名，是因為當時父親已經知道她常在報上發表文章，有一些小說怕被父親看見。真有趣，我聽了哈哈大笑。至於卓非，我想很容易猜到「昨是而今非」；小乖麼，應該是嬌俏的小名。其他的，就讓讀者去猜吧。

這些不同筆名所書寫的，不管是散文還是（看起來像）小說，大都圍繞著青春兒女的戀情，而離別更是其中的焦點。〈因為六月的雨〉藉由雨聲訴說「我」對「你」的思念，文字清疏，節奏緩慢，但其中卻是濃得化不開的依戀。「我」即將遠行，而「你」卻困居小樓，兩人只能在時間的夾縫裡見面，以至於這戀情像這雨，有一搭沒一搭的下著。但是離別迫在眼前，兩人的心情焦慮、無奈，實在令人難捱，文章裡的幾個段落說：

> 不談這些。能過一天是一天。這是你的結論。能過一天是一天。我們還能過幾個一天？我望向壁上的月曆。紅字的禮拜日只有四個。你數過沒有？剩在指頭上的禮拜日還有多少？
>
> 我告訴過你，這些天來，於我像很實在的活著，又像很虛幻，生存對我像謎，你像謎，我也像謎，我捉摸不到你，也捉摸不到我自己。我能等到那天？

就走了嗎？怎麼不走？遲也離，早也離，遲離不如早離。早也死，遲也死，遲死不若早死。

那今夜摧斷人腸的淅瀝？雨是我的血，我的淚，為你而流。你看，我還記得，我記得你說過的每一句話，那麼淅瀝淅瀝是你的淚呢，還是你懺悔的血？

是什麼樣的戀情如此纏綿、生死相許？從文末註記「寫於離越之前，一九六九年六月」來看，這正是一對烽火戀人的訣別書。若從時代背景來看，我記得尹玲在〈血仍未凝〉（見其《當夜綻放如花》，作於一九九〇年二月三日）的後記寫道，越戰期間，南越的年輕男子須日夜躲在小樓以逃避搜捕，免得成為前線的炮灰；那麼這樣的生離死別就不只是文中的「你」與「我」的小兒女情長，而是整個時代的悲劇！試想當年多少青春男女，因為戰爭，男子被困鎖小樓，或是被迫上戰場、而女子必須逃離家園或是承受更痛苦的命運？在那個時代，在那種狀況下，誰又作得了主呢？

不僅是情人間的離別讓人哭斷肝腸，普通朋友之間也是面臨無數的離別，寫於一九六九年三月的〈這些日子的編結〉同樣令人傷感。這篇文章的序言說：「給琴。你希望擁有我的友誼到什麼時候，就什麼時候。」看起來很無情，但循序閱讀下去，才知道兩人結識不過短短幾個月，但一見如故，相知相惜。可是命運催逼，在一九六九年那個節骨眼上，人人都必須為前途打算，離開西貢，離開遍地烽火的越南。尹玲對琴說：「我知道我走對妳是一個打擊。我不走對父親是一種痛心的失望。……走或不走都要傷害到別人。老天為何不為我開闢第三條路？」又說：「不敢說妳我的友誼永固不變。只是妳希望擁有我的友誼道什麼時候，就什麼時候。我會付出盡我所有。」古詩云：「同心而離居，憂傷以終老」，對於情人，對於朋友都是同樣讓人心碎的。文末一句「妳說，什麼時候？」真是把人的眼淚都逼出來了。

這本書裡有很多這樣的文章，有的註明發表日期和刊物，有的僅有寫作日期。但這些都不是回憶之作，而是當下的書寫，反映當時最真實的心境。這也是我一再強調，這不是尹玲個人的懺情書，而是走過烽火歲月，為整個時代的年輕人保留了最完整的紀錄——他們的青春戀曲是一部未完成的血淚史詩！

四、初試啼聲的小說之作

女詩人尹玲，這是我認識她時她的身分。等到我進一步研究她的詩，才看到她有很多散文作品，就如同上文分析的，寫下了真誠的內在情感。這次為了寫序，又拜讀更多作品，這才發現尹玲也寫小說。這些小說大多發表於當時越南的華文報紙《成功日報》，可見當時二十出頭的尹玲已經在文壇嶄露頭角，正朝向文學大師的路邁進，因此詩、散文與小說三路並進，樣樣精通。當然，可惜的是戰火之故，中斷了她的小說之路。這裡就看她的兩篇初試啼聲之作。

〈踏在夜的潮上〉在《成功日報》連載四天，故事是說一群年輕人趁著勞動節到海邊遊玩，在這兩天半的假期中，小說的主角「我」反覆思考跟「他」的關係，卻也因此和好友「凌」鬧翻。「他」是個有家室的男人，所以好友凌一直想要勸醒「我」；但「我」也看不過好友凌和兩個朋友（No.1與Best）之間的複雜關係。整個故事濃縮在兩天半的時間內，寫出了西貢海邊的風光，也寫出青春男女的笑鬧與小小的悲傷。情、景的切換，以及對話的運用，都相當緊湊，顯現尹玲的小說筆力並不澀頓，相當純熟。

〈迴旋〉裡的李裁雲同樣愛上有老婆的雨軒，被姑媽知道了，指責裁雲不該任性，應該馬上和雨軒斷絕來往。裁雲不依，姑爹氣得登報聲明中斷監護關係。裁雲本想仰藥自盡，但想到愛護自己的家人，就放下這個念頭，轉而思考自己即將滿十九歲，過去習慣依賴親人，而今對雨軒的愛不也是一種依賴，因此決定斬斷情絲，也離開姑母家，學習獨立。這篇小說在創作上的特點是使用大量對話，根據不同的角色轉換不同的語氣，應是尹玲有意的設計，也看出她的功力。

這兩篇小說都處理了少女的愛情心理，愛慕較為年長的有婦之夫，但又受到親人、朋友的指責，事實上主角自己也很矛盾，但愛情至上、愛情神聖、愛情無罪的觀念卻一直縈繞不去，可見這是一種對愛情的信仰，旁人也無法澆醒那個夢中人。但兩篇小說的主角終究及時回頭，〈迴旋〉的裁雲做了選擇，〈踏在夜的潮上〉的「我」固然在海邊與「他」碰了面，但在假期結束時，兩人從不同的方向離開海邊，正好刺激了「我」，原來兩人就是不同路上的兩個人，不會有交集也不會有共同的未來。這樣的結局和想法，以今天的眼光看來是「老套」，但以當年的寫作環境和觀念來看，卻也無可厚非，畢竟尹玲還是抱持溫柔敦厚的寫作觀，不是在挑戰社會的尺度。

尹玲的最近一本詩集叫《故事・故事》，我想尹玲說故事的功力是很棒的。也許在出版這本書之後，她會重拾小說之筆繼續寫故事。

在每個藝文活動的場合，尹玲一頭銀髮總是吸引眾人的目光。她也總是帶著大包小包，和一台單眼相機。我曾問尹玲為什麼帶著這些，她說小皮包是隨身物品，大背包就是書包，裝滿教材和學生作業。這我能理解，因為我們很多女老師都是這樣。但，相機呢？她說隨時照相，因為你不知道下次再見到這個人、再遇到這樣的事，會是什麼時候。現在幾乎人人有手機，也可用手機照相，我不知道讀者能不能想像、了解尹玲的這種想法和心情。但我的確是感動了，因為尹玲是那麼認真的在過生活，紀錄別人也記錄自己，和她那個時代的故事。

恭喜尹玲出新書。祝福尹玲和所有書中的人物平安、幸福，就算已登天堂者也是寧靜、安詳。這是你們的青春戀曲，也是戰爭年代的共同記憶。

因為那時的雨——書寫六〇年代南越

尹玲

一、

那時的雨：浪漫，粗野；細膩，暴虐；柔和，瘋狂。
就是因為那時的雨，誕生了這冊書寫。

二、

一切都已隱入昏亂渾茫的歷史之中，那時：二十世紀六〇年代七〇年代。如何將這漫長歲月裡的時局、政治、烽火、生活、日子，那一點一滴的血和淚「編織」成一冊書，將真正確實「活過」的實際「資料」毫無修飾、沒有遮掩的「真實面貌」呈現在大家面前？

你猶豫了許久，決定將眼前能找得到的，已跟隨你五十三年之久，一九六九年九月十七日離南越西貢赴台前的剪報前後時間順序整理好，以最早期的放在書的最後面，一直往回排：共九十一篇；再思考著將抵台後至南越淪陷前後眾多書寫和刊登過的文本中，找了十五篇置於最前面的第一卷，讓大家約略知道，離越後戰火曾經如何隔洋隔海地焚燒煎熬遠在台北讀書的你：那時還是花樣年華的你。

三、

一九六〇年，你開始摸索練習書寫，慢慢鼓起勇氣嘗試投稿，如此繼續下去：一位女性書寫者的寫作成長過程。住在南越的華人與越南人在接受漢文化、法文化、美文化薰陶影響之下的生活點滴。在戰火焚燒的邊緣僥倖存活下來，絞盡腦汁尋找可以避免被逮補入獄的種種文字縫隙，以謎語般的詞彙（例如：強烈反戰的你，只能用「雨」字來代替「烽火」，「瘋雨」或「瘋狂的雨」比喻或象徵從未停止的戰爭於你才出生即已狠狠地淋濕你滲透你，無處可躲，無法可逃，被迫地「沐浴」在「永恆」的「雨」裡），記錄刻劃二十世紀六〇年代及七〇年代前半，在南越淪亡之前，那又緩又急、又緊張又焦慮、又恐懼又無奈的絲絲縷縷青春歲月。

因此，這部書更偏向於觀察、見證和記載六〇、七〇年代南越曾經歷過的一段歷史：政治的歷史、戰爭的歷史、悲痛的歷史，歡樂的歷史、社會的歷史、文化的歷史；當時在南越華人的生活狀況：觀念、習慣、風俗，用語、寫作時常使用或慣用的詞彙文字，大部分華人或越南人的想法見解等；那時戰火從未間斷，煙硝下小老百姓的萬般苦楚，如何忍受傷痛，如何掙脫困境，朝向一個似乎從未看得見的明天奮力游去，即使可能半路溺水死亡。

人生的萬般實景，個人的存活命運，書寫與現實的相磨相涉，都盡可能完整地保留在這一冊文字裡，這一冊以淚以血、以泣以笑，以純真以驚慌完成的記載，這一冊最元初、最原始、最認真、最根源的書寫，將它以當時的面貌呈現在對那個時代南越的一切、包括對華文書寫有「興趣」或「好奇」、想探索或想了解的有緣讀者眼前手裡。它是保留原貌的資料，真實的書寫，青澀嫩稚的「少作」，記載了南越數十年戰火之下真實的各種現象和樣貌。與其說這是一冊「少作」散文集，倒不如說是一冊戰爭和文化歷史資料的寫真集。

四、

六〇年代至一九七五年是南越華文報紙最多的時期。你們練習寫作熱愛文藝的「文青」，起先都會投稿給較小的報社副刊。你最早投到「越華報」（晚報），大夏日報等，後來「作品」被接受，刊登多了，膽量也大些，你開始投向當時三家最大、最有名的報社：亞洲、遠東、成功。那時，你每天都要書寫、都會書寫，儘管你經常會為了上班忙碌（在西貢宗室帖街十六號最大的法國公司COTECO），為了上課奔波（在西貢文科大學修讀「舉人」、即學士學位），為了糾纏不清煩惱不已的感情糾葛、為了每日每夜帶來無限憂慮恐懼從未間斷的戰火威脅；不書寫，你總會覺得當天最重要的事情尚未進行尚未完成。

你和亞洲日報副刊編輯李永潔、遠東日報編輯羅瑩、成功日報編輯周文忠都非常熟悉，你的稿子也常出現在這些副刊版面上；每位編輯先生都有自己選稿的標準、風格。你寫散文、寫詩，偶爾也來一、兩篇所謂「小說」，篇幅不長，但也要分段刊登四次、五次、甚至六次（例如〈迴旋〉一文，一九六六年十二月二十日起刊於《成功日報》「學生版」第三〇七期起共六期）。每一家副刊都登載過你嘗試的各種文體，遠東還登過你較學術的〈拗相公〉之研讀，以及法文散文中譯等不同面貌的文本。不過似乎，你投稿到成功日報的次數稍微多些，尤其是較長篇幅的。

周文忠好幾次將你的兩篇文章同時刊登在同一版面上，有時會以不同筆名，但有時也會以相同的筆名出現：例如一九六六年的〈叛誓〉（謝芩芩）和〈叛誓〉（尹玲），一九六六年十二月二十四日「聖誕專號」的〈聖誕花瓣〉（尹玲）和〈禮物〉（小鈴），一九六七年四月十三日的〈東綰〉（小鈴）與〈待覆〉（小鈴），一九六七年六月三日的〈徒鏤〉（尹玲）與〈迎握〉（尹玲），別的報社好像沒出現過類似畫面。周文忠的編排也較特別些，常會將文章內容的意思，以不同的花樣呈現在題目的面貌上，例如：一九六九年四月五日「學生版」第四六六期的〈這些日子的編結〉（尹玲），一九六九年七月四日「學生版」的〈憶，鑲在瑰夢中〉（尹玲）；或者，他也會因當日刊登的文章之作者、大意、節日或特殊的狀況而有一篇編者的〈編餘漫話〉，抒發自己的意見、感想，心得或祝福等，例如：一九六八年七月三十日〈嘩啦嘩啦〉（小乖），「學生版」第四二九期「情人節與雨」專輯。

南越於一九七五年四月三十日淪亡，痛苦煎熬了非常長的一段時間。你於一九八二年夏天自巴黎赴美，從美東到美西，到許多著名大學的圖書館蒐尋資料，包括華盛頓ＤＣ的國會山莊圖書館。於洛杉磯，你再看到李永潔，李永純，李幸兒三姊妹和李伯母，恍如隔世，往事如煙。二十世紀末，你帶著女兒到澳洲流浪，在雪梨找到羅瑩，她陪著你們一整天，除了重溫當年南越華文文壇往事並展望未來之外，她重複最多的一句話是：「妳是我們裡面最聰明的人，一九六九年就離開越南戰火去讀書，一直都在求學、進步當中。而我們，等共產黨來解放，想盡辦法逃難，生不如死」。二十一世紀初，有一次你在巴黎，撥了周文忠在美國的電話，長談一個多小時，往事歷歷，只是戰亂、淪亡、逃難，歷盡滄桑，所有的一切都不堪回首。

五、

在這一百〇六篇的「散文」或「小說」裡，你共用了十八個筆名，其中「何尹玲」是你的本名，「尹玲」是你離越前大家喊你的名字，也是你常放到作品上面的「筆名」。其實你還有好幾個筆名，「俊強」是在西貢時用過的，只是那篇剪報沒找著，還有好些篇也沒尋到。一九七六到一九八六年間，你拒絕，停止寫作整整十年；一九八六、一九八七年再開始創作後，也用過「蘭若」等之類的筆名。你不知道有幾個人曉得你常換筆名；在南越時，你不喜歡太多人知道你寫了什麼和什麼，就故意換發表時的名字，但最主要的，還是因為有一次，父親突然問你：「為什麼你寫的文章總帶著憂鬱淒涼的味道？」驚訝惶恐之下，你才一直試換筆名，以免父親擔心。

一九六八年你取得西貢文科大學學士學位，美拖客幫鄉親希望你能擔任崇正學校的立案校長，以便向政府申請改為崇正中學。在當時大部分的孩子能讀到高中已是很高程度之年代，尤其女孩子大多只讀完小學，就等著十五歲嫁人的觀念之社會，你這「舉人」文憑讓父親的許多朋友覺得不可思議。美拖市的客幫小學立刻成為「崇正中學」。

一九六八年的「春節大崛起總攻勢」在北越與解放軍的全力攻擊下幾乎將整個南越瓦解，這場慘烈戰役的猛烈攻擊持續了三百多天。

一九六九年春節，父親一天於晚飯桌上問你是否願意到台灣念碩士。你去申請中華民國政府獎學金，在胡璉大使親切的祝福下，於一九六九年九月十七日，離開永恆戰地南越。

母親陪著你從西貢飛往台北，兩人在飛機上眼淚沒有停過。你帶著她參加海外僑胞回國慶祝國慶的活動，十月十日總統府前觀賞閱兵遊行，晚上欣賞煙火；中山樓內，蔣中正和宋美齡慈祥優雅地在你們僑胞面前微笑走過，母親和你站在第一排，距離他們是那麼的近；你們也去南部參觀三軍官校。你還帶著母親品嘗中華商場的「點心世界」、「真北平」、「松鶴樓」和一些其他地方的菜，如山西刀削麵，牛肉麵、四川菜、上海菜、湖南菜等等，都是新奇陌生的飲食經歷。你帶她去榮星花園、野柳、烏來、陽明山、日月潭遊玩，起先住各處的旅館，你註冊後，也到你台大第九宿舍二〇七室擠了幾夜。她離開台北那日早晨，你和她在台北松山機場說聲「再見」之後，你在二樓淚眼模糊中看著她嬌小身影挽著手提行李慢慢走向機場中間的飛機腳下，一步一步登上扶梯，隱身入機身內。你心絞痛有如永別，從此與雙親家人分開，流浪他鄉。

六、

在台大中文系和中研所，你追隨多位名師學習，鄭騫、臺靜農、屈萬里、許世瑛、俞大綱、裴普賢、張敬、葉慶炳……進入中文殿堂深邃奧秘之處。

母親離開台北後，你很快將詩稿投到《文藝》月刊，之後是散文稿給《青年戰士報》、《幼獅文藝》、《中華日報》、《中央日報》、《新文藝》月刊、《中華文藝》月刊等等其他副刊或雜誌。你最先認識趙琦彬、然後是瘂弦，之後是《創世紀》許多著名詩人，還有經常在國軍文藝活動中心三樓喝茶聊天抬槓的文學家和寫作者。你心裡一直感念那時就認識、常鼓勵你的瘂弦、吳東權、姜穆、朱西寧、胡秀、王璞、彭邦楨、羊令野、于還素以及許多文壇詩壇前輩和朋友。

你在台北文藝雜誌發表的散文、詩和其他稿子，由於當時台灣局勢特殊，很多篇都見到編輯特地於文稿末端註明「本文作者為越南留華學生……」等字樣，尤其是一些與越戰相關的書寫，因為你大部分的作品都在描寫或敘述戰火底下小老百姓的痛苦與反戰想法。

許多週日上午，鄭國駒這個廣東朋友，都會邀你參加攝影學會的活動，一起去攝影，你當拍照的人，也當所謂被拍的「模特兒」，然後會找地方「飲茶」，以解「飲食鄉愁」。西貢來的小甯也常和你們在一塊兒，與她你還可以聊西貢的戰爭，災難的往事。

那時越南駐華大使是越南總統阮文紹的哥哥，中越兄弟之邦常有許多交流來往。高雄蜆港結姊妹市時，你去高雄為各種典禮與場合當口譯和筆譯員，那時高雄市長是楊金虎。有一次南越有一些軍官來，你們向台大行政大樓借了一個大廳，舉辦歡迎晚會。除了和陳光輝同學一起當主持人之外，你還假扮男生演出一齣默劇，笑翻大家。大使秘書是中越人，見到她時，你也故意講中越話，讓人誤以為你是中越人。還有一次，許多軍人到

「政工幹校」（二〇〇六年更名為國防大學政治作戰學院）學習，你替他們翻譯非常多的學習資料成越南文。你念碩士時，陳光輝念博士，他是北越人。他拿了博士學位後回越南去，南越淪亡後再沒有訊息。

七、

書中的你，是另一個你，上一世紀六〇、七〇年代的你。從卷五、卷四、卷三到卷二是一九六〇年、一九六一年開始練習摸索書寫，直到一九六九年九月十七日赴台讀書日止。再次閱讀那時的書寫，所有曾被書寫的人物之話語、語氣，笑聲、表情以及當時氛圍情境全都湧回你腦海心上眼前，有的還在、有的已走、有的不知在何處。所有的事和物都全部回來，特別是一九六八年最慘烈的戰役，讓你至今仍每夜須以stilnox幫助才能入睡的驚恐和傷痛。

卷五是一九六九至一九七六的你，戰火沒有遠離你，即使隔山隔海。南越淪陷淪亡前後，你幾乎無法呼吸。一九七五年四月三十日，你一夜白髮。一九七六之後你已沒有勇氣、沒有能力、沒有膽量再寫任何一個字。你完全拒絕書寫、拒絕回憶、拒絕「想」，即使眼前有一個新的世界在等著你，直到一九八六、一九八七年另一機緣讓你願意再執筆，將苦痛以書寫留存下來。

八、

父親在家中只跟母親和你們講他的家鄉話：廣東大埔客家話。一九七一年你從台大取得碩士學位，暑假返越省親，你問父親是否可以繼續念博士。他說非常好。這應該是那個年代在南越唯一願意讓「女兒」念書，而且念到「博士」（越南人稱為「進士」）的父親。

二〇一〇年和二〇一二年，你特地「回」到大埔尋找父親在兩歲離家之前住的房子，都無法找到，反而吃了許多大埔美食，是父親在你小時候常做給你們吃的菜餚。你的懊惱、惆悵、怨恨充塞胸口，時代！時代！一切都做成無法補償的結局。然而，父親的「真」，你就感受到他真的正在你的面前、他的家鄉，正在呼吸、徘徊，補償他幼時離家萬里遠在異鄉奮鬥無法返家的遺憾。

一九七三年之後你常去香港，香港的文化自幼影響你，你看著香港驚人的變化，纏繞著你的是後來的香港面貌與六〇年代的香港書籍、粵劇和音樂、流行歌曲以及電影。你一年去五、六、七、八次香港，看她幻化成無數種樣貌繼續迷惑你。

一九九四年清明節第一次返回共產越南之後，你每年都前往越南一次或兩次。一九九八年後，整個越南開始改變，沒有高樓大廈的越南改觀，最近數年法國色彩褪去許多。你上班的COTECO前三年已被拆掉，等待興建大樓；那時你常流連看電影的法式EDEN長廊早已不見，TAX行不再是你青春時的時髦和夢幻。最具法國味道的著名CATINAT街，法國餐廳、法國咖啡館也已不存在。你在一半昔日一半現在的所謂故鄉西貢（一九七五年後叫做胡志明市），心房絞痛心中淌血淚流滿面，哀悼不知何處去的一切。

而法國，每年你都去兩次，有時三次，各待一個月兩個月，在完全沒有住宿地方的情況下飄泊流浪，從這城市到另一城市，從這村莊到另一村莊，聽著有若母語的法語、越語、粵語、潮州語、海南語，天天在耳邊或高或低，若有似無。越南的一切若有似無。

九、

你是在尋根嗎？你是為了尋覓那時嗎？你無法遺忘的「那時」?!那時的雨、那時的風、那時的淚、那時的笑、那時的粗野、那時的浪漫、那時至今漫長歲月裡在你絕望時會遇到的傘，瘋雨時傘的圓會為你遮風擋雨，天晴時傘的圓繪出亮麗花朵繽紛色彩給你帶來希望，讓你再站起來，再走下去，不畏艱難。

哦！那一傘的圓！

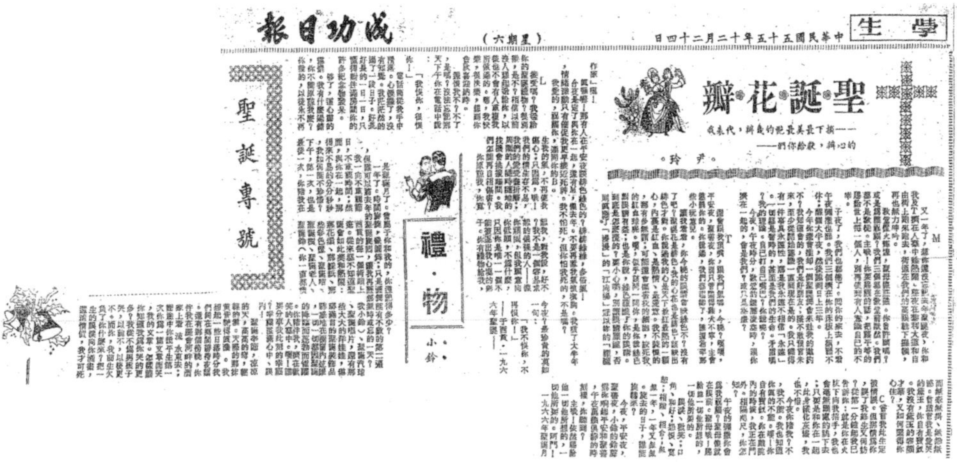

學生 中華民國五十五年十二月廿四日 （星期六） 成功日報

聖誕花瓣

——擷下最美最香的花瓣，代表我的心，獻給你們——

尹玲

禮物 小鈴

聖誕專號

《成功日報》聖誕專號剪報

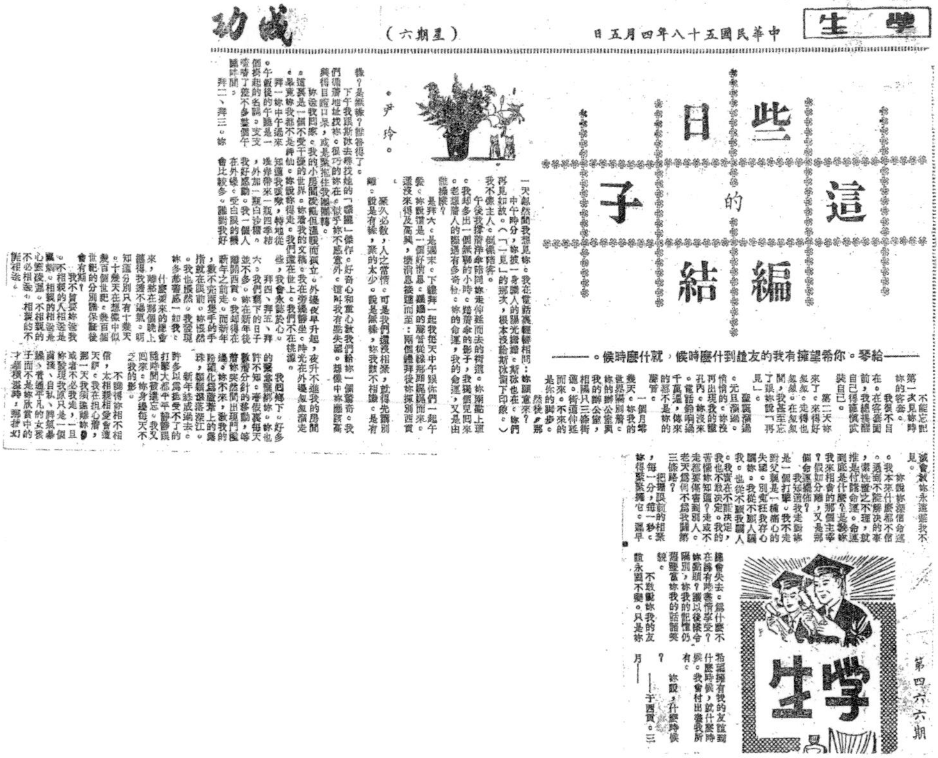

學生 中華民國五十八年四月五日 （星期六） 成功

這些日子的編結

尹玲

學生 第四六六期

《成功日報》刊登〈這些日子的編結〉一文

《亞洲日報》剪報▶

假如妳能讀到

能說的唯有回憶

小品文大展

《中華日報》剪報▶

《萬國日報》剪報▶

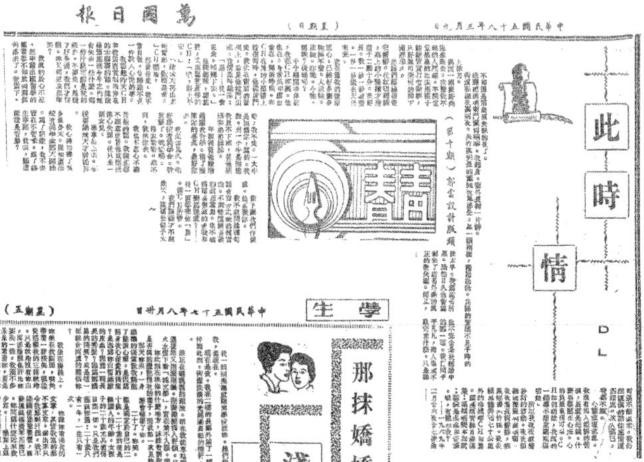

萬國日報

此時情

DL

學生

那抹嬌嬌的淺紫

尹玲

《成功日報》剪報▶

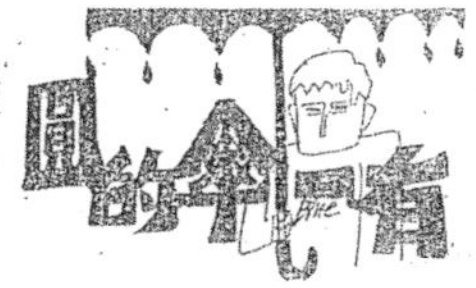

藍藍・圖

從李商隱錦的華貴瀟洒中出來，雨還是十八天來的多情，實在教人有點受不了，想輕輕鬆鬆的旋提旋手中的傘，卻因失常的怒風衝撞而來，不得不以傘背擋開，十八天來的雨，濕氣已夠重，風一吹受罪的是週身筋骨。

傘的圓已將眼前的路遮住，幾乎是摸索回到宿舍的寢室，桌上擺着兩封西貢來的信，欣喜再沒有前些時濃，思念離情已麻木，麻木得一如在砌煙的籠殺下戀愛與生存，砌卵早已失卻原始的意義，儘管開花吧！只要我們的頭顱不開花。

匆匆讀了一遍，匆匆換過衣服，手錶的分針已移到四十分上去，跟他約好六點在中山堂見面，匆匆向她們揮手，拜拜，匆匆走出宿舍。

又是那個粗魯的傢伙，差點把手中的傘扯去，緊緊抓着傘柄，左手將圍巾密密的圍住頸項，走到校門口坐公共汽車要二十分鐘，加上從校門口到中山堂的二十分鐘，已趕不及，一部計程車拐過男生宿舍，車上人下車，空的車子掉回來，一伸手，車子停下，中山堂。

暮色什麼時候開始籠罩台北？或者根本沒有曙色暮色，早上起床跟晚上上床看見的天空總是都差不多，沉甸甸的，馱負了幾萬噸的淚，所以嘩啦嘩啦的泣個沒完？也不分白晝黑夜！

中山堂聽說是台北的約會走廊之一，大門外還真一人那裏一人，管他呢？總不能跟這些男人站在一塊等，先走一圈再說，才跨過大門左側擱着的鐵鏈，他騎着本田呼呼而至，來了多久，剛到，雨的線條下差點認不出他，應該道一個歉的，可是他不。

東龍大飯店，他停車鎖好，血紅的地氈從樓下蓋着梯階拖上二樓，二樓地板覆着淺深的綠，與血紅毫無關連，兩個快餐，座位靠窗但窗外只有黑色，白紗窗帘無謂的靜攬，無謂得如同拒絕死亡，黑暗仍然習慣的跨進來，誰又辭謝得了死神發出的請帖？

台北的西餐不法國也不英國，乏味得像重重的疲倦，疲倦伸展在四肢上，蔓延整個心靈驅體，每天咀嚼着反芻着，直至升上天堂或降下地獄的那一剎那。他提到西貢的西餐，有一家是如何的可口，西貢離台北是遠是近？白天在萬重山海之外，晚上在腦海裏操着小舟旋轉，也不一定是白天是晚上，只要她願意，什麼時候就什麼時候。

右邊酒吧昏黯，天花板垂着六朵沉重的鐘乳石，每朵的底端開一小簇蒼黃慘悴的燈光，酒吧右前方的方柱上吊着兩盞玻璃燈籠，裏面跳躍地獄的鬼火，陰森慘淡，怎麼總不能將那些聯想拋棄意識層之外？也許它們根深蒂固，長成一樹濃蔭，高中畢業那年，一堆堆的哲學書，一簇簇砌成牆的哲學家名字和名句拼命往腦裏塞，哲學？什麼哲學？只有串串不斷的死亡陰影從此覆蓋了整一輩子，一輩子！長？短？夭亡孩子的一輩子，百歲老翁的一輩子，快樂的一輩子，憂患的一輩子，誰的權利劃定一個界限？人的出生只爲了走向死亡，而死亡難道是爲另一個再生？

是的，我們都比從前老而不比從前聰明，我們長不大，你，我，那些日子，是的，那些日子，騎着本田，馳着野馬，駕着鈴木，那些日子，飛馳的，瘋狂的，沒有明天的，明天在死神掌握中，我們向神請求一個恩惠，一個慈悲，沒有預告的請柬以模糊的血肉奪寫被請人的名姓隨風飄蕩，禱告一個幸運！誰相信看不見的世界裏有一個主宰。

他批評那首詩，詞句不夠精簡，囉嗦，沒有詩的語言，那末你懂得雨的真正意思？從瘋雨中來！什麼時候你從瘋雨中來！瘋狂的雨從我們剛伸出手向人世索一口空氣時就以沒頭沒腦的滂沱冲走我們頰上才旋的笑靨，一張一張苦臉扭曲的臉交錯重叠覆成移生的記憶，譬如大砲轟炸機伴奏的音符譜成生命的樂章，盼望一個明天，我們心疲力竭但仍固執的佇立，極目東方，等待一個不風不雨的晴天，母親的淚不再滴到冰冷的兒屍上，妻子不再搞巾緊眼枯守一世的盼望，所有她們的他們，從無名的沼澤回到城市，逸然的境界，決定一個日子，髮白和成河的淚水哭來的那個日子，你在手無名指與我在手無名指上箍的是同等的堅貞，雨冲不掉的堅貞。

走出東龍，雨還在忘我的泣，他開鎖推車，扔下一個流落異鄉的孤單女孩，扔下一個氾濫眼淚和淒冷的夜晚，再見吧！再見！假如有緣再見！

候車的人寥寥，風雨之夜，夜深幾許？夜加幾厘度，加濃心上的暗影，霓虹的紅藍在城市高處不斷炫耀繁華，怎不炫耀一些溫暖？南門、南海路、福州街，開車、鈴聲、停車、拉門、上車、下車、鈴聲、開車、鈴聲、停車，單調，從不變化，熟悉，熟悉得煩厭，煩厭如疲倦，伸展四肢上，蔓延整個心靈驅體，每天咀嚼着反芻着，我們得學會習慣煩厭疲倦，正如學會如何忘掉記憶，學會麻木生命的不滿，學會在一個完全陌生的環境裏適應，學會生存，假如要死亡，也得學會死亡。

台大，下車，撐開傘，雨緊緊傘面，聒耳的爭吵，停呢？不停？走過馬路，文具店已意興闌珊，夜不輝煌，通往校門大路旁邊的小路行人已無，棕櫚一株一株以頎長的身影跨大日光燈的慘白，進入大門，風自空曠竪起，一卷一卷，直欲成潮，雨恃風的威力化點爲箭，傾傘向前，立刻有一傘的圓分隔視線與前路，只因要短暫的分隔迎頭而來的風雨，到宿舍的路漫長，校園黑暗而空蕩，猶意在前在後在左在右，猶意穩踞心底，撐傘的手漸漸無力，那隻支援的手？路漫長，校園黑暗而空蕩。

那隻支援的手？晴天在何處？有一傘的圓，晴天在何處？

本文作者爲越籍留華學生，值此越南局勢晦淡之際，讀此文，當可領會出其內心之悽愴與吶喊。

編者

〈有一傘的圓〉刊登時，編輯特地於文末註明「本文作者為越籍留華學生……」等字樣。

美拖崇正學校立案校長

何尹玲將赴台深造

獲該校董會特設筵餞行

（美拖訊）第一批獲得越南留華學生獎學金資助之越南留華學生六名之一的何金聞（尹玲）小姐，乃本市萬勝堂東主何堃翁之千金，爲崇正學校公務以來的立校校長，平素對該校服務精神良好，謂極得坊人士嘉許，此次獲中華民國教育部之同意，將于本月中旬前往台大中國文學研究所攻讀，該校董事會方面，特于本月七日下午六時，在該校禮堂設筵爲何小姐餞行，藉以報答年來何小姐爲學校貢獻之功勞[illegible]

1969年9月，離越赴台前，崇正學校校董會餞行新聞，原刊於《成功日報》。

目次

卷三 踏在夜的潮上

卷一

我們怎能無語

能說的唯有回憶

徐卓非

那天午後，坐車經過憲兵司令部，飄遊在車窗外的視線，忽然捕捉到了對面一傘蔥翠的綠葉之上、展翅欲飛的火紅的鳳凰花，在陰霾滿佈的天穹下，嬌艷得教人無端手足無措起來。那份震撼被埋在心底好幾天，終因讀到報上連續幾天別人談起的鳳凰花，令我所有的理智防線全部崩潰，墜入了一年多來極力避免觸及的、深沉的感情回憶深淵裡。

我出生及成長在南越西貢南邊的一座小城鎮裡。美拖小城純樸得令人不忍心將繁華去粉飾它、殘害它。城南蜿蜒著彎曲而不太寬闊的湄公河支流，終年琤琤琮琮的彈唱著寧靜安詳的小曲。城裡觸目所及，是一片常年青綠的樹木；從春天的嫩綠，到夏天的鬱綠，轉為秋天的殘綠而成為冬天的死綠或凋落的樹葉。事實上，南越根本分不清春夏秋冬的界限，甚至可以說一年到頭都是夏天，但是，日曆上的節令、稍為增加或減少了一兩度的氣溫，都會提醒人們時序還是不斷的在更換中。跟河岸成直角的眾街之中，有一條約十來公尺寬的路，是我每次憶及，總禁不住會顫抖或掉淚的美麗街道。那一帶不是城中心鬧區，特別的幽靜。路兩旁植滿了一棵棵我們稱為酸子樹的植物。樹身高大、粗壯，葉子對稱的長著，細細圓圓、翠綠晶瑩，非常可愛。樹幹的高度、樹枝的長度，以及樹葉的密度，縱使是在最炎熱的午後，走在這條路上，只偶爾能看到從樹葉縫隙中投射地上的一絲絲或一圈圈陽光、一些晃動的葉影；太陽的威力，在此只是一則神話。

比這更令我迷戀、更永難忘懷的，是另外一條馬路。那是從西貢或別的省分、要到小城裡唯一的路。路兩旁植滿了一棵棵粗大的樹，濃蔭如蓋，葉綠如美玉，而花紅似火焰。我七、八歲時，一次隨家中佣人走六公里的路去給郊外鄉下的伯公送禮，第一次看到了這種令人迷惑癡戀的花朵。我俯身拾撿了許多飄在地上的落花，小心翼翼如寶貝似的捧抱回家，心裡愛得令自己都要感動流淚起來，童年就在色彩繽紛如夢一樣的日子中過去。

上中學時，我離開小城，到西貢去。西貢雖然繁華得多，可是每一條街還是跟小城一樣，種滿了粗粗壯壯的樹木。我唸的那所中法中學，在當時是全西堤校舍最大的學校。校園裡林木扶疏，更令人興奮的，是有好幾棵鳳凰木，四月底就染紅了半邊天。同學們最喜躲在樹下聊天、玩耍；半大不大的孩子，對這燦爛美好如絢麗晚霞的花，愛到了發癡的程度。

一直到唸高中，那三年正是從一個不解事的黃毛丫頭逐漸蛻變成少女的階段，多愁善感，哭風泣雨，一片落葉，一瓣殘花，都要落淚傷感上好幾天。學校都在五月放暑假，那時正是鳳凰花開得最美最盛也是最艷的時候。只要一看到樹梢才冒出那麼一些紅影，就會聯想到分別、離別、離愁、別恨等等字眼和情緒，然後整個人就如癡如醉的投身到那無邊的哀傷愁怨裏去，不能自拔。暑假我們並不稱暑假，偏偏愛叫做什麼鳳花季節、離別季節等自以為很富詩意的名詞。對著一地落花，雖不至於鋤泥葬花，卻也總要吟誦一些名詩句，或唱些傷感的歌曲來悼念、感泣、揮淚。

但這一切都只是愛作夢的少女時代的風花雪月，浪漫得不知人間有疾苦。一直到我要離開越南到臺灣來求學，必須離開一起生活了二十多年的雙親和兄弟姊妹，離開熱戀中的情人，離開那塊富裕甜美、熟悉得有幾座橋樑、幾棵樹木都一清二楚的土地時，滿小城和滿西貢城的鳳凰花，才像火一樣的灼燒著我的心。四月開始我們就數著剩下的相聚日子，實際生活和夢境都一樣的迷糊混亂。每個禮拜，我還得風塵僕僕的往來好幾次於鄉下的家、和西貢的他之間。進入小城的路上兩旁，烈火之下精煉而成的鳳凰花們振翅欲飛。這是最後一個看到你們的季節了，此去，不卜歸期啊！父親日漸斑白的頭髮、母親日漸清瘦的容貌，而每次相見，情人總強顏歡笑，說些令人發笑的笑話，原想沖淡離愁，卻沒想到只有愁上加愁。此去，不卜歸期。

那年的鳳凰花開到七月底，此後只開在我的記憶裏，連同雙親老邁的容顏、弟妹早熟的老成、和情人凝盼的神態。來台灣後最初幾年，曾刻意的到處去找尋鳳凰花的踪影。一次在小琉球的小山上，瘦弱的、孤單的一株，樹梢上點綴似的頂著可數的花朵。一次嚮往台南的鳳凰花城美名，誰知去時卻只有滿城的狂風豪雨，鳳凰木早為人們拓建道路時砍去。

去年一次機緣，得親睹台灣南部盛開的鳳凰花。那是曾文水庫管理處旁的小道，樹幹不粗不大，樹枝樹葉卻也茂密如蓋。那天適逢大雨，一些脆弱的生命飄零落地；風雨打不倒的，昂然樹梢，葉子更綠，花兒更紅，葉兒碧翠欲滴，花朵也嬌豔欲滴。我站在管理處二樓的窗邊，早看得目瞪口呆，直以為正置身於回不去的家鄉裡。那時是六月底，南越早已於四月三十日淪入敵人手裡，鳳凰花已成為一種思念、一種情緒、一種秘密、一種不敢開啟的記憶。

今年六月初，在新公園的入口處，偶然抬頭，望見了覆在高高樹梢上的鳳凰花，驚喜莫名；隨後是新生南路的那一株，而這幾天來，連續的震撼激動，終令所有的已逝復活，呼嘯湧至。許多歲月結晶成的眼淚、歡笑、愉悅、痛楚，竟然那麼真實如同再次置身其間。只是，記憶終歸是記憶，何時何日才能回到那孕我育我、養我撫我的地方和雙親身邊，能再見到魂縈夢牽的昔日伴侶以及我終生的戀人：璀燦奪目的滿樹鳳凰？

誰能使時光倒流

阿野

離開越南已近十年，但每當看見牆上的日曆只剩下薄薄的幾頁時，心中總會不由自主的深深懷念起往日還在家鄉、那種期待過年、趕辦年貨、全家忙碌以迎新年的心情與情景。

在南越，雖說四季如夏，但每年近耶誕節時，早晚的空氣會添加幾絲涼意。披上一件薄薄的毛外套，心頭翻湧著陣陣莫名的興奮，三分歡欣，七分盼望，一直持續到除夕來臨，才由迎新送舊喜悅中摻著些許悵惘的心情取代。

日曆換新後，家家戶戶似乎就開始緊張起來。家中瑣事好像突然間增加了幾倍。把平時根本沒注意到、或視而不見的屋角、天花板角、堆雜物的死角一處一處清理，打掃乾淨，就得花上好幾天功夫；家中小孩多的，要把全家人的衣物、蚊帳、被褥、枕頭套、草蓆一一加以清洗整理，又要加上好幾天。只要是砲火打不到的地方，不論是大城市或是小鄉鎮，都像整個換新了似的沸騰起來，與平時的寧靜安詳全然不同。

在西貢市中心，我們稱為「新街市」的中央市場四周，年貨攤子一個一個擺起來，叫賣聲震天價響，最多的是糖果、蜜餞、瓜子、臘味、西瓜等過年應景的年貨，瓜子是紅殼的，沒有黑殼瓜子，西瓜只有快過年時才有，人們因瓜肉紅色，和瓜子一樣，取其吉祥兆頭；其次才是日用品、裝飾品、衣服等。最特別的是花市。在面對著西貢市政府的阮惠大道上，除了街道兩旁有名的大商店外，路中心是四線快車道，快車道與慢車道之間，隔著一排排間隔整齊、雅觀、可愛的四方亭子，有些是賣報紙書刊，有的賣音響設備，唱片或錄音機錄音帶等，有的賣照相器材、影印，有的賣鮮花。接近西貢河白藤碼頭的這一端，沒有亭子，全是汽車道，這時政府就用拒馬圍了一個整條馬路寬，約數百公尺長的長方形空地，許多花販把他們費盡心血培養的花從南越各地運到這裏來，準備做一年一度的高價出售。大部份比較名貴的花都是從中部的大叻運來的。放眼望去，一大片花海，從最常見到最罕見的，從最普通到最名貴的，各種顏色，各種姿態，真是色彩繽紛，千嬌百媚。偶爾涼風輕拂，一陣陣花香隨之飄來，令人為之心曠神怡。

家鄉在離西貢八十公里南邊的一個小城鎮，湄公河的一條小支流，把城市分成兩半。岸左是舊市，岸右是後來興建、日漸繁榮、取舊市之位而代之的新市中心。河流約有六、七十公尺寬，河上船隻往來，絡繹不絕，除了漁家之外，還有商船、貨船、客船，是公路之外對外交通的要道。一入臘月，河上飄來的多是一艘艘載滿花的船，在微寒的冬風吹拂和溫煦的旭陽照射之下，艷麗燦爛，美不勝收，令人有如置身幻境之感。越南女孩子出嫁也有人稱為「渡河」的，大概是因從前多以船隻河流作為交通工具、道路的原故，送新娘子上船之後，渡過河去就是人家的人了。十六、十七、十八的女孩子便常互相取笑說：我送你渡河，以滿載鮮花的船。因此，花船給我們帶來的不僅是視覺的享受，還有少女朦朧的羅曼蒂克幻想。

連接新舊街市的是「轉橋」，在岸右，從橋頭沿河岸一直到盡頭的「樂鴻公園」，整條馬路上，從二十四日以後就禁止車輛通行，闢為花市，人看花，花看人，賣花的看買花的，買花的也看賣花的，入夜以後更是熱鬧非凡，我常喜歡隨著人潮看熱鬧，只為享受那份只有過年才有的氣氛。

在花市的另一端是市場，範圍之大，幾乎佔了整個市區的一半。從橋頭開始，一路過去都是攤子連著攤子，人擠人，二十五日以後至除夕中午止是二十四小時營業。每個攤子上懸著一盞六十燭光的燈光，一片燈海，宛如白晝；燈下的人、物似畫一般玲瓏，何況又都是喜氣洋洋、興高采烈，那些趕辦年貨的人！

市場內的攤販們辛苦勞碌了一整年，因此幾乎都要到年初六才開張營業，所以雞、鴨、魚、肉、蔬菜攤的生意也都特別好。在越南，過年必備的，除了這些民生必需品之外，一兩套新衣服，上述的西瓜、瓜子、糖果、蜜餞，還要幾株梅花，越人取「梅」與「幸運」諧音，而華僑則因梅花是我國國花，家家戶戶廳堂上必供有一瓶開著嫩黃花朵的梅枝，顏色淡雅，氣味清幽，此外桔子也是不可少的，因「桔」與「吉」音同。紅底金字或黑字的春聯更是每家必備，上頭的字，可全都是中國字，越人稱為漢字，稍諳漢字的都會得到當地居民敬仰，被認為是有學問的學者，於此可見中國文化影響之深。

尾牙一過，二十三日傍晚謝灶，有關灶君的傳說很多，甚至有說灶神有兩位太太，謝灶時必須擺二個神位的，大家準備了甘蔗、糖果、麥芽糖，把灶君的嘴巴封得緊緊的，讓他在見到玉皇大帝時，不是說好話就是說不出話來。謝過灶，年的腳步更近了。曬菜乾、醃鹹菜、灌香腸、風猪肝、猪舌頭、風雞、鴨等工作這時應已全部備好。該送送禮的送禮，欠債的該還清，被人欠的該去追討，否則一到除夕夜，又要等上一年了。

二十八、九這兩天，蒸年糕、趕年貨，忙得不亦樂乎。年三十一大早，殺雞殺鴨，準備祭拜祖先。有人早幾天已大掃除過，但商店總會等到這一年中最後的一天才來個大清掃，把一切舊的、不如意的、不順利的完全洗掉掃走，以迎接新的、美好的、充滿希望的一年。

午後，一切安排停當，全家人依長幼順序祭拜祖先。這時，屋子已是煥然一新，梅花插到大花瓶裏，供在大廳上，其他的鮮花，如水仙、夜來香、劍蘭、萬壽菊等，可插在花盆或花瓶中，各處擺放。換上新的門簾、新的桌布、新的椅墊套，在門口貼上新的春聯，在米缸、水缸、油罐貼上「常滿」，在庭院中貼上「天官賜福」。吃年夜飯是最重要的一個節目，家中的每一員，不論離家多遠，都必須在這天趕回家吃年夜飯；若是實在無法趕回，家人必為他多設一付碗筷，表示全家團圓。小孩子們最高興，因為可以吃到許多平時很少吃的菜。在南越，以牛肉價錢最便宜，猪肉次之，雞鴨較貴，也許因為都是土雞、土鴨的關係；魚蝦很多，最普通常見的是生魚和塘虱魚，正好與臺灣相反。過年時，幾乎每家都會煮上一大鍋生魚、猪腿肉加上魚露、椰子水燜成的菜。記得小時在家，平時幾乎天天吃牛肉、猪肉、毛肚，都是一、兩公斤的吃，但雞鴨卻只在初二、十六拜拜時才吃得到，所以小孩子都認為雞鴨是名貴的菜。

吃過年夜飯，再清洗整理一番，就快子夜了。越南人迷信家人必須在午夜零時以前全部返回家中，敲過十二點才回來是不吉利的。守歲的習慣因人而異。很早以前，過年是可以放鞭砲的，後來因戰爭升高而禁止。一九六八年也就是戊申新春，越共提議來個停火協定，好讓南越老百姓們高高興興過個快樂年。年廿九鞭砲聲已滿城響，除夕那天更是瘋狂一樣，巨型的冲天砲一響，大地都會隨著震動，大街小巷一片喜氣。年初一，全南越的百姓興高采烈的過了多少年來最平安的「年」。但是樂極生悲，善良的百姓們在愉快的睡夢裏，不是喪失生命，就是被砲火毀掉全部財產。年初一夜裏、初二凌晨兩點鐘左右，整個南越大大小小的城鎮都被巨響驚醒，起先以為是冲天砲，後來聲音越來越密，還夾有槍聲，而且那種砲聲就是才違別不過數天的砲擊聲。靠近郊一帶的居民住屋，就在半夜裏全部被燒毀，幸運的全家人兩手空空活著逃出來，不幸的就莫名其妙的葬身火海裏。多少難民扶老攜幼、狼狽不堪的倉皇逃命！戰火延續將近一個月，才漸漸平息，但在順化古都和首都西貢，一直到五月六月都還在打巷戰。最快樂的年變成最悲慘的年。可悲復可嘆的是人們沒有在這次慘痛的事件裏記取教訓，戊申事變記憶猶新，卻又在一九七三年與越共簽下巴黎和約，隨之是安祿，廣治洗城之役；更在一九七五年相信與越共和談、和平即實現的鬼話，終於在同年四月三十日把整個南越的錦繡河山及千萬善良百姓交到魔鬼手上。

越南自古即接受中國文化的薰陶，老一輩的人多數會寫漢字，看漢文書（唸書則以越南音發音）。越南拉丁化文字的創造只不過是近百年來法國人佔領越南以後，為了便於統治，實行殖民教育才推行的。在越南，許多人家還是相當保守，倒保留了許多中國傳統的風俗習慣，過年即為其中之一。年初一至年初三，照規矩是不能掃地、不洗衣服，不能打破東西，不能亂講話，遇見人必雙手作揖，互道恭喜及許多祝賀、吉祥的話；年初二是出嫁女兒回娘家的日子。多數商人選擇初四或初六開張，也有早一天，即年初三、也有晚幾天的，一般人都認為整個正月都算新年，所以只要是在正月裏第一次見面，即使已是月底，仍可以互相拜年。春節期間拜年，多會携著桔子、糖果之類的禮物，以取吉利、甜蜜意頭。大部份越南人都重禮節，拜訪親戚朋友總不會空手前往，多少都會帶點東西，這大概是受了中國人「禮多人不怪」的影響。

如此善良的老百姓，四年來的春節不知在什麼樣的情況之下度過。幾個月以來，偷渡及傾家蕩產之後飄流海上、到處求人收容，甚至擱淺珊瑚島上、人吃人以至相繼死亡的慘劇不斷發生，令人不忍卒聞。每次看到、聽到這類已不是新聞的悲劇，心頭那股悲憤和痛楚就緊緊扭絞著、抽搐著，不敢去看去聽卻又捨不得、也不忍不去看去聽。

在祖國一住十年，過年的氣氛不像在越南那樣濃厚，世事變化太大，影響到心境是原因之一；主要是因臺灣安定繁榮，臺北一天比一天熱鬧進步，天天雞鴨魚肉，糖果瓜子西瓜臘味一年四季隨時都吃得到，再名貴的東西都有得買，當然就比較襯托不出春節的特別來。近十幾天來各百貨公司、大街小巷年貨堆得滿坑滿谷，人潮洶湧，每人大包小包滿載而歸，一片安和樂利、民生富庶的景象，洋溢著無比溫馨幸福。每次看到人們臉上喜悅滿足的笑容，趕辦年貨的那種興奮神情，心中都會感動得熱淚盈眶。我們正處在怎麼樣幸福的環境裏啊！念及多少飄散各處、無家可歸的親戚朋友，更是感觸萬千，上一次當尚情有可原，接二連三上同樣的當，豈不是愚不可及？啊！假如時光能倒流，也許人們會學聰明一些。可是，又有誰能使時光倒流？

結局

徐卓非

她彷彿看到自己掉在泥沼裏，兩手向空中亂抓，卻只抓到空虛而越陷越深。

十月真的完全過去了；她感覺到自己的無能為力，在時間無邊的法力之下。卅一號那天晚上，她去參加一個宴會，然後趕著回來去找他；那夜有風，吹起游泳池一池碧綠的皺紋。淒清的涼意，無人的泳池寂寞荒落。他和幾個管理員正在大門裏邊閒聊，等她。她躡手躡腳站在藍色落地玻璃門外，期待著他的發現，兩分鐘後他才抬起頭來，那張稚氣而老成的臉上漾著令她心動的笑意。

八點他們關燈關門。她奇怪為什麼最後一天的開放竟然沒有一個依戀的人。明天起泳池關閉，直到明年五月，她在十月初就已開始感到那種壓力，那種無可挽回的悲哀和痛楚。日子在她掌握中嗎？如此輕盈又如此沉重！她從校園裏的杜鵑花剛長出蓓蕾開始，一直追隨著時序的轉接，杜鵑花才一朵兩朵在樹叢裏探出靦覥的身姿，剎那間就如火如荼，無遮無攔的大紅大紫了整個校園。當那些燦爛的繽紛美好到極點之後化為塵土，也就是揮別的季節。她原以為自己再不能忍受分離，事情發生時卻又那麼自然，人們都說天下沒有不散的筵席，我們又何必執著於那種不能長久的相聚。只是心頭那陣痛卻執著地糾纏了她一個暑假，折騰得她惶惶不可終日。

暑假裏有一連串日子的空閒，她出去旅行，企圖逃避那份久居一處的煩膩。嚮往南部灼熱的艷陽、典雅的古樸、滿城的鬱綠、和斷腸的鳳凰花。沒有想到南部在那些天裏濕漉得令人無法可躲，豪雨像潑婦罵街，罵個不休不止。煩膩竟然濃厚得擁也不是、抛也不行。

北歸之後那份煩膩沒有留在南部，她每天無可奈何的跟自己生氣。暑假本該是愜意的炎炎，晚上躺在草地上享受夏天特有的涼風。白天泡在游泳池裏泡掉所有苦惱。對，為什麼不去游泳池，讓那股坐立不安的難受溶化在水中。

九月初實在已不能稱為夏天，中秋轉眼會到。蒼鬱的樹木竟然有些在變色，一些脆弱的生命還沒等到真正的秋天已開始在飄零。躲著凋落的一兩片殘葉，那份對生命的憐憫，在她心中抑止不住的翻騰。我們都說我們的日子如何如何，事實上應該是日子的我們如何才對。我們擁有的日子並不真實，只有日子本身才最真實。現在九月底，十月底泳池不再開放，不到兩個月的時間，我們能把握住它嗎？或只是眼睜睜的任由它從指隙中輕巧的溜過去，留不下一絲痕跡？

那天她跟著戴去。戴是游泳校隊的一員，答應教會她。她游得很起勁，後來竟然一口氣游到池中央最深的地方。需要換氣時她手足無措起來，只好一把抱住旁邊的戴。戴也因自己力氣不足而把她推開。慌亂中她緊張得喝了幾口水，身體直往下墜。結果是他跳下來抱著她游回池邊。她面紅耳赤的道謝，他說那是他的職責，不客氣，否則他會沒事做了。他接著問是不是還沒通過考試。她覺得莫名其妙，不知道他要問的是什麼。戴笑著回答：人家博二了還考什麼試？然後轉向她：要通過游泳考試才能畢業。他仰天大笑，那麼開朗。她忽然覺得整個宇宙都明亮起來。她抓住池邊，把頭仰浮水面，天好藍，雲好白，太陽艷得好可愛。他的笑容真的令她心動而羨慕。哦，為什麼我就不能像他一樣？她問他，什麼那麼好笑？他繼續笑：開什麼玩笑，一定是今年才升上二年級！你怎知道？你還不會游泳。就憑這個簡單得不能成為理由的理由？她不忍心告訴他事實，只有笑笑不答話。對了吧？還騙我是博二！他很得意的樣子。看著他那張年輕的臉，世界彷彿美好得沒有煩惱似的。她一陣心酸。那日子離我好遠了，從什麼時候起變得如此蒼老？

以後她常去游泳，大半原因是為了看他。他長得不高，一六五公分左右，她穿起高跟鞋來可能還比他高些。他的膚色長期在太陽底下曬成古銅色，配上他結實的游泳家體格，短短的泳褲，尤其是在沒有遮攔的陽光下，亮亮的特別有誘惑力。他濃而黑的頭髮捲捲的覆蓋頭上，顯得很稚氣。他一看到她就笑，露出兩排白白的牙齒。她愛看他笑，說不出的心動，像觸動她心底的一些什麼。他濃眉，雙眼皮，不秀氣但很性格、很可愛，一種粗獷的美。

一次他問起她在台北的親人，她說只有她一人，他馬上要認她為乾妹妹。她笑，你做我的弟弟我還嫌小呢！那麼妳說妳幾年生的？三十年。廢話，妳今年才二年級，頂多還不是跟我妹妹一樣大，我妹妹四十年次；趕快喊哥哥。她覺得很滑稽，一個那麼小的男孩居然要認做哥哥。她半開玩笑地喊了一聲哥哥，隨後加上一句：小哥。他很快樂的樣子，告訴她連他妹妹都不肯喊他哥哥。她心裏一陣痛，答應他以後一定喊他哥哥。那天下班後，他請她到學校前的小館子吃客飯，算是做哥哥的一份心意。

十月初有幾天天氣轉壞，下雨或是變冷，泳池沒人或人少，她會特地去陪他。有幾個晚上只有一個人在游泳，他也得在池邊守著。她從宿舍穿過一大片草地，經過醉月湖邊走向游泳池，滿腔的感動和憐憫，心甘情願的在泳池外邊找一塊小石頭坐下來，隔著一片鐵絲網跟泳池裏邊的他聊天，讓他的寂寞時間容易過去。他在一所私立大學唸書，每年昂貴的註冊費要他自己去賺。他到這裏的游泳池來已經是第三年，從大一開始。她欣賞自食其力的人。泳池人少的晚上都有風，她在風裏兩手環抱著自己，他在網那邊，還是穿著那條短泳褲，不過加上了一件長袖橘紅毛布衣，依然談笑風生，露著兩排白牙齒，半瞇著眼睛，起皺的眼尾。泳池有照明的水銀燈，看台那邊有五支，這邊有三支，水仍然像白天那樣碧綠，在風裏漾個不止。偶然聽到划水的聲音，準是游泳的人游到這邊來了。

天氣壞了幾天又好起來。他倒希望天氣不好，那樣他可以提早一個鐘頭下班。她卻不願意天氣變壞，她渴望更長的相聚時間。她很清楚自己絕對不可能對他付與愛情，可是她要抓住一些什麼，從他的眼神，從他的笑容，或者從他目前還擁有的青春，從一縱即逝的相聚裏。起初她還怕其他幾個管理員會不高興，但日子一天一天過去，反正也剩下不了幾天，幾乎他值班的時候她都來了，尤其是晚上。白天她有時要上課。他值班都選在他沒課的時候，一下課就得從新莊趕來，有時甚至得翹幾節課，唯恐上班遲到。每想到他必須如此出賣自己的時間和精神，她心頭就作痛；那種抽搐不很明顯，但隱隱的發作卻更教人難以忍受。人都須如此「活」下去的嗎？她想到遠在萬里之外的父母親，一年到頭沒有一天不是從早到晚為小店的生意奔波勞碌。生意好或不好，所須付出的精力時間都一樣。她父母一向多病，從開始有記憶起，她就知道父親雙腳有毛病，風濕病是愈久愈纏綿難治，走起路來搖搖晃晃的不太穩。母親體弱多病，十天裏有八天在吃藥。父母親的背影常令她內疚自責，心房脹得發痛，然後眼淚不由自主的湧上來，忍不住時就任由它流滿臉。她是長女，然而從小習慣了一個人在外，很少留在家裏，從來就幫不上忙，小時是為了求學，長大後做事，之後為了實現她的夢想，也是她父親的夙願，她離家更遠了，飄洋過海的進入了她嚮往已久的大學，追求她渴望的一切，也追求她以為是生命中最淒美的流浪。到底所得多少，她自己也茫然，但是她所失去的卻令她悽然，更痛楚的是失去的看不見、摸不著；心靈上的感受才是最實在的。

十月中旬以後，一連幾個晚上夜空晴而高爽，蔚藍的底綴著片片白雲，她坐在泳池外邊的小石頭上，靠著鐵網，凝望宿舍的方向，圓圓的月亮就從宿舍後邊慢慢升起，越過宿舍屋頂，升到空中。她覺得心曠神怡中滲著傷感，月圓之後月缺，月缺也就是與他分手的時候。分手不是很恰當的字眼，只是以後再不可能常常看到他。她對自己說，該緊緊擁抱這些美好的記憶。她凝視他，他濃的眉，深的眼，挺直的鼻樑和令她心動的笑容，滿心的愛憐，也許因為他年輕得像她弟弟，所以她才會有那種疼憐的感情。她弟弟很少跟她講話，從小如此，沉默寡言似乎是家中每一個人的特性，但是她知道家中每一個人都彼此深愛著。她有時候會想不通為什麼有些兒女會不孝順父母，有些兄弟姊妹會反目，或是父母會虐待自己的孩子。儘管家中每人性情不一樣，愛卻足夠讓他們活在一起。離家越遠越容易想家，也越愛家；甜蜜又痛苦的思念，一種心甘情願去負擔的折磨。

她隔著網子陪他一直到他下班，然後他會陪她走回宿舍，沿著湖邊、那有一個很美的名字的湖，「醉月」，的確有好幾個夜晚她坐在湖邊的小木橋上醉在蕩漾湖心的缺月，想得很多，想能想的一切或是什麼也不想。他陪她走回來，有時會在湖邊有靠背的白鐵枝椅上坐個半天。她常會靜靜的看他說話，他稚氣但裝老成的神態很可愛，她覺得心裏真就有那種濃濃的感情，像對家中小弟的放縱和慈愛。他會告訴她，他和他女朋友之間的瑣事，他和兄弟姊妹之間的感情，他母親的偏心和勞苦。他生長的環境並不富裕，但他樂觀而肯吃苦耐勞，她喜歡這種性格。跟他在一起不說話也是一種享受。她自幼性情孤僻，長大以後雖然改善了些，但仍常覺得與人合不來。和他在一起卻沒有那種感覺，她對他親熱而自然，彷彿他真是她的家人，她的兄弟一樣。

那一連幾個月圓之夜，真足以豐富以後的記憶。他陪她在湖邊、或在草地上，他聊他的，她聽他的，偶然也說幾句，但她全神貫注的卻是夜空的晴朗，皎明的月亮，疏淡的星辰，飄蕩的雲片，以及她心中對這大自然的賜予全部的感動。也許冥冥中真有操縱命運的主宰。為什麼偏是這個人而不是另外一個？緣是否專為解釋這一類事情？

然而緣又如何解釋不忍不捨而又必須的分離？她的離鄉背井，長期浪跡天涯，心頭酸楚而無可奈何：與每一個朋友，經過一大段日子認識，相知時總是分手時。明天起泳池關閉，直至明年五月。明天起他將不再來，而明年五月，他會否再來還是未知數，六個月的別離卻已被確定，不容置疑。她想起一句話：「眼相隔，心相離」，極欲否定卻無能為力，可是，縱是心相離又與她何干？他本有他的去向、他的世界，那原與她毫無相關，他只是曾經偶然的碰見她，之後又回到他的世界去；這跟以前所有的任何一個別離又有什麼不同？

她默默的陪他走出大門，走向校門，穿過一大片草坪，穿過升旗台，穿過總圖。他說要請她去吃冰，因為是最後在此的一天了。她要了一瓶牛奶，他也要牛奶。喝完才八點半，但他說他想早點回去，她說好，反正他一定要走，遲早都只有一個結局。她送他到校門口的車站，等他上車。他一直叮嚀著要記得時常聯絡，有空到他家去玩。她忍著淚水，向跳上車的他喊一聲「再見」，等車走遠了，轉過來，踏著一路路燈的燈光，走回學校宿舍。

十月，真的完全過去了。

藥香

伊伊

每次走過賣中藥的藥材舖，我總不期然的停下來，看著那牆邊架子上的一個個抽屜，以及旁邊一個個的小瓷盅、小鐵罐，聞著那撲鼻的藥香，心神早飛回千萬里外的家，那雖有而歸不得的家。

僑居越南的客家人，小部份做鞋的買賣，大部份就是開藥材店了。在我的記憶裏，外祖父、父親、兩位舅父、姨媽、舅公、姑丈公，以及許許多多父親的朋友，幾乎沒有一人不是在開藥舖，不管是在大都市如西貢、堤岸，或小城市如新安、美拖、永隆，或是更偏僻荒遠的鄉下，除了規模大小不同之外，他們對藥材的那份耿耿忠心，幾乎都是一樣的。

打從我懂事開始，父親對我來說就是忙碌的化身。做藥材生意是一種非常辛苦而利潤不大的行業，尤其是在父親這樣一個老實忠厚的人手中，簡直只是白白花費精神勞力，從大的藥行裏，把藥遞到零買的顧客手上而已。他不計較賺不賺錢也還算了，有時候還心甘情願的虧蝕，才真叫人大大的不以為然。

父親每天清晨約五點多就起床，漱洗過後就打開店面，有時也會替母親燒水煮稀飯，然後一個人到隔壁的南華茶枱去喝早茶咖啡。我四、五歲的時候，天天纏著父親要一塊兒去，漸漸長大後，卻因害羞而不敢去了。喝完咖啡回來，看看早報，才開始一天的生意，父親習慣早起，因此非常討厭我們睡懶覺。我們住在藥舖對面的房子裏，要是過了八點還有人沒有過來，他一定會找我們其中一個去抓那懶惰蟲起來。

店裏通常是在十點到十一點之間較忙。父親有好些個遠在郊外或鄉下的老主顧，他們騎著腳踏車或摩托車，常會在這段時間內來到，扔下一張單子，又忙著趕到市場去採購其他貨物。父親和母親就要開始忙著把列在單子上的藥材一樣一樣的秤好、包好、綁好後等他們回來拿。家裏除了店面放著的一些供零售的藥物外，屋子後面的一整棟樓都屯放著藥材。經常只見父親和母親前前後後，樓上樓下的跑來跑去，有的放在高處，要搬凳子、梯子才取得到；有的臨時沒有了，又要喊我們去市場那邊的大藥舖先買回來。秤藥包藥的時候，常會有別的顧客來買一包什麼散什麼丹，或問一些什麼病吃什麼藥之類的問題，往往會忙得暈頭轉向。我沒出去做事以前還留在家裏，常常會到前頭去幫忙。人家送藥方子來買藥，還曉得什麼藥是什麼樣子，擺在什麼地方；什麼藥要舂，什麼藥要切，什麼要炒，什麼要炙，記得清清楚楚。後來到西貢一家法國大商行上班後，慢慢的忘了些。六年來住在臺北，更幾乎快忘光了。在此六年，前四年生病就看校醫，吃西藥，雖然我一向不相信西藥，尤其是校醫那種馬虎、隨便的態度，不管我得的是什麼病，幾乎都是給我吃那兩、三種藥，卻也無可奈何。直到兩年前認識了外子，因為公公是中醫，每回生病他就帶我回去給公公看，還替我買藥煎藥，藥的芳香令我有時錯以為回到了自己家裏。

父親身體不好，店中一切大大小小的事務卻都得他去處理，許多生藥一大麻包一大麻包的從西貢、堤岸的大藥行運回來後，要經過人工去洗、曬、蒸、煮、切、刨、炙或其他種種加工手續才可以賣，才可以用。我還記得小時候最喜歡刷枇杷葉上的細毛，再用大切刀將它切成絲；或每次蒸川芎時，我們都會買幾個豬腦，挑洗乾淨，打幾個蛋下去，擱到密不透風的大鍋內跟川芎一起蒸，據說這是補腦的；有時煮一大鍋陳皮，香味溢滿整個房子；要不然就是洗一大捆一大捆枯樹枝似的藥材，每天傍晚要在藥缸裏燃上一碗雄黃來熏，把濕氣和蛀蟲熏掉。刨好或切好的藥還要曬乾。南越的氣候，尤其是夏天，總是說變就變，明明看到大太陽高掛在空中，待你把一大捆一大捆舖好了的藥端到陽台上去曬時，才走下樓沒幾分鐘，忽然間嘩啦嘩啦的下起雨來，你又得忙不迭的三步併作兩步衝到樓上去把那些寶貝端進來。曬不透會生蟲，雨淋到了會長霉，嬌貴得不得了。刨藥是一門深功夫，要會磨刨刀，會裝刨刀，會用力氣。像防風、白勺、白朮、川芎、當歸這些，如果刨出來的藥每一片都差不多薄而又完整時，幾乎就可以靠這一手吃一輩子飯了。切藥也是如此，四方形的一張切藥桌，那麼大那麼重的一把刀（約一尺多長，一尺寬），要會磨、會用，切出來也必須厚薄均勻，完整無缺。刨也好，切也好，不只講究美觀，還要求速度，否則，一天只弄得半斤八兩的，怎麼夠？

除了生藥，家中還製造一種咳嗽藥水和跌打藥丸。從沖洗裝藥水的瓶子、曬乾、調製藥水、入瓶、封瓶、貼商標，然後每一瓶捲上一份說明書，再裝到預先黏好的紙盒裏，封好盒蓋，外面再包上一層透明玻璃紙，然後分成半打裝、一打裝，全部包好貼好封好才算大功告成。製藥丸更麻煩，先照著開好份量的藥方配藥，研碎成散。小時家中研藥都用人力。我在臺灣看到的是人坐在凳子上，伸出兩腳不斷滾動著碾船裡的鐵盤，我不知道這方法所使的力氣有多大；但小時候，我倒替父親研過不少藥。我們的方法是整個人站到鐵盤的兩邊把手上，碾船是和牆壁成直角的，牆上有一塊扶板，雙手抓著扶板，用兩隻腳和全身的力氣去滾動鐵盤。碾船的底是尖的；鐵盤的邊是薄得近乎鋒利的，它相當重，木把手穿過鐵盤中心，橫架在碾船上，鐵盤的緣剛好嵌入碾船當中的尖底，滾動時就可以把船裏的藥碾碎研細。要整個身體平衡了來帶動鐵盤不是容易的事。藥研細後，再看所需藥粉的粗細，用分了等號的篩子來篩，篩子的直徑有約一尺的，也有半尺多的，篩出來的藥粉粗的如細沙，細的就像粉一樣。

家裏經濟稍為改善之後，父親購置了兩個一粗一細的大型研末機回來，改用機器研藥，一來節省人力，二來可以大量生產。藥研成粉末之後，秤好適量的蜂蜜，倒在鍋裏燒開，然後把藥粉倒到臼口有大臉盆大小的藥臼裏，一面倒入蜂蜜，一面攪拌。藥物一著上蜂蜜就會黏成團，這時，再用一根丁字形的大木杵，一下一下的去擣臼裏的藥團，一直到藥團裏的每一粒藥粉都黏有蜂蜜，附著在一起，藥團被擣得很有彈性了，就可以拿起來，捏成一塊塊，搓成一長條一長條的，再切成份量均等的一粒粒，每一粒都需要人用兩隻掌心，沾一點油，搓成又圓又亮的藥丸子，再用一小方透明玻璃紙包起來，才放到用蠟做成的半圓殼子裏，兩個半圓殼子合起來，用蠟封好，就是市面上我們所見到的藥丸了。至於一粒藥丸一盒，或二粒、四粒、六粒甚至十粒一盒，每家裝潢不一樣，每種藥也不一樣，大抵傷風感冒、腹瀉腹痛的十粒一盒，清心牛黃丸四粒一盒，寧神丸、海狗丸等六粒一盒，跌打丸有十粒一盒的，有四粒、有兩粒，也有一粒一盒的。每逢製藥丸時，家裏幾乎總動員，忙得不亦樂乎。其實只有大人才是真的忙，我們只不過湊湊熱鬧。圍在一起，聊天的時間，比包裝還要多。

除了製藥丸藥水較忙的日子外，平時，父親空閒的時間是下午及晚飯後。這段時間裏經常是高朋滿座，有時是為了標會，有時為了學校的事情，有時就只為了要聊天抬槓，有時去親友家串門兒。當地有一所「客幫」（即華僑）的崇正學校，我們家裏小孩一滿五歲，就送到那兒去上學，一直唸到小學畢業。父親的性情隨和寬厚，很好講話，因此常為「幫」裏其他的人選為什麼董事、什麼長之類，又出錢、又出力的辦事。除了這所學校，他們還成立了一個相濟會，顧名思義就是互相幫助、救濟、接濟的會，專為幫助窮苦的「客籍」學生辦獎學金，或是商議如何把學校辦得更理想，把有關客幫的業務發展得更大。前年我回去時，相濟會正在郊區興蓋一座大廟，除了每年重大的節日裏要拜拜之外，並為相濟會會員交際、聯絡、活動的場所，接待遠地來的會員住宿，盡量使所有幫籍人士融洽和睦，以客幫的榮譽為前提，積極發展對客幫有利事務，發行刊物，讓下一輩的年輕人知道他們的淵源根本，知道他們的祖先當初是如何的一無所有，胼手胝足的開創事業，辛苦勞碌了多少年才有今天的局面，除了盡力維持下去，還要尋求發揚光大，才對得起祖先。

北越傾巢南侵，南越不幸淪亡，今年四月底以後，我就沒有接到過家中的消息。南越淪陷之前一個多月，我連續的發了好幾封信，懇求父親放棄一切逃出越南。事實上談何容易，我們既無錢，又無勢，憑什麼來走？那時家中每封來信都只寥寥數語:「家中大小平安，勿念。」我於三月下旬在台訂婚，原來的計畫是請父親來主持，但那時南越局勢已經大亂，我連洗好的照片也不敢寄回去，最後的兩封信裏還求父親只當沒有我這個女兒。如此不孝的女兒，有不如無。在共產黨統治之下，承認我只有使父親吃更多苦頭、受更多折磨而已。

我於九月底在臺北結婚，大喜的日子裏，滿堂笑聲人影中，除了一個弟弟外，再沒有自己的親人，那份沉重和哀傷只有自己知道。父母親和弟妹早在我訂婚時曉得我將於農曆八月結婚，卻不知道是哪一天，那時日子未定。整個八月裏，他們心中的悲傷和憶念想必更深於我。淪陷後我曾一度悲痛欲絕，不知如何度過以後的日子，夜夜夢回家園，卻已不再是舊日的面貌了，每每會因夢中可怖的情景而驚嚇，醒來後更是悲慟不已。日子一天天過去，在無可奈何的情形下，只有祈求上蒼能保佑他們平安；只要平安，相信總有一天我們會再相見，因為暴政必亡，是一定的道理。

我們怎能無語？

伊伊

我們的眼淚還沒有完全乾。四月初的悲慟仍在我們心中不斷的激盪著，哀痛未減，卻又必須面對另一種苦楚。我們頂了四月末的炎陽，揮著汗，噙著淚，往來奔波於立法院和僑委會之間。

烽火已燒至眉睫，我們眼睜睜的守著電視上的新聞，守著手中的報紙，淒楚緊緊的扭絞我們已遭受過多災難的心靈，我們手無寸鐵，口無不爛之舌，剩下的只有任由焦慮逐日加深的噬食我們。蒼天無語，大地無語，可是我們怎麼能夠無語？我們最最親愛的人就在那四起的狼煙中，他們被圍、被困、被薰、被噬；北方一群獸，南方一群獸。北方壓迫他們以槍砲、以子彈；南方威脅他們以生死、以存亡。他們竭力想逃，卻發現所有的路都已被這兩群獸們截斷。傾家蕩產也不夠買一寸路，他們無翼可飛，無水可潛。北方的獸可惡，以武力相壓；南方的獸卻是可恥，他們手中的武器不敢對付來侵的敵人，卻以之逼向自己善良的老百姓，剝奪他們僅有的生存權利。

他們之中，有些人曾是拋棄了大陸的老家南逃，在北越才鬆一口氣，一九五四年的日內瓦協定又迫使他們拎起才放下的包袱，逃向更南的異鄉；有些人少小離家，來不及回去大陸經已變色，只有咬緊牙根留下，從語言不通至侃侃交易，從身無一物至高樓華屋，從孑然一身至兒女滿堂，廿餘年的歲月流過多少淒涼辛酸？高堂白髮，在相隔千萬重山的北方，正受著奴役，八十多歲的老人，居然不下田耕作就沒得吃，這是什麼世界？心刺痛著，腦昏脹著，朝思暮想，只有心更痛、腦更脹。還能夠怎麼樣？廿多年了，父母兄弟姊妹，是死是活，只有天知；江山是否仍舊如畫，也只有天知；我們所知的，那裏只有豺狼，再也沒有豪傑。

烽火已燒至眉睫。我們隔著大海，心中的吶喊都為山海阻擋，走吧，走吧！留得青山在，哪怕沒柴燒。只有生命存在，才有希望存在。我們叫著嚷著，卻只有自己聽到，信上不敢寫，怕連累了一家大小。獸們原就如此，面對著敵人，節節後退，反過來向躲在他們身後的小人民猛抓猛噬。我們什麼都不敢寫，只能打謎一樣的隱隱約約告訴他們：南兄已奄奄一息，無藥可救了。我們在此連日奔波，盼能在各寺廟裏求到幾道護身符。你們要堅強起來，逝者已矣，來者尚可追。有空請多與朋友聯絡，或至海邊港口散散心，划划船。我將託朋友帶回去一份禮物給你們，只可留作紀念，不能拿出來用。切記切記！信發出去，也不敢奢望他們能看得懂；然後頂著烈陽，揮著汗，噙著淚，往來奔波。

阮樂化神父是我們唯一的支柱，是我們千千萬萬人的朋友，是我們的神，我們用哭泣的眼睛，顫抖的雙手把親屬的名字列在紙上，爭著擠著擁向神父面前。千萬張同樣格式的證明書上，神父以六十四高齡的悲痛，一張又一張簽著同樣的名，蓋著同樣的印。我們感激得說不出話來，如獲至寶一般的捧著那張證明書，趕到僑委會申請護照，我們家人的護身符。到處都是人，三十三度氣溫下，每個人都濕黏黏，然而每個人都力大無比。能爭先一秒鐘，家人就有早一秒鐘脫險的希望。花多少金錢沒有關係，花多少精神沒有關係，但是我們不能花時間，我們已經沒有時間可花了。烽火已至眉睫。

公文出來了，趕至外交部。兩百多元一道符，一家十口就得兩千多，我們平時省吃儉用，二十塊錢的東西也不太捨得吃；可是，再不捨得也要捨得，這是我們最親愛的人的護身符，這是唯一的、也是全部的希望。我們揮著汗，噙著淚，把從珍藏多時的家庭生活照片上，給照相館翻印六十元一張的家人照片，一張張的貼上卡片，一家十口就是六百。手不停的填著，他們的名字，他們的出生年月日、公文字號，等等以及等等。揮著汗，噙著淚，心房扭絞著，我們沒有任何怨言，雖然心中明白也許我們所花的精神勞力金錢全將白費，可是我們沒有任何怨言：這是我爸爸，這是我媽媽、我哥哥、我姐姐、我弟弟、我妹妹、姐夫、嫂嫂、弟媳，他們的父母兄弟姊妹，這是我伯父伯母叔父嬸嬸舅舅舅媽姨父姨媽，這是我祖父祖母外公外婆，……他們身上流的血液是我們同一祖先傳下來的血液，他們的心連著我們的心，他們的生命連著我們的生命。

四月二十三號、二十四號、二十五號、二十六號，我們已花了那麼多時間，我們一定要等著拿到手。不眠不食又算得了什麼，只要他們不淪入敵人魔掌，只要他們能安然歸來。晚上九點，護照才到手。人們說，你把這證件交到家人手中，他們就可以憑此上船。涼颼颼的話哦！華航已宣佈停飛，誰人會返回西貢？信件已無從寄去，何況是這些可以要命的東西？誰在說，前些日子，有人託人帶回去，在機場當場被逮到，帶的人以及證件上的人全部被捕坐牢。誰在說，已經被抓去三、四十人了，其實護照有個屁用，到時沒護照擠上船難道還用槍逼下船不成？誰在說沒希望了，有人花了三、四千萬都出不來。誰在說，某某偷渡被逮，阮××不肯放；誰在說……我們大笑起來，把眼淚藏在笑聲裏，抱著一堆護不了身的符，寶貝的帶回家。我們還有照片哪，我們總算還有照片，這是我爸，這是我媽，這是我哥我姐我弟我妹……心底刺痛，悲憤滿喉嚨，要吐吐不出來，要吞吞不下去。那群獸，他們無力保護人民，偏不放人家走，要人家當替死鬼。到時他們左手黃金右手美女，駕了飛機就可以遨遊四海。管它什麼中南半島？

放開懷抱吧，他們說，憂心於事無補。好好的讀書，將來也許會有辦法，攤開書，白紙上的黑字宛如陰森的叢林，獸們躲在那兒，等著攔劫或宰殺無辜，無辜是我們的親人哪！心底刺痛，悲憤湧滿喉嚨，吐也不是，吞也不是。心底刺痛。

廿八號，新山一機場被轟炸。廿九號，越航停飛，卅號，無條件投降。晴天一聲霹靂，我們被震得目瞪口呆，所有的神經都停止活動，呆呆的，痴痴的，茫茫然的，空洞洞的。他們在說些什麼？他們在說什麼哪！所有支持的力量一下子全部消失，軟綿綿的、輕飄飄的，眼睛看不見景物，耳朵聽不到聲音，嘴巴說不出話來，手無力抬起，腳，連走路都不太會走了。

醒過來已是第二天，碰到人們總問，你家裏人怎樣了？難道臉上的愁雲慘霧還不夠愁不夠慘？提一次，就是一次的椎心，他們一個接一個，不斷的問著同樣的問題。另外有些一副無所謂的樣子，不知道越戰是什麼東西，在你面前大蓋他得意的風花雪月。至於另外那一批，興緻勃勃的到處簽證，準備出去，做毀掉自己家園的金元國公民；有些樂得不必再辛辛苦苦唸書工作，反正這裏的政府會撥救濟金，不逍遙快活幾年再說？甚至有些打算取道別的地方回去，回到那片被污染了的土地。真想不通他們的腦袋裏裝的是什麼，枉讀了幾十年的書，枉活了幾十年的生命。

寄出去的信統統被退還。「郵路阻斷」。被阻斷的何止郵路？那裏已經是另外一個世界，鐵幕迫不及待的撒下，關緊大門，整頓內部。內部整頓以後，那裏仍然是一個不對外開放的血腥地帶，一個鬼域。多少舊鬼煩厭？多少新鬼痛哭？我們的親人哦！連著我們的心，連著我們生命的最最親愛的人！他們沒有幾百兩黃金，他們沒有幾千萬家財，他們無翼無船，他們甚至寸步難移！老的老，小的小，我們在此，隔著山海，連郵件都無法寄達，誰能扶老？誰能攜幼？二十六年前的悲劇，上一輩演過，如今輪到我們。浩劫為何緊緊跟隨著我們？攆不走，摔不開。我們最親愛的人！他們何辜？我們又何辜？

十幾天，十幾天宛如十幾個世紀。每天跑到圖書館的閱報室去，把所有的報紙一份份仔細的一字一句的讀，妄想能找到一丁點兒希望。每天守著七點半和十一點的電視新聞，妄想能從那一堆堆的人影找出熟悉的臉龐。十幾天了，我們無依無助的單獨掙扎，我們不能倒下去，縱使淌著血的心無人能為我們醫治。我們最親愛的人！他們的心連著我們的心，他們的上一輩在舊的鐵幕內，我們的上一輩在新的鐵幕內。我們明知已經絕望，可是我們又捨不得放棄希望，或許他們已在海上，或許他們正在哪一個難民營，或許他們……。棉共正在屠殺。越共正在屠殺。我們的心扭絞，夜夜惡夢頻頻。不要！啊！不要！他們老的老，小的小，他們無翼無船，他們何辜？

上蒼無語，大地無語，可是我們怎能無語？我們最親愛的人，他們被關起來了，他們何辜？我們孤獨無助，可是我們不能倒下去，我們不能讓獸們得逞，不能讓他們加害我們的親人。他們是被關起來了，我們沒有，我們依然挺立，我們沒有倒下去。舊恨新仇，大陸一個家，南越一個家，我們的家人，舊恨新仇。我們不能倒下去，那如畫的江山，那美麗的家園，我們的上一輩，我們上一輩的上一輩。他們在等著我們，他們一定還在等著我們。我們最親愛的人，他們何辜？我們如畫的江山，他們何辜？

上蒼無語，大地無語，可是，我們怎能無語？

笛音

何尹玲

他們每晚都來，十點過後，在嚴寒的冬夜，或炎熱的夏天晚上。

剛住到這兒來時，每晚聽到那樣的笛聲，總覺得心裏會湧起一陣難言的悲哀，卻又不曉得為了什麼，甚至不知道那笛聲代表什麼，吹者是誰，那麼單調的重覆，每夜每夜。

那時剛入秋，天氣溫度恰到好處。夜夜聽著笛聲，雖然好奇，卻也不曾衝出門外看個究竟。直到有一夜，心裏不知道在煩著些什麼，便起身開門出去。夜已深，凌晨一點的街巷已無一人。巷內一柱路燈孤零零的站著，燈光昏黃，在靜夜的深沉裏竟然發射著柔美的亮。正坐在人家門口的簷下發楞時，他從巷子的那一頭過來，笛聲先傳，人影才出現，仍然是那單調不變的六個音階，第一音稍微拉長，其他五音連著。他架著一副墨鏡，嘴上銜著一管小笛子，手柱著一根拐杖，在無人無車的巷道上，以拐杖慢慢探索著路面前進。昏黃的光影裏，還看得出他身上穿的是一件舊的灰薄呢西裝上衣，大概是同樣料子的長褲。燈光起初把他的身影長長的拖在後面，越近燈柱影子越短越小，然後，他經過燈柱，影子又漸漸的由短而拉長，但他就在燈柱聳立的巷角轉了彎，身影隱入黑暗，終至不見。

他孤單的身影，孤單的笛聲，孤單的拐杖，孤單的摸索在黑暗的巷道上，是不是也摸索在人生的道路上？他的世界裏有白天嗎？否則為何只在入夜十時以後才按著那管小笛，大街小巷，一遍又一遍的重覆著永遠不變的簡單音符？他難道不知道，他的形象，如此落寞清淒，在如此深沉的夜裏，給人一種全然的迷惑和震撼？他所肩負的，是全世界的黑暗與寂寞？

後來才知道他們的笛聲原來是一種職業的號角。他們是看不見陽光的人，在夜裏也看不見月亮和星星；看不見花開花謝，看不見草長草枯，也看不見道路的崎嶇，看不見千百種人的嘴臉；但是，他們會看得見世態的炎涼，一如他們看得見氣候的炎涼，在他們的心靈之中。

也是後來才知道的，他們每一個人的笛聲雖然聽起來彼此非常相近，但仔細分辨就會聽出其中的差異：笛音或清或濁，或脆或沉；音階或高或低，或亮或啞。偶然一兩次聽到的笛音，卻像是忍受過人間萬般痛苦的委屈嗚咽——強抑著，終又禁不住發出聲響。

秋去冬來，夜夜笛音催人入夢。許多個下著綿綿寒雨的冬夜，踡縮在溫暖的被窩裏，猛然傳來的一陣笛音和著淅瀝滴嗒的雨聲，一下子把人的心緊緊絞著似的痛起來——他打著傘吧？他披了雨衣嗎？還是穿著那件舊西裝？被淋濕了沒有？生意一定不太好，下雨為什麼還要出來？

時序不斷的移動變更，沒有變的是那夜晚的笛音。天氣暖了，天氣熱了，笛聲依然每晚響在街頭巷尾。

有一葉雲

何尹玲

從「樂都」出來，乍暖還寒的風給她澆了一身冷。時近黃昏，禮拜五的電影街顯得有些冷清。她感到一陣暈眩，咳嗽立刻洶湧而來。兩個禮拜的感冒，使她變得多愁善感起來。

她踽踽而行。走過一個公共電話。打電話吧！把一元銅幣塞進去，手指一圈圈在轉。那人不在。她頹然掛掉。噢！連殺時間的方法之一也要被剝削。

她繼續向前走。街道左邊有一片空地，有人在蓋房子。多少天後會有一座新的建築物。舊的拆去，新的代替。很公平，實在公平。街道右邊的櫥窗有些也頗能吸引人，但她只隨便瞥瞥便走過。於是，她懷念起西貢來。西貢的街道兩旁如蓋濃蔭，植滿了法國梧桐。西貢的悠閒慷慨和浪漫。西貢瀰漫了世界上各地報紙的煙硝烽火。火箭炮的爆炸。多少吶喊，多少淒厲呼叫，那些槍聲，那些撼人心弦的紅十字救護車的悲嘶。

遠離了的，才是最寶貴的。連一九六八年那場恐怖慘烈的戰爭都甜美起來。炸彈投下衝起的濃煙。飛機在敵人佔領的區域上空以各種姿態翱翔衝刺。入夜以後的機關槍聲。驚天動地的砲擊。一堆堆的焦土殘墟，一具具熏人的屍體。每夜每夜，她提心吊膽的守著黑夜沉重緩慢的腳步，讓弟妹們尋找他們童稚的笑聲在夢鄉裏。夢裏應該沒有血腥的，可是她在幾個月後仍然看見一隻斷臂，一具無頭屍橫飛豎舞在她難得的睡眠中。

不只西貢，越南許多其他大大小小的城市村鎮，都在痛苦呻吟中包紮傷口。結疤後城市已是另一種風味。生命原只脆弱如同上帝的存在。為什麼要判上帝的死刑呢？尼采真是一個無聊的傢伙！根本上帝從來就沒活過。他若是活過，早該聽見，也應看見澎湃宇宙的淚水，白髮哭黑髮，垂肩的青絲暈倒在無名的塚墓前，哪一隻手屬於哪一個頭？順化古都數以萬計的亂屍，留給未死的人泛濫成河的淚！上帝曾看見過嗎？或者尼采應該知道！

怎麼老想到這個問題？莫名其妙！高中已是很遙遠的流動，逝去的當然不再迴轉。為什麼那麼早就接受思考生死？讓以後只是一連串的空泛的白。人們愛以黑色或灰色代表不如意，對於她卻一切都是白色。快樂、歡笑、眼淚、悲哀，不過是一網的白，沒有底色的白，空洞而虛無。誰能說誰的一生充實？充實以一些看不見的東西嗎？或者充實以從生到死遙遙的路程。她突然間想縱聲大笑出來。遙遙？那麼老頭子們老太婆們的路程該怎麼算法？她才只走了幾分之幾？她沒有笑出來，想只是一個閃劃的意念，實現它必須顧慮環境。什麼時候她才可以不必顧慮？那一重重無形的鎖鏈已把她的棱角磨得鈍了。

一陣晚風揚起。暮春剩餘的寒氣讓她打了一個寒噤。她拉了拉衣領，寒意仍然不請自來，漫無顧忌的侵犯她。她走著，也不知道該向哪邊。電影街並不夠走多少分鐘，走完以後呢？回宿舍？那個殘酷但美麗的牢！她把自己的青春囚了進去，六個月了。這兒會有多少人每年拼得你死我活的希望能夠去坐這個牢癮？每回擠公共汽車，看著小學童們揹著又大又重的書包，小手搆不到吊起的白環，在車上隨著車子的停、動而不住的前進後退搖晃，她心裏總湧起一陣搐痛。兒童們何辜，竟然也要與成人一樣的掙扎生存？

她也心痛過許多十五、六歲的女孩，頭髮被剪得短短的，披著一身又肥又大的素色制服，架著眼睛，捧著書本，負了一肩父母交予的「責任」，沒有時間歡笑。

宿舍裏的她們是多少萬人之中的幸運者？聽說每年的七月是火烤人及人考人的季節。她親身經歷過不少次考試，可是從來沒有那麼樣的辛苦過。她看過她們準備期中考期末考開的各式各樣的車，早起的，晚睡的，從早到晚以及通宵不眠的。她只要有一個晚上失眠，接下來的幾天裏就會懨懨欲病。她是真心佩服她們，羡慕她們，有時也妒忌她們。她們從小循規蹈矩，從幼稚班，一步不差的走來，家中有呵護備至的雙親，上學有要好的同學朋友。上課就上課，下課回來安分守己做功課，週末赴男朋友約會，或者回家去享受溫暖。平安、平淡、平靜，她們甚至不會懷疑這種日子會起什麼漣漪風波，她們甚至純得不知道學校之外有一個迥然不同的世界。

可是她又有什麼理由去妒忌人家？是因為自己所擁有的那一點點純早被社會的糜爛和遍野的戰亂麻木化了嗎？烽火自燃歌舞自酣，只要不是自己腦袋開花，又有誰捨得放下這分秒必爭的激情歡樂？誰可以保證下一次爆炸，或者今天晚上的炮轟打不中自己？有酒不醉是笨瓜。誰又有權利去說另一個誰？

暮色什麼時候漫延了整個城市？霓虹燈廣告燈滿城在擠眉弄眼，你推我攘的。這裏的繁華又是另一種面目，燈光替代陽光之後，城市就輝煌起來了。街上是人，每一個店裏是人，百貨公司裏是人，歌廳舞廳是更多的人，人氣趕走了空氣，越呼吸越感窒息。老一輩的人有些也許已忘了防空洞是什麼樣子，年青一輩的也許有些不知道自己原來根生何處。說什麼杭州？說什麼汴州？我們根本沒見過任何州，又如何怪得他們把什麼州當什麼州呢？

她依稀的還記得小學時唸的華僑學校，一、二年級時學校會在雙十節放假。她也還記得那時的雙十節都開慶祝大會，會中校長總會在國父遺像前鞠躬，讀著掛在牆上的國父遺囑，然後是遊行。前邊有車子開路，播放著反共的曲子，學生們跟在後邊。那時候總會自問祖國到底是什麼地方呢？祖國又是什麼樣子？為什麼祖國不來接我們回去？讓我們在這裏老是受本地人欺悔。受欺悔而不敢有所反抗，總是大事化小、小事化無的逆來順受。三年級時好像也放假，只是再沒有人慶祝了。然後是一陣洶湧的排華潮，父親的朋友們來玩，每天所談的就是這件事。看著大人們每天愁眉苦臉或是氣憤難消的樣子，她會偷偷怪起祖國來——祖國都不管我們了，祖國把我們送給別人。以後學校裏的課程全部改過來，中國文字只是附屬的，有時甚至是暗中偷偷的上課。國慶假日再也不是雙十節了。

長大以後她才明白世事並不簡單。她有幸還懂得一些中國字，接受過中國文化的教育，會讀，會寫，會聽，會講；自己到底與祖國還是一體的，血管裏的血液澎湃著中國的江河。父親有限的存書她都讀了，每天的中文報紙必看。機會實在太少，在一個遠離都城的鄉下，也只有如此。

直到那個機會突然降臨，她第一步踏上自由祖國的土地上，還以為只不過是在一個不能驚醒的美夢裏。夢想持續得太久了，一旦成真，竟然不敢相信。擁抱她的空氣已不再是那種寄人籬下的謙卑和混雜。四周都是陌生的，她卻有回家的感覺。好或者壞，總是自己的。眼淚不停的湧出來，並不純粹是為了家人。

眼淚幾乎隨時隨地準備好了衝出眼眶，滿街都是方塊字，滿耳是自己學不來的國語，聽不懂的南腔北調和各地方言都親切得像是自己心上的跳動。鞭炮代替槍砲，和諧代替混亂，安寧代替動盪，把心挖出來也不夠說明她的感激。一直到現在，電影放映之前的國歌依然使她熱淚盈眶，那份激動幾乎是超常的。但居然還有人不起立！她親眼看見。

我們又能說什麼呢？他們在幸福中成長，身在福中不知福，他們沒有被流放過，他們沒有被貶謫過。他們吃他們土地上的，還埋怨為何土地不是別的東西。他們不知道有許多人，終其一生看不見自己的土地，聽不到自己的鄉音，思念加上夢想加上折磨，抑鬱而終。那麼原諒他們吧！原諒他們吧！

她知道自己雖然只是一葉不羈的雲，曾經被謫居在昏晴不定的空中，可是終將飄向自己土地上的天空。那麼沿路的只不過是一個個驛站。

祝福

阿野

你走那天我去送你，國際機場滿是人，我上上下下的找了好久，後來才看到你被眾人簇擁著從電梯上來。幾乎沒有和你講話的機會，你的「他」及他的親人，你的同學，你的朋友，把你包圍著；我只有呆呆的站在旁邊，看你忙著聽這個的叮嚀，聽那個的祝福，不住的點頭，不住的微笑。你一身黑底印著色彩鮮艷花紋的蝴蝶裝以及經過淡淡化粧的模樣是如此鮮明而吸引人，我凝視你，彷彿你不是你，是另外一個人。

廣播小姐的催促之下，你要進入出境室了。我匆匆忙忙的把託你轉送給斯的蠟燭燈塞到你的旅行袋裏去。然後，你彎下身來親親他的小外甥女，跟這個那個握手。那麼多的順風再見聲中，你是否曾經也接受或者聽到我的？

你走進去了。我真想哭。每次到機場送人或接人都有這種衝動。半個月前我才從那邊的入境室進來，現在目送你從這兒出去。半個月之中，我只跟你通過幾次電話，一面都見不著。今天，分別了大半年後重見的第一次也就是要分手的一次。到底什麼才叫重聚？什麼才叫分離？這短短幾分鐘的相聚只不過是為了幾分鐘之後更長更久的分離而已。

你說你要回去。兩個半月之前我回去時，見過你母親，她也說希望你能回去。我心底裏不太相信你會真的回去，你來了四年，習慣了這裏的生活，才剛畢業，又正跟他難捨難分，你捨得把這一切完全放下，回到那邊去？你父母親、你弟妹們和家人都想念你，正如你想念他們，離家那麼久，當然很想回去團聚一下；只是，你說你要回去一兩年，甚或定居下去，我有點懷疑這可能性。以我自己來說，我也離家四年多，中間回去過兩趟。每回家一趟，心裏就難過得要死，父親的頭髮，我走的那年還是黑的，回去一次就白了一些，而且白得那麼多；父母親身體一向就不太好，辛辛苦苦的奮鬥了半輩子，除了一身病痛和疲憊之外，獲得了什麼？弟妹們年紀還小，不懂事。除了大妹還能幫著料理一些家務以外，其他什麼都幫不上。每想及父親為我們勞碌了大半輩子，我總忍不住會哭出來。家裏不是不需要我，可是父親從來沒有表示過，連那樣喜歡嘮叨的母親也從不對我常年在外責怪過一句話。我欠負於他們及弟妹的是何其多，我慚愧和內疚又豈是這四個字所能包含？而我自己心中的自我掙扎，幾乎是無時無刻不在進行。感情上，我應該回家去，我在那兒出生，在那兒長大，那裏有我最親愛的家人，最熟悉的人與物，最難忘的曾看過的，曾聽過的，曾接觸過的一切。然而，在理智上，我能那樣做嗎？唸了二十幾年的書，究竟，我們應該做些什麼？

也許，你會說，你可以回你中學時代的母校去服務，把你所學再傳授給更年輕的一代，讓他們對祖國有更正確的認識與看法，對中國文化有更深徹的了解和吸收。這樣，對我們目前的局勢未嘗不是一種間接的有力貢獻。可是，我實在不清楚，在那種戰亂的環境中，你是否有足夠的能力去做這種工作，或者，你也像其他人那樣，充其量只不過是一名教書匠，甚至連教書的意義也沒有想過？

那是你可能的遭遇，你如何決定我目前尚未得知；而我自己呢，對我自己將來的前途是恐懼又徬徨。我忘了是否曾經告訴你那個笑話：你和我都認識的那位「名副教授」，在台灣政大得到中國文學碩士學位之後，回去在文科大學教大學生們唸「你來，我來，我們來，來讀書」，老師唸一句，學生唸一句；還有一次我去探訪她，看到她正在替人把中文翻成越文，在字典中翻了好久也查不出「貴庚」兩字的意思，她堂堂文學碩士而不懂「貴庚」的意思，我也只好更不懂了。事實上，我並不是笑她，我也沒什麼資格取笑她這樣一位已經算是成了名的副教授，她能成名，自然是她擁有能使她成名的本領，我只是說，假如我回去也要去教「我來，你來……」呢？中國文學豈不是太可憐了？最近一次回去和同學前往拜訪她，她特別告訴我們，目前在各大學裏常發生排斥同儕的現象，像我們這樣回去一定不得其門而入。你知道我的個性，我並不反對好名利，可是我從來不會主動或積極的去爭取，我一向也懶得跟別人去爭奪什麼東西，雖不曾視富貴榮華如浮雲，可也不曾立志去非得到不可。當然，到大學去教書也算不上什麼富貴榮華，但總會有人認為你的地位特殊。假設我們現在回去，表面上可能有人表示歡迎，但實際上的情形是可想而知的。

我一直都猶豫著、苦惱著。離開畢業的時間頂多還有兩年，兩年的時間轉眼就會過去。回去或者不回去總不能說到時再打算。庸庸碌碌過一生非己所願，而任由別人安排不能自主的一生更是不能忍受。有時覺得處在這種夾縫之中的我們實在可憐。我自己是希望能在這兒留下，為自己國家、社會盡一點力量，只怕一畢業就被「召調」回去，替別人的社會「服務」那才是最大的悲哀。

你回去已經四個月整了，一封信，一張卡片也沒有來過，連我寄去的聖誕卡也不曉得你是否收到。你大概還未曾忘記，未到此求學之前，我們幾乎每天都要見面，每天都有那些說不完的話。民國五十八年九月我先來，你接著在十一月到，我在台北，你在台南。結果四年下來見面的總數都沒有以前的一個月那麼多。一直不肯相信「out of sight, out of mind」這句話，可是一旦分開了，見面的次數少了，通信的次數少了，漸漸的連想念的時候也少了。你走了四個月，懶惰加上繁忙的瑣事，讓我連提筆寫一封信都提不起勁；另一方面，我也實在惱你回去那麼久，連一張報平安的卡片也不寄來。

看樣子你是已經定下來了，四個月的日子你是怎麼過的？跟你理想中一樣嗎？有差距？會不會差得太遠？這四個月來國際局勢變化太多，但願這些變化不曾讓你感到頹喪。

在新的一年伊始之際，祝福你能堅定自己的意志，穩定自己的立場，向著自己的理想邁進！

在聖島上

尹玲

我以虔誠的渴慕的朝聖之心，踏上這聖島。三年以來的夙願在一剎那間夢一般甚至神話似的成為「事實」。

彷彿走在唐朝，走在宋朝或清朝，那一幢幢不稀疏麻密也不現代不二十世紀的紅牆綠瓦！啊！為什麼這列軍車不是得得的雙馬車，讓我揮舞馬鞭，瀟灑地奔入木麻黃夾道的濃蔭裏，不揚起一絲凡間的塵埃？

許是夢，一步一小心翼翼，唯恐夢碎了，醒在台北的喧囂中。然而怎會是夢，一張張陌生而熟悉的歡欣的臉，乘風破浪而來的，受苦受難過來的，睜大眼睛，貪婪地吸進只有在聖島上才流動的空氣，發誓要好好抓緊未來七天的每一分每一秒。都將成為記憶哦，永不磨滅的記憶。

休假中心竟讓給我們這批無功受祿的傢伙，能不有愧嗎？古羅馬式建築的典雅大樓，在高崗上，我真的不在二十世紀，我在嚮往已久的朝代中。走下山崗，拾著那一級一級石階，走入一幅圖畫。滿眼是掇拾不盡的青翠，隨我來，我們走上晚霞暉下金黃的波浪，走在穿越樹梢低呼的風聲裏。起伏的山崗有錯落的民舍，脫離凡塵的古樸，夕陽下猶自吐著炊煙。白色自由女神栩栩如生刻在「金湯公園」的石柱上，望向浩瀚的大海，望向料羅灣的洶湧和溫柔；擎著光耀的自由火炬，喚醒照亮了隔岸被奴役的人們。

夜就升自海上的盡頭，升起一空的星斗，各自誇耀最亮的光采。十八的月不太圓，卻有一份不完整的美，清涼似伊人的秋水。風掠過樹梢，掠走所有可擁的夢。驚濤拍岸，捲起千堆雪，一時多少豪傑，眾人皆睡。

* * *

從三棵樹到一億棵樹，從一望無際的風沙到滿目蔥翠的綠林，從童山濯濯的小島到世外桃源的海上公園，我們知道，這不是魔術，而是多少人血汗的累積，智慧與精神的結晶；所以，感動、驚嘆和震撼，一個接一個連續不斷的衝擊而來，編織成了這幾個可數日子裏的充實。

「老吾老以及人之老」，「幼吾幼以及人之幼」，老人們和孤兒們的孤苦無依在安老院和育幼院中已不成為精神威脅。我們以無限的驚異和欽佩及我們全部的愛心走向他們，因為我們知道這裡原是一個愛的世界。孩子們爭寵似的以他們的天真活潑來引領我們走入他們的領域。那個小國樂團演奏的豈只是行雲流水的音樂？每一個音階，每一聲響都震撼我們的心弦，導發我們的淚泉；我無言，但噙著淚水走出小音樂室。

而在另一個領域裏，老人們安詳的擁著剩餘的日子，擁著往昔的每一類記憶，起皺的臉竟連每一條皺紋都是慈祥的笑意。我發現，滿院的綠在欣欣向榮。

轉往古寧頭天飄起雨來，憑弔的雨，憑弔一個輝煌的永遠不朽名字；那一番吶喊廝殺，那一場大捷。

從瞭望鏡裏可以看到模糊的對岸。只有八千公尺，走路都走得到的，如今卻必須勒住欲奔猶止的腳步，無言的對著那片鬱綠。還能說些什麼，我知道那裡有我原來的「家」，從小就吵著要回去，卻一直到今天仍須以此刻這種微妙的心情來憑藉鏡片觀望的「家」。總得要回去的，是不？那一天，我將得以緊緊擁抱我的土地，向她傾訴我相思的瘋狂，那麼多年，那麼多月，那麼多天！

* * *

從來不會知道，也沒有想過，人的力量真的可以移山，可以填海。

如何想像得到，這裏原來是實的石山，人以其有限的力量，去摧毀大自然無限的障礙。走進石洞門，坑道伸延著，彷彿伸向無盡，我們走進小說的八卦陣。恍如置身神仙的洞府裏，這石洞擎天，擎著一空飄浮著千萬朵藹藹的白雲，六百多人的嗡嗡也在一剎那間成為左耳入右耳出的清風。我們震懾得只會無言，以全心靈的感動去景仰和驚嘆。有誰在問：如何？只能答以「不可思議」。在天都被征服之後，我如何可以說，還有什麼是不可以征服的？

走出石洞，一地的濕漉教我想到「山中方一日」。雨落，雨停，空氣清新得可以嗅出那股剛被洗過的芬芳。一抬頭就迎接到沐浴過的滿空星斗。有多久有多久沒有擁抱過如此晶瑩璀璨玲瓏剔透的閃爍了？哦！金門！為何你賜予我的，都是出乎意外的神話似的被懾服得只有崇拜的美麗和感人記憶？

* * *

終於站到這裏來了，站到自由世界的最前哨。

不必望遠鏡，我的肉眼就可以看得清楚。哦！咫尺天涯！我的故鄉！我的土地！從福建再往南，再往南走，我夢裏回去過的老家，兩千公尺外的那片灰綠就是。二十多年來，我們活在不是祖國的海外，也曾經有過無憂的童年，也曾經有過無慮的歡笑；可是，怎麼解釋，我們出生的地方，我們長大的地方，我們喚為「家」，為什麼我們竟有「流落」的感覺，一種被放逐的悲哀？而不論在什麼地方，那懷鄉病都像久醫不癒的風濕病，隨著歲月隨著季節只有越來越深越重。

無憂無慮也並不完全佔有童年，放逐的早熟讓我們在不覺中也懂得看別人臉色。似乎「寄人籬下」的意識無時無刻不侵襲弱小的心靈。我們就想到那葉海棠，不止千萬里外的我們自己的「窩」。總有一天我們要回去的，我們不必再看誰的青眼白眼，我們如此告訴自己，然後很不介意很不在乎的繼續活下去，就只仗著那麼一丁點渺茫又充實的希望。我們從小學的地理書裏，從小學老師的講解，從五彩繽紛的圖片上，很興奮的找出我們祖先立足之地。那個地方，凝固了幾許血汗，幾許智慧，貧瘠而相當富有，未識而相當真實，遠隔而相當溫馨，以我們全部的想像，全部的熱誠，全部的愛心。怎麼能夠忘記每次聽到國歌的熱血沸騰，熱淚奪眶而出以及心房的陣陣抽搐？一直到今天，每一場電影的國歌依然沒有讓眼淚隱藏。哦！

此刻，我們就站在這裏，眺望著那張海棠葉的邊——如今稱為地獄！心房的抽搐已不能憑理智壓抑。我要擁抱我的土地！我要在她的懷裏打滾，在那一片無際的青青草原上！我要回去！多少我們的親人！多少我們的同胞！我要回去！我要知道自己原來的故鄉，那長久以來從父親口中描繪過了的一直夢想的家。怎麼能夠忍受這種「可望不可及」，從鏡片中，從可及的視野裏去滿足去醫治歷經滄桑近乎瘋狂的思鄉症？我們一定得回去，我們終有一天會回去，讓那葉我們從小就知道就熱愛的海棠土地不只印在色彩鮮豔的圖畫上，不只化成無數黑鉛字排列白紙上，不只活在我們心中想像中，更活在我們眼裏，呈現她一切的豐富、一切美好、一切仁慈、一切她所能夠呈現的。

* * *

來吧！去牧馬堰，我們騎馬去！

多嚮往那一片無涯無際的天蒼蒼野茫茫，勒緊馬韁，奔馳在廣大的草原上，海闊天空，任我奔翔。

奔向一千多年前的唐朝吧，整個金門是一片牧馬場，陳淵是牧馬場唯一遠涉而來的官員。精明能幹而色相英爽的牧馬王坐化成為神靈，與養蠶的林姓姑娘羅曼蒂克的給我們留下一則「幽昏」的美麗神話。

也許你不愛騎馬，那麼，跟我來，到那個古意盎然的榕園去。榕樹古老得像最原始的故事，垂著長鬚，迎風嘮叨萬古亘新的歷史。一棵，一棵，一棵，算了，何必要知道有多少棵？多少棵都只有共同的一個仰望。再過來，那幢平屋以它特有的古雅神緻陳現綠蔭叢中。「慰廬」，如此特別雅緻的名字只允許豎在榕園。這裏沒有一絲凡意，天比任何地方藍正如雲比任何地方都白，榕園就在白雲深處，曲徑通幽，通向一直夢想的仙境。

走出榕園就走在太湖畔了。湖水映著天空的藍，波光如鏡。湖心有三個小島，要尋幽探勝嗎？那麼駕一葉扁舟，遨遊去吧！

說不出滿心的感動和感激，如此詩畫一般的太湖是人以雙手挖掉土地儲水而成。假如說，我像敘述一般故事敘述這些事實，你，怎麼想？

＊　＊　＊

從「成功」出來，揚手揮來開往金城的計程車，花五塊新台幣，你就可以進入一種全新的意境。

那麼平坦、那麼直、那麼長、那麼美、那麼難以想像，數以萬計的修長的木麻黃和馬尾松亭亭玉立在公路兩旁向你招手，向你訴說金門的中央公路是如何的沁人心肺，在八月初可惱的燠熱裏。綠、蒼翠、鬱鬱，一路閃動著、跳躍著，以千萬種深淺層次和姿態。快到金城的一個轉角處，東門的郊隅立著一座巨幅的浮雕，刻劃古寧頭大捷的歷史鏡頭，那是金門精神堡壘。堡壘上鑿有「毋忘在莒」七大精神。沒有人會相信，金門精神還有打不倒的敵人。

金城是一個新與舊、古老與現代誘人的混合。市上商店一家一家緊挨著肩，面對著面，整齊劃一的招牌，比台北的參差不齊美觀。貢糖廠是這些日子裏最吃香的生意。

我喜歡走在一些比較偏僻的地方，沒有車輛、行人稀少，午後的陽光強而熱，戴一頂白色草帽，揮著汗，倘佯在綠蔭夾道的路上或是長滿野草的小徑上，我彷彿走在唐朝，一幢幢的房子都是平房，紅的磚牆、瓦頂、式樣古古的，進入大門口要抬高腳才跨得過去，裏面是庭院。我想起板橋的林家花園，第一次見到以及今天見到的興奮，迷惑和忘我是同等的。兩年前探訪林家花園時，就曾自以為走入了曹雪芹的紅樓夢。

簡直無法相信，每一條公路上都不讓我檢到一片落葉，甚至一根松針，那種潔淨加濃了超塵的感覺，人彷佛都被過濾得不食人間煙火了。原有的以前的醜陋都被留在海上，我們以赤裸的虔誠獻上我們的仰望。

也的確只有仰望，我們攀上太武山巔，仰望題著「毋忘在莒」的勒石，然後向著海的那一邊，我們吐露了我們共同的心聲。我們仰望我們唯一的共同的目標，以永遠的金門精神，我們一步一邁進，我們確信，我們終會抵達，有一天。

＊　＊　＊

七天比一剎那更要令人感到短促，也許太充實了就覺得有點不太真實。

去向黃昏裏金色的波浪告別，向蒼鬱的木麻黃們告別，向海上的夕陽，向樹梢過境的風聲，向最新的與最古的，向此地所有永遠屹立的可敬的人們。

走向來時路，我們歸去。行囊中不盡是高粱酒和貢糖和陶瓷器，更沉甸的是離情，是記憶以及金門精神。登上軍艦，我們歸去，歸向海之角天之涯，我們原來自那些地方，各種不同的角落。伴同我們歸去的，是不怕苦、不怕難、不怕死的聖島精神；而我們知道，我們也自信，記憶將是一面愈磨愈亮的石鏡，永遠閃爍著聖島的七天。

如果成為記憶

苓苓

他們和她們興高采烈的揮手，高喊再見。是的，再見。他們她們為了能夠回到離開了一個多禮拜的原住地方像能回家一樣的興奮。也許只有我，才覺得每一種離別都是一次摧心的痛楚。

我提著兩大皮箱，酒、陶瓷器、貢糖，以及永遠不會忘的記憶，沉重，像我心頭的離情。走過你身邊，我也喊再見。想站下來跟你握別，或頑皮的再來一次敬禮，凝視最後一眼你背向燈光隱藏在暗中的臉，卻騰不出一隻可以活動的手，一路前進的隊伍教我無法停頓下來。你大概沒看到我。再見，將在夢中或在哪一個國度？我咬緊牙根，為了手上的行李，也為了眼中的淚水。再見，是的，再見！

上了船後把行李往分配到的床上一扔，馬上衝上甲板。隊伍還沒走完。樂隊的驪歌一遍又一遍，吹起揮別的無數的手。我如何能在眾多的人頭中，在遙遠的黑暗裏尋出一個你？星辰稀疏，寥寥可數；偏在我第二次再度抬頭時，星星已多得照亮了料羅灣洶湧的白浪。

岸上一片寂靜。樂隊離去，歡送的人們離去，你也離去。你離開了我的視線，卻永遠再離不開我的記憶。

下午最後的晚餐席上，在像一週來你每餐必做的報告之後，經過我身邊時，你忽然笑著說：「相見恨晚，又要分離。」在你，這只不過是一句玩笑的戲言，讓我們演了兩天的對手戲加多一重戲劇化的感情渲染；然而，我卻為了這句玩笑，覺得難以嚥下這最後的晚餐。你如何知道，離別對於我，並不只是一個揮手，一句珍重再見！刺心的陣痛絞纏著我，為什麼人們總愛在相聚之後分離，而分離之後又不一定會再相聚？

真希望船不開，希望颱風來，甚至希望我忽然間生病，可以留下。一切希望都永遠停在希望。他們在交換簽名，交換地址，在無限好的夕陽餘暉裏爭取最後的幾個鏡頭，在黃昏的晚霞中絮絮話別。我看著你忙，簽名，一個接一個；聊天，一句又一句。或許你已忘了，你說你要陪我到海邊，沿著宿舍旁邊那條長滿了草的小徑，散步到金色的海浪裏；沿著到金城植滿木麻黃的公路，散步在穿過樹梢的風聲裏。

然後黃昏完全隱沒，夜來了。我們上車。我們到碼頭。我們下車。人聲滔滔，你聽到的，人聲滔滔，一點都不像離別。你在我們周圍轉來轉去，給這個簽名，給那個答話。我說，我都快要走了，你怎麼也不多陪我一會兒？你笑，以為我在跟你一樣開玩笑，人們安靜些後，你坐下來，盤腿坐在地上，燃了一根烟，燈光在你背後，給你整個臉部一片陰暗。我也坐下來，看你吸烟時那一點烟頭的明亮。那一點明亮照不見你。你噴出的烟霧白白的，那些烟霧也留不下什麼。一根烟吸完了，你把烟蒂扔到地上，用腳踩熄那一點亮，踩熄我一直注視的目標，黑暗裏唯一的光芒。

是不是說，什麼過去了就難以追回，甚至不容追回，像你踩熄了的亮光，像這一週來的相處？那天到榕園，你說你就住在那邊，手指向樹林深處，為什麼不指向雲深不知處？那時我們一定可以羽化。你說那一棵樹是你種的，那一棵又是誰種的。我們正在整修的慰廬前，你說這就是唯一不曾被風砂埋葬的房子。我為什麼要記得這麼清楚，記得太湖旁邊路上的同行，記得傍晚宿舍門前的瞎扯，記得每一次上路，每一次下車；記得你每一句話，每一個動作；最記得的，是你童稚一般的笑容，像未曾經歷人間滄桑的、嬰孩一樣可愛的笑容！

也許真的什麼過去了的就難以追回，此刻我在甲板上，在浪潮的冲擊聲中，在滿天星斗的照耀下，發現自己孤獨在那麼多的人影和人聲裏。你不在，卻束縛了我全部的思維。這裏不是太湖，不是榕園，不是慰廬，不是休假中心，而是把我帶走，帶離開你的海上。但是，你一定會相信，什麼過去的難以追回，而什麼已經成為記憶的，將永存在你我之間，同樣的難以磨滅。

聖塔・露西亞

阿野

她說，十二月十三日，在瑞典是聖塔・露西亞節。

她說，這一天在瑞典很熱鬧很熱鬧。

我們就起鬨，圍著她，「告訴我們嘛，聖塔・露西亞是一個怎麼樣的節日？」七嘴八舌。

她從瑞典來，八月來的。剛來的時候都只跟我們講英文。我們之中，除了羅唸外文系可以跟她全部英文應對之外，其他的六人手腳並用，比手劃腳，也往往是你講你的，我講我的。

幸好她的學習能力很強，沒多久就從她的北平老師那兒，學會了道地北平口音的國語來和我們交談。她講的國語常令我們捧腹大笑。

有時侯她會「我我我……」半天接不上下文。很多時侯她會在每一句話後面都加上一個「的」字，害得我們講話都學她：「好——的！」「謝謝的。」「我想下雨的。」「我要上課的。」「一點鐘了的。」要不然就是：「啊啊——我懂了的！」特別強調那個「懂」字和「的」字。

她長得很高，大概在一七〇公分以上，很瘦；因為高，顯得更瘦，也因為瘦，而顯得更高。學期開始之後到現在，我們有過兩次大掃除，她都很賣力，尤其是一些需要「高攀」的地方，我們非借重她不可。她做起事來都是快動作，快得要命，講了馬上就做，不像我們總愛拖拖拉拉的。

我們寢室是一個小型的聯合國，有遠從瑞典來的，也有近在湖口的。順著遠近次序來說，應該是：瑞典、印尼、越南、香港、高雄、臺南、湖口。常聽到的語言有英文、國語、越南話、閩南語、客家話、廣東話，偶然也來幾句法文、馬來話、德國話、日本話，甚至西班牙話。她有一個挪威朋友，來找她時就大談挪威話、丹麥話、瑞典話。我們真有耳福，套句廣東大戲的廣告：真教你聽出耳油。

剛開學時，我們彼此誰也不大理誰，舊朝元老有三人，新搬來的五人，其中三人是三位一體。陌生得可怕。一個月之後，我們才慢慢會找一些話來清談。宿舍平時晚上十一點關燈，週末禮拜日延到十二點。我們「互相了解」之後，往往關燈後還在高談闊論，天上地下的，吵得誰都無法入睡。她起初很不習慣我們這種「壞作風」，她很注重睡眠，而我們卻寧可第二天閉著眼睛摸到教室去打瞌睡聽課，也要發揮我們自由言論的精神。幾個月薰染功夫，她現在已很能適應，而且不時也發表許多高見，或者是結結巴巴辭不達意的讓我們去幫助她發掘一些異國風光和情調。曾幾何時，她從早睡早起，加人了我們懶蟲集團變成晚睡晚起。

聖塔‧露西亞節就是這樣被我們挖掘出來的。那天晚上關燈之後，她們點了兩根白蠟燭，燭光很柔和的閃爍。她坐在座位上，她們圍著她，我從外面回來，聽她在講到她還在她的祖國時，她做過露西亞。

「是怎樣的呢？」我們問，嗓門好大，眾口同聲；我們知道教官不在。教官不在時，我們放心讓蠟燭盡量大放光明，也放心盡量提高我們的音量。教官在時我們會比較乖，因為我們曾經目睹一幕驚心動魄的「不乖」結果。

她說，以她那種特有的「欲速則不達」而又急又緩的語調告訴我們：聖塔‧露西亞本來是義大利一個仙女（我不清楚她是說仙女還是聖女，後來也沒問她），瑞典人只是借用這一個名字而已，義大利的露西亞和瑞典的露西亞完全是不同的兩回事。

十二月十三日是露西亞節。這一天，許許多多的小女孩和少女都做露西亞，有的在家中，有的在學校裏，或是在醫院裏，在一些機關，一些工廠，每個地方都有。她們一大早起來，入冬的瑞典清晨，又冷又暗，她們頭上戴著冠冕，穿著白色的長衣裙，燃了蠟燭，唱著義大利的那首「聖塔・露西亞」歌，分送蛋糕和熱咖啡。有一些露西亞是被城市或是村鎮或是某個地方選出來的，她們在街上遊行，後邊跟著許多扮演僕人的小孩。

她說，露西亞本來似乎是男孩，她記的不太清楚，他們是一些鞋童鞋匠之類的，在冬天早上因為太冷太暗而燃起蠟燭，以後就慢慢演變成一種風俗習慣，由女孩們做。露西亞節中也有男孩，他們頭上戴著尖頂的高帽，上面貼著紙剪的星星，也參加遊行。

她告訴我們這故事之後，不久就是十二月十二日。晚上，我們似乎都很興奮，一直在討論明天如何如何去過露西亞節。「我們沒有白衣服呀！」「用白被單套著好了。」「我們要去校園遊行。」「那一定很轟動，『大新』一定會發表專訪新聞。」「不要去校園了，我們在宿舍裏從一樓遊行到四樓。」「我們要一大早去買蛋糕。」「我明天要喝咖啡。」「我……」

話聲一大堆，一句比一句大聲。爭了半天，我們說：「你明天應該請我們吃蛋糕，吃咖啡。」這時她已躺在床上，我們也是各躺在各的床上發話的。然後我們用聖塔・露西亞的歌譜旋律唱出我們心裏的意思，我們心裏的意思只不過是明天要她請吃蛋糕和咖啡而已。她也唱著回答，沒有白衣服啦，沒有什麼什麼的鬧成一片。精疲力竭後，我們說「撥鬧鐘吧，明天我們六點起來做露西亞。」我還特地把鬧鐘放在床頭。

第二天不是鬧鐘叫我們，而是她的燭光和蛋糕叫的。陽光早就在院子外邊散步了，鬧鐘沒響是因為忘了上發條。她什麼時候起床，什麼時候出去買蛋糕，我們都在夢中，全不知曉。大概這是第一次，我們最乾脆的一次，平時要我們起床，我們總會賴上老半天的。

蠟燭就一直在旁邊燃著，蛋糕分光了，咖啡也喝完了，她們各去做各的事。我在她身邊，問她，露西亞節是有什麼意義的嗎？她說是的，露西亞在寒冷與黑暗中給人光亮、給人溫飽。

太陽昇得很高了，十二月還是那麼暖和。假如說，我們每一個人都是別人的聖塔・露西亞？

撕碎的記憶

尹玲

我站在街頭，目送你的黑色風衣搖擺在風裏漸漸遠去。你並不知道，離別對於我是如何摧心的一個名詞。你沒回首看我，一個偶爾的、無意的回首也沒有。我感覺到自己整個軟癱。台北市在我眼前旋轉起來。中山堂前廣場的車影人影掩去了你。誰來扶我？

我佇立好久，迎接每一雙無顧忌的奇異眼光盯視。車影，人影，掠過的只是飛揚的塵灰。我後悔起來。實在不應該出來。我該留在餐廳，獨個兒也比浪蕩街頭無主孤魂似的好。或者根本我該留在宿舍裏，不接受你的約會。沒有聚，就沒有離。此刻分手的刺也就不會如此放肆的盡情的蹂躪我的心靈。被遺棄的感覺愈升愈濃，眼淚湧上來。我伸手招一部計程車，避難似的跳上去。

風從車窗玻璃的縫隙灌進來，透澈的寒冷。我茫然的看窗外一棟一棟的中華商場飛馳，道路和行人也迫不及待的往後奔竄。頭劇烈的刺痛。我到底在什麼地方？台北！親愛的台北！冷漠的台北！半年的時間還是未有足夠的能力讓我習慣對台北的陌生感。我不在台北，我不在西貢，我不在任何地方。我只是一個迷途的遊魂，流離失所，沒有目的，沒有時空的阻限。

我用右手將左邊的頭髮拉過來，橫著左頰放在嘴裏咀嚼。吃頭髮的女孩，剛才你說。不是吃頭髮，我咀嚼我的煩惱，被愁染白了的煩惱。黑暗裏我讀你眼中升起來的一些什麼，專注的看你專注的噴團團煙圈。我的情感我的生命也像這煙，無端的來，轉瞬間無端的去。假如你我之間不再普通如陌生人，一年之後我們互贈的，除了一雙無奈的揮手，還能加上一句「再見」麼？

風在車廂裏撩撥頭髮。髮上的兩隻紅蝴蝶在你轉身以背向我時已被我卸下。蝴蝶本是為你而結，你不在，就讓我摧毀那份慇懃。頭髮垂下來，前後左右飛舞。我懊惱的將臉埋在掌心裏。陷阱在我面前，你有心或無意的挖掘。我該如何自處？以理智控制不了的感情圓輪滑動？你握我的手不握我的手？

車子開進學校。捧著書堆的人匆忙的趕上課趕下課。我什麼也不趕。如果說我有一個地方要趕，那一定是死神陛下的死亡之宮。

車在宿舍門口停下。我下車。暈眩蹣跚。寢室裏她們一個個在埋頭用功。有誰像我，將把握不住的光陰從指隙點點滴滴漏出揮霍給無益的感情飄流？玩得不好嗎？有一個誰好心在問。怎麼樣才叫做好？我搖頭，在鏡子裏審視自己的蒼白。那張蒼白得陌生的臉，長髮覆散似瘋婦，眼睛空洞無神。暈眩一陣一陣似潮，衝擊我的腦袋。我投身床上，投身入無知的遺忘裏。

* * *

音樂一支一支的連續。「天琴」的燈盞亮得不夠讓我看書，暗得不夠情調。你走後，我獨自咀嚼充塞心靈的寂寞。剛告訴你我害怕孤獨害怕寂寞，你又怎麼能夠狠得下心把我扔下先走？

我的病加重了多少，我不敢去問醫生，暈眩依舊，疲倦依舊。我軟軟靠在椅背上，環視前後左右。幌動的人影炫耀他們的熱鬧。誰像我，在這個陌生的國度裏，孤單的以時間的流逝埋葬自己不返的青春？

你來，你走。你的出現意味著一些什麼？給我在台北的兩年添繪一筆粉紅的色彩？在我的生命裏增加一段屬於情感的記憶？或者你想在我以後平淡的歲月裏催醒我對台北的懷念留戀，在某一個異鄉？

我說我是雲，一葉飄流的雲。你是愛雲的人，你在紙上回答。你學了我，以筆來作靜默的交談。那麼容易嗎？就憑幾封信，幾次見面？我審視你臉上的真摯，悲哀的發現你絲毫沒有激動，你平靜得彷彿在敘述某一個人的故事，或是為你未寫成的詩、散文、小說構思尋找新的題材。也許你打算在軌道之外採擷一些點綴的繽紛，裝飾你本來的那份厭膩了的平淡熟悉？我頹然。你竟然老練得不容我半分的發掘。

未見你，很想你。見了你，又怕你。你常給我臉色看。你寫。委屈和怒意冒起來。你怎麼能夠如此蒙著良心說話？每次你寫信來，約我幾點鐘在哪裏見面，給你補習法文，我都沒爽約過。你想過沒有？我冒風冒雨，捱餓趕車，從來不向你訴說過。我為的誰，為的什麼？然後耐著性子給你上課，解釋一遍又一遍你似乎永遠不會明白的法文動詞變化。你意興闌珊時，一句我要先走了，就把我完全扔給孤單淒冷。

噢！我是怎樣的愚笨，每週一兩個下午任由你隨意揮霍，你竟不知足。貪婪而粗心的人！我浪費我的時間和精神來換取你這一句話的酬報？

滿腔的厭倦和眼淚在我心底翻騰打滾，你不會知道。濃結在你臉上的笑意一瞬間猙獰可惡如同奸詐的狼。徹底的失望佔據了整個我。你的詩和你的人是兩個迥然的本體。我能夠相信嗎，我旁邊的這人，在我的端詳之下的，與我在詩中仰慕欽佩的，會是同一個人？

你說你要先走。好的，滾吧，離開我的視線，越遠越好。我寧願在想像中塑造一個我以為是你的造型。我受不了，實在受不了活生生吞噬著我的失望。兩年中你我之間還有幾次再見的機緣巧合？難道說，我還得遭受到失望剝削一向在我心中你的形象？是哪一陣多事的風，將這葉無根的浮雲送到一片如此荒涼的領域上？我們不相識多好！

音樂一支一支連續重覆。我輕啜剩在杯裏的檸檬汁，好無聊的聽暈眩在腦裏旋轉。每張桌上兩個三個人頭聚在一起，話聲笑聲是一串串刺耳的譏諷。天琴廳？天琴座？我是怎樣流落到此的？貶謫放逐的飄泊！

五點四十分。這四十分鐘裏，有沒有哪一秒，你突然想起、那葉你遺下的浮雲還羈留徘徊在天琴廳？那個多愁善感的，愛以筆默談的女孩子，在滿廳搖幌的人影笑談聲中，獨自的反覆她永遠存在的寂寞和愁思？這些燈盞，為何亮得如此不夠刺激，為何暗得如此不夠情調？壁上的畫，為何以旋轉的藍藍綠綠衝蕩我不絕的暈眩？音樂，你在以什麼樣的旋律挑引我深藏心底的眼淚？

我虛脫而蹣跚的登上又步下天琴的石階，外面是整一座城市的熙攘喧嘩。有風，我將外套裹緊自己，在街口揮來一部計程車，我軟弱的對司機說出目的地，司機狠狠的搖擺著車子在滿城的街道與車輛縫隙中衝撞穿插，我閉上眼睛，暈眩快要震碎腦袋，假如來個剎車不靈？最痛快最過癮的解脫。

回來，我和衣倒在床上。四張寫滿了密密麻麻的字的紙，我反覆看了兩遍。你的字，我的字，我們的一段記憶，我抓起一張，很用心的慢慢將它撕得碎碎，然後一張，然後一張，然後一張，她們張大眼睛瞪著我，驚奇；一堆記憶，我淡淡的說。

我站起來，將它們散到廢紙簍裏去。

有一傘的圓

尹玲

從李商隱纏綿的華貴瀟灑中出來，雨還是十八天來的多情，實在教人有點受不了，想輕輕鬆鬆的旋幾旋手中的傘，卻因失常的寒風衝撞而來，不得不以傘背擋開，十八天來的雨，濕氣已夠重，風一吹，受罪的是周身筋骨。

傘的圓已將眼前的路遮住，幾乎是摸索回到宿舍的寢室，桌上擺著兩封西貢來的信，欣喜再沒有前些時濃，思念離情已麻木，麻木的一如在硝煙的瀰漫下戀愛與生存，砲彈早已失卻原始的意義，儘管開花吧！只要我們的頭顱不開花。

匆匆讀了一遍，匆匆換過衣服，手錶的分針已移到四十分上去，跟他約好六點在中山堂見面，匆匆向她們擺手，拜拜，匆匆走出宿舍。

又是雨那個粗暴的傢伙，差點把手中的傘搶去，緊緊抓著傘柄，左手將圍巾密密綑住頸項，走到校門口坐公共汽車要二十分鐘，加上從校門口到中山堂的二十分鐘，已趕不及，一部計程車拐過男生宿舍，車上人下車，空的車子掉回來，一伸手，車子停下：中山堂。

暮色什麼時候開始塗濃台北？或者根本沒有曙色暮色，早上起床跟晚上上床看見的天空感覺都差不多，沉甸甸的，馱負了幾萬噸的淚，所以嘩啦嘩啦的泣個沒完？也不分白晝黑夜！

中山堂聽說是台北的約會走廊之一，大門外這裏一人那裏一人，管他呢？總不能跟這些男人站在一塊等，先走一圈再說，才跨過大門左側纏著的鐵鏈，他騎著本田呼呼而至。來了多久？剛到。雨的線條下差點認不出他，應該道一個歉的，可是他不。

東龍大飯店。他停車鎖好，血紅的地毯從樓下蓋著梯階拖上二樓，二樓地板覆著黑深的綠，與血紅毫無關連。兩個快餐，座位靠窗但窗外只有黑色，白紗窗帘無謂的靠攏無謂的如同抗拒死亡，黑暗仍然蠻橫的跨進來，誰又辭謝得了死神發出的請帖？

台北的西餐廳不法國也不美國，乏味得像重重的疲倦，疲倦伸展在四肢上，蔓延整個心靈軀體，每天咀嚼著反芻著，直至上天堂或降下地獄的那一剎那。他提到西貢的西餐，有一家是如何的可口，西貢離台北是遠是近？白天在萬重山海之外，晚上在腦海裏泛著小舟旋轉，也不一定是白天是晚上，只要她願意，什麼時候就什麼時候。

右邊酒吧昏黯，天花板垂著六朵沉重的鐘乳石，每朵的底端開一小簇殘黃憔悴的燈光，酒吧右前方的方柱上吊著兩盞玻璃燈瓶，裏面跳躍地獄的鬼火，陰森慘淡，怎麼總不能將那些聯想摒棄意識層之外？也許它們根深蒂固，長成一束濃蔭。高中畢業那年，一堆堆的哲學書，一簇簇的哲學家名字和名句拚命往腦裏塞。哲學？什麼哲學？只有串串不斷的死亡陰影從此覆蓋了整一輩子，一輩子——長？短？夭亡孩子的一輩子，百歲老翁的一輩子，快樂的一輩子，憂患的一輩子，誰的權利劃定一個界限？人的出生只為了走向死亡，而死亡難道是為另一個再生？

是的，我們都比從前老而不比從前聰明，我們長不大，你，我，那些日子，是的，那些日子，騎著本田，馳著野馬，飆著鈴木，那些日子，飛馳的，瘋狂的，沒有明天的，明天在死神掌握中，我們向祂請求一個恩惠，一個慈悲，沒有預告的請柬以模糊的血肉書寫被請人的名姓隨風飄蕩，禱告一個幸運——誰相信看不見的世界裏有一個主宰？

他批評那首詩，詞句不夠精簡、囉嗦、沒有詩的語言。那麼你懂得雨的真正意思？從瘋雨中來——什麼時候你從瘋雨中來過？——瘋狂的雨從我們剛伸出手向人世求索一口空氣時就以沒頭沒腦的滂沱沖走我們頰上才綻的笑靨，一張一張苦皺扭曲的臉交錯重疊灌成終生的記憶，槍彈大砲轟炸機伴奏的音符譜成生命的樂章，盼望一個明天，我們心疲力竭但仍固執的佇立，極目東方，等待一個不風不雨的晴天，母親的淚不再滴到冰冷的兒屍上，妻子不再縞巾素服枯守一世的皓雪，所有她們的他們，從無名的沼澤回到城市，迴然的境界，決定一個日子，髮白和成河的淚水哭來的那個日子，你左手無名指與我左手無名指上綰的是同等的堅貞，雨沖不掉的堅貞。

走出東龍，雨還在忘我的泣，他開鎖推車，扔下一個流落異鄉的孤單女孩，扔下一個氾濫眼淚和淒冷的夜晚，再見吧！再見！假如有緣再見！

候車的人寥寥，風雨之夜，夜深幾許？夜加濃墨度，加濃心上的暗影，霓虹的紅藍在城市高處不斷炫耀繁華，怎不炫耀一些溫暖？南門、南海路、福州街，開車、鈴聲、停車、拉門、上車、下車、鈴聲、開門、鈴聲、停車，單調，從不變化，熟悉，熟悉得煩厭，煩厭如疲倦，伸展四肢上，蔓延整個心靈軀體，每天咀嚼著反芻著，我們得學會習慣煩厭疲倦，正如學會如何忘掉記憶，學會麻木生命的不滿，學會在一個完全陌生的環境裏適應，學會生存，假如要死亡，也得學會死亡。

台大，下車，撐開傘，雨狂打傘面，聒耳的爭吵，停呢？不停？走過馬路，文具店已意興闌珊，夜不輝煌，通往校門大路旁邊的小路行人已無，棕櫚一株一株以修長的身影誇大日光燈的慘白。進入大門，風自空曠盤起，一卷一卷，直欲成潮，雨恃風的威力化點為箭，傾傘向前，立刻有一傘的圓分隔視線與前路，只因要短暫的分隔迎頭而來的風雨。到宿舍的路，校園黑暗而空蕩，淒意在前在後在左在右，淒意穩睡心底，撐傘的手漸漸無力，哪隻支援的手？路漫長，校園黑暗而空蕩。

哪隻支援的手？晴天在何處？有一傘的圓，晴天在何處？

淅瀝．淅瀝．淅瀝

何尹玲

她們的鼾聲此起彼伏。

她們早就睡了，早在宿舍的燈被關掉之後。宿舍是十一點關的燈。

她翻過身來，又翻過去。木板拼成的床吱吱著。耳邊，枕上的收音機是最忠誠的伴侶。探戈輕俏的流動。探戈不該屬於這不眠之夜的。探戈屬於西貢；怎能在這個時刻以旋轉的探戈旋轉她全部的記憶和眼淚？

十一點到十二點，晚間音樂，正聲公司。零點到兩點，平安夜，警察電台。每夜她都如此重複兩個廣播小姐的聲音，重複熟悉的每一支音樂，也重複她橫著豎著緊鎖在心裏的鄉愁。

隱隱約約有雨的淅瀝。雨在院外。對面也是一棟女生宿舍。兩棟房子圍著同一扇大鐵門。每次看見漆著紅漆的笨重的鐵門，她就有鎖在牢獄裏的感覺。被鎖的是她，還是她不再回來的滴滴歲月？其實她有過多少歲月在這美麗的令人羨慕的獄裏？她才來半年。一百八十個夜和晝。當真如此容易厭倦嗎？才只過了四分之一的時間！剩下的四分之三她還必須忍受。忍受忍受！是的，忍受，忍受她不要的眼淚。忍受她不要的生存。

淅瀝。淅瀝。淅瀝在院外，淅瀝在她心上，隔著兩葉紗窗。淅瀝到天明吧！已經淅瀝一個月了，整整一個月。誰批准太陽出國旅行去的呢？放了它一個月的假。回來那天帶著歡愉過後的慵懶。人們歡呼雀躍。她躍不起來。三十個日子不休不止的淅瀝已在她心上長苔，不是青苔，是霉苔。

春假。太陽銷假的那天，學校開始放春假。寢室裏本來有八個人。兩個嘉義的，一個台中，一個新竹，兩個香港，兩個越南。後來她的一個同學在第一學期終了時從西貢匆匆趕來，入不了學校，暫時跟她擠一個床位。寢室有九個人。春假。嘉義的回嘉義。台中的回台中。新竹的也回了新竹。跟寒假一樣，剩下了五個回不了家的可憐人。

她們的鼾聲此起彼伏。空床有四個，她就不必跟同學擠了。空床，多麼值得悲哀的空！一個空的房子。一個空的城市。一個空的宇宙。一個空的生命。啊！她會受不了的，她一定會受不了那種一無所有的空。生命不是她所要。突然生命就以一生的責任套在她頭上肩上。到底怎樣的生命才是不空的生命？充實它以童年的無知、少年的愚蠢、成年的痛苦及老年的病死嗎？

死！死的意念不斷以它美妙或醜陋的姿態在她心靈恣意的旋舞。死是什麼？像什麼？想像那個世界該比眼前的世界美好得多。要不然，死去的人怎麼都不願再回來？死，可惜不是一扇門，讓生的人過去，讓死的人過來。她很想過一過死的癮。可是死神會答應嗎？倘若真有所謂死神。

她們的鼾聲此起彼伏。有一兩個在翻身。一兩個夢囈。她十個夜裏有八個注定失眠。白天上課時睏得打瞌睡。上帝實在不公平，然而真有上帝嗎？她從來不相信有什麼神什麼上帝。一定說有的話，自己就是自己的神。

她老是失眠，有時免不了會向她們訴苦。的確失眠是最痛苦的事。她們都不懂。她們淺薄幼稚的大笑，唉呦，真笑死我，真想不通人還會睡不著的。是的，她們怎麼會想得通。她們的世界只有書本，在期中考、期末考爭個第一。每個人都戴上厚厚的近視鏡片。透過鏡片的一切大概都模糊可愛。下課之後往圖書館鑽。回來倒上床就呼呼入睡。天塌下來能當被蓋。週末準時的赴男孩子的約會。主日上禮拜堂祈求主的庇佑，對愛情虔誠一如對宗教。而她，她只是一葉雲，東南西北的飄流。什麼宗教，什麼愛情，名利，地位，甚至生命，還不都跟她一樣是無根的浮雲。

淅瀝。淅瀝。雲在淅瀝中哭喪著臉。歡笑似乎離她很遠。太陽才回來兩天又忙著趕往別處去。她總愛想像杜鵑花的手姿。你回來，我把杜鵑花插在你的胸前，或是獻在你冰冷的棺上？你在哪一個小邑，有名或是無名？泥濘的沼澤，連綿的雨，或者連你的棺也回不來？我們不必遙向烽火的天邊。烽火在我們眉上睫上，烽火在我們心中。

都說是春天了。一個月不休的淅瀝下，杜鵑花被摧殘得不像花形，每天打花叢經過，她止不住心底翻湧的憐痛。落花支離碎裂，完全不妥協的以生命的殘敗抗議。淅瀝澆不滅灼人的烽火，我們以沒有保障的生存不妥協的抗議。我們抗議誰呢？我們沒有上帝，沒有神，沒有命運，甚至連生命也不是自己的。我們抗議什麼呢？生死只是一個偶然，一些姿勢，一剎那。

怎麼能夠如此，她實在不應該把生命與一切都以戲劇的眼光悲劇化。她面前有一大段的路，她必須走過去，不論怎樣，孤獨或在一個人的相伴下。可是，她真的必須走過去嗎？有一些夭亡的靈魂，又是誰給他、她們放的長假？熙熙攘攘，忙忙碌碌，什麼時候她才能沒有思索的讓自己永遠休息。實在，她已很疲倦。疲倦於看人，也疲倦於給人看。微笑、握手、客套、寒暄。荒唐而無聊。看自己的影子在太陽底下、在燈光底下拖長、縮短、而至消逝。但，她，她是連果陀也不要等待的，她甘願拋棄那個無聊的西斯夫精神。

鼾聲是一連串的鎖鍊，緊綑她的思維。她們永遠不會知道，她們在夜裏一環環的困擾她，白天以嘲笑的嘴臉為她的不眠加厚深度。雨也不肯放過她，雨在以綿綿的愁叩響她本不寧靜的心。以前他對她說過，雨是他的淚，是他的血，只為她流，只為她紅。她聽過後隱隱埋在心底。時間是最公平的證人，我們有的是時間，不妨靜靜等待它的顯示和裁判。

如今他已遠離她。離得不只一個山一個海。所有的盟誓似乎在一瞬間比春天的煙霧還要飄渺。他伸手向她，她也嘗試伸著手向他。無奈隔絕的山海不是一重，他們甚至連一重的山海也不能飛越。煙硝之下，烽火之下，她早已不相信世界會有一個明天。我們的明天在砲彈的歡呼聲中，瑟縮藏得不見蹤影。愛情的語言不是空洞的夢囈就是愚蠢的焚身。她把一切信心託付虛無。而虛無的存在與否誰又能加以證實？

她還是懷念他的，無論如何，尤其是有雨的撩撥。他滑過她臉頰的唇，他凝睇她的眼神，他童稚一樣的笑容，他委屈晶瑩的淚珠，他的低語，他的幽喚。時間會不會把記憶的光采磨的只剩一堆屍骨，或者連屍骨也腐化無蹤？在時間的滾滾流逝中，什麼是可以不被淘掉的？我們的愛情嗎？她知道他的答覆將是肯定的，但她不問他，他不是時間。她也不敢相信那個答覆，她不願相信，它荒謬如同相信人類沒有死亡。

淅瀝還是連綿敲打充塞不眠和鄉愁的心靈。探戈已經停止流動。新聞報導沉沉，西貢是永不缺席的名字。流動的是她的思念，的確，她不可抑止的思念。她翻過來，又翻過去。木板拼成的床吱吱著。她們的鼾聲此起彼伏。

外面淅瀝。

我們暫且迷信

尹玲

跳上公共汽車，就這樣送走今年的最後一天。

台北的除夕與平日無異，一樣的燈光，一樣的人群。西門町的百貨公司吊滿紅底黑字的標語。女羊毛衣、男毛衣、襯衫、套裝、大衣、玻璃絲襪、阿哥哥的網襪。廉價、減價，不買也想買，大犧牲，大拍賣。電影廣告高高的豎著。廣場的鐘不停地移動分針，分分威脅垂終的日子。

趙太太還要到萬國電影院去看「紅杏出牆案外案」。那麼再見，她說。我本來很想跟她一道去，可是宿舍的大門十一點半關；尾場我會趕不及回去。好的，再見。記得怎麼到我家吧？在校門口坐一路，到萬華轉零西一直到底站。從這裡過去坐零南，還會走吧？我點頭，怎麼能夠不會？

擺了擺手。兩個小孩也擺了擺手，阿姨再見。趙太太一手拖一個，橫過馬路到那邊去。清真館旁邊那家館子冷清。那個矮小的男人一天到晚站在門口，僵著苦笑向行人打揖，但打不動誰的心。每個人都冷漠或匆匆。每一次在這兒等車，我總會自問，他一天裏能夠得到多少隻推開館子大門的手？

跳上零南，車掌小姐剪了票，我擠到前邊去。車子就是不煞車不開行也一樣的顛簸，人被搖得頭昏腦脹。轉離了中華路，車外便暗下來。燈光已離得遠。我面前坐著的兩個中年人和一個小童都閉上眼睛在打盹。一臉的疲憊。歲月與艱辛在他們的臉上烙下痕跡，那張年輕的竟然也不能倖免。

我環視車內，坐著的，站著的，一張張面孔都是僵硬和木然。昏黃的車燈，車廂裏搖晃的都是疲乏的心靈。一隻隻手吊在鐵桿上，吊在慘白的塑膠環裏，吊起的是永不復還的年月。

我又能有多少年月？三個月前在西貢，如今在台北。以後至少兩年的日子裏我會在台北的每一路公共汽車上間歇的吊起一隻手，聽心靈疲乏的審視每一張木然的臉孔。然後拉鈴，在台大下車，走十五分鐘的路回女生第九宿舍。一株株的棕櫚，一叢叢的杜鵑，白天一張張漠然的臉進進出出，晚上一個個幽幽的影出出進進，在文學院古老的昂然中！

批了大衣，圍上圍巾，寒意仍不時從心底冒起，教人顫慄。台北的冬天，偶而太陽露一露臉證實他的存在；天空老愛陰沉著，誰惹的氣似的。飄雨的時候，不飄雨的時候，踏著月色或踏著自己孤單的影子，西貢都會在前後左右浮起。課堂裏，老師的話往往是風。窗外一片雲在過境，一片葉在迴旋，思念就湧上來，還是陌生得像最後一步離開西貢。

西貢，西貢也曾期待過某些日子，那些日子何時到來？西貢迷人但淒苦，是世上每個角落每家報館憐憫的每日新聞。台北的鞭炮常叫我驚跳，誤以為是西貢第二次戊申事件。會不會巴黎離開西貢太遠，不折翼的鴿子飛不回來，教許多同類每天為牠爭論，為牠鬧意見？

離開西貢三個月，夢裏西貢仍清晰如真。我寫信回去問：「台北能不能算是異鄉？」台北一直是夢想的祖國，為什麼我竟然有被放逐的感覺？初來時，一張張臉孔都是教人害怕的陌生。台北比西貢大，街道縱錯，人迷路，心靈迷失。不曉得台北的公共汽車須先買車票，跳上去給車掌小姐「請」下來。穿飄飄的越南長衫茫然走在街上，人們的眼睛就像看怪物一樣的緊盯不放。鹹澀的淚是每餐飯必需的外加調味品，一顆淚掉下來是一陣心房的抽搐。在校門口發現新大陸似的看人炸油條，台北的油條比西貢的長兩三倍。所謂陝西麵，一碗就像一臉盆那麼多，睜大了眼睛，怎樣也吃不下。走過臭豆腐攤子，噁心的掩著鼻孔，奇怪怎麼還有人吃得津津有味。

一個颱風之後又一個颱風，風聲像瘋狂野獸一樣怒吼，雨是長時期的罵街潑婦。躲在旅社的小房間裏，停電所帶來的不只是黑暗，還加上無邊無盡的懼怕和不休不止的思念。

越南是外婆的故鄉，我承繼了兩種血統，也享受兩種幸福，卻也擔負兩種不幸。八年抗戰，幾年內戰，以後二十年，祖國的山河只是書上的圖片。回去回去，是可實現或只是縹緲的夢？越南，多年在法國人的統治下，才慶幸能夠獨立，日內瓦協約又將這個國家分成兩半。我們看著法國軍隊撤退，最後的一個皇帝被黜廢，然後，莫名其妙的從槍砲聲裏長大起來。槍炮聲延續了二十多年，一直到現在。不只生存在這個國度裏的人民每天會問，就是遠在天之涯海之角的許多人也會不時問：「戰呢？和呢？什麼時候？」美軍逐漸增加，英文被喚成美文，時髦的語言，美鈔是吃香的寵兒。嬌小窈窕的女郎吊在高大美軍的臂彎裏，也許為了她家人明日的溫飽、也許為了證明她的與眾不同、也許為了心底眩目而看不見的虛榮、也許……。

也許活，也許死。死的陰影散佈每一條街道每一角落，一個塑膠炸彈的爆炸、也有冷冷的一粒子彈從暗裏發出。我與你、你與他、人與人之間都戴上冷漠和猜忌面具。我們從不過問世局，不敢也不想。讓別的國家大大地發表他們的意見吧！我們，每天只關心今天是晴？是雨？午飯吃些什麼菜？偶然也翻翻新聞，看看電視，曉得美國的太空人已登陸月球，美國總統又發表了一篇演說。中東的誰跟誰又在開火了。我們讀一則故事似的讀我們眉目間半生的浮沉。

二十多年，聲已嘶淚早枯，怎能不緊抓虹一樣的現在？趁死神的長爪沒伸到的時候。金錢！金錢是什麼東西呢？讓它也像虹、也像水，幻滅或東流，反正生帶不來、死帶不去，比升降機升高降低的還要快。一秒之間，貧與富相差無幾。高歌去！狂舞去！思想是多麼奢侈而無用的傢伙—上帝和尼采和瘋子還不是一樣的死。

男孩子們二十年後仍然是一條好漢，但女孩子們呢，誰是永遠的縞素文君？有幾個誰可以巧遇司馬相如？我們問蒼天，我們問白雲，問所有可以供奉的神，祂們答以默默，只有默默。問所有一二二厘大炮、問最新的

M16，問B52……你能說，從生到死，除了空洞，人還有什麼？

也許真還有什麼，在天之外，在地之外，縹緲而不具體，「空洞」之外另有一個名詞。就是為那名詞嗎？你的戒掉陽光，鎮日鎖在囚牢裏仰望隙縫的明天。我的背鄉離井，馱負懷念和相思的磨擔。他抓一些浮萍，抓一些水泡，僥倖的，抓到一個救生圈。我們都將步入歷史，以輕悄如小偷、厚重如巨靈的腳步，踏成一部部淚血凝固的親身著作。我們都步入歷史的，等著瞧好了，假如我們都不夭亡，都不獲死神早到的請帖。

那麼歲月儘管吊起吧！圈成一個個圈圈，束勒我們每一個的頸項；不幸扶我們成熟，槍炮催不眠我們的。隙縫的明天總會帶同太陽的光芒閃爍，懷念相思的磨擔會馱來另一個美好的春天，我們暫且迷信，救生圈救出的，一定是一隻輕巧完整、能飛抵任何角落的、可以避彈的白鴿。

卷二

因為六月的雨

將成的記憶

尹玲

寄給彩虹。妳是我們美麗的、可愛的彩虹妹妹。

聽妳的名，總想像著雨後橫跨天際的漂亮彩帶。那是天橋，讓許多動人的仙女蓮步姍姍。妳，從那兒凌波而來，給我們帶來七彩的繽紛。

妳來了後，趙就鄭重其事的為我們的集團命名「蹦蹦會」。「蹦蹦會」的會員真「多才多藝」，除了書懶得唸外，醉俠、盲俠、哭俠、高低音歌王、財神，一大堆的名銜都往我們頭上套。名銜之外，我們還擁有一些稀奇古怪的綽號：無頭烏蠅、指天龍、沙屎蟲、師爺林、雞仔雄、牛肉丸、六一散、大喊十、淡如水……真多得眼花撩亂，目不暇給。

我們聚在一起，總是嘻哈的時候多，垮著臉的時候少。為什麼不趁我們還能笑的日子多笑幾回，是不是？愁嘛，等真正愁的時刻再來愁吧！

去年聖誕節，該是我們之間唯一最值得紀念的聖誕。玉瓶家開派對，趙他們匆忙間買不到交換的禮物，只好在豪華戲院門前的小攤上買了幾包餅乾。想不到我們的運氣那麼好，幾包餅乾卻換來了項鍊、耳環、洋娃娃、木船、唱片、領帶……我們忘形的大叫大笑，簡直嚇壞了別人。

今年的聖誕不知道還能不能人數齊全的擠在一起玩個通宵達旦。聖誕，只差半年的時間而已。半年，能有什麼變化？又能沒有什麼變化嗎？

我們在一起的日子，每一天都可能是假期。星期一也好，星期日也好，只要「趙領隊」發出口令集合，我們能將黑夜守到天明，將白天淪為黃昏。也許唱歌、彈琴、聽趙追述他不盡的艷史、頂頂嘴、吵吵架、游泳、逛街，甚至不為什麼的開快車亂飛亂闖。我們都是難馴的野馬。

那些雨夜，難忘嗎？妳說。我們冒雨到處開車，雨是針，雨是刺；風是潑婦，不斷的罵街。我們冷得發抖。街上冷清清，除了風聲、雨聲、就是我們的機動車聲、我們的喧嘩及笑語。夜都該青春起來的，能不嗎？怎抵得了我們繽燦的誘惑！

我們幾個都喜歡開快車，除了威叔老是大不以為然之外（所以我們老將他和嬋遠遠的拋在後頭。所以他老是趕不上而迷失了我們。）尋找刺激嗎？我想不是。也許我們什麼都不為。也許因為我們覺得好玩。我們就曾在西貢新街市那個大圓圈轉圈子，轉得頭昏眼花。在阮惠、黎利路口那個噴水池也轉了十來圈，害得我看人不像人，車不像車，燈光迷迷濛濛。

很少時候我能單獨和妳在一起。妳比我們都小，被寵得多，而且妳一張小嘴又甜又乖巧，能不為妳心折也不容易。妳還跟我三妹同年，好多次我都錯當了妳是三妹。她若還在，也必定像妳一樣討人喜愛。

有一次妳、我和嬋去看了「紫色風雨夜」——我們去看粵語片也可算是破天荒的——短短的一套電影卻斷了六次片。我們呱呱叫，興致短了不少。妳說回去真應該寫一篇文章，出一口悶氣。其實某些戲院那些售票員才真叫人生氣，每次都強迫人家買一張明星照片，真豈有此理！妳說不要，他們理都不理。錢在她們手裡，沒辦法。破口大罵，他們就裝聾扮啞，不聞也不回話。這手法，的確「高明」。觀眾除憋一肚子氣外，都無可奈何。

能追憶的，妳我之間，還有一些什麼？那許多次同遊，那許多不眠夜。妳俏美的長髮，精靈的眼睛。妳嬌柔的聲音，淘氣的笑容。妳一手漂亮的字體，驚人的天資。妳的聰明，妳的頑皮。妳快樂時瞇起的眼縫，妳生氣時翹起的嘴唇。我會記著，我都會記著，假如有那麼一天，我遠離妳。

幾時再偷半日閒，我留下妳青春的倩影，在一幀一幀照片裡。希望我能拍得令妳滿意，不像她們給妳拍的「嚎查查」。

這些，將成記憶。彩虹，妳珍藏嗎？或是鎖進遺忘裡？哪一天我揮手別妳，那一天妳會笑，或是無聲而泣？那一天妳輕盈擺手？那一天妳黯然握別？

化一道漂亮的七彩天橋，我在想念妳時，妳凌波其上，給我的世界一點繽紛。妳點首，彩虹？假若那時我孤單，我在異鄉落寞。也許某一分一秒裏妳想起我，寄來一頁兩頁粉紅粉藍的箋，讓我溫暖。

寄給妳，這是第一篇。第二篇可能也是它。第尾篇也可能是它。不過，只要有，一篇或十篇百篇，也只是給彩虹，我們鍾愛的美麗的彩虹妹妹。

妳能說，彩虹，妳不高興？

於美拖，一九六九年六月二十日，離越前

因為六月的雨

尹玲

你的信，使我徹夜不眠。夜早睡去，睡得好深好濃。想起你對夜的恐懼，不禁探身向此刻靜靜小巷裏，總以為會有你踽踽徘徊，或在悶人的小樓獨自為夜悲傷？

我慵懶，也不願夜給驚醒，就讓黑夜放肆放肆。四肢有千斤重，惆悵也有千斤重。以前惆悵有你分嚐，如今，也不想提如今了。

頭暈暈地，你的熱可口可樂可能沒效。冷汗滿身，我分不清自己感到的是熱還是冷。

早上去送殯，從殯儀館出來，我的眼淚就不能自抑的流了幾條長街。你常說我太多愁善感。是嗎？多愁善感救不了誰，也救不了我。

午後我回西貢。西貢很現代。電影院全滿，冰室全滿，加甸那街黎利大道阮惠大道飄滿迷你。十六七歲的嬉癖士輕佻的給西貢六月的午後塗繪琳瑯的繽紛。

驟然雨稍稍從遠方來，令西貢來不及訝異，來不及欣喜，我不動的站立，看雨一絲一絲，你附雨而來嗎？像那年你化雨伴我左右。

冒雨到武性街中段的「風屋」咖啡座。慶璃現代的歌聲傳達鄭公山現代歌曲的情調，傷感而纏綿，未歸的征夫，後方夭折的小情人，年輕的文君。一些已逝，一些未來。眼前的徬徨。壁上幾幅油畫孤芳自賞。我要了一份附濾網過濾咖啡牛奶。咖啡濃濃的加了一小暖水瓶的開水也沖不淡。我靠在藤椅上，輕啜苦澀的咖啡。座外雨還下著，慶璃的歌聲旋繞。一些已逝，一些未來。我彷彿看到鄭公山無奈的深沉。

雨歇後我回家，深沉揮不走，直纏在心頭。閣樓上我重覆好幾遍美麗動人的Violetta。你也愛這首歌，那時還抄了歌詞給我。探戈輕盈浪漫，卻輕盈浪漫不起我心頭的淒意。

晚飯只吃了一口，對著飯菜直覺反胃。頭開始不聽話的暈了，鼻水也不聽話的滴。

小巷裏你在等我？你一人呢，或是躲不開那班傢伙的糾纏？

我腦脹的看著許多張可憎的臉在面前錯綜複雜交疊。我腦脹的跟著玩撲克。我腦脹的應對一些自己也不清楚的話。

熱可口蒸發一身汗。我喊好熱。你輕按我額頭：沒有發燒。你離我很近，親切得不像做作。

稍待我給你拿信來。你說的。我點頭。

就是這信也許還得加上午後大雨時「風屋」裏那杯濃澀的咖啡，使我徹夜不眠。

* * *

我一早就起來了，行裝在待我打點。

要不是顧慮到可能吵醒你的話，我會更早來。

只要轉一轉眼珠，離別就在眉睫上。你不惆悵，還是把惆悵深藏？你無話，我也無話。想來不會盡在不言中。

我徹夜不眠，感冒加深，沒精打采。不敢向鏡子問我蒼白了幾許。可能不蒼白，而像失意，像他們問你的，為何我心事重重。

臨走時你才說我今天看起來不對勁了。早就不對勁，我心裡嘀咕。記得帶雨衣，回去叫爸爸開一帖感冒的藥方。我都答應。暫且不理這是什麼情份的關懷，這總是關懷。

十二點到車站。車站上沒有你的依依。那不像真實。你將許多情堆砌，然後一下子又完全摧毀。我早就準備那份失落的空虛，事情來時，卻又不禁的悲傷。

十二點半車離站。陽光驕傲的灑滿一地。真該找烏雲來馴服這橫蠻的太陽，我想。

離開「富林」時烏雲果然來了。烏雲也學會瀟灑，逸逸的只管飄流閒蕩。今天還是星期一呢，我驀地想起。我也飄流蕩閒，把握不住的青春挽不回的時光全部蕩走。心痛的，一下子眼眶就濕了。

濱瀝橋高高的，你伴我過這橋，不止一次了。可悲的濱瀝不是鵲橋，你我不來相會，而是別離。橋早已築好，去向誰問，幾時築成這橋是鵲的連翼，七夕裏來會我的能夠是你？

水田綠一方，黃一方，一方方都在後退。遠方白茫茫。靠近車窗的趕緊旋上玻璃。怎麼又是雨？是你怕我途上孤單寂寞，特來相送？

沒人回答。雨也不回答，轉瞬間雨都趕到別處去陪伴相送另一人了，讓陽光重撒起野來，熱風轉不出狹窄的車廂。我又孤單寂寞，咀嚼充溢心版的記憶，回憶翻騰。

也是六月麼？不，四月。鳳凰木開始著花。知了不停的知了知了。你從哪個方向來？卻以橫蠻的稚氣鎖我飄流的腳步。

那會扼殺你我其中一個的，我知道。那只能讓人追求幻想瞻望而不讓人觸摸。所以我的心很快地被觸麻，還愚傻的妄想以纖纖細手擁抱閃電。我一直不明白，那閃電何忍摧殘我。

都不堪提的了，早該封入遺忘的廢墟裏，為何我還耿耿？以後牧的不再是愁，流水一串串，好讓叮噹的銀鈴搖晃，是祝福，也是叮嚀。

＊　＊　＊

雨又在院外斷腸的淅瀝。

我打開房門。幾絲雨線越過長廊的藍色欄杆斜斜飄過來，給我一臉清冷。夜中，雨就更顯得淒清了。

街頭那管日光街燈，燈光慘淡慘淡的。我呆呆倚著欄杆，仰首問，昨夜星子都會誰去了？昨夜滿天星星！昨夜我也滿懷思憶，曾託星子帶回八十公里外的小巷，給那個分秒牽繫著我思維的你。只是，昨夜你在小樓。小樓的頂不是夜空，你如何見到星子們垂下我的思念，密密麻麻的絲絲縷縷如簾如幕。

雨不如我的思念密，很不起勁的疏疏落落。我回房內，油燈下讓你的容貌在眼前幌來幌去，也讓你的話聲在耳邊縈縈迴蕩。厚厚的空虛遽然而來，令我醒覺擁抱我的不是你的雙臂。我在這裏，悶人的小城，電流一整天停頓。而你在八十公里外，如何的你呢？

想起昨天的離別。想起那年的離別。離別雖是一樣，卻分兩種心情。你不是那年單純的你，在車站揮淚送走情人。每天一封信，相思長萬里。而昨天，你的笑影裏，我覓不出悵惘。難道說，我的悵惘只是一件奢侈的擺飾？

會不會害了你？你問。很想反問一聲「你說呢」，卻不忍的只能搖頭。命運是看不見的神，祂又不肯先把安排宣報。我不敢問將來，也不敢想以後。可是你老是胡思亂想。也許是吧，要不然年紀輕輕的滿頭白髮從何而來？

不談這些。能過一天是一天，這是你的結論。能過一天是一天。我們還能過幾個一天？我望向壁上的月曆。紅字的禮拜日只有四個。你數過沒有？剩在指頭上的禮拜日還有多少？

我告訴過你，這些天來，於我像很實在的活著，又像很虛幻，生存對我像謎，你像謎，我也像謎。我捉摸不到你，也捉摸不到我自己。我能等到那天？

人好奇怪，明知要分離，還是不顧一切的相聚。我問你，好迷惘的問你，沒有聚，是不是也不用分離？正因為人們知道必須分離，才來相聚。

我實在不懂，本來我已離你好遠，遠得像在兩個不同的世界。可是，此刻我們卻相聚在一起，誰導演的？真教人哭也不是笑也非。而這聚首還得分秒珍惜。離別是魔鬼，正在暗處虎視眈眈。

就走了嗎？怎麼不走？遲也離，早也離，遲離不如早離。早也死，遲也死，遲死不若早死。

看你，又講死了。

死又有什麼不好？我只要我的生命像曇花，絢爛而短促。那時你笑我傻，不許我再嚷死。為你，為我自己。如今又為了誰？還是再為你嗎？多餘的問話。我只好深藏。這年代誰也不為誰。所以我不怨將近一千個日子的長別是誰負誰。

走時你有一絲依依。我將它帶回來，珍藏入記憶裏。記憶不僅是美，有記憶總比沒有記憶豐富。昨天偏無雨，陽光金燦金燦的從小巷口一路拽回植滿鳳凰木的小城。你不化雨送我，一程也不。

那今夜催斷人腸的淅瀝？雨是我的血，我的淚，為你而流。你看，我還記得，我記得你說過的每一句話，那麼淅瀝淅瀝是你思念的淚呢，還是你懺悔的血？

西貢，寫於離越之前，一九六九年六月

四月譜的

何尹玲

梅，已是第五週年紀念了。妳我之間會有幾個五週年紀念？

妳還記得五年前的清明？

清明節前一天，我從美拖出來，為掃墓。那還是三妹死後第一個清明。我和朋友在廣肇公所對面的飯店門口，正在商量如何解決午飯問題時，妳打那兒走過。朋友給妳我介紹。妳跟我們一起客客氣氣的吃飯。分手時，妳說有空請到妳家坐坐。我沒有考慮就答應第二天來。

第二天是清明。經過一場情緒激動（畢竟三妹才去世不久），我還得艱難的從人潮擠往妳家。見到我妳很詫異。直說意料之外。妳以為我客套，昨天的話不過是敷衍了事。我暗中跟自己生了好一會氣。我的急急趕來只是自討苦吃。早知如此，我又何必？妳原只是客套，不誠心請我。

氣也只是一時的氣。過不了幾分鐘，我就已把它們忘得乾乾淨淨。回想起來，已記不起當時如何氣法。

那時妳還在林威廉念書，我在美拖阮庭沼。妳偶然一兩封信來，告訴我學校裡的老師猴子化，簿記催人眠。我們在美拖則是出盡風頭的「新聞」班。全校一千多個男生，二十幾個課室都不夠我們課室裏十幾個女生惹人注目些。升旗時，我們唱國歌聲音最小，平時班上吱喳的聲音卻最大。老師們都無可奈何。

妳手上有一兩副大型小型的照相機。相機對於我，一向是可望不可即的東西。妳卻揹著跟我們到處走，我到西貢，或是妳來美拖的時候。

第二年六月我向西貢報到，還入了「籍」。上午坐公司。下午除了偶爾到文科大學上課，多數是跟妳一起消磨。看看荷包負擔不起的櫥窗。買兩張二十塊錢的學生票鑽戲院。街頭巷尾的從一個食物攤「流浪」到另一個食物攤，從這個檔口「移民」到那個檔口。袋裏空空時，乘巴士和售票員躲躲閃閃捉迷藏。日子盡是嘻嘻哈哈。煩惱在那時是何其莊嚴與渺遠的名詞！

然後妳也學著伸長腳步踏入社會，畢業之後。經理常被我們詛咒。可惜越詛咒他們越胖。想來是因食我們血汗而肥。生命途上不完全美，是不？只要不完全醜，也足以讓我們生存下去。

這一陣子妳疏於跟我在一起了。生活太逼人。妳的工作繁忙。週末我又多數回美拖，久久的才有機會聚在一塊兒，比起以前，我真寧願自己永遠不要長大。

不要長大多好，妳們都寵我。妳、斯、清，甚至是琴。在妳們跟前撒撒嬌痴，耍耍刁蠻，野心對於我真是不中用的傢伙，好幾次妳羨慕我的孩子氣羨慕死了，其實妳的莊重才是我要學而學不來的氣質。

清明來，清明剛過，第六個清明，第五週年，我從三妹墓上回來就去找妳，路上有雨紛紛，記憶一時濃結，第五週年了，妳能知道，我們之間會有幾個五週年紀念？

一九六八年於西貢

憶，鑲在瑰夢中

尹玲

海，依然深深，依然蔚蔚。

她落寞行著，隨著三個同伴，她並不寂寞，寂寞的是她的心。

好多年好多年沒到這面海的小城來過。記憶裡小城古樸，不像眼前繁榮而誇張。酒吧一間傍著一間，裝飾得色彩繽紛。熱門音樂裡雜著買笑買醉的人的喧嘩。

她們沿著小街行向海灘。已是黃昏。天邊雲霞流動。雲霞繽紛繽紛，一如十八歲以前那段歲月。

怎麼想倒十八歲以前？才不過二十一歲，心境蒼老的像歷盡滄桑的老婦人。黃昏已降入海底，夜在升起。

* * *

夜在升起。星星一顆一顆開始在天際冒出來。

月也升起。月好圓。圓似她嫩稚的成熟的臉龐。夜空藍蔚而清。白雲飄逸，像新娘子拖曳的嫁紗。

她靜靜偎在他胸前。她聽到他心房有節奏的跳動。他緊握住她的手，不時俯頭親親她的髮鬢。

田野中許多昆蟲鳴叫。禾香在夜風裡洋溢。多美好的世界，美好的只合夢中才有。

許是在夢中，這月、這星、這雲與身邊的人，身邊的人擁有她全部的愛。可悲的，她的全部只能換取他的一半。

不要那麼說，多冤枉我！我愛妳全心全意，不是一半。妳太低估了妳自己。是麼？不是我低估自己，而是你的行動貶壓了我。

我還能怎樣？妳說。

＊　＊　＊

他還能怎樣，她說不出來。

正如他所說，不是他不願意，是他不能。

她們在沙灘上舖了一大方塊膠布，躺的躺，坐的坐。前灘風平浪靜。海潮懶洋洋的提不起勁。星一顆兩顆。下弦月還睡在東方。

手提收音機流瀉音樂。是他送給她的。每天代我伴在妳身邊，從朝至暮。

從朝至暮，可不是他。連他的聲音也聽不到，都是別人的聲音。

潘秀瓊的聲音，正在低唱「情人的眼淚」。她送給他「不了情」的唱片上有這首歌。她本來不大喜歡聽。但他告訴她他喜歡，她也毫無理由的跟著喜歡了。她喜歡一切他所喜歡的，厭惡一切他所厭惡的。

他卻不能夠跟她喜歡她所喜歡的。這次海行她央求過他同行。他只是搖頭。無可奈何，他的行動不自由。

中午他送她們到車站。中午一時，太陽正得好熾。她下車，站在車門旁邊。把太陽眼鏡除下，她深深的注視他。透過綠色的鏡片，他的眼睛迎著她的目光。一分鐘。兩分鐘。五分鐘。十分鐘。

她咬咬下唇，走開了。隨她們坐到客車上去，她心裡湧上酸澀，滿滿的。擺擺手，他走了。人影車影模糊消失。她眼眶內是淚水。

她眼眶內是淚水。她們聊著，談興濃濃。

她煩躁的跳起來。去踏踏潮水，把煩躁踏走。

潮水涼涼。涼意一直侵入她心裡。她不自禁的打了一個寒噤。不是海風冷，是她已心灰意冷。

＊　＊　＊

心灰意冷了好長一段時間。

從開始起她就知道這註定是一齣悲劇。除非奇蹟出現，他說。奇蹟幾時才輪到我身上？上帝並不寵她。

她孤注一擲的將全部感情奉出。那種瘋狂的悲淒的犧牲常使她失常。她傻的好可憐。

就是因為妳傻妳痴，妳使我情不自禁。

情不自禁又怎樣？他還是有他的，她也有她的不同生活。偶然的相聚怎抵得消一段長日子裏相離的纏綿相思？

遠走高飛是一個辦法。然而遠走高飛會傷害到多少人？人家沒過錯，這樣做太不該；而且後半世良心的責備也教我們過不了好日子。

事實上是如此。設想自己是別人，那份失望和傷心該是怎樣噬食心靈？

＊　＊　＊

失望和傷心像久醫不愈的風濕病，無時無刻不在噬食她的心。

浪潮輕輕湧上來，又輕輕退回去。不是她在踏潮，是潮撩拂她雙腳。

意念像絲，相思像絲，綿長而紊亂，理不清，剪不斷。

是除夕。她身在人群邊，心卻落在荒野，蒼涼得要死去。

明天就是元旦了。新的一年。新年對於她茫茫渺遠，就像天邊那一顆孤獨的星星。星星還望得見，渺遠也不會遠到哪兒去。可是她的新年，她在除夕裡如何望得見新年及新年的一切？那邊人堆裡隱約傳來歌聲，藏在人們嘻笑喧嘩中。我在流淚，我在流淚，沒人知道我。

* * *

我在流淚，我在流淚，誰能知道我。

他不會知道，他根本不在她身邊，他在哪兒？除掉面對他的時刻，她無從知道。

她任由眼淚縱橫，不是哭他薄倖，是哭他的深情，哭她的多情。

寧願他薄倖，她放棄他，一百個心安理得。可是他的眼光，他的話語教她走不了。怎能走得了？他的柔情像絲，綿長而堅韌，緊緊的把她和他綑在一起。

社會的燈光把他們分開。社會的眼光把他們隔開。「意難忘」太差，她看了一點兒都不感動。他根本就沒看銀幕。他看她，看了好久，看得好深。他握著她的小手，印上無數個吻。

無意聽到的歌詞卻教她難忘。你我的回憶，該是兩相同。咫尺天涯，為何不見？此身已憔悴。我在流淚，我在流淚，沒人知道我。啊！誰在唱呀？遠處輕輕傳來，想念你的，想念你的，我愛唱的那一首歌。

* * *

誰在唱呀？遠處輕輕傳來，想念你的，想念你的，我愛唱的那一首歌。

她轉回頭來，三個同伴在向她招手。她走得並不遠，酒吧的燈光還能照得見她。她也招招手，轉了回來。

潮水涼涼。她踩著海水，踩著細沙，緩緩行著。

明天又大一歲了，怎麼老想不開？她坐下。歌早唱完，誰關掉了收音機。海面一下子似乎好闊，好黑，好深，好遠。星星一眨一眨，訴向大海她的心事，訴到天亮。

她嘆了一口氣。她們望向她。她搖頭，輕輕說了一聲：沒什麼。

的確沒什麼。她躺下。讓我今晚做一個瑰麗瑰麗的夢。夢裡有星光有月亮，有漁火點點海上，有花開有風來，有他讓她偎著。一個夢就好了，不多，夢裡有他的凝視，有他的吻。不多呵，一個瑰麗的夢，鑲滿他與她之間的回憶。

明天以後

尹玲

第二個十六夜。

月亮晶晶，月亮皓皓；不晶晶皓皓的，是我的心。

原以為你會來，來和我去看爸爸，爸爸住進中正醫院三天了。爸爸自己好寂寞。

C獨自騎漢達車在我面前停下。我站在藍色大門外。你沒跟C來。失望一下子壓得我透不過氣。你怎麼沒想過應該來一來？

我說讓我自己騎車，看完爸爸我可以去看你。C告訴我不必了，你不在家，你已外出。會麼？中午的電話裡你要我晚上去看你。何不來陪我，讓爸爸見一見你？我本想問，羞澀和矜持使我問不出口。而且，如果這不是你所願，我何必勉強你非去不可？

你不來，連在家等我也不了。我坐在C後邊，難過得想哭。在她面前，我不能動不動就哭，動不動就發脾氣。抑悶一直頂在心口。

C載我到醫院。爸爸房裡有客人，我們在房門外。走廊盡頭是小花園。花園靜得迷人。我們在石凳上坐下來。夜風涼，涼似水。

月亮被雲遮住了。C歪著身子看月亮，叫著。我下意識的跟著轉過頭。一層烏雲把月掩得好淒清。我心裡一陣痙攣。不詳感來得很驟然，就像那夜。

那夜，第一個十六夜，我特地去看你，你竟然不在。回家的路上我哭得好悽慘。聲音哽在喉間，吐不得，咽不下。

等下個十六夜吧，我自己說。

第二個十六夜，總不會那麼巧合，舊事重演。

偏就那麼巧合，我身上穿的領口鑲白花邊紫色衣裙，正是一個月前這一天所穿的。然後你叫C將失望帶來。難過綑得我緊緊，難過一如三十天前的十六夜。

我們回到病房。爸爸低低的聲音告訴我家裡一些困難。我煩上加煩。爸爸含辛茹苦把我養大，現在他遭遇到困難，我卻一點兒也不能夠幫忙。我在困難之外觀看困難中的爸爸一籌莫展。我不像一個女兒。

九點爸爸要我們走。晚上不要到處亂跑。三天裡爸爸叮嚀了不知多少遍。我唯唯諾諾。

從醫院出來C載我到賽瓊林門口的檔口上吃牛肉丸。晚飯吃得不飽，沒有胃口，在中興戲院對面的小店裏再來一碗燉蛋。

我吃得好快，才九點十五分，還有四十分鐘可以在你身邊。你喜歡聽我輕快的聲調，講述小時頑皮的故事？或者靜靜坐著，傾聽你故鄉一些風味？

C慢慢的慢慢的一匙一匙往嘴裡送，我無可奈何的乾心焦。你一定早已回來，你一定正在等著我。我心紊亂。

我去取回彩色照片可好？我拐彎抹角的問。C並不笨，為什麼不肯體會我的心情？她固執的總說你不在，照片不知放到哪兒去。我也固執的一定要取回。找找看，我說。

C拗不過。妳在門口看車，我進去找。她勝利的惡作劇。我猜不透她到底是真心還是無意。眼淚一下子湧上來。我艱難的咽回去。

我自己叫車回去，妳別送。我負氣。她沒留意到我的不快。上來，她拍拍坐騎，太晚了難叫車，妳還要去什麼地方嗎？

她真的不曉得我還要去什麼地方嗎？哦，我強把眼淚往肚裡吞。好吧！就跟妳走。

我沒再出聲，言語在幸福時多餘，在不幸時討厭。

第二個十六夜，你知道麼？緣在你我之間是煙是霧。明明看見它，卻怎樣也握不住。

明天以後，不會再有十六夜了，還有十三天我能見到你。十三天之中沒有十六，十六得在三十天後，三十天後你我各一方。

你不珍視第一個十六夜，你也不珍視第二個十六夜。第三個十六夜幾時來？假如窮此生都不來？

於西貢，一九六九年

假如妳能讀到——寫給三妹，假如妳能讀到

尹玲

沒有雨紛紛。走在熾熱的烈日下，行人也欲斷魂。

是第六個年頭了嗎？三妹，日子過得多不真實！才一幌，二千多個日子就在眼前幌了過去。日子像烟，日子像夢，我老覺得自己不是真真實實的在生存。

今天是禮拜六，上午要辦公。本來我可以請假，可是又討厭看到大肚皮經理那副奸狡而裝慈善的嘴臉。而且早上人擠，誰都想早去早回，我只有延到下午。

祭你的食物水菓和鮮花都是楊伯母代辦的，只有這麼一點點，妳會不會不高興？比起去年的一束花，今年比較豐富了些。

仍然是斯冰姊姊陪我來的。妳看到嗎？三年來每一個清明她都跟我來看妳。明年大概她不會再來了，就是我，明年的清明也不曉得能不能來；我不來，媽媽或者二姐會代替我。

那天回鄉下，外婆也提起過，我好難過。每年我都到來一趟，明年的清明不知道會在哪兒過？不見我來，妳會牽掛？妳會傷心？

白飯我沒帶來，妳飽不飽？我一向懶散慣了，出門就怕帶太多東西麻煩。這些菜、蘋果、白酒、茶水，妳也未必碰到。它們靜靜躺著，沒動過。我看不見妳，三妹，妳真的躺在墓中？妳的魂，遊蕩去了嗎？也不現現，讓我看看妳。

家裡只有我夢見過妳幾次。最奇怪的一次是爸爸在樓下開收音機，一支妳喜愛的歌正在播放，我在樓上睡，在半醒的狀態中見到妳。我捉住妳的手，情急的問：妳還記得這首歌？妳沒回答，掙脫了我就不見了。我驚醒過來，樓下的歌聲還在繼續。

我告訴媽媽，媽媽說也許因為我思念妳太切而引出的幻覺，可是我的確明明見到了妳。

另外一次妳在夢裡向我訴說妳感到冷。我怎樣幫妳好？是不是因為妳臨去世時所感到的冷意還沒完全消去？我醒後心裡難受得很，妳已不在世上，我如何將毛衣親手給妳披上？我如何把妳圍在懷裡讓妳溫暖？

我負欠妳的似乎太多。妳還在的時候我給予妳的太少吧！假如知道妳這樣早離開我，那時我就不會吝嗇於付與妳一切妳所想要得到的。人最怕生離死別，生離還有希望有一天能重逢；死別則完全絕望，死神把人的所有都剝削了去。

爸爸的病一時好一時壞，我常年在外，一點也幫不了家裡的忙。媽媽辛苦勞碌，又要顧裏，又要顧外。妳二姐也忙得團團轉，功課逼得太緊。四弟正在長大，爸爸為他的學業前途傷透腦筋。幾個小妹小弟懶讀書，一看到他們成績單上的分數名次就灰心得想撕掉。

妳若還在？三妹，妳若還在，今年高中畢業，進文科大學升大一去。妳若還在，我給你把長髮分兩邊梳開，用兩條漂亮的絲帶打兩個漂亮的蝴蝶結，左右的搖搖幌幌；讓二姐給妳添許多漂亮的迷你裙，在假日裡騎上漢達車給美拖描上繽紛。十九歲，青春還盈握。唸書時候唸書，工作時候工作，玩的時候也盡情玩。

妳不在，是的，妳早已不在。一切「假若」「假設」也全都是假的。妳不會十九歲，妳只有十三歲，永遠十三歲，在墓裡在我夢中都十三歲，妳永遠年輕。

那麼妳會不會時常受到欺負？待人禮貌些，待人好些就誰也不捨得欺負妳了。三妹，妳還是當年那麼沉默寡言嗎？

烏雲開始從天那邊隨風捲過來，這些冥鏹寄給妳，三妹，妳收下吧！雨滴來了，一顆、兩顆、三顆、四、五、六，呵，好多顆了。三妹，我不得不找地方避雨了。

雨紛紛。我們在祠堂的長椅上坐下。雨線密密的落在前邊一座一座白色的墓上。三妹，雨天裡妳一定覺得更冷了是嗎？妳的墓單薄而簡陋，沒有別人的富麗堂皇。怎樣說好呢，那時爸媽聽從老一輩的人勸，小孩子，隨隨便便算了，別讓她依戀著家裡，不願投胎。不要自卑，不要抱怨哦三妹，我們一直到現在仍然一樣愛妳。

雨疏了許多，我們還要回家，無可奈何啊，我不能夠留下陪妳。我要是在今年之內走，走前我會再來看妳一次。

斯冰姐姐載我，我們走了，三妹。天還在滴淚，一顆兩顆，一顆兩顆。我輕輕唸出：「清明時節雨紛紛，路上行人欲斷魂。」我不是杜牧，不想問酒家何處有；只想問，欲斷魂的，只止於路上行人嗎？妳呢？三妹。妳呢？

己酉年清明

這些日子的編結

尹玲

給琴——

你希望擁有我的友誼到什麼時候，就什麼時候。

不能忘記第一次見妳時的客套。

我很不自在。在客套面前，我總提醒自己得謹慎武裝自己。

第二天妳來了。來得好匆匆。走得也匆匆。在匆匆間，我甚至忘了跟妳說「再見」。

聖誕溜過。元旦溜過。悄悄的。妳沒再出現我的瞳孔內。妳沒來。電話鈴响過千萬遍，傳來的都不是妳的聲音。

一個月零幾天，妳我的世界隔別著。妳的辦公室與我的辦公室，相隔只三條街道。街道伸延而來，不來的是妳的腳步。

然後，那一天忽然間我想見妳。我在電話裏輕輕相問：妳願意來？

中午時分，妳披一身驕人的陽光姍姍。斯冰也在。妳們再見如故。（「一見」的那次，根本沒給斯冰留下印象。）我不像主人，倒像陪客。

午後我撐著洋傘陪同妳走伸延而去的街道。妳兩點上班。我卻多出一個無聊的一小時。踏著傘的影子，我獨個兒回來。老想著人的際遇有多奇怪。妳的命運，我的命運，又是由誰操縱？

是拜六。是週末。下禮拜一起我每天中午跟你們一起午餐。妳說這是一個好消息。嬌嬌的聲音從線那頭娓娓而來。還沒來得及高興，壞消息接踵而至：兩個禮拜後妳揮別西貢。

聚久必散，人之常情。可是我們還沒相聚，就得先講別離。說是有緣，聚的太少。說是無緣，妳我該不相識。是有緣？是無緣？誰答得了？

下午我跟斯冰去尋找她的「矇矓」傑作。好奇心和童心教我們給妳一個驚奇。我們循著地址找妳。很巧的妳在。似乎妳不感意外。這叫我有點失望。想像中妳應該高興得目瞪口呆，或是緊抱住我團團轉。

妳送我回家。我的小房間凌亂但溫暖而孤立。外邊夜早升起，夜升不進我的房間。這裏是一個不受干擾的世界。妳看我的文稿。我在旁邊靜坐。時光在外邊匆匆溜走。畢竟妳我都不是神仙。妳說妳得走。我們還在世。我們不在桃源。

拜一妳中午過來。午飯後的午睡是一個掛起的名詞。吱吱喳喳了差不多整個午睡時間。

拜二、拜三。妳知道我咳嗽，特地從堤岸帶來一瓶四季桔，外加一瓶白沙糖。我好感動。我一個人在外邊，受白眼的機會比較多。誰對我好些，我會永誌於心。

拜四、拜五、拜六。我們剩下的日子並不多。妳在新年後離開西貢。我卻得在新年之前走。而新年，數不完兩隻手的手指就在眼前。妳悵然。我也悵然。我發現妳多愁善感，一如我。

什麼要來的總會來，離愁在那個晚上纏得我透不過氣。明知道分別只有十幾天。十幾天在想像中似幾百個世紀。幾百個世紀的分別誰保証後會有期？

我不曾要妳送我。不相親的人相送是諷刺。相親的相送是心靈凌遲。不相親的不必相送。相親的不能相送。

我回鄉下。好多的繫念繫綁妳。妳也許不知。春節裏每天數著分針的移動，等著妳突然間出現門檻邊。妳不來，教我的盼望化為蘆葦上的露珠，顆顆滾落深江。

新年終成過去。許多以為抵受不了的打擊大都平平靜靜跟隨時間被遺忘。我又回來。妳身邊每天不乏我的影子。

不曉得妳相不相信，太相親相愛會遭天妒。我在担心著，哪一天我須遠離妳。或者不必我走，一旦妳發現我原只是一個膚淺、自私、脾氣暴躁、普通平凡的女孩子而不是妳欣賞中的才華橫溢時，那種幻滅會教妳永遠避我不見。

妳說妳深信命運。我本來什麼都不信。遇到不能解決的事，索性置之不理，就推是付諸命運。命運到底是什麼？是教妳我來相會的那個主宰？假如分離，又是哪個命運擺佈？

我知道我走對妳是一個打擊。我不走對父親是一種痛心的失望。別寃枉我存心騙妳。我從不願人騙我。也從不願我騙人。我實在不能決定，我也不敢決定。我的苦惱妳知道？走或不走都要傷害到別人。老天為何不為我開闢第三條路？

把握眼前的相聚，每一分，每一秒。妳得緊緊擁它。遲早總會失去。為什麼不在擁有時盡情享受？妳點頭？讓以後縱令隔別，妳我的記憶仍舊豐富妳我的話語笑貌。

不敢說妳我的友誼永固不變。只是妳希望擁有我的友誼到什麼時候，就什麼時候。我會付出盡我所有。

妳說，什麼時候？

於西貢，一九六九年三月

此時情

DL

不知道是第幾個失眠的夜了。

砲聲把玻璃窗門震得噶啦噶啦響。我起身。窗外長街一片靜。街燈在深夜裏明亮。夾竹桃尖長的葉隨夜風搖晃。星一顆兩顆，稀稀疏疏。向陽的窗望不見子時的上弦月。偶而一兩隻野狗跑來跑去。吠聲教不眠的人頭痛。不能堂堂皇皇的出去趕牠，只好無可奈何的抑下滿腔怒火。

弟妹們都睡得安安靜靜。我收回視線，桌上的小鬧鐘才指著十二點十分。夜好長。我一秒一秒數著。一秒一秒過去天仍未亮。

我很為我的健康擔心。已經好多個夜晚睡不著。大前晚。前晚。昨晚。今晚。明晚？後晚呢？

中午離開堤岸前，我在CH家裏。他也在。我當然知道他會在，那個時候。和CH在她的小閣樓上找信封時，他從後門走。我伏在窗前的書桌上，看見他拉門出來。我情急叫起來：

「舅……我一會兒走。回鄉下去。」

他抬起頭，望望我，又望望我身旁的CH：「哦，路上平安。」

「她後天再出來趕電影，鐵頭皇帝。」CH嚷著。

然後他走。我不曾目送。分離總不是一件教人心悅的事。

我想起昨天ＣＨ和我從西貢回堤岸在的士廂裏的話。她說她預感到今年之內她會失去一些什麼。那一些什麼可能是我的離去。不要走，她說了好多遍，我們才相識。妳又何忍匆匆離別？

我真的於心不忍，把申請出國留學的稟章都不知放到哪個角落去了。我留下。嗯，我不走。一大半是因為你，真的。我說。另一小半是因為我放不下家，爸爸媽媽和弟弟妹妹。

年假裡爸爸說準備讓我升學。為了發揮你的專長，最好你去。

我呆住良久。剛好學校有獎學金。我放棄了。我囁嚅。

再去看看。拿不到，我供你去。

我也不忍心不聽爸爸的話。我從來都不願意使爸爸或媽媽傷心失望。我只是一個女兒。

稟章呈上去。學校要過幾天才發通知。

我心神恍惚了很多很多天，從知道學校有獎學金那天開始。為了前途，我不去實在不智。為了終生幸福，我去，難道能說是智舉？

留下讓我們作親戚。他喜歡你。

我不敢問她這句話有百分之幾的真實性。不清楚這個喜歡的真正意思。也不曉得這喜歡會真的使我和ＣＨ變為親戚？——我一直都喚他「舅」，像ＣＨ所喚。

我們認識才不到幾天，談這些似乎太快太早。我為虛名所累，恐怕日久他會為剝去了虛名外表的真正的我失望；而且，他不完全是我理想中的那一型。我自問平平凡凡，對人也就不敢苛求什麼，只是緣可遇不能強求。我仍然謹慎的勒住感情這匹頑馬。累人害己，我都不願。

心緒愈理愈亂。我沒有向人傾訴的習慣，甚至是母親。什麼事都壓在心底。心的負擔重的可以。ＣＨ如何明瞭，我真的一點都不想欺騙或傷害她。

所以我夜夜數著秒針的移動。夜夜傾聽砲聲震響玻璃窗。夜夜看長街靜靜，寒風輕拂夾竹桃。夜夜縱思維奔回七十公里外的堤城尋ＣＨ和舅。讓滿頭青絲日漸霜染，偏頭痛變本加厲，腦袋是混亂和昏漲。哦，有誰知我？

一九六九年二月廿六夜廿七日凌晨

還是春天

尹玲

我好無聊好無聊的坐在櫃檯後面。

父親午睡。母親在後院天井洗飯後的碗筷。弟弟妹妹和表弟們囉囉囌囌的爭吵著什麼。

「不要吵！爸爸在睡覺。」我喝了一聲。他們靜了一會兒又故態復萌。我只好裝作沒聽見，別轉頭看外邊。

太陽豔得令人眉頭皺。什麼春天？來的如此慢偏去得匆匆。等了三百六十五天的春，卻鳥不語花也不香，太陽只會乾瞪眼。人們匆匆忙忙惶惶忡忡的與春擦身而過，誰也不曾真正投身春裏。

有鼓聲傳來。喪鼓。夾著銅鈸的沙響。送殯行列浩浩蕩蕩從橋那邊過來。這邊一列美軍駕駛的軍車被逼得要讓路。

我凝視這幾個軍人。他們從哪一個國度來？這裏只是一個鄉下地方。他們會有什麼感覺？又有什麼感想？他們掣了車，靠在馬路一旁等吹吹打打的行列先過。吹吹打打得好不熱鬧。懨懨欲睡的炎午給喚醒。靈柩裏面的靈魂也興奮得躺不寧。

他們身上披了一件無袖的避彈衣。陽光很慷慨的灑在他們的頭與赤露的手臂與衣襟敞開的胸膛上。他們灑灑脫脫的眉頭都不皺一下，只是聚精會神的看著令他們驚奇的隊伍。

小鬼頭們換過了校服，排成一行站立在門口瞧熱鬧。六個小腦袋幌來幌去，嘴裡吱吱喳喳像一群春天裏的小鳥。我忽然間覺得好羨慕，也好忌妒他們。

「上學去！」不知是誰喊出來。一個個抓起書包就往外衝。

「大姊，我們去上學！」有兩個記得轉過來對我講了一聲才追上去。

「小心看車！」我嚷著。他們已跑出馬路邊。隨風飄揚起的短短藍裙教我悵惘追憶早已逝去的許多個尋不回的春天。

送殯的隊伍還在繼續。不過總會有終了的尾段，我知。正如許多個春天已逝去，這個春天也早已不在，但假如我願意，春天還會再來；而且，假如我願意，銘一兩個美美的最美的春天在心版上，那麼春天永遠還是春天。縱令鳥不語花不香，風光不明媚旖旎，那一個兩個春天還是春天。

於美拖，一九六九年二月廿四日

待化的繭

DL

我把眼睛哭腫了。你不知道。

我消瘦。我憔悴。你也不知道。

我從你騎樓下經過。哀愁目光只迎到空空的欄杆。屋裏有燈光，我知道你在。近在咫尺，不能見你。我聽見心房抽搐。難以言喻的痛楚。眼淚大量大量湧出。我哭不成聲。這些這些，你都不知道。

我無法向任何人訴說。對C也只有緘默。我是一隻愚蠢的蠶。吐的感情的絲，縛不住你，卻把自己深深的綑了進去。吐的絲越多越長，我就被綑得越緊。

我去找C。不敢奢望你會在。可是你真的不在。我止不住在C面前滴淚。

C追問，安慰。我無論如何也說不出口，我的眼淚是因為你的不在而流。

我一共才見過你幾面？恐怕你我都未把彼此的模樣認清！我是怎樣的瘋狂，一厢情願的付出了全部情感！月亮好圓好圓。你的屋子向東，應該看到月升，十六的月比任何一晚都要圓要亮。十六夜去看你，你卻躲在我視線之外。緣被誰劫去？我預感一份不祥。

這些天來，我一直都不安寧。坐著，站著、行著、躺著，辦公室裏，假期中，腦裏滿是你，盡是你。我吃不下。我睡不穩。我心神彷彿。我若有所失。我每天跟自己發脾氣。我每天暗暗流淚。

我也只能流淚。我不能夠對你說我分分秒秒如何的思念你。不能明目張膽的每天跑去看你。不能夠像人們吐訴，求助一些憐憫或幫助。我把秘密緊緊鎖在心底，讓它日夜剝蝕我的青春與紅潤。

也許你我之間的隔膜我猜得到。我在努力學講你的家鄉話，探尋你家鄉的風俗習慣。只是一切似乎無濟於事。究竟你我不是同一幫的人！是誰多事？訂下這殘酷的規條？

我可能就快離開此地他去，能走得越遠越好。本來我只等你說一句話，讓我把申請出國的稟章撕個粉碎。一分分。一秒秒。一天天。我白等了三個禮拜。你忘了呢？你不想說？你始終吝嗇著。你堅持到什麼時候呢？在我登上飛機的前一秒鐘？

那像是宣判死刑，我在等待著行刑的日子。總不會有赦免的希望吧？絕望已成定局！

那一天你會來目送我嗎？目送我步上斷頭台？或者你來，來為我解去纏縛著我滿身緊緊的感情韌絲？

寫在這些情緒低落得無以復加的日子

你說你十點半來

小鈴

你說你十點半來。

我一跛一拐，艱辛的上學校的三樓。一級一級一級，好多的一級一級。你知道不知道？你的小鈴一跛一拐。你此刻在何處？

此刻，學校早已響了入試鐘。學校靜悄悄的。我一跛一拐上到三樓，小腿上痛得使我神經質。拐到二〇六號課室，每個試生都在埋首試卷上。監考先生頻聲催：「快快！快快！」

我找到一個座位，坐了下來。試題派到手上，我才知道我竟然進錯了課室，我尷尬而又難過，一跛一拐的把試卷交回講檯，慌張的走出來。昨天明明是這個課室，今天怎麼又換了？只怪我胡塗，不先在佈告室看佈告。現在要拐到樓下再拐上來。他們做了一半，我卻連試題都沒見到。

在樓梯口碰見校工。校工說我應該進二〇二。右小腿免了一次苦刑。

進了二〇二。同學個個在東張西望。我領了白試卷，監考要我一併抄了試題才給我找座位。老天爺！果真是昨天那位教授再三吩咐我們回去用心細讀的科目。只是，那麼樣的一課書，卻要我們寫成一篇七、八頁長的論文，不是太為難我們了麼？

我在座位坐下，同學個個都你望我，我望你；要不就交頭接耳。監考先生不住拍檯面：「不要講話！」

你說你十點半來。我看手錶。八點半。我居然遲到了差不多半個鐘頭。昨天遲到五分鐘。今天以為自己騎車來能夠早到。誰想到會撞車？你以前常說我開快車使你心驚肉跳。我沒見過鬼，不怕黑。開慢車不過癮，每次都非開盡速度不可。也合該我今天倒霉。走還不到一公里，打了五、六次火。我自己先火大起來，開回家。坐車去舒服得多。就在街角三叉路轉彎時，我撞向一輛路中央的「本田」。煞掣失靈。我急忙擺向左邊，車給避過了，右小腿卻直衝到人家的煙筒上。我咬緊下唇，忍著痛楚讓車把我帶回家。

他們忙亂的扶住我，忙亂的找藥酒替我敷擦。我感覺到整個人崩潰，無力的坐在床沿上，只是流淚。撞傷處已腫起來，又痛又難看。我抬頭看鐘。七點四十分。你在何處？小鈴撞車。你在何處？八點考試。七點四十分，小鈴撞車。你在何處？

抹乾眼淚，我必須振作。為什麼我總愛哭？國載我。七點五十分。還只有十分鐘的時間。盡了速度，盡了人力，到學校仍是遲到。

你說你十點半來。九點了，我還沒有給論文起草稿。昨天幸虧教授給我們的「貼士」，我回去看過一遍這課書。我真恨我沒有過目不忘的本事。現在努力集中精神，只能斷斷續續的節一兩句重要的句子和意思。我只看過一遍呵！我有多懶！你會責罵小鈴？晚上叫妳回家讀書，偏不肯讀，整天東闖西蕩。看妳這次考不上，我把妳打五十大板才知道滋味。沒有書就怨沒書，現在書借了回來一個多月，妳究竟讀了幾本？

不是我不曉得應該留在家裏讀書，只是我野性難馴，你又不在我身邊。滿房子的寂寞太虐待人，你知道不？只盼著最後一關能闖得過，然後我們在一起。那時我會乖乖守伴著你，不再到處流蕩。

你說你十點半來。九點十分了。九點半之後就會十點半。噢！我得趕快。

又一個男生交白卷出去了。女生們又笑起來。我笑不出。剛才到現在有四個男生交白卷。每次女生們都笑。我腿上痛，笑不出來。我也永不會交白卷。

我在心裏想好了腹稿，我每次考試作文都不必起稿，翻譯也不必先打草稿。我常為我能夠不像她們必須先在草稿紙上寫滿了才抄到試卷上而自傲。九點二十分。我把想好的腹稿直接寫上試卷。我必須在十點半以前趕好這篇論文。你說你十點半來。

又有一個男生忸怩的交白卷了。九點半了，我的論文才只開了頭。我心裏一急，又埋頭趕了下去。

你說你十點半來。十點了。我才只寫了一半，才只二頁多。我得趕快。課本不記得完全。我只能靠自己的聰明，加上節了出來書上的大意，加上自己的意見，我勉強拖了五頁。多慘呢，你說！我從來沒寫過這麼短的論文。以前有一次寫了七頁，我嫌太短。他們洋洋灑灑的都寫了九頁、十頁。這次更糟。真破天荒！才不滿五頁。

我都不理了。四頁也好，五頁也好。你說你十點半來。我放下筆。才十點二十分。除了幾個交白卷的男生外，也只有一個才交了四頁的試卷。女生都在用心。我收拾好筆紙和學生證，一跛一拐將試卷遞給監考先生。你說你十點半來，現在才十點二十五分。本來我還可以修改或加補什麼的，十二點才夠鐘。但你說你十點半來。四小時的一篇論文，我在二個鐘頭內趕好。我不能讓你等。因為我也不喜歡等人。

我拐了出來。滿心以為你早已來到，我會在騎樓上向你招手。騎樓靜悄悄。校園靜悄悄。哦！你還沒來。

你說你十點半來。十點半了，你沒來。我好失望。我一跛一拐，艱辛的從三樓回到樓下。一級一級一級，好多的一級一級。下樓比上樓更艱辛。一舉腳覺得痛入心肺。人要打橫行才能將這要命的右腳放到梯級上。你說你十點半來，但你沒來，你不理我的等待，你不理我的失望。

我拐到樓下。幾個男生看看我的腳，又看看我痛苦的怪模樣。沒有人理我。這個世界，人與人是人與人。沒有誰會同情誰。沒有誰會理誰。

你可能正在趕來。我站在校園等。一秒、二秒，一分、二分，五分、十分，我再多等十分鐘。你說你十點半來，你怎能遲到？你怎能讓我等？

又是十分鐘過去了。你根本騙我。你根本沒來。你根本不來。我恨你。我恨你。我恨你恨你恨你。我在考試，一路就是看手錶，一路記掛著你會來。人家作四小時的工作，我為了你，在二小時內趕完。我有什麼對你不起？我有什麼對你不好？你為什麼要這樣來整我？

我在馬路邊又等了五分鐘。哼！你這騙人的東西，你騙人！我截了一輛的士回來。你不在。你去了哪裡？為什麼不去看我？你說你還有良心麼？

你到底回來了，但身邊伴有兩個女子。哦！你說你十點半來，你說你十點半會來。哈哈哈哈哈！你說你十點半來。你見到我腿上的傷痕嗎？你見到我一跛一拐？你知道我在課室裏如何牽掛著你？你知道我怎樣心焦的趕寫論文？你知道嗎？你知道嗎？你為什麼對我這樣沒有良心？你為什麼對我這樣殘忍？顧不了腳上痛，我衝回房裏，心裏的哀傷絕望悽慘一齊湧上來，我大聲哭了出來。你就在外邊，但你如何知曉，兩個女子在你身邊哦，小鈴早被拋到九霄雲外。小鈴整個人已崩潰！

哦！你說你十點半來！哦！你說你十點半來！哦！哦！哦！

假如分手

尹玲

給C，妳我的點點滴滴，留待追憶。

妳說妳們家可能快要搬走了。我很悵惘。妳們走後，我不是更孤獨更寂寞了？認識妳的日子不淺了。還沒三年，可也多過兩年半。回想中，那時妳似乎還是一個小女孩，長長的馬尾，深深的梨渦；常常跟在爸爸身邊撒嬌。

然後忽然間的，妳的長髮變短髮，剪的嬌嬌俏俏的，活像何莉莉，妳長大了。

總之是記不起從什麼時候開始，我每天晚上都往妳家裏跑。妳爸爸待我很好。妳媽媽待我很好。妳姊姊，妳弟弟待我很好。妳待我很好。妳們一家人待我都太好。有時想起來我會感動得流淚。我離開家太遠，半個月才能回去一次。在這裡我把妳的家當成我的家。聽聽妳們的聲音，看看妳們的動作。火水燈下看妳們吃飯。週末傍晚看妳爸爸細心抹他的老重型摩托車。妳弟弟最愛搗蛋，我們常被他弄得啼笑皆非。妳有一個慈祥的好媽媽，終日默默的靜靜的為全家人犧牲自己。妳姊姊是妳媽媽的好助手，文文靜靜的。

有一串四、五個夜晚，我和妳弟弟到學校等妳放學，之後一起去宵夜。那些夜晚真美好。幽暗的人位街。光亮的雄王大道和洪龐大道。總督芳街也開始靜靜的。夜風好涼快。我們兜了幾個圈子才等到妳下課。三個擠在一輛「本田」上，嘻嘻哈哈的把夜都吵醒。回到我們街頭那間小吃店，興高采烈的坐到戒嚴時間。出來，街頭街尾都已靜悄無人。我們踏著淡淡的影子回去，再約一個明天。

一兩個假日妳偶爾的跟我在一起消磨。我們上美髮院做頭髮。到照相館留下倩影。留意時裝雜誌的新流行服裝。剪到布料，也學著做一襲試穿。逛百貨公司，什麼東西都想買。櫥窗太誘惑了，近月底時最好閉上一隻眼睛假裝沒看到。我們迷王羽的刺客。我們迷焦姣的氣質。我們迷何莉莉的美艷，迷林嘉的野性，迷井莉的清新。我還迷尚保羅貝蒙度的醜陋，迷阿倫狄龍深沉的眼睛及動人的面部線條。我也迷蘇菲亞羅蘭的潑辣，迷史賓沙屈西的老練。我們迷的東西那麼多，迷的人物也那麼多，簡直數不出來。我們都不超凡。我們也像所有普通的女孩子：愛美，有點慕虛榮；只顧眼前，不知天高地厚。人的生命太短促了。我們又何必老跟自己過不去？

中午下了班，偶然我會去找妳；有時只因為記掛著妳，想見見妳，看妳嬌俏的面孔和深邃的梨渦。妳會跟我去逛逛街市，或帶我到街角的糖水檔來一杯「清補涼」。

那次給妳照相，成績差得可憐。老實說，我對攝影外行得很，妳心裏並不滿意，我知道。任何事都講求經驗。我經驗不足，當然不能跟別人比了，只是我們多的是機會。總有一天我的技術能得到妳的稱讚。那時我也許還會自創一派，不讓別人專美於前了。

可能妳們快要搬走了，我得珍惜目前每一個相聚的機會，聚了又散，花開花落，月圓月缺，潮漲潮退。這一切都合乎自然的定律。既然我們曾相聚過，遲早總得分散。

我記下這些屬於妳我的點點滴滴，寄給妳，留待追憶，假如那一天真的來臨，那一天妳我分手。

那抹嬌嬌的淺紫

尹玲

我一回到美拖就跑回學校找妳。她們說妳去了堤岸。好無緣。失望，一直困擾著我，至現在。

現在是夜。我在二樓的長廊外鋪了一張草蓆，獨自躺著。電流在六點晚飯後一直停到此刻。街燈淡淡的光越過長廊的欄杆，也把欄杆長長的影子投射到白色的牆壁上。

雨正在輕飄飄的淅瀝。雨在我從車站回家時停止過一陣子。那是晚飯前。訪妳不遇後雨又淅瀝淅瀝。淅瀝淅瀝得人好煩。自己玩了一會兒撲克牌，覺得索然無味。在火水燈下閱讀《純文學》，實在看不入腦。隨手熄了火水燈，讓悵惘與黑暗覆蓋。

妳此刻在堤岸的什麼地方？妹妹告訴我妳星期一那天來過，曾問起我。我自問妳是否真的還記得我的樣子，而我第一次見妳後就沒忘記過。

那天妳來，一身嬌嬌的淺紫教我觸動了整個心靈。是因為那身我心深愛的淺紫？是因為妳白皙細嫩的皮膚？因為一頭長長的秀髮？因為那嬌羞的淺笑？或是這一切綜合而成的整個妳？

我坐在藤椅上。妳坐在我對面，嘴角帶著一抹淺笑，模樣兒活像是我的三妹秋玲。只是秋玲沒有妳白，面部輪廓也許比妳要美一些。我差不多呆呆的看著妳。要是秋玲還在，她會像妳這樣坐在面前跟我聊天嗎？

看樣子妳還很年輕。十八？十九？我輕輕問，我怕我一大聲會嚇壞了妳。

二十了。妳笑。像是滿意於自己的二十歲。二十歲的確是個驕人的年齡。女孩子的二十歲尤其值得目空一切。只是我們應該知道：二十歲只有一年，一生只有一次。

妳說妳看過我的文章。其實我寫的都不算文章，講出來只令我感到汗顏。我不過隨便塗塗畫畫，賺幾塊錢稿費零用而已。妳問為什麼近來我少寫。——懶加上退步。我在走下坡。

但所有的言語我總嫌多餘。許多時候無聲勝有聲。我看著妳羞怯的淺笑，腦後束起的長長的「馬尾」好可愛的輕輕擺動。我也奇怪為什麼妳的皮膚能夠保養得那麼細緻，如古人所說吹彈得破的嫩。這樣一個嬌滴滴的妳，學生們會欺負妳嗎？會敬怕妳嗎？或是她們都喜愛妳？

快要下雨了，妳看著烏雲漸近的天空說：該回去了。

我當然不便挽留。難道讓妳冒雨回去？

下次回來到學校來看我們！

妳是真情邀請呢？或是客氣？我一回來就跑到學校去，然而妳不在。好無緣，失望壓得我好重。

雨還在淅瀝。淅瀝淅瀝。那抹淺紫，那抹我愛的嬌嬌的淺紫，妳飄向哪兒去了，在今夜裡飄回我孤寂的夢中？

淅瀝淅瀝。

無星無月的晚上

尹玲

我回到房間來就急不及待的寫妳了。妳可知道？妳在樓下讀熟了書嗎？也許心裡正在埋怨我、詛咒我。我實在並不想佔了妳做功課的時間，但我總是那麼情不自禁的希望能找到一個傾訴的對象。

對我來說，妳還太小。然而妳的言談表現妳的智慧已很成熟。至少妳的觀察力很強，比我想像中強得多。妳很使我驚異，也許妳並不知道。妳的倔強好勝和愛夢幻喜冒險都像我。還有妳的「不可一世」也和當年的我差不多。

我也不瞞妳說，我剛搬來的時候，妳們四姊妹當中我最不喜歡的就是妳（妳先別生氣）。我那時總覺得妳太兇、太勢利，不分尊卑，沒有禮貌及太過老成精明。妳不像普通的十五歲女孩。難得妳那時也討厭我。我心裏自然明白。我雖然很笨很蠢，但總不至人家討厭我也不知道。我想大概是因為我醜陋的面貌吧，或者因為我俗氣的談吐，要不然是我那暴躁的壞脾氣。但又有什麼關係呢？妳討厭我或是喜歡我，在我眼中妳仍然還是一個小女孩，就像我家中的妹妹，喜怒無常。

我模糊的還記得妳那時好喜歡找我的錯處來抬槓，或是對我加以冷嘲熱諷。我都能夠容忍的，因為妳還太小，妳不知道一個遠離家庭的人在外邊需要的是友情。我曾經容忍過好多更難堪的事情，妳的搗蛋其實算不了什麼。

忘記了從什麼時候起，妳開始和我打起交道來。我才發現妳的聰明，假若不好好使用就真太可惜。我曾衷心的希望，我能幫助妳發掘一些什麼書本裏或是心靈上的寶藏。我可以把我喜歡的書介紹給妳，把我心愛的唱片借給妳，甚至一切妳需要的東西，只要妳開口，我能辦得到就給妳辦去。

妳會暗暗的呶嘴，說我空口講大話了？我的心情妳也許不能夠體會得到。我的弟妹都遠離我，假使妳能把我看成姊姊，我那份感情就不必懸著。

從來沒有一個人敢像妳這樣不留情面的批評我。我感激妳。真的，別人千篇一律的客套與虛偽的讚美聽得多了很覺肉麻。妳不再討厭我的話，隨時隨地告訴我的缺點。我當然不會完全照妳的話去改造我的性格，但那將會是一份最珍貴的意見，也可以說是妳給與我的友誼和紀念。

我自己也不知道我還能在妳這裏住上多久。妳現在大概已明白我瞭解我：我悲觀，愛飄流，愛冒險。我對明天並不存有太多希望。我們的時代也不容許。但在我走之前，最好妳和我之間不再有任何不愉快的事。我再說一遍（雖然妳剛才反對過）：人想瞭解另一個人是一件難事，想瞭解自己更是難上加難。既然妳已在探索瞭解我的路上，又何必再向後退恢復冷淡及陌生？

我不起誓，我不願不想也不屑，（因為所有的誓言都虛假都不靈驗。發誓的都是騙子。）但我想告訴妳，信與不信當然由妳，將來就是遠離妳，我也不會忘記這一個晚上。這個晚上我把我許多心思訴與妳，也把妳的許多記取。這個晚上無月無星。

於西貢，一九六八年八月廿七日

那青春的驕人的

小乖

沒電。好熱的晚上。

我跟房東的女兒借紅燭。她遞來一支。

還有嗎？再多一支吧。

好事成雙嗎？又不是結婚！

我沒回答。笑著謝她。

我在床頭亮起蠟燭。燭光下一切都美。你在相框裏，背向我微側的臉帶著笑，手提著筆正在寫些什麼。每天都見你，可是每次見你都覺得心頭好舒暢。反過來，有一天見不到你，那一天就難過得受不了。

看看你的「地中海」，直想張開喉嚨大笑一場。再過些時候我就變成「大西洋」了；那時我的小乖可以「名正言順」的棄我而去了。你的話還那麼清晰，就像正握著傳來你沉而柔的聲音的電話筒一樣。還是想放大聲笑。怕整間屋子的人會給我嚇壞，只好忍住。

我的相片就在你的旁邊。我站在一棵松樹旁，頭上束了一條紅紗巾，手裡拿著草帽，臉孔像個洋娃娃。你曾說你好愛這張相片。所以我就放在你的相片左邊。讓相片裏的你一抬頭就見到相片裏的我。唉！你的小乖有多傻呢？你在相片裏怎樣抬得起頭來？

我可抬起頭來了。彷彿你就在我面前。我靜靜的凝視你，你額上和眼尾間的皺紋明顯得可以數出來。老了，是不是？就快要戴老花眼鏡了。你自嘲著。只要你有一顆年青的心，親愛的，你在我的愛情裡永遠年輕。人一生出來就註定要老要死的。又有誰能令青春永駐？將來我也不會保有目前的樣子。我的眼睛光采會呆滯。我的滿頭烏髮會變白。我的聲音不再嬌脆。我的身段不再窈窕。必然的，歲月也全在我容貌上刻劃紀念。我們不應該悲哀。因為我們在成長，我們在成熟。

可不是嗎？我在步向成熟。你埋怨命運播弄我們。為什麼不早些認識妳？十年前妳在什麼地方，小乖？十年前？根本沒用。那時我清湯掛麵，在中法中學唸預科班。十二歲，整天流著鼻涕，你會看上我？每天背著書包，跑十分鐘的路去上學。法文的一、二、三、四都唸不出來，被老師罰站。在班上老是被人欺負。排隊總排在最前面。坐位也離不了第一第二行。同學個個都講廣府話，我只好張大眼睛張大嘴巴豎起耳朵。整天就是怯怯躲在課室裡、羨慕每個有玩伴的同學。禮拜一做功課。禮拜二做功課。拜三拜四做功課。拜五拜六也做功課。禮拜日還是做功課。堤岸那麼陌生。西貢更加陌生。電影是別人看的，我只有看院的份兒。

以後，十三、十四、十五。十六歲我亭亭了。身邊的男孩和我差不多大。同班同學，玩慣了。出校後各走各的。本來嘛。

男孩子不是沒有。英俊的、有錢的、富才華的、溫順的、體貼的、蠻橫的，我讓他們一個一個去。去如青春去。去了不再返。

二十歲了。好驕人的二十歲。我也自立。我在社會有一個位置。我成人了。

你就在那時出現。我視若無睹。我根本不需要知道你是誰，你對我還是一個普通的陌生的異性。

也不曉得是誰遣使，或是鬼迷了心？我竟情不自禁的跟了你，你不英俊。你不瀟灑。你不魁梧。你也不算富裕。你更不算才子。你憑什麼取去我的心？或是鬼迷了我心？

一天、兩天、三天；一月、兩月、三月；一年、二年、三年。是三年了。三年另一個半月。小乖不再是三年前那個傻女孩。小乖真的長大了。兇得要命！整天呷乾醋！還沒什麼就擺出黃臉婆相了，誰敢要？好呀，敢情你想領教領教老娘的雌威？

戴上眼鏡吧！把我看得更清楚些。你會老去，我也會老去。年齡總不能不增加。可是你的心我的心，我們的愛二十歲，永遠永遠是驕人的青春的二十歲。披上白紗時，你在我身邊。聖母祝福。天使祝福。你的歡笑。我的淚珠。窗邊亮起紅燭。案頭亮起紅燭。燭光下一切都美。那時你一抬頭就可看見我。你不用再躲在相片裏。我在你右邊。我終生伴在你右邊。

退還的記憶

尹玲

寄還斯冰。那時！妳當不曾忘記那時？

回到美拖，三點半。午後的太陽熱得灼人。做做好心，太陽，別把我曬黑了；我最怕自己變黑。母親病，瘦了。如何能分成兩個身，一在西貢工作，一在家裏幫忙？看著父親蹣跚的進出忙碌，心裏一陣酸痛。爸爸，知否您倔強的女兒心中，充塞的是怎樣脆弱的感情？天！從什麼時候起人註定受苦難，注定悲劇？

月亮升上來了。十六夜的月又圓又亮。別讓媽媽知道，斯冰，來，我們偷偷泛舟去。

河水盪漾著。微微的波浪起伏。月亮在水的懷抱裏撒嬌撒痴，不肯安定。舟子，划出河心去，我要躺著看月亮。對了，這個位置最好。斯冰，妳聽到河水的呼喚沒有？噢，月亮，我要擁抱妳。怎不下來？怎不下來？

夜風好涼。漁火朵朵。藍穹上的星兒眨眼。斯冰，聽聽，木槳輕吻水波。這船像搖籃。輕輕的、柔柔的跟著波浪搖曳。我唱〈漁家女〉給妳聽好不好？天上旭日初升。海面好風和順，搖蕩著漁船搖蕩著漁船做我們的營生。手把網兒張，眼把魚兒等……。但願將來我也能擁有一艘小漁船，在河海上飄泊流浪。妳不喜歡嗎？好的。我就唱越南情歌。妳最愛聽的幾首。

妳看見嗎？月亮在移。這些白雲夠美的，像新娘的嫁裳。我？姻緣姻姻緣緣。愛情要來時，趕也趕不掉；不來，追也追不成。我們都是不知道明天的人。誰能說？是不是？

今天成功報上的學生版，有位素未謀面的文友將妳和我寫進他的小說裡去。他送來的高帽子，差點把我送上天去。也不曉得是那一個老編告訴「她」的。妳看我這副怪模樣，虧他敢閉上眼睛讚美我「秀麗」呢，還有妳一手「泥龍」傑作，他竟編入朦朧派裡去。真開心死了！

妳知道我最愛在月光下寫稿。我家的窗口向東。月亮升上來會照進我的房間。那些夜裏真美。室內室外都靜悄悄的。我往往會對著樹葉花朵的投影看上半夜，然後寫個通宵。媽媽最討厭我寫稿。她說我會患上精神病，如果不聽她的話停止寫作。我才不理神不神經，我應該趁我還能寫的時候多寫，留下一點記憶，留下一點「寶藏」。

真不想回去。這月。這水。這小舟。這槳櫓聲。這漁火。這星光。想起西貢的喧囂，煩死人。這裏沒有汽車、沒有塵煙、沒有人的嘈吵聲、沒有匆促忙碌、沒有神經質的緊張。這裏安逸、清閒。妳不覺得嗎？妳跟我回來多少次？十幾次？妳第一次才發覺美拖的美和靜？悶？當然了，這兒不比西貢有太多的消遣地方。

回家吧！我們可以在天台或窗邊看月。嗯，當然是沒有水，沒有船。

看看這株瓊英。我們剛搬過來時，它才只有一公尺多高，現在高過天台了。生命永遠在滋長。夾竹桃花開得很少。玉蘭只飄一天香就會被人折去。雞蛋花樹和木瓜樹老是長不高。

唔，夜了。該睡了。讓我吻別這些瓊英花蕾。親愛的，明早妳們會盛開，艷滿一樹。夜深了。霧氣重了。露珠代我吻妳們！

嘩啦嘩啦

小乖

你沒來。日子變得好難過。

用過早點回來，一直等到十二點，你還沒出現。心裏焦急憂慮，我又不能跟人說，眼淚只好偷偷的背著人掉。

你是不會回來了。我自己告訴自己。我不知道你那邊發生了什麼事。那次的恐懼還殘留在潛意識裏。每晚睡覺，我都會在槍砲聲中驚醒數次。惡夢總纏得我一身冷汗。

你沒來，電話也沒來，我慵慵的提不起精神。午覺睡不著，反看完了一篇小說。腦力花得多，暈暈的。起來沖了一杯茶，淡綠色的液體冒著熱氣。幾片茶葉沉在杯底。

你沒來。我獨自啜了一口熱茶，坐在慣坐的椅上，幻想你像往日坐在我面前。可是，你呢？你沒來。誰與我同呷乾這杯清茶？

我呆呆坐著。午後的天空開始變色。烏雲一下子完全遮去太陽光。大雨毫不遲疑就跟著傾盆了。

雨下得好大。外面白茫茫的。你我之間，多少的記憶在雨中成長？那些冷雨斜飄的黃昏，你還記得不？在市區，在郊外，你在我身邊，我在你的凝視裏。你在我耳邊呵氣，暖暖的，也癢癢的。那時的我好傻哦！你後來常取笑我是個傻女孩。你愛我疼我也因我的傻勁。那次跟你鬥氣，我竟然敢在一條陌生的黑街上跳車，然後一路流淚在冷雨的淋漓及恐怖的黑暗中摸索找路回家。現在想起來，我真有點恨你。你冷漠而無情。如果你在面前，我會躲進你懷裡搥碎你的胸膛，看看你的心是白色還是黑色。你說過你的心只有我一個影子，永不磨滅的我的影子，我聽後放在心裡。好吧，待時間證實。事實上並不這樣是不？你說事不得已。好吧，事不得已，我沒話好說，只因你是一個平凡人。我不能要求你過苛過嚴。你對得起我，對得起良心，我還能再要求什麼？

雨依然嘩啦嘩啦。嘩啦嘩啦在我耳邊。嘩啦嘩啦在我心上。雨結成憂慮。雨凝為思念。嘩啦嘩啦。嘩啦嘩啦。你在什麼地方呢，此刻？聽到我的憂慮？承受我的思念？嘩啦嘩啦！

* * *

你依然沒來。

我鬱鬱。心裏總感到不安靜。有一股什麼奇異的衝動逼著我向人尋事。好想跟人們吵架，甚至是打架，把那股鬱氣發洩出來。但我畢竟安靜下來。不為什麼，只因你的話還響在我耳邊：

「女孩子應該溫溫柔柔的，不要那麼蠻！小乖，聽話點！我最怕的就是妳的醋勁和牛精脾氣。」

每次你講這句話時的無可奈何教我忍俊不住。誰教天生我是個醋缸子呢？誰教我碰上你？誰教你偏有那許多事讓我吃醋？誰教我溫柔不來？

然而，今天，我笑不起來了。你沒在我面前讓我向你笑，向你撒野；把檯上的紙張丟得滿桌亂飛，把裝滿煙灰的煙灰碟倒覆檯面，把日曆和電話簿捧到別處去，讓你無奈的搖頭，再逐樣逐樣的檢回重新整理過。你不來，我能目不轉睛的凝視誰？我能向誰悄悄問：不再愛小乖了？然後滿足的聽你重複：不，誰說的？愛妳，小乖，好愛好愛妳！

噢！但，你來了。透過百葉窗隙和玻璃窗，我見到你正在泊車。我滿心以為你是為了我才來的。我以為你也像我一樣痴一樣傻，想盡辦法跑出來見我一面。可是，老天呵！真不公平，你是為了那個孩子，並不為我。

失望一下子就令我呆若木雞了。我坐在椅上，睜大眼睛昂頭望你。你站在我面前，口中喚著小乖。我還會是你的小乖？我還會是你心中深愛的小乖？

我要走了，小乖！一個朋友陪著我。要不然，我怎麼能來？

但你是為了我麼？不是哦！好可憐的小乖！

你走後，我站起身，跑到大鏡前面去。玫瑰紅的迷你裙艷得耀眼。你曾說新娘子才穿小紅裙。每次我穿上紅裙，你總愛喚「我的小新娘」。但是今天你忘了，你的心不在我身上。你匆匆忙忙的來，又匆匆忙忙的走。你不理會我的新衣是否漂亮，裙是否太短了些，紅色太惹人注目？頭髮是否梳得整齊美觀？今天的我瘦了點呢，還是胖了些？你什麼都沒注意到，連仔細看也不看一眼。哦，你竟如此對待你心愛的小乖？

我很感委屈。也的確委屈。那份不受重視的恥辱感令我抑鬱良久。我怔怔的呆完了上午，不工作，也不跟任何人說話。他們笑我沒有了靈魂，因為給你攝了去。可是你自己是否知道呢？你的在場與否對我的影響有多大？

午睡醒來，在抽屜裡尋出小紅盒子，「福」字內面是你和我的相片。你那張還是三年前剛認識我的時候照的。三年時間串成的記憶，在回想中總教人激動得淚下。我們之間曾有過多少甜蜜？多少辛酸？多少別扭和多少和好？你常說我孩子氣得要命，一點兒小事也要發上半天脾氣。甚至你跟別人多講一句話我呷乾醋就氣上幾個鐘頭。你能怪小乖麼？誰教你被小乖愛得如此深？

都是你惹我，你害我。你反過來說我惹你，害你那些天茶不思飯不想，覺也睡不穩。明知你說來好教我開心，可是我仍真的高興。茶不思飯不想覺睡不穩也還罷了，你害我的才「災情慘重」。我能責怪誰呢？是我心甘情願踏進你的陷阱——好上帝！

你是不會再來了，今天下午。雨又隨著烏雲四方八面飄來。嘩啦嘩啦。我好悶哦。嘩啦嘩啦。我好想你。嘩啦嘩啦。你得加倍疼我。在西貢我只有你一個人了。他們偶爾在我身邊，但不在我心上，除了你。

噢！好想你！雨嘩啦。電話響起來。電話生的聲音：請我吃糖，我就給妳轉過去。好的。一言為定？好的。

噢！是你！好上帝！我等了幾個世紀了？真的？想我多少？唔。還愛不愛小乖？多少？四十六公斤嗎？還要多，說不出的多？嗯，我很快樂。小乖很乖，小乖靜靜在看書。你明天來？真的呀，不要給小乖等得太久。小乖會扭掉你的耳朵。好，明天你來。

嘩啦嘩啦。明天你來。明天不要嘩啦嘩啦。明天你來。明天不要嘩啦嘩啦。

玎璫集

尹玲

四弟：

西貢正在下雨，好大好大的雨。我想家，也想哭。我不是昨天下午才從家裡出來的嗎？別人只看到我堅強的一面；可是我軟弱的時候，比誰都軟弱。

昨天中午走的時候，我走得好匆忙，因為車站的客車太少，恐怕跟別人爭座位爭不來。車少人多，許多時候真的要硬搶。女孩子出門總不比男孩子方便，事實上的確是如此。

每次我回家，都覺得你比上次長大了一些，你還記得那年嗎？四弟，那時你還是我的一個學生，站起來才只夠我肩頭高。你們班上幾個頑皮鬼常使我哭笑不得。後半年我就離開了學校，也離開了家。實際上我不適宜於做教師，我太愛飄泊，常做著飄泊的夢。三年整了，你現在已比我高了一些，正經和懂事得多，不再是當年被我鞭罰的小男孩。

想起以前，我總感到負欠你和妹妹們太多。我是老大，理應對你們也負起一份教導責任。可是我並不是一個好榜樣，我知道。離開家，在這個繁華的都市裡，我並不快樂。別人看起來我的生活過得挺舒服（事實上是舒服），應該很滿足很稱意了。但是人不會那麼簡單。我常為我的遠離家而內疚。爸爸年紀大了，我竟不留在他身邊幫做一些粗重工作。媽媽每天都要操作家務，我也不曾代勞什麼。還有外婆，時常都要為了我在外的安全而擔心憂慮。你們學校裏的功課，我沒有在你們身邊監督指導你們。那不是不明白，我就是做不到。四弟，也許我體內流的是流浪的血液，總喜歡離鄉背井。不知道哪一天我才會結束我的飄泊行蹤，返回你們的身邊，跟你們親親蜜蜜的在一起。想起來惆悵得很。

這是第一次給你寫信。你會不會讀到呢？四弟，以後每兩個禮拜我給你寫一封，好不好？告訴你我在此地及我所想到的一切。我們都長大了，也該談談一些不屬於孩子時代遊戲的事。

你曾說你不喜歡學校裡的教學制度。你還說，到學校去不如在家自修還要有進步。話雖這麼說，我還是勸你最好多利用這段時間。在家自修不是不可以，但在學校裡有教師隨時為你解答功課的疑問。學校生活是團體生活，一切都要有規則秩序。我怕你在家躭得久了會變得懶散。你年紀還太輕，好好的享受這美好的時光。將來你離開學校步入社會後，縱使多麼的想回去也是不可能的事了。

下次再談吧！四弟，你在家裡趁閒暇的時候多點幫爸爸的忙。我是長女，但你是長子。我不在，你代替我好好孝順父母親。此外，你應該多跟大人們學習，在言談上、行動上以及辨別是非黑白。好好的愛護弟弟妹妹，不要常惹得他們大吵大哭，教爸媽煩心。記住我的話，四弟。也不許你常麻煩二姐，讓她多休息，保養她的身體。

告訴外婆我很平安，千萬不要常掛在心頭。待下個禮拜回去，我再跟你們一起在油燈下，在靜靜的騎樓外看星光下的冷街。

一九六八年六月廿日

*　　*　　*

四弟：

本來這個星期六我該回家的。我好懷念家裡深夜的長廊，正如我懷念曾和我在長廊上悵望冷街的你們。可是，一時心血來潮，我竟留了下來，留在這寂寞的西貢。

星期六下午兩點半，在經過了無數次內心的矛盾戰鬥，我到西貢的郵局打了一封電報回去。你們曾失望麼？四弟，你們曾等待我的歸來的，不是麼？

從郵局出來，我無目的的在西貢的商店瀏覽，在街道上隨意逛逛。好寂寞哦！西貢的熱鬧使我難受。首飾、布疋、化裝品、手袋、新裝被丟在身後。街邊懸賣的畫、舊書攤、零星的日用品，好多好多的人。週末，我跟著人們擠。一個相識的舊唱片攤主人跟我微笑打招呼。我坐下來。唱片的旋轉就磨去了整個鐘頭。買了一張音樂唱片，我又隨著人潮湧進街市內去。千百種貨色教人看得頭昏腦脹。我本就患有頭暈症。繞了兩圈，回到家來，心裏像空蕩蕩，又像塞滿了什麼。星期日下午，我自己跑去看「巴黎戰火」。戲院裏站滿了人，我費了很大的勁才搶到一個座位。槍聲炮火教我流淚。我奇怪別人看什麼愛情文藝片時眼淚鼻涕直流，我反而平靜得像無動於衷。戰爭片和歷史片倒賺去我不少的「真情流露」。也只有這些片子才使我覺得非看不可。

你們的學校開學了沒有呢？暑假放了有好幾個禮拜了。我總擔心你和小妹們不肯趁年少的時候多用點功。年紀還小，心無二用，應該專心唸書，否則將來長大了會後悔。我現在覺得自己其實學到的東西太少。書唸完了，考試過後又還給先生們了。需要用時怎麼記也記不起來。我時常想給你買一些書籍在閒暇時閱讀，可是堤岸的書店賣的多是流行小說，那不是你要看的東西。社會裏會有許多考驗，而每一個考驗都將會使你發現你實際上懂得的不足以通過。

你也應該學習接觸社會了，四弟。我希望我能夠在這方面幫助你一點兒什麼。

一九六八年七月二日

絶音

尹玲

我抱病一共抱了多少天了？你就沒焦急過，也沒細心想到。偶然才注視我蒼白的雙頰，驚奇得像發現什麼似的：

「哎呀！原來妳的臉色這樣青！」

青又怎麼樣呢？還不是一句話就帶過？

換過了是哪一個美人偶爾感冒，你早就是爬在熱鍋上的螞蟻了，不是嗎？

我回鄉下四天。從鄉下回來三天零幾小時了，你只在我剛回來那天來過幾分鐘，而且跟我尋事吵鬧。你知道我這些天來過的是什麼樣的日子？我是一個女孩子，單身的一個女孩子，遠離家庭，自己投身在這個複雜的都會裡。到哪裏去都是別人的家，吃飯也得隨別人的意思。你知道我個性好勝，不喜歡在人前認輸，所以什麼委屈我都往肚裡塞。那些不相干的人們，為什麼我要接受他們假情假意的憐憫？每天，每天都覺得身體輕飄飄的。頭暈得恨不得立刻死去。上蒼好虐待我，既未賜給我美麗（你心目中崇拜的美麗），也不賜與我健康，躺在家裏，孤零零的教人淌淚。勉強上班，那些一串串的數目字又不聽話的，只在眼前亂舞。午睡後起來照鏡子，鏡裏的人影蒼白得淒涼。每次頭暈，軀體裏的血液停著不動。哦！生命！好一個生命！也不曉得我的生命是如何奇異的延續下去。

今天還是週末呢！你的週末一定豐富而多姿多采。有誰像我？中午下班回來後就一直懨懨在病床上。誰個伴我？除了一疊還會發出聲音的唱片。你高興了嗎？你得意的笑了嗎？

外面天在下雨。雨對情人們的確很有詩意，可是對孤單的病人就不只討厭，而且惡毒殘忍。此刻你會攜挽哪一雙手漫步雨中呢？讓寂寞的Brenda Lee不斷的向我重複她的All alone am I。我不也正是嗎？

一九六八年六月廿二日病床上，雨中黃昏

淡淡的三月天

何尹玲

大勒之夜。冷。

晚飯。沐浴。換過衣服。

房外有敲門聲。才七點半，我看了看手錶。下午分手時約好八點的。他早到了半個鐘頭。

「請等一等。」我隔著房門喊。我跟我的同伴L各自披上了兩件羊毛外套，打開房門。

「小姐還是小姐……」

「不，你早到了半個鐘頭，先生，不是嗎？」我笑著回了一句。下午時我和L徘徊春香湖畔。夕陽餘暉裏，他駕了一輛黑色「德宋」跑來。我們揮手向他，他停下，禮貌的送我們回來。在旅館門口，他問：

「我們還可以再見嗎？」

「什麼時候？」

「你們願意的時候。」

「今晚八點吧！明天下午我們要回西貢，再沒有別的時間了。」

「我們相逢何其晚！妳說是嗎？」

晚，怎麼晚法？我們的相遇只是一個相遇，只是一個偶然，只是一個巧合。我們相遇，而後分手，簡單又無理。我不要你在我的生命中留下一丁一點什麼痕跡，正如我也不願在你的生命中留下，我們就只為此刻的相見而相見，之後因分手而分手。我們不必依戀，不必惋惜，更不必回憶。

「今晚再說吧！再見！」

才七點半。他早到了半個鐘頭。我們一同出了旅店的門。他的黑色德宋隱在夜色裏。

「還有三位朋友在車上。我來給你們介紹。」

過不了三分鐘，我就把他們的名字完全給忘掉。其實那是多麼的不必要！我認識現在的你們，目前的你們，不就夠了？誰要記得那些討厭的名字幹嗎？名字只為了方便呼喚而已。名字並不代表什麼。我可以把你們四人分別叫成A、B、C、D的，是不？那也是一種名字，暫時的名字。

他們之中，除了D在服軍役外，都是越南大學生。A唸經濟，B文學，C法科。

「我們去什麼地方好呢？你們繞過春香湖沒有？好美的一片湖！我也是從西貢來的。在大勒唸書真是悶得可以。」A側過臉，眼睛在兩片近視鏡後面閃爍探詢意見。我坐在他旁邊，左邊是L。其餘三人坐在後面車廂。

「誰叫你要唸經濟呢？活該！好吧，帶我們繞湖一圈吧！第一天到這兒，我們走路走了大半天，還跑不到半圈。」我想起那天跑得上氣不接下氣，腳酸腿麻的情形，心裏還有餘悸。只是春香湖實在迷人，多跑一趟又何妨？

車子駛出市區，沿著湖畔行走。大勒的夜好冷、好美，美得淒涼。農曆十三的月亮冷冷射發銀光。湖邊有一段路沒有街燈。兩旁高聳的樹伸展密密的枝幹，樹葉把月光遮掉了。周遭黑得恐怖。車頭燈無聲的在探索路面。L怯怯的低聲問我，他們會不會不懷好意。我搖頭，不必怕，他們看起來不是那種人。四個人四張嘴正在誇張的輪流說鬼。

「鬼並不可怕，值得怕的應該是人。」我回答B的問話。

「那麼我做妳的鬼好了，不要做人了。」

「貧嘴！好的，我怕人的你，不怕鬼的你。」

「我很可怕嗎？我既不兇又不惡。」

「但我心裡對你也有一種屬於本能的警惕。不是嗎？我們之間還是非常陌生。」

「為什麼呢？我們現在不是很熟悉了嗎？」

「哈！熟悉？憑什麼？就只憑這半個鐘頭的交談？你知道不知道，許多朋友互相來往了大半生，直到某一秒裡，才恍然悟到自己根本沒認識自己所以為了解深刻的對方？」

「四海之內，皆兄弟也。妳不承認是對的？」

「那要看在什麼場合及對什麼人來說。是不？」

「我們不可以談一點別的嗎？」A不耐煩的嚷起來：「告訴我，你們明天真的不能為我們留下嗎？我們只有今晚這麼短的相聚時間嗎？」

「要是早一天碰見你，我們可能會為你留下。但今天，太遲了。我們已經換了三次機票，不能夠再麻煩別人了。再說，相聚的時間短或長，都不能代表什麼。你說是嗎？」

A轉向L：

「妳就答應答應吧！我負責換機票。」

「那，我不知道。你還是問她。」

「留下來好不好？明天下午陪妳們逛個飽。」

「明早如何？我們明天下午才走。至少還有上午半天時間。」

「不能。」A一面扶著駕駛盤，一面搖頭說：「明早要上課。我不能逃學。」

「那就算了，你既然不肯為我逃半天學，我又何必為你誤了回西貢的日子。還是把握現在吧。我們還有一個多鐘頭。」

繞湖走了一圈，我們回到湖上那所白色的咖啡座。音樂流瀉，隨著銀藍色的月光在湖面上旋轉。露天。星星在我們的視野裡閃著古的光輝。天色蔚藍。月光就在我面前，在湖的上空。

「真冷！」L輕嚷著，口齒在交戰。我們雖然各自穿著兩件毛衣，仍無法習慣這山城澈骨的寒意。

「有件大衣就好了。」我雙手環抱著兩臂，望著D身上的大衣，說。

「你還不趕快脫下來？」C大笑著搖D的肩頭。

「好的。」D結結巴巴的把大衣脫下遞給我，我轉過來交給L：

「快穿上，人家一番好意，怎可辜負？」

寒風裏D禁不住打了兩個寒噤。我提議還是到屋子裡去暖些。

他們四人幫著侍者將桌上的紅茶、啤酒和熱牛奶都搬到室內去。我們佔了窗口旁邊的一張長方型桌子。

「這裡好得多了。不太冷，而一樣看到湖和月。可惜音樂開得太大聲。音樂應該悠悠柔柔的才好。」我啜了一口還冒熱氣的牛奶，靠回椅背上，愜意的嘆氣。

「妳還是像個唸文科的，什麼都溫溫柔柔、輕輕淡淡。B就不同了。」C噴了一口煙，看看我，又看看B。我發現A正在和L低低的說些甚麼。但一切都不打緊。我們總得分手。那時，六人的行踪就像這一口又一口嬝嬝的煙霧，各奔各的前程，也許永不再會有再見的日子。我們又何必付出什麼，也何必妄想獲得什麼，是不？

「是嗎？」我用右手支著下頜，側過臉，揚眉問了一聲。「你怎麼能肯定我是這一型而不是那一型？噢，每個人都會有許多不同的面具，因為我們要在我們的生命裏扮演各種不同身分的角色。我在這個場合裏是這麼一個H，在家是一個女兒，在公司是一個職員。我們接觸多少人，我們就有多少個面具。噢！怎麼我會跟你們談這些呢？多掃興！」

「我承認我們的生命被逼扮演許多不同的角色。可是妳不能否認每個人都有他的本來面目，是不是？妳就說那是每個人的『自我』吧！我想了解妳，我可以努力尋找妳的自我。是不？那不能夠說人與人之間都是一堵無形無色的牆。」B好認真似的。

「你在文科大學唸幾年級？還相信這個？我剛才不是說過嗎？許多朋友互相來往了大半輩子，最後才發現自己根本不了解對方。可是，我們又何必談這些煞風景的事。我們一會兒就要分手了，不是嗎？」

「事歸事，H，妳是說所有的人呢？或只是一部份的人？妳聽我說，世上絕對沒有不可了解的人，只要看妳是否願意努力去了解他。像我，我正等著妳的探索。」

我幾乎揚聲大笑起來。好一篇廢話。我要了解你何用？燈光還是那麼柔和，音樂還是悠揚，情調依然幽美，氣氛溢著羅曼蒂克，我忍住笑：

「老天！你是怎麼了？我們不是在開辯論會，是吧？C？」我轉過來問C：「今夜是多麼的美好，我們為什麼不盡情享受？」

C正在和D談軍校生活。我們無形中分成了三組。A和L，B和我，C和D。C回答我：

「是的。為什麼不享受眼前的？來一杯啤酒如何？或者一支Salem？」

「好呀！酒和煙都要。讓我試試！許多人說女孩子不應該喝酒，不應該吸煙，你以為對不對？」

「我不以為對，也不以為不對。也許我和你的看法相同：做我們所以為對的，做我們所高興做的。是不是？」

「嗯，正是。每一件事都有兩面或兩面以上的看法。誰是誰非，誰又能作得了公正的裁判？，跟我碰碰杯！」我跟C碰了杯，昂頭把滿杯的苦酒一口氣喝完，再取過煙包抽出一支來。C為我點火。我還不行，吸了一口就咳起來。

「放下！」一直沉默在旁的D開口了：「不會吸別強來。咳著不好受。我們還是談一點什麼吧！B，你不勸勸H嗎？你們畢竟是同校同學。我們相逢，又何必曾相識！」

D顯然不愛多說話。他有點口吃。我把才吸了一口的煙還給C，看他用優美的姿勢深深吸入，又徐徐的把煙霧一圈一圈向上噴出。

我們從男孩子的喜歡吸煙，談到酗酒，談到愛情，談到不同種族的婚姻；從大勒的氣候，談到炎熱的西貢，談女孩子；從學校裏的老師教授，談起自己往日的奮鬥史。我們姑且談談，也姑且聽聽。是真是假，何必管那麼多？不是嗎？我們就快要分手道別了，誰能說我們還有再見的一日？噢！生命本來如此！

「該走了！」我望向牆上的壁鐘。十點正。窗外湖面鱗鱗波光依舊。月亮升高了。時間怎樣溜去的，我們誰也沒看見。

外面山風幽幽。L把大衣還給D。B行在我身邊，低聲問：

「妳在西貢的地址？告訴我。我回西貢時去看妳，好不好？」

「何必呢？」我由衷的笑：「有緣當再相見，是不是？現在送我們回去，好不好？」

他聳聳肩，表示無可奈何。我笑著上了車。A把他大勒的地址唸了兩遍，要我們記住：

「既然妳不願講出妳的，那請妳們記住我的地址。最好回去能寫信來。希望能再見到妳們。在西貢或在大勒都好。」

我應了一聲好。何必再見？我們根本就不為了什麼相見，今晚，是不是？讓這一切過去，像從來不曾發生過，像發生過但被摒棄在記憶之外。記那麼多東西有什麼好？好的記憶力是一個懂得忘記的記憶力。不是嗎？

不是嗎？

話聲仍在繼續，忽起忽沉。外面是春香湖，在月光下的春香湖。松樹一棵一棵往後退。我們何必記得太多，是不是？這夜色太美，是不是？

看哪！那月！那星！噢，大勒，這淡淡的三月天！

訊

尹玲

我們分開整整一個月了。一個月該有憶念上的多少天？一個月又有離別中的幾個世紀？

你我分手的第二天，我立刻打了一封電報給你。我憑記憶寫上你在歸仁的地址。我想給你一份意外的驚喜，讓在分別的日子裏你不記恨我。可是，你收到了嗎？你接納了嗎？我一直無從知道。

離別前一晚，我們跟梅和青瘋狂的逛到半夜。我們都互祝新春快樂。新春，你在天一涯，我在海一角；梅和青幸運，她們兩個近在咫尺。然而，為什麼事實偏與願違？你快樂了嗎？我並不。我想你也不。梅與青都不。也許每一個人都不。

我現在在美拖。你在歸仁嗎？我能問誰呢？梅和青都在西貢，但她們都無恙麼？我能問誰呢？每一天我都在惶惶與茫然中。我的朋友，是否個個都似我平安？我誰也不能問，沒人答我。我的時間消磨在廚房、街市、沉思和嬉笑中。縱然如此，恐懼並沒消磨去，消磨的只是尋不回的時間。

我還能再對你說些什麼？你矚我看閱的書報已頁頁翻閱過。你我喜愛的「探戈」天天都在唱機上迴旋。你給我照的許多幻燈照片在放大鏡的燈光下出現無數次。我還能再做些什麼？能再說些什麼？

在一起時，我們每天都吵架，是否人總是如此愚蠢？不懂得抓住及珍惜正擁有的？什麼時候再見到你，誰能告訴我？

＊　＊　＊

我寫給你的信，寄出去已有一個禮拜，你可收到？

朋友從西貢回來告訴我，你平安無事。我但願如此。這年代唯平安是福。我們不必再冀求什麼別的。富貴榮華，誰能長遠保有？

多少個夜來我都做惡夢。夢裏一些稀奇古怪的情景使我顫懼。我無法向誰訴說我的心事，你知道的。所以白天我仍是一個別人熟悉的我。

好想念西貢！也好想念在西貢每一個朋友，每一條街道，每一棵樹，每一店鋪。思念把我折磨得慘，誰又知道？思念深藏在我腦中、在我心底。

幾時再見你們呢？吵吵架、頂頂嘴、或者向你們撒撒嬌。我是你們的寵兒，不是麼？

那夜辭歲，誰會想到我們必須分開如此遠而久？整整一個月。一個月該有憶念上的多少天？一個月又有離別中的幾個世紀？

＊　＊　＊

我告別西貢那天，走前的兩小時還與你在一起談天說地。我說：我在西貢，常來往的朋友數起來還不到五個。你笑說，正應這樣，寧少毋濫。你還說，我真正感到「寂寞、寂寞、寂寞」的時候，你隨時歡迎我來坐坐。可是，我以為，真正的寂寞絕不是坐坐、談談、或者投身熱鬧中就消逝的。往往，人的寂寞感愈在熱鬧場所愈濃厚。我跟你道再見，看你落寞離去，心中覺得很難過。人，為什麼總會有憂愁呢？世上會不會有真正無憂無慮的人？

然而，我們還能再見麼？這些日子關於你的消息很不祥，我多為你擔憂！一星期前我寄了一封信給你，你收到了？我說我實在不願意聽到或知道你再遭遇到什麼令人心酸的事。可是，天會從人願嗎？

我只能祝福你，希望你信奉的神及我信奉的神能夠幫助我或保佑你！

* * *

三妹，妳離開我們已有四個多年頭了。我想知道妳的蹤跡，向誰問去？我欲寄妳我的訊息，又能寄往何方？

妳還在的話，必定是一個漂漂亮亮的十八歲女孩。我們姊妹只有妳長得美，可是上帝為什麼不讓妳的美成長、成熟？妳的美只那麼短短的幾年就夭亡了，以後我再也無從欣賞。妳的淺笑最惹人愛。家裏掛著妳一張照片，但那是四年前的了。妳現在的笑還像以前那麼淺淺的嗎？

妳曾經回來過嗎？三妹？回來看看妳走後的我們。爸爸依然辛苦。媽媽依然勞碌。我在外流浪已差不多三年。飄流是一種悲淒與美麗，是一種痛苦的樂趣。妳的二姐每天仍舊忙東忙西，顯然的她的體康已不如前，常在鬧病。四弟長得高了，比起來我還矮過他幾公分呢。他現在懂事，比以前勤力和乖得多。小妹她們還是那麼小，就像一點兒都長不大。只有小弟快高，但他仍然頑皮刁蠻，媽媽真拿他沒辦法。

我很為我沒常到妳墓上看看而感到內疚與慚愧。我只是懶，怕麻煩。三妹，我好幾次夢見妳，妳仍然是在世時那副模樣。只要我的心香終生為妳點燃，三妹，縱令我再懶，妳還是不會怨我的，是不？

人的死不知是否一種解脫。我常設想假定我死掉。可是我並不能想像出什麼來。我現在無法知道死後如何，正和死後不知人世如何一樣。人的生與死相距太大，也太小。我感到我目前的存在只是一種僥倖，更是一種負擔與悲哀。

我對妳說的太多。三妹，妳是否能全部明白？能再見到妳，我會告訴妳更多，更多妳沒見過而我在這些日子裏經歷的。

寫於一九六八年春，戊申年初一深夜凌晨兩點整被越共「大崛起」戰役猛攻後，南越和小老百姓的悲哀、痛苦與無止無盡之恐懼。

回到以前

尹玲

你此刻會在那個小鎮上？

那天見你，我們其實並談不了多少。我因前一晚的恐懼及失眠而整個人頹喪無神。勉強打起精神聽你說話，可是依然聽不進腦子去。你曾失望的，我知道，我的歡迎並不熱烈。

你走後我倒回床上，一連幾天。晚上不能睡，只有白天比較安靜。那些日子我蒼白清瘦。我知道你不曾離開美拖，卻再也不見你來訪。

你生氣了麼？怪我負欠你的太多？

我曾說過我只是一葉無依的飄雲，一片無根的浮萍。我縱不喜歡流浪，也不能不流浪。你回答我你不要我是雲或萍，你要我是一朵蘭花，開在幽谷裏讓你瞻賞。可惜我不清麗，也不脫俗。奈何？

然後我們都不再提雲或萍或蘭。為什麼不讓一切要發生的發生？一切要來臨的來臨，是不？你問幾時你才能夠不必遠離我。我怎樣回答你好。我不是神，我不是命運，我不是上帝。我甚至連我自己的生命何時終結也茫然。你會在那個小鎮上麼，此刻？你離開美拖時不曾告知我，我只輾轉得悉。

但願你一切都不失意。

*　　*　　*

芽城此時會熱？沙灘會灼？風會薰人？

違你的信該有兩年整了，兩年裏一切如舊麼？或是面目全非？再接到你來鴻，怎不叫人欣喜激動？我早已不再是當年的小丫頭。人總是要變的，不多則少，再見我，你會驚異於我濃厚的都市氣味。你呢？你還會是那時的傻小子？找一個有雲的晴天，訴說你飛翔的故事？

託誰的福呢？你我仍平安。你說要是我依舊流雲一朵，請飄回芽城與你一敘。我願意的，我願意飄到這世上的每一個角落去，像你一樣，看看各式各樣的東西，欣賞不同種族的人們，比比這宇宙之闊，量量這宇宙的深。我在等待機會。我總會飛的。飛翔在自由自在的天空裏及飛向我嚮往的地方去。我會告訴你一些雲裡的故事，那時，你可愛聽？

我們若再見，會在陰天或晴天？或者一個微雨的夜裏？

寄你美好的祝語，也等你的託雲帶來。想著果真我是流雲一葉，不知會依偎在哪片藍空的懷抱裏。你說呢？

＊　＊　＊

我的放棄你，會否是一個錯誤？

總記起那深海的碧，那蒼穹的藍。你正在飄嗎？那一望無際的洋可已有岸？

總想到那白的水手裝。此刻你仍健壯如昔？那頂白水手帽，會有哪雙纖纖玉手為你每日戴上？

我沒有後悔，從不後悔，也永不後悔！假如說放棄你是一個錯誤，那會是一個美麗的悲劇。你就擁抱記憶吧，多悲淒的美麗，伴你終生。若說放棄你不是錯誤，我們的分手不正是一個結束及一個開始？

是的，我知道你已有了另一個開始。你無名指已套上環圈，我想像得到。只是，哦，在一望無際的洋上，無終止的漂流裏，你能不能告訴我，這是一次錯誤呢？抑正好相反？

不忘記祝福你及你那另一半。

＊　＊　＊

真的有五個年頭了嗎？我竟然無知無覺於時間的飛逝。

那年春節我盼你的信，足足盼了一個多月，最後盼得心灰意冷。寧願你是因病了，生氣了，恨我而不寫信；誰想到在我快要絕望時，你愛用的淺色藍箋飄然而至：

……你正在恨我，詛咒我了，是不？果真如此，你便上了我的釣了。

新年本想去看你，結果去不成。想起應該送你一樣禮物做紀念，想來想去，還是決定暫時不給你寫信，讓你心焦，讓你著急。你心焦著急的時候，一定會罵我、恨我，甚至詛咒我，對了沒有？禮物的用意本來就是讓受禮人記得送禮人，以至睹物思人，那才有意思。我已經使到你每天想念著，記掛著，那不是最別緻的禮物嗎？

乖乖，千萬別生氣，我願意接受你的處罰，我願意賠償你——

老天！這是什麼鬼禮物？我有被侮辱捉弄的感覺。好吧，禮尚往來，我也回送你一樣東西：永遠不再寫信給你，永遠不見你。

許多日子過去，才覺得自己太任性，太孩子氣。幾次經過你家門，卻再也沒有進去的勇氣。經已一錯，豈可再錯？不了了之也罷。是誰說過：美麗的故事不該有結果。你信不？但的確，那以前是一個美麗的故事。你深邃明亮的雙眸曾伴我在黑夜裡閃耀，似兩顆星閃耀在夜空上，而以後一直閃耀在我不老的記憶中。

西貢，一九六八年三月

最後一個聖誕

尹玲

午後。

太陽很驕。路面熱得要狂。

她撐著小紅傘，落寞獨行。從巴士德街向左轉，滿街燦爛的黎利大道就在眼前伸展。

黎利大道她走過，也記不起是第幾千遍。唸初中的時候，逛黎利街是一種時髦的玩意，像現在的迷你裙、阿哥哥音樂或靈魂舞。長大後，黎利街太熟悉了，再沒有當年那份刺激。

聖誕飾物早在一個月前陳列街旁的攤子上。Merry X'mas沿路可見。聖誕咭紅紅綠綠，美國的、香港的、台灣的、越南的，閃光的銀紙、花球、銀樹，小小的假山，化妝面具，紙帽。

每一年的聖誕大致相同。人們遊樂。人們狂歡。她卻把她的歡樂都拋棄。

她打電話問他：你記得是第幾個聖誕了？

他答：當然記得，第四個，聲音依然沉柔。她愛的聲音。

她掛上電話。是的，第四個，最後的一個。

* * *

她知道她不應該愛他。她又阻止不了她愛他。

她矛盾。她痛苦。她流淚。她哭泣。甚至她想到自殺。
並不是他不愛她，她也知道。但正如他說，他已沒有那種自由，那種權利。
一開始她就明白。噢！假如要愛，我得以我整個心，整個生命的血。她必須置名譽於不顧，置生死於不顧。
第一個聖誕，他沒有和她在一起，他在另一個人身邊。
她很落寞。在滿城的歡笑聲裏，在滿城的輝煌燈光裏，她很落寞。
午夜，有報佳音的車隊。佳音？什麼佳音？沒她的份。她在歡樂之外。
第二個聖誕，他沒有和她在一起，他在另一個人身邊。
她送給他一個小洋娃娃。當是我們的女兒吧！你會愛她？
怎麼不？願她滿週歲時，妳在我身邊。
她仍落寞。仍在滿城的歡笑聲中及輝煌燈光裏擁緊她的落寞。
洋娃娃滿一週歲。第三個聖誕，他沒有和她在一起。他仍然在另一個人身邊。
再等我一年，好嗎？不是我不想，是我不能。
她含淚點頭。心裏蒼老得萎掉。她看鏡子裏的自己：我還年輕。
年輕不起來的是她的心。負擔太沉重了，把它壓得有氣無力。連他吻她時都淡淡的沒有反應。
她依舊落寞。讓永不復返的青春落寞逝去。笑聲在外邊，輝煌在外邊，不在她心裏。

* * *

她踏著自己撐傘的影子，徘徊街旁。
午間的城市比較靜一些。許多商店關門休息。小販們的聲音有的低啞，有的索性閉上嘴巴。

第四個聖誕！只要一閉上眼睛再張開來，只要轉一轉眼睛，聖誕就帶著滿城輝煌到來。

最後一個聖誕，給你的聖誕。我不想再要落寞。我不想再讓千載一時的青春凋零在無望無止的期待中，我能夠做得到等你終生，但輿論不允許。你要是真誠愛我，你不會讓我絕望，你不會讓我的期待期待著一個懸空的結果。

她走過一個擺賣明星照片的攤位。阿倫狄龍深沉的眼睛和帶著憂鬱味道的笑容仍能深深吸引她。是否她天性憂鬱？她喜歡一切淒淒的人和物。

不！我不再要憂鬱，我不再哭泣。

她還有享受青春的機會。她還有享受青春的權利。她也可以像其他的女孩子興高采烈的準備度一個瘋狂的聖誕夜。一襲白色的聖誕禮服。批上長長的假髮，可以狂野一點。或者挽起高高的髮髻，可以顯得雍容高貴些。戴上閃光的耳環項鍊。臉上的化粧不妨濃些，眼睛畫得圓圓大大的，像英國的崔姬那樣。蹬著流行的阿哥哥鞋，跟她們他們通宵狂歡。第二天再從早上直落。反正放假。

無論如何，這是最後一個聖誕了，愛人！我已準備好沒有你的日子。沒有你的日子，也許心靈空虛，但我不必再浪費青春。

是的，是最後一個聖誕了。她已浪費了四個聖誕給他，取捨由他。他應該知道她已盡情盡義。

她收起小紅傘。迎著一臉艷艷的陽光。最後一個給你的聖誕，愛人！她踏著自己的影子，緩緩歸去。以後，我不再落寞。

不為憑弔

尹玲

八月！是八月了嗎？

鳳凰幾時落盡？空留樹枝凋在涼涼的初秋風裡。你嗅到不？涼涼的秋風裡不盡是悲戚，不盡是欣意。在愛的淚影裏有人舒展舒心的微笑！

怎樣開始的，我並不為你把八月記起，只是，八月初落的秋葉翩翩，飄旋了一個故事的輪廓。那輪廓以你的背影作為描繪的第一筆。

你不高。我穿起五公分高跟鞋來也許比你還高些。那時有好幾個男孩子在我身邊，我不曾留意到你那雙關懷和妒忌的眼睛。我跟他們上學，一起研究功課上的問題，一塊兒玩。我還是一個沒有機心，沒有憂慮，沒有煩惱的女學生，我正年輕，我握在手掌裏一大把的青春和歡笑，隨意隨興隨時隨地的揮揮灑灑。看到嗎？我的旋舞，羅裙揚起，褶褶都飄溢上蒼的恩寵。

你就出現在知了的殘聲裏。杜鵑謝了，鳳凰的飄紅落滿一池。我輕輕將垂著看落英的眼睛抬起。哦！怎麼柔和的一對眸子，你注視我多久了？

從第一天我見你起。老實說，你並不美，更談不上耀人的漂亮，但是你吸引我，且先別管那是否緣份。你一直到現在才發現我的注視，真該打！

是嗎？你看看，我周圍有多少比你更容易使我發現的事物。這藍藍的天空，白白的飄雲；樹上新萌的嫩芽，池裏剛開的荷花。馬路邊幾枝忸怩的含羞草，人家籬笆上含笑的牽牛花。我們學校裏大院子的紫籐枝和鳳凰木，晴時將花朵樹葉印滿一地目不暇給的精緻圖案，雨時擁抱著雨絲盡情哭泣，我還得注意每一個先生的特徵，講課時偏愛的口頭禪和動作。還有同學與同學之間，哪一個和哪一個最近在鬧羅曼斯。春來我擁滿懷燦爛，夏去我葬遍園蟬聲，秋到我聽悲風嗚咽，冬至我送整院蕭條。哦，忘了問你，我什麼吸引了你？

你的整個你而不單只你的什麼。你的好，你的壞，你的笑，你的淚，你的柔順，你的蠻橫。是所有組合成你的一切吸引我，知道了沒有，小傻瓜？

小傻瓜痴化了。我幾時也染上了灰色？誰將相思的種子撒落我心園？我的眸子凝在你的眸子裏。我的笑臉印在你的笑臉上。我的淚珠串了你的淚珠。我的心版重疊你的心版。

讓我的唇吻你的唇。

噢！不！不能！在我們未成為彼此的終身伴侶之前，請你止步。

頑固的小東西！但我將會是第一人。

* * *

不，怎會是你，那第一個吻我的人？你的懷裏不正散發著另一美人的脂香？哦，你怎能惹我！

雨季的雨落得好痛快。才八月呢。才一年。

我從陰沉的天空裏攝取灰色，把絲絲雨線轉換淚珠。整個雨季構成我心靈上縱橫錯亂的憂鬱愁煩圖案。

哦呵！我變成另一個我！我不再是我！

這瘦而高的男孩子，你來得正好，你就補填補填我心上的空虛！暫且不管你虛或實，只要你在這時出現，只要你在這時成為我的。

雨的線條多美。撐小傘吧！聽風踏著探戈的舞步來。落葉在半空飛旋華爾滋。攜我的手，踏碎夜的影子歸去。擠在美夢懷中迎接黎明。醒來仍是不晴的陰天。

我雙腿已麻，心已疲，力已竭。我厭倦飄流，我不再飄流，我不要飄流。雨季早早結束吧！我要撫藍空，我要擁白雲，尋回往昔的歡笑。只是哦，在我掌中的青春已滴漏何處？剩的還不盈我一握！

是你的，終歸你擁有。不是你的，能往何處追尋？我哦，是怎樣的一個傻瓜，妄想網盡所愛影子！

月老，請您告訴我，您暗中將我足上的赤繩的另一端，繫上誰人？

怎麼又是你？你的懷裏不正散發另一美人的脂香？去吧去吧！想你回來，並不為依戀。第一個吻我的人，永不會是你。

八月！重提的八月，只因記憶，不為憑弔。

卷三

踏在夜的潮上

踏在夜的潮上

伊伊

一．刊於越南西貢《成功日報》，一九六七年十二月五日

循環的，勞動節碰巧是星期一，（去年星期日。明年星期三。後年星期四。）加上星期六下午和星期日，我們有兩天半假期。

隴海沙灘上滿是人。水裡也是人。李伯伯、彭、凌、我的妹妹、「她」的妹妹和我六人，星期六下午先到。（還有另一隊星期天下午才來。）人太多，旅店全掛滿牌。我們向當地一位老婆婆商量，租到了一個小房間：一張大床，兩張小的。兩位男士占了兩張小的。

我們那位彭先生（他自稱是西貢「羅拔泰萊」，並不是他樣貌或演技媲美「羅拔」，而是他的花心可追「蘿蔔」。口才蠻漂亮，就是太漂亮了些，不順耳。）幽默，一路上倒輕鬆。我奇怪他的腦筋怎麼能夠如此靈活。我的遲鈍無比。人家問話，許多時都答不上來。

傍晚我們在沙灘上漫步。潮花柔柔湧上又退下。彭隨著興致哼唱喜愛的歌曲。他的歌喉真好，是我聽過的男歌喉中最好的一個。不知道曾經有多少位女孩子為他美好的歌聲所迷。

「我的太太很柔很乖。我真想家和孩子們。我有兩個女兒和一個兒子。我在外邊怎樣苦回去也不願讓他們知道操心。」

誰知道呢？但我感到羡慕甚而妒忌那個未謀面的女人。不管他是否真心愛著她，不管他是否曾對不起她，只要聽見這一句話，多少怨恨都會消散無踪。也許這就是女人，易怨易喜，多愁善感；咀頭硬，但心腸軟。

暮色裡我側轉頭來看他那張不笑時比較好看的臉。會說話的嘴巴也有沉默的時候。夜很快的在海面上升起。那邊一群人在弄潮。我看見她，說我是她的Best Friend的她。她正在和她的No.1 friend在一起。我不知道No.1和Best有什麼分別，也不知道比較起來哪個會更好一些。我的英文不行，但我清楚她「魚與熊掌，欲兼而得之」，或是「一腳踏兩船」。在我跟前說跟我最要好，在別人跟前就跟別人最要好了，我偏偏不爭氣的心狹胸窄，容不下那種「博愛」。所以誰都說我小家子氣。那些人也不想想，我會犯得上跟不關痛癢的人來鬧彆扭嗎？

她向我們跑來，瘦小的身體薄弱在海上，楚楚可憐。

「我到處在找妳們。幾點到的？有地方住嗎？我們玩了半天，真好玩！我們本來也找不到房間的，後來在她姨父那家旅店暫時讓出一間來。那間原來是『他』的。他定了兩間房。明天他們會來。妳一定早就知道了，是不是？哼！我討厭他，我恨他。他憑什麼？幾個臭銅錢嗎？能夠殺他，我會殺的。我也恨妳。怎麼妳不想想，妳不是一個蠢東西呀！跟他在一起，對妳只有不利。妳到底講不講話？妳是啞巴嗎妳？妳……好吧！妳就去吧！我對妳已是忍無可忍。跟他去吧！別以為我沒有妳就活不下去。」

她走開了，彭他們也早就走開了。這沙灘是如此荒謐對我。我孤單無助。我伸手向天，上帝不扶援我。風在吹，拂起我短短的頭髮。我自己一個人在這裡。噢！誰來扶我一把？我轉了一個圈，仍是沒人。那邊有，那邊也有，但都離我如此遠，如此陌生。我惶惶的沿海邊跑著，在秋水餐館後面找到彭。

「妳怎麼了？在流淚？妳看來心事重重，頹喪而無精打采。」彭凝視我問。我搖搖頭，在他身邊的石階上坐下。

「我唱歌給妳聽好不好？Ngọc Lan，好嗎？嗯？Ngọc lan dòng suối tơ vương……怎麼？還是不高興嗎？Người đẹp tôi yêu, có đôi bàn tay mỹ miều, có đôi làn môi diễm kiều, lấy chồng để phụ tình tôi……」

「怎樣才算是負情呢？」我抬起臉問。

「哈哈！負情嗎？負情就是負情。我的聲音很迷人，是不是？我在電話筒裡的聲音就迷過不少女孩子。哈哈！」

自高自大的傢伙！他還在自說自話，滿嘴嘰哩咕嚕的講了一大堆什麼。我知道也聽得見他在說，就是那些話滲不進意識裡。

一下子海完全躲在黑幕裡了。我們在黯淡的煤氣燈光下吃晚飯。我一口氣吃了四碗。中午下班後一直捱餓，我說我連明早的早餐都一起吃了吧，於是又添了半碗飯後他們在海邊的帆布椅上躺著。我獨自跑過「輝煌」旅店後園找她。她跟她的No.1 Friend一家人在這裡。我恨她，甚至不想再見她，也不想再想她；可是總有那麼一股無形的什麼推動力推動我去。我還是「凡」得很，有太多凡塵的感情慾望和思想。幾時能把一切看得平平淡淡，那時或許我將不會像現在煩惱苦悶。

她們一家子到馬路那邊的小冰店喝冰水，她強拖我去。老實說，我是不願介入她們之間的，那顯得出我多餘得討厭。她卻說人家請妳，妳不去就不夠大方，就是瞧不起人家。她們還會需要我的瞧得起與瞧不起嗎？我跟她們根本就是兩種典型，兩種完全不同的社會人物。她們在禮貌上當然是順便招呼我一聲的，有誠意與否是另一回事。回來她們在退潮的海灘上造沙堡壘。我用小手電筒給她們光。我實在不喜歡這玩意兒，幼稚單純而無聊。我寧願看漆黑的夜空，踏冰冷的潮水或大聲嚷叫發洩抑鬱。

二・刊於越南西貢《成功日報》，一九六七年十二月八日

我再也忍耐不下去。站起身，我跑出去找尋海潮的踪跡。闊闊的沙灘，潮退得相當遠了。我把雙腳浸在涼涼的水裡，捲起褲管。我讓水升到小腿上來。

海風吹來，冷冷。我向岸邊望去。她們仍玩得津津有味。這就是我的最好朋友。我如果在此刻被海浪捲去，不知道要多久以後她才發覺。而發覺以後呢？會嚷會叫或是輕描淡寫的一句：「早知道她會有這結果！」我行回來，對她說我要回去了。她頭也不抬，應也不應一聲。我再說我要回去了。她依然築堡壘不出聲。許多感觸許多悲哀隨著海風一齊湧進胸懷。熱淚在面頰上蠕行。我的雙腿軟軟，行不了幾步就跌在沙堆上。我哭出聲音來。我不知道為什麼我要哭，但我感到我需要發洩某一些抑鬱。

海真的黑。天上沒有月，只有幾顆稀疏的星辰。我看不見海潮和沙灘的相連處。那一群人厭了堆沙，正在捉迷藏。深夜裡他們的喧嘩聲像鬼叫，而她的聲音則是最響最銳的一個。

頭很重。哭得多，眼淚鼻涕塞住了呼吸器官。妳就只會錦上添花。妳這是嫌別人不夠熱鬧？人家一家人在一起，妳以什麼身分鑽進去？人家跟丈夫在一塊兒，妳插什麼腳？妳總是不會想，少了妳，她們根本就不會放在心上，也許根本就不會發覺。我自己一個人坐在這沙堆上，周遭漆黑恐怖，妳怎麼放得下心而和她們盡歡？妳是一個自私殘忍的利己主義者。妳是要改革Best Friend的涵義嗎？誰能夠相信，誰又能夠不相信，我的所謂Best Friend如此待我！

「回去吧，夜很深了，回去讓她們睡。」李伯伯從「秋水」行來，拖我的手。我賴在地上，不肯站起身。

「您看見嗎？我的好朋友！您先回去，我要在這裡坐到天明。如果我的身體不是鐵做的，就是她的心用鋼造成。」

「小傻瓜！妳凍壞了豈不自討苦吃？就由她去，妳多的是朋友。」

不是那麼樣簡單的。我的自討苦吃證明以前的我有多盲目，有眼而無珠。那能警惕我以後在感情方面不應放肆。除非我不對一個人付出情感，否則他或她所得到的必是我最真的交與。我不會掩飾感情，我也不必更不屑掩飾感情。我心中想，但沒說出來。

李伯伯強不過我，走了。我想起被我冷落了整個下午的妹妹。我真的能夠如此對一個人多情而待自己的親妹妹薄情嗎？妹妹，可連的妹妹，妳單薄的身體是否能禦得了夜裡的海風？妳寂寞、悲哀和傷心了？妳怨恨姊姊了是不？不要！不要！妹妹哦，不要！我愛妳，沒有假。我平等的愛著每一個認識與不認識的人啊！真的，我不恨任何人！

「回去，來，我跟妳回去。」她緩緩向我行來。站在我身邊，說。是良心發現了嗎？還是厭了捉迷藏？但願我是個啞巴。但願我是個聾子。但願我是一塊木頭、一塊頑石也不要是目前的一個我。情哦，你到底是怎麼樣的一個你？我與你何怨何仇？你竟折磨了我半生！

「算了吧，以後咱們各行各的，互不干涉。不過，現在還得回去睡覺。（那又何必呢？如果各行各的路，又何必擠在一張床上睡覺？）老實說，我真厭倦了妳，也厭倦我們的爭吵（我何止厭倦，簡直要作嘔，但是妳跟我吵的，我何曾主動過？妳就是那麼樣的一個人，妳以愛護我為理由，所有妳對我的干涉或吵罵都是為我好；許多不必要的場合妳也非傷我的感情和自尊心一頓不可。就拿今天中午來說吧！我早在兩個禮拜前邀請妳跟我同去，後來甚至懇求妳。妳卻在最後的時刻裡改變主意，丟下我跟妳的No.1一家人去。這已經不止是第九十九次了。如果妳是一個普普通通的朋友，我可沒話說，也不會加以埋怨批評。偏偏妳是一個稱我為Best Friend的人。妳也許還不曾忘，妳是怎樣討我歡喜的說過，只要有我，哪管是深山，哪管是荒野，哪管天崩地裂，妳都快樂，只要身邊有一個我。情人們可能還不會說出這些話來，但妳對我說了。只是，如今我在自問：

到底妳對過多少人，男的女的，說過同一的或是類似的話？）過兩天我們回到西貢絕交算了。妳有妳所愛，我也有我的。（妳能夠早一年講出這句話才過癮呢！高興的時候，自動找來。不高興就撇下人了？）」

「好的，妳就回去跟妳的No.1在一起罷。從這一秒鐘起不必再理我。既然有意要絕交，我的死活對妳都變成無意義。妳走開吧！我在這裡守天明。」

「說什麼現在妳也得先跟我回去睡覺。李伯伯他們在等妳。妳這樣做有多失態？」（哦！我的失態是誰造成的？妳的一切行動都對，我的就全都壞！如果沒有妳的公然刺傷，也不會有我的痛哭呆坐。妳是否曾想到？）

僵持了好久，我終於還是隨她回去。我很任性。一發起脾氣來連性命也不顧。但只要過了一場風暴，我又會把所有怨恨都忘掉，連自己為了什麼生氣都記不起來。

海上黑黑。沙灘黑黑。我握著小手電筒照路面。路上黑黑。沒有月。星很少。

回到屋裡，她們都睡下了。我感到疲乏。半天的奔波再加上情緒激動。眼皮好重。

三·刊於越南西貢《成功日報》，一九六七年十二月十九日

一早，她們都出去游泳了。我和她還賴在床上，不肯起身。妹妹們（我的妹妹和她的妹妹）正在漱洗。

太陽從窗口爬進來了，撒了滿房間的暖光。我起了床（一個大人戀床真不是體面的事。妹妹們會看不起。）把她也拉了起來。

我在沙灘上租了兩張帆布椅。慫恿了妹妹們去游水，我和她半躺著看海水和藍空白雲。

「我去給她們照幾張照片再來。」一面說她一面跑向旅店後面的樓梯迎她的No.1跟家人。我很憤怒。憤怒並不由於她的無視於我，而是一種被騙的感覺氾濫充塞身上每一個細胞。既然我隨時都有被拋棄的可能，又何

苦費盡心機的跟我來一套親親熱熱的對白和鏡頭？那是讓觀眾看嗎？或是為搏取我易感的情懷？

水裡的人玩得很高興，大的、小的、老的、幼的、男的、女的。我忽然後悔我在這海灘上的出現。我來，並不為游泳。假如說是為了陪妹妹，我何曾伴過她？早就該留在西貢！

她回來，躺在我身邊空的帆布椅上。我還在生著悶氣，不願開口也不願理睬人。她有一搭沒一搭的儘找話聊。聊呀聊的，忽然的她又發起霹靂來了。

「妳這是甚麼意思？跟妳講話，妳愛理不理的。（那麼，忽然的撇下我去給別人拍照又是什麼意思？誰不知道她們就是有幾個臭銅錢？哼！）我們不再來往算了。一會兒她們去頭頓，下午回西貢，我也跟去。我們的交情就到此為止吧！來，拉拉手，我們來一個君子分手。」

我當然不會伸出手來做這個兒戲似的動作。我依然不動的看天上的浮雲。雲終年飄蕩，是否也有一個歸宿？誰似我，流浪流得厭倦了，也不知應該在哪兒駐腳停歇。

十八歲那年曾跟一個要好的朋友絕交，自然而然的疏遠以至陌生。沒有原因，沒有理由。不必解釋，不必稱辯。那也是君子式的分手嗎？

她憤憤的跑去收拾她的行李。我一個人躺著，更覺孤獨委屈。人，為什麼要帶同那許多憂煩？海對面那青山，難道說也馱負了一山頂的惱人心事？眼前這深海，正以澎湃來發洩心底的苦痛？我把帆布椅退還，給了錢，踩著軟軟的細沙行回「家」。在路口碰見她跟她們的車子。她們正在調轉車頭，朝頭頓駛去。我向她招招手。她開了車門從中間的座位擠出來。

「什麼事？」她問。那一臉等我求恕的表情使我感到討厭。我知道只要我肯低聲下氣一點，她就會立刻留下。這也正是她所祈望的。但她愈是想這樣，我偏愈不這樣。

「妳們去了頭頓就直接回西貢？」

「是的，還有什麼嗎？」
「沒有了。」
「哼！」她憤憤的回到車上。車子駛了開去，揚起許多灰塵。我喃喃：
「永別了！我從此不要再見到妳。」
我行回屋裡，懶懶的倒在床上，不思不想。扭開隨身帶著的手提收音機，流行的時代曲越聽越心煩。我起來，帶上了小草帽出門。太陽很熱。天氣燥得要命。我在那唯一的街道慢慢行著。這小鎮還很淳樸，除了這條街道和沙灘，再沒有什麼地方可以走走。
我行向「輝煌」旅店，遠遠的就看到他正在旅店門前曠地上調轉車頭向我駛來。大概還有十公尺的距離，他才看到我。車子在我面前停下，他朝著我笑了笑：
「我以為妳會在旅店。我在沙灘上找遍了，也看不到妳的踪影。」
「我們沒住在旅館，房間全滿了。」
「什麼時候到的？」
「昨天下午。我一直還沒游泳過。我跟她剛鬧翻了，我們已同意絕交。」
「鬧著玩的，怎麼會？」
「她已經跟了人家去頭頓，下午回西貢。以後她不來找我，當然我也不會找她。」
「幾時回去？」
「或是下午，或是明天。你呢？」
「明天下午。」
「嗯。再見了！」我說，向海濱行去。他在我身後向相反的目的地駛去。我們的目標不一致，是不？而且，我們也無緣。要是有緣份的話，我們之間並不止於只談一些空洞的泛泛之言，我們也不會彼此把痛苦折磨往高堆築。

我在海邊行了一會，想的都是遙遠的東西。不知道她在那邊沙灘上——頭頓海灘——是否也曾想到我。我猜測下午她會再回隴海，因為她曾約了她的他和一班友人今天到來相會。對於她所想的和所預算做的事，我往往能夠百分之八、九十猜中。

從海邊回來，跟彭瞎扯了一陣。十二點，大家都餓了。在「秋水餐室」吃過午餐，回來各睡各的午覺。海濱在初夏炎熱得嚇人。我在疲乏下仍不能入睡。凌在歌唱，她一定也睡不著。我們兩個斷斷續續間歇的唱著所能記起的歌。

朦朧中我聽見彭和凌在談樂理。我坐了起來。三點。門外小院裡太陽正發揮著它的最高威力。這個時候什麼都不好做。人，懶洋洋的總提不起勁。妹妹在屋後替我洗昨天穿來的骯髒衣服。她就是有這股莫名其妙的勤勁，典型的賢妻良母，到什麼地方都忘不了家務，沒事也得找來做做，勞動勞動。今天是勞動節，本應休息的。

四．刊於越南西貢《成功日報》，一九六七年十二月三十日

三點四十分。她忽然在屋子前面出現。她跳上院外的矮圍牆，再跳進來。

「我說準了她是捨不得走的，對了嗎？」李伯伯笑著說。那要天才曉得。她是捨不得我還是因為她的情人的約會，我難道還不清楚她的心理？表面上讓每個人都以為是為了我。哼！

我們仍然冷冷相對。有一些口角在事後使到人與人間的感情更濃厚溫馨；有一些爭執卻會在事後把人與人間的距離拉得更遠，當然，那是心靈的距離。

妹妹們嚷著肚子餓。我們四個一起到附近的冰室裡吃了些東西。她說她曾看見他的車子，即是他已到了這裡。我心裡回答：我何止知道，我們還見過面。只是何必翻來覆去的提著一個自己所不喜歡的人？一個人的感情並不是一件固定了重量體積的東西能夠永遠不變；感情像流水，心理狀態永不停息的在變，而且不會有完全相同的重複。假如我不再喜歡妳，我會淡然對妳；反過來，妳也會如此待我。但曾經我們那麼樣要好，一旦反目成陌路人，豈不是諷刺而又殘酷？

我們踏著來時路回去。太陽的熱力減低了一些。我們躺在床上，賭氣的誰也不和誰說話。其他的人又在準備著游泳。我覺得悶而委屈。我難道是為了吵架生悶氣才來這兒度假嗎？

李伯伯從海上回來，身上還滿是海水：

「妳們出去玩玩。老是賴在床上。我來看門。」

太陽懶懶的斜斜的從海的那邊照過來。弄潮的人散佈水中。海濱在黃昏裡恬靜，人們的喧嘩叫鬧並不損害那份幽美。這次以後，不知要到哪一天我才能重來此地？要是能在這裡擁有一座小別墅，那才羨人。

我們踩著軟沙，看彩霞在空中幻變，看微微的浪拍著沙灘，看水裡的人，看地上的影。那影拖得長長的、淺淺的。

一群牛從那邊向我們迎面行來。今早牠們也曾打從這兒經過。是牠們倦了？要回家？我想起那一首悅耳的歌：「紅紅的太陽下山啦，依呀嘿呀嘿，成群的羊兒回家啦，依呀嘿呀嘿。小小的羊兒跟著媽，有白有黑也有花，你們可曾吃飽啦？……」我此刻在感情道路上像一隻迷途的羔羊，有誰會在我徬徨迷惘的黑夜裡為我亮起燈來？

天色漸漸轉暗。我、她、妹妹和彭沿著沙灘行了一段長長的路後，在沙堆上坐了下來。海風輕輕吹拂，撩起人多少心事？

彭和她們在堆沙。軟軟的細細的沙粒無論如何也堆不高。我好無聊的看海。海在暗色下變黑。凌獨自在黯黯的海中游來游去。人們早就上岸了。

凌跑上來，對我們說應該回去了。天色完全黑下來。星星們開始出現。一顆。兩顆。三顆。以後是無數顆。在轉向「家」的路口，一群人喊住了我們。那是她的全部同事，八個人剛從西貢到。本來預定在下午到的。下午我們在冰室曾聽說龍城的一座橋樑被一輛逾重的貨車陷斷了。我們以為他們會回西貢而不會來的。

一行人浩浩蕩蕩地回來。他們高高興興的弄麵包和罐頭食物。我不會幫什麼忙，也不能幫。他們又說又笑又鬧又叫。這才是青春。而我的青春呢？我的青春被一個人扼殺，他不自知。他有多狠心！

吃完了我們的晚餐，大家提議到海灘上躺，看星星，聽濤聲；說笑話，唱歌，彈琴。

張彈得一手好曼陀林。凌有一副清越的歌喉。彭和我則喜歡唱一些舊歌。碰到大家都會唱的，我們變了合唱團。夜空深蔚，星光點點。我們躺的躺，坐的坐；又說又笑又彈又唱又叫又鬧的；只是海灘是這樣闊，海那麼黑，我們的聲音再大，也喚不醒沉睡的沙灘。

「你我的回憶，該是兩相同，咫尺天涯，為何不見，此身已憔悴……」凌美好的歌聲飄蕩在空中。海風徐徐吹送，誰知送往何方？

她突然掩耳，驚惶得跳起身往黑黑的海跑出去。大家都因她這突如其來的行動嚇住了：

「喂！喂！外面好黑呀！回來！」

她充耳不聞。我輕輕埋怨一句：

「早就叫別唱『意難忘』！」

我也跟著追了出去。她跑得好快，只一瞬間，那瘦小的身影就被夜的巨大黑幕吞沒了。我呆呆的瞪著什麼都看不見的海。潮退了許多，沙灘的沙又濕又鬆。寒意從赤著的腳跟蔓延全身。我打了一個冷顫，兩隻手臂不由自主的交叉著環抱自己。無袖的單薄的短衣根本就禦不了夜來的海風。

潮水輕柔的拍著我的雙腳，又輕柔的退回去。又湧上來，又退回去。旅館門前，在燈光照到的地方，在那個光圈裡，我們的同伴仍然還在興高采烈的嚷叫喧嘩。有誰曾注意和擔心在光圈之外的她和我？我們在黑暗的圈中；同在黑暗的圈中而各擁各的天地。我們之間終究是互相漠不關心，每一個人都一樣，每一個人都如此。

海黑。天上的星光照不亮什麼。潮漸漸在退，在退；只是明朝潮會重漲。我踏在夜的潮上，會隨潮的夜去呢？或是黎明跟再漲的潮回來？

流浪的那雲

尹玲

他是一片流浪的雲，他告訴我，就如他的名字。

那是一個美但不男性的名字。我回答。我凝望他那張漂亮的臉孔，腦裡打上個問號：這片雲，幾時停止飄蕩？誰羈得了？

他有會笑的濃眉毛，會說話的黑眼睛，直挺的鼻樑，笑起來弧度迷人的嘴唇。他夠高，夠魁梧。他瀟灑、沉著；他有風度，也有性格。他溫柔、體貼、多情而俠氣。似乎，上帝不應該把這許多男性的優點都集中在他身上。他將會怎樣的牽動各種不同的少女的心？上帝真不該。

出了校門後一年多，在一個偶然的機會裡我見到他，同了四年時間的同班同學。他說他好希望有一個妹妹，讓他照顧，讓他憐疼。我也希望我能有一位兄長，給我撒嬌，給我裝傻。我們很快就成了要好的兄妹。那年我還小，才十七歲，我正把許多理想夢幻醞釀在心中腦裡。

我很欣賞他那份飄逸、豪爽和滿不在乎的勁兒。他說他做人的原則是採取中庸之道。他有錢的時候會毫不吝嗇的花用，沒錢時並不會愁眉苦臉。我在他的日記裡知道他在最窮時向人借過、典當過、挨餓過。人，與生俱來適應環境及忍受災難的韌力。他常搬換住處，但每次都是搬到陋巷一些窮苦人家的小木樓。我很奇怪為什麼他從不怨天尤人，或者為自己的懷才不遇喊屈過。以他的一表人才，彬彬有禮和高中程度的學問知識，找一份較好的職業並不困難，然而他只是一名月入千餘元的小書記而已。

我們並不常見面。一年之中，也許只有一天或兩天才能見得著他。他常寫信來，我也逐封覆他。別人告訴我他愛換女朋友。他對這點很坦然。他說：愛情其實算不了什麼一回事，那是苦多於甜的鬼玩意兒。如果真的把全部感情都放到愛情上去，那是自討苦吃的一個大傻瓜。他願意把大部分的愛留給在遠方故鄉的雙親，一部份給我——他疼愛的小妹妹，剩下的零星的給隨時交到的女友。我是一個愛情至上主義者，所以不贊同他這種看法和做法。（那會傷害多少個純真的女孩子？）但他有他的自由，他以為怎樣對，就怎樣做。我自己有我的自由，我以為不對的，我會拒絕。

一個有雨的夜晚，他從老遠的的故鄉跑來看我。我給他介紹了盧和陳，她們都是我的朋友。我們踏著雨路，漫步在微帶寒意的清冷的街頭。他撐著我的小傘，替我遮著。路燈幽淡，人影搖晃。雨絲斜斜的飄著。行在他的身邊，淒風冷雨都侵犯不到心頭上來，他比我高出大半個頭，儼然是我的護衛者。盧和陳在我們後邊，細細的在講著什麼。

後來盧問我為什麼我不愛他——我那漂亮俊帥的大哥。陳說我們走在一起時很合配，我們應該相愛才對。她還略帶羞澀的吐露，要是大哥喜歡她跟喜歡我一樣多，她會不顧一切愛他。我回答我欣賞一切屬於美的，但不盲目迷戀。他太漂亮。太漂亮的男友是一種負擔，我喜歡他只因為他完全是我的大哥。他處處照顧我，尤其是在思想上。我們彼此之間太瞭解，那只是摯友，不能成為伴侶。再說我深信緣分，是我的一定歸我有，不是我的我不會強求。

他許多個女朋友之中，我認識一個美麗善良但矮小的女孩子，我喜歡她，她崇拜我。當他和她親親熱熱的在探望我之後同擠在一輛摩托車座上揚塵而去，我總懷疑到底大哥對她付出多少真情？她可能成為我的大嫂嗎？要是她也只是他的一個過站，在他走後，她又會怎樣的哀傷和空虛？

在一封信裡他寫著：「妹妹，他們都奇怪為什麼你只是我的妹妹而不是愛人。假使當初我們相戀，真真正正的男女之間的愛情，我們現在會怎樣？也許是打得火熱或早已分手。妳清楚我的性格，我對愛情沒有信心也沒有耐心。所以我只願妳是我的妹妹，一個讓我心疼的小妹妹，永遠保有我一部份的愛心。」

他是一片流浪的雲，我明白。他有起站，把愛心留在那兒。以後的許多過站都只是過站，不必依戀回顧什麼。只是，他的終站呢？兩年了，他飄蕩到什麼地方去了？他不曾告訴我。沒有人知道。

西貢，一九六七年十一月廿三日

寂寞．寂寞．寂寞

尹玲

那個消息確實令我真真正正的高興了幾十分鐘。我差點就抱住那個向我報訊的人。我翻來覆去的連問：

「是真的？你沒騙我？是真的？你沒騙我？」

「我騙你做什麼？我又怎捨得騙你？我的的確確在榜上見到你的名字。」

我當然也明白他不會騙我；只是，只是，只是這個勝利，來得太出乎意料之外，來得太不可思議，太僥倖。

我整個學年一堂課也沒到學校上過。試期逼近了，才匆匆忙忙的找書本翻翻。考筆試那第一天，我進到試場，在學校為我編排好的座位坐下。監考先生皺了皺眉頭：

「妳坐上來這前邊吧！不要三四個人擠在一堆的。」

哼！把我看成什麼學生了？本姑娘既不偷看又不抄襲，坐到哪裡還不是一樣？何況座位是校方安排的！我心裡咕嚕咕嚕的發一頓牢騷，嘴卻不敢講出來；怕的是他火大把我的試題記上暗號，打入「冷宮」。

試題發下來，真糟糕！是哪個鬼教授出的好題目，完全是我沒讀過的。我好委屈的只能靠平日得來的智識細心推測瞭解作答。

筆試考了兩個上午。第二天交了試卷出來時，監考先生跟在後面問：

「為什麼從來都沒見過妳來上課？」

「我每天要上班，沒時間。我們公司裡不能夠常常請假。」

「不上課很難考得上的。」

那倒不一定，我三年來考了三張文憑，還不是天天沒來上課？那並不是誇耀我聰明，而是我實在沒法空著肚皮、睡街頭的來唸書。但願明年我能夠一口氣再考取兩張，畢業了也許可以找到一份理想的職業。可是天知道，什麼才是我的理想職業？

等呀等的，好不容易等到發榜的日子。筆試通過了，卻還得闖兩個上午口試的關。我一向最怕考口試，面對著教授們就心驚膽跳。記得有生以來第一次考口試時，我的兩排牙齒打了半天架還是說不出一句完整的話來。我認得教授的名字，卻不知道哪一個名字是屬於哪一個人的。我跟著另五個和我同時要考口試的男生；他們坐，我跟著坐；他們站，我也站。阿門！四個教授分別的把我問得無辭以對，但到底都算是考過了。我估計自己這次是凶多吉少，一切聽天由命吧！唉！

世事就是那麼樣的出人意料之外。我獲悉考取的消息時，真真正正的高興了好幾十分鐘。天呀！我叫著、嚷著。

整個上午我在公司裡不知該做什麼好。我坐在辦公檯前，對著打字機發怔。站起來，在辦公廳內走來走去。又坐又站，又站又坐的。我是真的快樂嗎？我不能將這份快樂分給任何一人，我也不能向別人說我是怎樣怎樣的快樂，請人們同享。快樂正如悲哀，誰也不能分享或分擔。分享或分擔來的快樂或悲哀，就不再是本來的快樂和悲哀了。

我打電話告訴她。她給我戴了一頂好高好高的高帽子，說我是「天才」。天曉得我連「地才」也談不上。打完電話我又發呆了。十二點半才下班，現在十點半，天！還有足足兩個鐘頭。

晚上應該好好的慶祝一頓。她答應過今晚陪我到「小小」吃海南雞飯，在「梁海記」吃麵，然後回到我們那個街頭，那露天的擺在地下的小檔上吃蜆。我喜歡吃，（也有一點「懶做」，但願不要嚇壞了媒人們，不肯替我做媒那才「自作自受」。）舉凡西貢堤岸大大小小的餐廳、食館、檔呀、攤呀、擔呀之類的，我都光顧了不少。口袋裡有錢和穿得漂亮時就找體面的、昂貴的；沒錢時穿得隨隨便便的也可以吃一頓「平民」飯。銀包充滿時坐「的士」，空漏時擠「巴士」。一切平凡得很，也平常得很，包括這世界，這人生，以及內裏的一切一切。

十二點她來到。聊呀聊的，聊到什麼上去使她發火，大聲的說：

「我永遠不會再陪妳去吃什麼什麼。永遠不再！」

我滿腔高興頓時降到零點。我沒有再說話，我們各吃各的午飯，各睡各的午覺。我懶得開口。我曾經負荷的感情擔子太重了，現在的我麻木，麻木得不再懂得感觸。

下午六點半下班，我獨自到巴士站等車。巴士上有滿車的人。滿車的人對我都陌生。西貢開始墜進暮色裏。每一個搖晃的人影都模糊。到堤岸時已是七點十五分。整條同慶大道滿是霓虹燈光。很多很多的人，竟沒有一個是我認識的。

我在新越戲院附近下了車。那許多店鋪，那許多亮亮的燈，那許多大大的招牌，那許多高高的樓房；我行著、看著、數著。一切都沒有意義。一切都無聊。怎麼我會獨個兒在這裏行著？怎麼那燈會閃亮？怎麼天空是黑的？這街上又有如此多的車輛和行人？怎麼我的腦子會這樣想？怎麼我愛自問？

幸福鞋店。新成興。國泰無線電。玫瑰百貨公司。宏基唱片公司。香港乾洗公司。鑽石餐廳。紅寶石。先施公司。黃鶯餐館。豪華戲院。華北服飾店。白宮菜館。小三元冰室。亞洲無線電行。巧穿甜品。梁海記。

我在梁海記門前露天的一張圓檯前坐下。沒人給我慶祝也罷，看我為我自己慶祝。慶祝我的僥倖，慶祝我的勝利，慶祝我的眼淚，慶祝我的心碎，慶祝我的孤獨，慶祝我的寂寞。寂寞哦寂寞，唯有寂寞的心，瞭解我底憂傷。十二歲起一直在外流浪到如今，我得到些什麼？滿腔的寂寞，驅之不散，逐之不走。我是一葉無根的浮萍呢？抑是一片無依的飄雲？

再來一碗吧！把那寂寞感塞的充充實實的。能夠有酒才過癮呢！只是，我醉了時，誰個扶持？

天上的星，地下的魂；眼前的光，過耳的風；都來伴我，快來伴我。我，這寂寞的，寂寞的，寂寞的。

於西貢，感傷的季節裏

冷冷

尹玲

黑的。

樂隊正奏著Violetta。旋律輕盈而浪漫。是探戈。舞池裏的人影一堆一堆。我還不能完全適應這裡面的過暗光線。

我們，二男四女，佔了舞池邊的一張小長方檯子。這裡可以看清楚舞池的舞人和舞姿。

Q和V是彼此的一半。L和T也差不多。差不多是我的猜測。實際上我對她和他們或反過來她和他們對我都還很陌生。我們生活在不同的境界裡，受著不同事物的影響。偶然在今晚碰見了，暫時相聚兩三小時。之後各行各的，我們仍是互不牽連。

C的那一半在「厚義」。我是so-called的陪著她的Gentleman，那是她說的。她常捧我當主角，其實是配角也談不到。我像是一個臨時演員，在一兩個鏡頭裡幌一幌。就像此刻。她拉了我來，卻丟下我枯坐，跟著L到舞池裡扭了。

妳把我當是什麼？我的眼淚湧上眼眶。她仍和那高高個子的人影在扭呀扭的。恰恰恰！我最討厭的就是「恰恰」。她們和他們還說聽起來輕鬆呢。輕鬆個鬼！我心底詛咒著，華爾滋和探戈才是最美的旋律。我的視線被一個紅色身影吸引住了。紅色裡豐滿的胴體跟著音樂的節拍旋轉。及腰的長髮隨著四周飄散。真美！那雙穿著高跟鞋的白皙的腳怎能如此靈活？

舞女嘛！C說，舞跳得不好才怪！

我失業時也去做做舞女。

發什麼神經？妳要什麼？錢，是嗎？

當然，錢，我是要的。但除了錢之外我還得到許多在正常生活裡得不到的。比如說：墮落。我想我是在發神經了，好好的在轉什麼鬼念頭？妳看哦，男人！他們在白天的公眾場所有多正經、多道貌岸然、多名流、多紳士，在這個黑夜的公眾場所就有多醜態、多放浪形骸、多下流、多流氓。我見過白天的他們，此刻，他們也在我的視線內。我不是有意注意什麼，也不想觀察什麼。我是一個那麼樣不懂利用眼睛的人。看人只用心從不用到眼睛。他們活躍在我面前。這個男人左擁右抱，那個當眾摟著人就親嘴。也許還有比這更甚的，在那邊那個暗得我不能目視的角落。「醉翁」之意，誰知道是「醉」在哪兒！

我的臉色一定很難看。沒有人和我講話，我也懶得開口，我注意到幾個似曾相識的舞女。就是她們。她們常來到公司跟公司的人聊天飲茶。她們顯然比白天漂亮得多。我忽然感到難過，假使將來我結了婚，我的那位也常跑舞廳時該怎麼辦？是我的吸引力不夠？還是他本性如此？而舞廳的創立和存在延續是因為舞女們先需要錢或因舞客先需要新刺激？或是他們和她們之間互相需要而互相利用？

我面前的一杯可口可樂還不曾被動過。完整的、靜止的。但是我將會喝光。我不是舞客，也不是舞女。那我的出現對舞廳算是一種什麼樣的名份？來，就為了這一杯可口可樂嗎？是為了陪C還是為了買一點新奇，賣去一點煩憂？

曲終人散時，這裡會有什麼樣的光景？哪一個舞客歸去能帶同一份熱鬧一份溫馨？哪一個舞女會帶同一個人客的金錢滿足無饜？

你們，妳們哦！我的同伴，到底你付了錢，帶回去一個甜蜜的夢，一顆破碎的心，或是一個無感的軀體，無波動的思維？

拜拜！黑暗的小地方和霓虹招牌。且看我的飛車技術，將過去完全摒除在背後。迎我！冷冷的風，冷冷的街頭，和冷冷的心。

一九六七年四月二日、四月五日成稿

待補

霜州

Ｌ：

讓我仍然喚你為Ｌ，像當初我為你瘋狂的時候。

夜深了，我不知道是幾點，也不想知道。在這狹小的客寓裏，對著一盞黯淡的孤燈，我翻閱了所有我寫給你的信及你曾寫給我而僥倖被我存下的。噢！天！怎麼樣的一段情？

有多瘋？多狂？多傻而又多美？那會是我們兩個嗎？哦！Ｌ，我們曾經是怎樣的大膽無忌？

不只一百次的為你想盡一切自殺的辦法，想著死後你會為我築一座白白的墳墓，周圍種滿我喜愛的紫色小花。那時你會天天來哭你的小愛人，上蒼感動，（多天真！以為上蒼也有一顆易感的心，像我。）會讓我們相會，世世代代永在一起。每天我在家等你下班回來，為你煮飯燒水弄菜，為你熨衣洗裳。準備你心愛的音樂，每晚飯後播給你聽，偎在你身邊，聽你暖暖的聲音輕輕喚小Ｌ小Ｌ。那實在沒人能從我這兒拉開你，也沒人能從你身邊把我搶走。我們只是彼此的，我們只是彼此的。

你我都受盡了人們的諷刺、鄙視、冷眼、唾罵；我們痛苦在難堪的閒言閒語中。遊說、中傷、誘騙，一切都令你無動於衷後，人們只有從我身上下強硬手段。是的，到底我們被分開了，每天只能那麼相望不可相即。含了滿眶淚水，我哭我們的尷尬。天哦！不能相愛的人，怎可令他們相遇？我們再不能每晚到郊外去聽風飄蕩田野間，吸進滿懷的稻香；黃昏時分看絢爛的落日滾進蒼茫暮色；夜裏在一起看星星們絮語，月華下我夢囈似向你訴說兒時瑣事。L！L！L！每晚我只能哀傷的喚你，希望你能有所感應。在噩夢中流濕一枕頭的淒淚然後驚醒。

多苦的愛？相愛的人只能互贈以淚珠。流不完的淚，讓情人哭情人！社會輿論在我們周遭毫不留情的劈以利刃。我懼怕，瑟縮在一個角落內，將感情嘗試取回來，用在另一個人身上。

你知道結果？是誰說過：愛過了的，永不再會愛第二次。是的，我的愛以你為始，也終於你。時間變成無意義，在我愛你時停止了流動。停在那兒，時間、愛情、還有我的心。

你此刻是否還愛我深如昔？我不需知道。你縱待我以任何態度，我也無怨無尤。只請你了解一點什麼關於我這時的：愛你，愛心不變，只是不再要求你必定屬於我，你可以屬於任何一人；我仍愛你，愛你的你而不是別人的你。那受了傷的愛不再狂奔，它只求能靜靜的養傷，在以後平靜的歲月，以滿腔還存的無爭的愛。復原？幾時呢？也許會直至我死去的那天還彌補不了；但我仍待補，待補，待補！

倦言

陳素素

我只有沉默，妳看到的：我不像妳潑辣的小題大作，吵上一場之後不理不睬三天。我依然開門迎妳，以充塞了睡意的身和心；迎妳，從歡樂場所中剛出來的妳，還漾滿了笑意在眼中唇邊的妳。哦！妳還有什麼不滿而怨這怨那？

早一天的傍晚，妳說我自從認識他就把妳冷落；妳還那麼樣大聲的在長廊上吵叫：

「你們為什麼不乾脆早早訂婚結婚，名正言順的在一起？妳什麼都不懂得想，他也自私的不肯為妳著想。有了他妳就誰都不理，連我也不要了。妳是一匹不羈的野馬，到處亂闖。妳不要名譽嗎妳？妳不知道名譽是第二生命嗎？整天跟他在一起！告訴他去，總有一天我會和妳絕交，因為他。我不再過妳那邊了，我恨妳，我告訴妳，我恨妳！」

這些話像刀刺在我心上。這些話會是從妳嘴裏出來的？我蹲在地上，整個人呆住。有些雨絲越過欄杆斜飄進來，飄落我面上，冷冷的，重陽時節，滿城風雨；這場雨從清晨一直落到黃昏，停也不願停。而我，我的雨落在心中眼內，是那麼酸，是那麼苦！

我回進自己租的閣樓，那小得可憐的閣樓！書本文稿衣物凌亂的放滿一床，我翻倒床上，眼淚不可遏止的湧出來。想起鄉下的家，爸爸媽媽，還有弟弟妹妹們；怎麼我會傻得如此？家裏溫暖，家中有愛，有親人陪我伴我，不讓我寂寞。為什麼我要離家？離開那小小的靜靜的鄉城，到這個所謂都會裡活受罪。每天在寫字樓坐上八小時，學習跟顧客握手微笑。手指在打字機上來回奔波；手背發怒了，暴起了青筋。上下班，多誘人的名詞！為了肚子嗎？為打發時間？為消遣？為吸進滿街的炭酸氣作慢性自殺？是吃飯的時間了，到哪兒去好呢？吃什麼好？滿城亂跑亂闖，見到什麼都反胃口，見到什麼都厭！一頓晚飯就吃去了一個晚上！拖著身心俱疲的自己回來，在床上一躺；什麼事都留待第二天吧！我不要想得太多！我的腦有毛病，整天暈暈痛痛的。

為什麼呢？我的生活。曾自己告訴自己：工作並不是只為了找兩餐飯，填飽肚子，更為了證實自己是真真正正的生存，不苟且的生存，工作是把自己的力量貢獻給社會、給人群。有多動聽，不是嗎？可是有誰能在這動聽的話裏不感到從脊骨心底冒出的那股沉重和厭倦？厭倦厭倦厭倦厭倦！就是無法述說那份充塞身上每個細胞的厭倦！哦！爸爸媽媽！每次回去我都得裝出我在外邊的生活過得很好，很愉快；我的淚只能流在心裏，流給自己一個人聽。這裏沒有誰願意聽我塞滿心坎的話，我只能對誰都笑，比哭更令人心碎的不由衷的笑！

妳還過來幹嗎？妳不是剛說過以後不再過來嗎？妳不是剛說過恨我嗎？就讓我孤獨！就讓我自生自滅好了，我也不要妳理！

何必求我？妳傷我還不夠深嗎？我不似妳幸福，在這裏有一個家，家裏有親人。我遠離家，遠離親人，我需要一些兒什麼可以證明我不寂寞的東西，那是友誼，那是人情，妳不願付與我，我並不勉強，可是妳為什麼又說給予又取回又哄又罵的？朋友們都知道妳對我很好很好，好得令每個人都想立刻變成是我。我自問：又有幾個人會知道妳單獨與我相處時給與我的難堪和傷心？

起來照鏡子，眼睛腫腫的，紅絲佈滿眼白，重得我打開不了。妳有一絲絲的後悔不？也許妳正得意於妳能令我哭成這個樣子。

是的，我就跟妳出去吃飯，以後再不許妳氣我。嗯，明早我和妳去拍照，明天會是一個好日子的，下午我們可以趕一場電影，之後晚餐，再逛逛街，週日原該屬於我們的。

一切都說定了，我告訴他明晚你別來，我也不去找你了，我要和她在一起。你不要生氣嘛！後天我再來吧！我會想你很多！

一早太陽就出來了，光得耀眼。我在雨水不曾退去的街道上赤足涉水讓妳拍照，這所快要出讓的別墅造得真美，可惜不是我們的，這兩旁植了柳樹的小徑，這椰樹畔著的池塘，這欄干，這車房，地上的卵石，客廳外的走廊……噢！但願將來也能擁有一所。

飯後，妳說妳還得去赴約。別人的約？是的。我沉默。昨晚我們曾說得好好的：今天整天我們在一起，跟我們一起去看電影吧！妳們？不了。那妳上那兒去？不知道。

妳要去就去吧，何必管那麼多？算是妳許的諾言都不會是實現得了的諾言。

送妳到約會地點，我折回堤岸。週日的同慶大道有許多人。女孩子們都打扮得漂漂亮亮的。有誰潦倒似我？兜了一個圈，再一個圈，我來到他的學校。就上去坐坐吧，既然一個人坐冰室茶家不會好看。

他正在上課。我在隔壁的空課室坐著。多願這兒是教堂，也許我得皈依佛教或主，也許我將永遠獨身。友誼愛情看來只不過是空洞的名詞，今天說喜歡你愛你，明天，噢！誰知道明天？我此時能化石就好了。化一陣輕霧也可以，在他面前飛去。他就在旁邊的課室，但他不知道我在這裡。有許多時總是那麼樣的，電影看得多，受了影響吧！右邊的課室在上什麼課？怎麼會吵得這樣厲害？老師呢？怎不管管學生？

呵欠！睡意，從什麼地方來？疲倦得要死！我應該回家睡上一場好覺的。家？那個小閣樓？午後熱得像蒸籠，不回也罷。

妳怎麼會在這裡的？沒有地方去。看妳，回去睡吧，明晚來我處。不，我不想回，你進去上課，就讓我坐在這裡，怎麼可以呢？我不放心。誰吃得了我？我坐在這裡很久了，你都不發覺。現在發覺了，妳得聽我的話，回去好好休息，妳得乖。你趕我嗎？就當作你不認識我好了。怎麼能夠？聽我說嘛妳！

我當然不會走的，我沒有地方好去，而且我還得找地方吃晚飯。

我像寺僧打坐入定，萬念俱灰，腦袋空空白白。你們想聽聽我的友誼嗎？你們要知道我的愛情故事嗎？你們希望能清楚我的感情問題嗎？噢！聽著，我告訴你們：空白。是的，空白。

我得去看一位親戚，暮色來了。在那邊吃飯，可以不用傷我的腦筋。飯後回家，聽一回兒探戈，夜裡的探戈最能扣人心弦。好吧，就這樣決定好了。

探戈流動，探戈旋轉，探戈在這小房間飄揚。幾遍了？我沒有數。妳仍然還沒回來。噢！呵欠！呵欠！我很倦了，我得去睡。

誰按鈴？是妳！溢滿笑意的臉龐，妳會從什麼地方回來？但我不想再知道，我好倦好倦！

怎不跟我說話？生我的氣了？不。喂，我和妳說話呀！怎麼不出聲？不要這樣扳我好嗎？我很倦了，我要睡。豈有此理，平時又不見妳渴睡成這個樣子？有什麼好生氣的？叫妳跟我們一起去又不肯去，敬酒不吃……

夜深了，妳的話還有很多嗎？可否留待明日再說？

嗨！海！

尹玲

嗨！海！

怕你遺忘了這個生長在淡水江邊的女孩子。噢！我闊別了你六年之整。別來無恙否？

* * *

噓！別吵，聽海濤號嘯。

淺淺的海灘，軟軟的細沙，藍天映著藍水，日落在晚霞絮堆。

忘掉一切能令人煩惱的，把心給海，帶它遠越重洋。不要泊岸，這顆不易覓到港灣的心呦，不要泊岸。

潮水徘徊沙灘上，既進又退。我徘徊沙灘上，欲去還留。

日沉下海角，夜在天際升起。海鷗，吻別波浪吧！夜濃你會迷路。海輪，亮起燈來，別在黑洋上迷失了方向。

燈塔，你也能照亮我心上的黑洋？哦，誰能，誰能，誰會在我心中高築燈塔，讓我在感情黑暗洶湧的海洋上不觸礁不翻沉不迷失？

海濤依然沖激，依然呼嘯。

* * *

你我的回憶，該是兩相同。咫尺天涯，為何不見，此身已憔悴。我在流淚，我在流淚，沒人知道我。
你會知道我在流淚？豈止流淚呢？我在哭泣。
噢！你遠在西貢。此身已憔悴，為你，我在哭泣，我在哭泣。你遠在西貢哦，你醉在醇酒美人中。
除夕在西貢怎樣迷人？去年的「不了情」誰再為我重唱？會是誰倚在你身邊祝福你？
我在流淚，我在流淚，沒人知道我。

* * *

讓我哭，就讓我哭，別勸止我。讓我哭掉哭斷災難頻至的舊年。一九六六哦，去吧去吧，我從不惋惜也不憑弔你。記得帶走我的壞運，你去的時候。我縱能迎抗，怎奈心瘁力竭？
怎不說說，明天起，新的一年，我不再嘆氣，我不再哭泣！——沒人祝福我。
海，讓我也學你的灑脫，拿得起，放得下；來時排山倒海，去時不留痕跡。
去的自去，來的仍來。能接受的，也不容拒絕的，是一連串將成現在的未來。現在？何等不美、何等鬱悶的現在。
海哦，你黑，你不再藍；你也睡一睡，把舊夢扔掉吧！別再呼嘯，擾醒旅人鄉思。旅人思鄉，你可知？

——除夕

* * *

嗨！海，早安！
沒有了憂，沒有了愁；沒有迷惘，沒有惆悵。新的一年，以滿懷欣喜迎你，我迎你。

舊年，苦得淒淒的。帶來整一年辛酸眼淚的，製造了我的歷史的，哦！我永訣你。

歷史，只能讓人讀，不能讓人重歷。淚眼模糊的日子，我讀你們，在心的顫抖中。畢竟我實實在在的笑過、哭過；愛過、恨過；甜過、苦過；暈眩過、甦醒過；全心全意的，我沒有虛偽過。

一個人的心弦，只能被唯一的另一人震撼。以後縱再受到波動，又怎會有那份令人窒息的暈眩？

都是歷史，都是歷史哦！讓人重溫，不讓人重歷。但誰要重歷呢？我有的是一連串未到的日子。不曾經歷、不能接觸，不可撫摸，看不見聽不到的未來！

* * *

赤足漫步，沙灘是尋夢的溫床。看看！我的腳印是夢的聯鎖。我的夢中人哦，我也是你的夢中人？

撿一殼粉色的貝，裝我的夢，盛我的愛，獻給你，我愛的，你得珍惜！

這海濤洶湧！莫捲我的夢，莫噬我的愛！我把夢和愛寄託你懷中。帶回去，帶給他，也把他的帶來。他，我眼中只有一個他的他，我心上只有一個他的他！

* * *

海浪捲起多少水珠？珠珠像情人的情淚：鹹、澀，可是又那麼樣的令人不能不想吻。情淚！今生灑向你，還盡前世所欠下的。俯吻一波又一波的白浪，鹹、澀，像情人的眼淚。

情人的眼淚！你會記得我的眼淚？哦，你遠在西貢，我在海上。我在海上，如何越洋見你？我在流淚，我在流淚，沒人知道我。

誰在唱呀？遠處輕輕傳來，想念你的，想念你的，我愛唱的那一首歌。

* * *

我愛唱的那一首歌，想念你的，誰在唱呀？噢！情人的眼淚！

駕浪而去，我願化成一葉浮萍。天蒼蒼，海茫茫，盤桓浪上，我不欲登岸。

雲，你浮呢？抑是飄？見到他的時候，你代我滴一滴淚，告訴他我在見不到他時哭泣，像太陽見不到大地一樣。

握一粒水珠，說，你是手掌。我在你掌心，輕輕的、柔柔的，我是一粒與世無爭的水珠，偎依你環抱夢我你這一生。說，我們彼此相屬。再說，你我彼此相屬！

* * *

踩上陽光，踩上細沙，踩上這暖的溫的尋夢灘，我將要告別你們。

旋一個身，將眼淚還給大海；再旋一個身，把憂患駐進岩石。海風，你先回去，告訴他，我不再憂鬱，不再哭泣。還有，告訴他，等我，我即刻回到，回到他身邊，回到我夢想的地方，把我交給他。

我愛的，我憧憬愛情，我希冀愛情，我即刻回到你的身邊，說，你的愛心仍在，完完整整地保留給我，不因遠離而更變絲毫！

* * *

嗨！海！再見！再見了！

一九六七年元旦

年的門檻

尹玲

久違了，違你的面，違你的訊，黎黎。

你還很好，是嗎？正如我在這些沒有你的日子裏仍像往時一樣的快樂、憤怒、欣喜、憂傷、存在、生活、愛和瘋狂。

是的，愛和瘋狂。早在認識你之前，我就是那麼樣愛和瘋狂的；認識你的時候，我的愛和瘋狂依舊；現在，你我把認識退還給彼此後，我仍沒有改。只有一點不同了的：對象。

很平常（也好正常）的一回事，是不？有哪一個情人會專情等待你終生？為你死、為你自殺，永遠屬於你、只屬於你……誰不會說？誰真的做？黎黎，我們都不是五、六歲的小孩子了；你不是，我更不是。當一句話從意識底層冒出來，透過嘴唇，或透過墨水筆陳列紙上；或者，它根本沒經過意識區而仍傳到我耳中或視線，我唯一的反應是姑且聽聽，姑且看看。相信與不相信，那是另一回事。愛情裏欺騙的花樣我見得太多了。

所以，在那些你陪伴我走在黑暗的街道上送我回家時，我說我總無法相信永恆（除了相信永恆無法相信永恆之外。形而上學一點，是不？）所有的一切都是暫時的，包括你我之間這段友誼，可能的話，這段愛情。我暗笑著聽你為永恆稚氣的辯護。你太年輕了，黎黎，年輕得淒涼，什麼都不懂。你的年齡還屬於夢幻的年齡；或偷眼瞥視鄰家女孩子，回來熬夜寫上七、八首自作多情的所謂情詩。

然後誰都說我們fall in love了。是嗎？我悲哀的凝視你不成熟的臉龐身材。心裏問幾時你才長大？你才懂事？到底你真的還長不大，還不懂事，所以我們分手。我們都沒道再見的。你仍尋回你的舊夢去。而我，感情流浪的步還正邁。我沒有終站，也不願有終站。

*　*　*

不要，黎黎，不要生氣。我們都長大了。離開那年我愛掩面害羞的從指縫中窺視別人在揶揄我後的得意神情，現在，我已經真的長大了。

你看不到嗎？我現在很厚臉皮了。我也不再猶太，（那時口袋裏常空啊！）我很闊很闊，闊在西貢許多擁擠的街道上，在百貨公司中，還有，在我的虛榮心的誘惑。我成熟了，至少我自以為，我可以單獨應付好多事情，包括我本身的和別人加來的壓力。我離開那個背了書包上學，痴痴迷迷寫詩塗夢的日子已經很遠了。我拋開純白色搖曳生姿的越南長衫的校服好久了。我拋開康德、拋開沙特和卡繆老遠老遠的（畢竟那些名子填不飽我的肚子）。我把心理學形上學全部埋葬在金錢堆中。噢！它們在我的記憶中蒼白，然後腐化。

你還記得的，那時我迷戀著你；或者說，我迷戀著一個若隱若現的幻夢（那時我天真得以為可以征服整個宇宙！）但你不以為我們相戀會幸福。我咀嚼這句話，很灑脫的走了。我要我在感情上永遠不倒斃。我拿得起的一定要放得下。何必那麼婆婆媽媽很女性化的啼啼哭哭讓人笑話？

我得創造自己的天下了，黎黎，我不可以把自己關閉在永恆的幸福之門內。我愚蠢，我聰明，我笨蛋或慧穎，都是我，不是別一個人可以替代的我。我決定我的一生，我有絕對的權力。

當我投向別人的時候，你卻回來了。我答應過他不再跟任何一個男孩子出遊的，我得遵守我許的諾言，所以我拒絕了你的兩次邀約。你的眼神有怨恨和憤怒，我看得見。但為什麼呢？黎黎，以前我甘心為你獻出感情時，你以那麼美，美得殘酷的理由忍心拂去？

不要生氣，黎黎，我們都長大了。我的心現在烙著一個影子，很深很深的，但不是你。你早在兩年前在我心底打開心的門鎖飄然遠去。

* * *

黎黎，別再痴心對我。

真的忘不了我嗎？三年了，該去的早已去，該來的正在來。為什麼你總想把已去的捕捉回來，在「過去」的額上嵌下「現在」？不可能的，黎黎，你不知道嗎？

不要流淚，黎黎，男人不要流淚。不要那麼女性化的用眼淚來打動人的心；也別妄想我能從現在回轉頭去向從前。日子只有過去，沒有回來的。流逝的歲月使我成長，使我不再是孩子，使我中年，使我老，使我死。但從沒有歲月逝去來使人年青的。黎黎，你難道不肯承認這個不能否認的悲劇性？

直到有一天，假設說，你不再在我臉龐上發現紅潤，眼裏沒有了青春的光采，皺紋毫無顧忌的佈滿全身，唇不再鮮艷；還有呵，烏黑的髮絲何時染白？充沛的活力誰取了去？哦！黎黎，是那該殺的時間啊！你難道不肯承認這個不能否認的悲劇性？

就讓那個青春的我活在你的記憶中好了。現實的我是那麼悲痛的不美。在永別你的一剎前，我還要告訴你：是屬於你的，遲早都會屬於你；不屬於你的，終究要失去。

黎黎，別再痴心對我。

* * *

掇起這堆散散碎碎的夢，我再無意重砌；午夜新舊年相交替的一剎，把舊夢盡數抖落舊年的源流流返虛無。我跨過年的門檻，那邊，新的一年會有新的等待，新的期望和新的幸福。

寫在丁未春前

那不曾道出的

尹玲

她一直喊他叔叔，從小到大都喊他叔叔。

他在她十一歲那年結了婚。她模糊的記得那時他三十歲。他娶的那個女人廿八、九歲。十一歲，她根本不懂得傷心，更不懂得嫉妒。十一歲，她的生命才開始。她還有一大串日子在前邊，需要她的邁步。

她自己也弄不清楚是從什麼時候開始她愛上他的。愛？也許不是愛。是一種什麼很特別的感情，她覺得自己應該嫁給他，她應該是他的妻子，一個小小的、又溫柔又任性的小妻子。

他已經有五個孩子了。也許是六個。四十歲的他依然存有當年的風度。他看起來高、文質彬彬，一臉的憂鬱，似乎世上的災難都由他承擔著。也就是這一臉憂鬱深深的震撼了她。

她小時候，他在她家裡住過一段時間。她九歲，開始在學閱讀書報。他每天在她家的木樓上架起了畫架，在一張張白白的畫紙上給人畫畫。他畫的都是人像。她並不懂得欣賞他的才華。她畢竟才只有九歲。她只是那麼天真的、盲目的、直覺的感到她的叔叔很了不起。最低限度他能夠畫得出一個個栩栩如生的人來；而她，連學校裡美術科黑板上老師畫的一朵花照著畫都畫不像。

九歲，她真的什麼都不在意。每天，她會看他畫畫，凝視他那張永遠都被憂鬱罩著的方正的臉孔，偶而瞥瞥畫架上初描的輪廓。有時她也會頑皮的用雙手吊在他的頸上，要他抱著轉圈子。他很難得的才會展開笑容。

她正在上小學三年級。她不是一個勤學的學生，但她是一個成績很好的學生。她的悟解力強，喜歡找尋一些深奧的東西。她愛東翻翻、西翻翻的偷翻大人們從街上書攤子租回來的小說。

日子在不經意裡往往過得很快。她忽然的才想起他已搬走了。他現在有一個家。他結了婚。他有一個妻子。她仍然上她的學，做她的作業，玩她的許多有趣的遊戲。他是大人，他不是和她一樣的十一歲。

十二歲，她小學畢了業。初一、初二、初三；高一、高二、高三。許多功課、許多朋友、許多戀愛，許許多多新奇的、未曾經歷的事情等著她品嘗。那些年，她的確不曾想過他，他並不存在她的憶念裡。她遠隔著他，不只精神。

是誰又安排了讓她再見他？她現在不再是那個蹦蹦跳跳的丫頭了。她亭亭玉立。她有一副娟好的容貌，有一個豐美的身材。她是少女，她需要愛情，她憧憬愛情。一個、兩個、三個、無數個男孩子在她面前走過，在她生活中走過。她看不上他們，也看不起他們。他們淺薄而自高自大。他們經歷的還太少。她跟他們玩在一起，只因為她寂寞。她投身熱鬧中欺瞞自己的寂寞。

她明白了為什麼她總不能愛上那些她認為乳臭未乾的小伙子。她不經意的日子裡，那影子就早深深烙在她心版上，以後一直潛伏在意識層底下。假定沒有那次重逢的提醒，這份感情也許會永遠被埋沒。可是，又是誰的安排呢？

她心裡一陣陣痛。有一種什麼恨遲的哀傷感覺塞滿她胸膛。他仍然瀟瀟灑灑、飄飄逸逸的。他仍然是個畫家，畫人像，也畫山水花卉。他仍然是她當年的叔叔。叔叔哦！叔叔哦！為何當年我那麼小？小的讓一切美好的、幸福的都從我掌握中放走？叔叔哦！假若當年我吊在你頸上不是嚷著要你轉圈子，而莊重的要你等我長大？叔叔哦叔叔！

她跟他重逢後一直在悔恨懊惱中。她應該嫁給他的，她欣賞他那份超凡的氣質。她不知道他是否曾經想過她，不知道他對她的感情怎樣。他和她在她長大以後沒再交談過。見面時雙方只打那麼一個淡淡的招呼。

也許命運安排的一切都是對的，她才二十一歲。再過十年，她三十一，他已五十，他還會保存那份令她著迷的飄逸嗎？哦！命運命運！她靜靜的靜靜的擁抱這份戀情；她的初戀，她的末戀，不曾道出的，也永不會被道出。

一九六七年於西貢

聖誕花瓣

尹玲

M：

又一年了，想你還沒忘記去年聖誕夜，你和我及T擠在人群中趁熱鬧，整夜在黎利大道和自由街上跑來跑去，街道在我們的高跟鞋下癱軟，再也無力呻吟。

教堂燈火輝煌，聖母像莊嚴。你曾許願嗎？或是為誰祝福？我們三個都在教堂前默然。我們都不是教徒。主哦！你要賜福的話，把福平等的賜給世上每一個人，別再使到有人意識自己的不幸。

子夜了，我們也都倦了。回你的家去，不看午夜彌撒也罷。我們三個擠在你的床板上絮語不休；醒個大半夜，然後睡到日上三竿。

今年你還會推卻一個聖誕舞會來赴我的邀約不？我知道會的，我們是好朋友；縱不敢預言未來，至少從開始認識一直到現在是的。我只曉得有一件事具永遠性，那是我永遠不相信「永遠」。一切都是暫時的，甚至是我們的生命。矛盾嗎？我的理論。自己打自己嘴巴？你說呢？

今夜，午夜時分，教堂的鐘聲凌空時，跟你擠在一起的，會是我們？或只是空虛？

* * *

T：

還會跟我頂嘴，跟我鬥氣嗎，今晚？噢噢，平安夜，聖善夜，你別只管鬧得雞犬不寧，主會懲罰你的。你說過，我們都超齡了，誰還希罕那些小玩意兒。

讓我看看，你今晚的眼睛會映綠色不？沒有了吧？聖誕花是緋色，我的心花也是緋色，該映出緋色才對。你說過我的心是天下最紅最熱的一顆心，內裡是紅血、是熱情、是愛意。我不裝恨的，那有多無謂；可能還會傷害我的細胞，絞死我的紅血球呢。噢，似乎該問一問你，是你說綠色對眼睛有益；也是你說，綠色朦朧了你的眼睛。到底是怎麼搞的？要小心喲，別讓眼睛矇矓，否則真應了「漫漫」的「江向陽」冠以你的「朦朧作家」哪！

真囉嗦！那有人在平安夜談緋色綠色的？緋緋綠綠，多俗氣！

今夜是定了與你在一起，還有M，像去年。不要再惹我氣憤填胸。我咳了大半年，情緒激動只有催促我更早接近死神。我不怕死，但你怕我死的，不是嗎？

我愛的，祝福你，連同你的B。

*　　*　　*

L：

接受嗎？我送給你的聖誕禮物？很別緻，是不？相信以前沒人想起送給你，以後也不會有人重複我所做過的。嗯，我快樂，很快樂，想到你會欣喜迎納時。

還恨我不？不了，是嗎？沒法忘記那天下午你在電話中說：

「我恨你，很恨你！」

電話筒從我手中滑落。心軟癱了，沒有知覺。我茫茫然的過了一段日子。好長好長的一日一日，只懂得對住滿房間你的許多紀念物發呆。

夠了，這心靈的懲罰。我有什麼過錯，你不能原諒我麼？你說的，以後永不再生我的氣，不再使我傷心；只因為，哦！我們的情生存不易，我們的愛受盡折磨；周圍的人隨時隨地的找機會挑撥離間。我們怎能再自相傷害？

你原諒我，你寬恕我，對我說，好不？我不是一個容易求恕的倔強的人——像你頑固，但我願意向你低頭，不為什麼，只因你是唯一一個不能被逐出我心扉的影子。你有禮物給我，今夜？最珍貴的莫如一句：

「我不恨你，不再恨你！」

於西貢，一九六六年聖誕

禮物

小鈴

是聖誕月了。曾屬于你和我的，你還記得多少？

一年了。時間旋旋，像圓舞；只是圓舞能有數不盡的第二遍，但誰可以將去年的聖誕旋回，讓我再歷那無時或忘的一天？

我一向不重視節日，不重視時間；然而，與你在一起，那得來不易的分分秒秒，我如何能不珍惜？下午，第一次，也是最後一次，你陪我在西貢的每一個街頭上逛。從來都不知道聖誕會如此美和熱鬧：那花環、那綵紙、那些彩色燈、聖誕咭、聖誕樹、聖誕老人、聖誕鈴（你一直都喚我小鈴）、聖誕氣球、聖誕唱片，還有那些大大的洋娃娃，琳瑯滿目的聖誕裝飾品誘惑地在櫥窗內炫耀，一切一切都因聖誕的降臨而蓬勃而雀躍。你陪伴我，擠在歡笑的人群中。噢！誰要分享我此刻的幸福？幸福滿溢心中、眼內！

聖誕季節，涼涼的天，高高的穹，輕輕的雲。天際的那抹黃昏艷得真濃。我想起一些日落時分我們同在鄉間靜待夜臨。還有那個傍晚，你伴我在慶會河畔的酒家上看流水東去；歸途中你說生平第一次你為一篇文章而哭，我的文章。怎樣讓你知道我為你哭得更多？我從不為男孩子哭，以前不，以後更不。而你，我前生欠負了你什麼來？把一生的眼淚向你灑盡，還清情債，我才可死而無牽無掛、無怨無憾。曾戲言我是愛哭的黛玉，你自有寶釵。我沒有黛玉的容顏才華，又如何繫緊得你心住？

C嘗言我此生定被情誤。但那情為你，誤了我終生又何妨？從第一分鐘起我已告訴你：就是你在火坑下向我招手，我也會毫無顧慮的跳下去；只要是和你在一起，此生縱化灰燼，我也不惜。

今夜你陪我？不，我不能。我也知道你真的不能。噢！你自有寶釵。你在戲院內的時候，我正在門外。相隔咫尺，你怎知？

午夜的彌撒你會為我祝福？聖母像就在眼前。聖母哦！賜給他一切他所想的，一切他所要的。眼淚、歡笑；口角、和好；怨恨、寬恕；相離、相合；匆匆一年，一年又匆匆。旋去的日子，誰能旋轉來？今夜，平安夜，聖善夜，小鈴的鈴聲為你響起平安和聖善，午夜萬籟俱靜的時刻裡，你聽到？主哦！依然賜給他一切他所想的，一切他所要的。阿門！

寫於一九六六年聖誕月

束縛

小鈴

一連解決了好幾宗感情上的事情，心裏反而坦然和平靜了許多。一直都不相信誓言諾言的，現在才發現自己不曾錯。

最喜歡你，最愛你，最疼你，永遠不背叛你，誰都會說，可是有幾個人是心口一致的？去了，一個續一個，俱因時間不願留下來、時間不肯倒流，回來在人們面前做個見証。人哦！可憐？可悲抑可笑？

你自己又何嘗不是？深愛著人，怎麼又要遠離？這裏的人情淡淡。爸媽哦！孩子終日活在張張不同的嘻笑臉譜中，有不再是自己的感覺。自我已被殺、被扼斃，當你一隻腳剛從學校的門檻踏進社會的一剎那。以後的意識與行動，都不再是純粹的本身意念，而是社會的、團體的、人群的、造作的。自我何去？有誰能說？死了嗎？葬於何處？上帝取回？若是上帝造人，怎不造完全至善的人？偏要在人與人之間加上各種各式各樣的性格、脾氣、思想？怎不令人類相親相愛，偏使人們之間有距離有紛爭？

一些最普通的問題都似乎蒙上了形而上學的氣氛，令你百思不解。每天把自己投身在靜靜的沉思中，然而到底你想通了一些什麼嗎？相反的，思維越來越紊亂了。總有一天你的神經會錯亂，小小的腦袋，年青的神經線並不適合於太沉重的思維。怎不學學她們，將精神集中在打扮、服飾、交際、逛街上去？人生！你的生命能有多久，妄想將人生的奧秘悉盡？哦呵！狂妄的孩子！

午後的西貢靜靜。從加甸那街（Catinat）步行回來，太陽艷艷依舊，但不再是那些日子。那些日子你每午伴她從露天市場經過阮惠大道（Nguyễn Huệ）沿加甸那回公司上班，誰不羨慕說你們的友誼是天賜的友誼？然而又能延長多久？最親密的正是最易決裂的。噢噢！又是誰為你作的安排？

綰緊思維，此刻你不該再讓它馳騁，一如感情。曾經你縱它們奔得太遠了，懸崖勒馬，一不可再。孩子，你可明白？

一九六六年十一月廿五日下午

待覆

小鈴

是誰安排？怎樣的巧遇！

一早，你伴著她在我面前經過。你一臉的笑意傷我的心有多重，你會明白？我的臉色曾因此蒼白？我不知道；但感覺到正流動的血曾停了幾秒鐘，臉上僵硬著。算得什麼呢？我純黑的衣上正別著你送的心口針。諷刺！哦！多殘酷的諷刺！

回來，你的坐位空置，一陣痛楚扭絞我的心。我說過我要漠視你的，怎麼老不能夠？那份狂野而纏綿的愛意不時的在心底翻騰。哦！怎麼找你？何處尋你？緊綁著你不再讓你逃脫？

但你肯歸向我？誰知道呢？曾有過那麼一段瘋狂的日子，我躲在你身邊聽你渴切的低沉的聲音不斷重複：小鈴，我只愛妳，我只要妳。說了千遍萬遍，我仍然只有這麼一句：愛妳，要妳，我的小鈴！

是嗎？只愛我？只要我？小鈴何幸，能在這世間尋到真正屬於自己的愛情！

「小鈴嫁給你好嗎？」雖然只是對著電話筒，可是我的聲音仍然羞澀的顫抖。「求之不得，怎會不好？」「明年好嗎？」「小鈴！」就是這一聲情意綿綿的小鈴，我答應等你三年。

三年，三年！三年！三年會是一段短或長的時間？誰能呢？可是能與你廝守終生，三年的等待又算得什麼？我安心的讀書，安心的工作，安心的等待，只要過了這三年，我就可以天天偎在你身邊，看藍天，看白雲，看綠樹，看太陽暖暖的光，看月亮柔柔的臉，看星星們多語，看雨絲相擁抱。時光哦！最好這三年你跑得快些！

時光聽話，起步就跑。可是，才半年呢！我病，臥床三天。病好起來，似乎有一些什麼不對了。你冷漠得甚至不向我問一聲好。我低聲下氣求你嗎？我從來不曾。我是一個女孩子，而且倔強頑固。情況僵化了，你我都不是容易求恕的人。然而，到底誰錯了？錯在什麼地方？

才半年呢！你尋向她了？你不再選擇我了？我沉默，但沒有再哭。我為你哭的，曾經太多了。此刻，我想問你的只有一句：那還不曾過的兩年多的時間，我仍用來等你好呢？還是不？

一九六六年十一月廿一日與廿三日

徒鏤

尹玲

翻開你寫字檯上厚厚的一冊日曆簿，我妄想捕回已逝日子裏的一些什麼，可是日子如何回頭？我悲哀的望出百葉簾外，看歲月的腳步隨著日影姍姍行來。是的，它只曉得來，從不回頭轉去。輕喚一聲你的名字——暗問是否知曉有人在憶你？

近幾天來，我常頭暈。因構思小說亦因憶人？我不清楚，也許同時為這兩個原因。憶你？我說錯了吧，是憶悼一段不願重來的戀情，一個不願回顧的影子。是的，影子，虛虛幻幻的影子，我何曾實實在在的得到你過？每天都與你對上幾小時，但我對的，是你的人抑只是幻影？看著你進進出出，看著你與人談笑，看著你忙這忙那，就沒有一件為我。強抑滿腔哀怨，我武裝自己以漠視一切。

能夠嗎？寫字檯上一頁頁的日曆記滿我的思念：幾點幾分幾秒想你，幾點幾分幾秒等你，下雨天怕你被雨淋，遲到怕你掛念，病倒床上怕你擔憂；就恨不得我是你的一半，整天附在你身上，到處跟著你，永遠不用離開你。我只願我是你的附屬品。哦呵，多謙卑的愛心！

然而一切瘋狂一切依戀一切誓語願言都因日子不肯做證而去了。我像從夢中驚醒，醒來才知道世界每一天都在變：圓的變方，豐滿的瘦削了；我們的情，深深厚厚的變得淺淺薄薄！我們是怎樣分開的？我至今仍模模糊糊的不清不楚。在我生命歷史上，這是每次憶及都令我心痛的殘酷事件。

至於你？我，曾影響你整個心靈感情生活的女孩子，依然活在你心中？還令你懷念多少？或你早已視如無睹？

往事，讓人重提的，總是不堪回首。你我戀情的記憶，此刻還存在你心中腦內的，能有多少？淡去的愛，何日才重濃？而再濃的情，又誰能擔保似舊日單純？你我縱有重繫情絲的一日，但那一日，彼此瞳孔裏映現的影子，還會是往昔的那一個你及那一個我？誰能鏤？每一段情都飄忽！

一九六六年十一月廿四日

迎握

尹玲

束起長長的一串夢，醒來，窗外有輕雲白在藍空裏，酸子樹的嫩葉夾在老葉中滋長，聽風溫柔的在耳邊輕喚小名。

抖下一段感情的糾紛，輕易得像掛斷一個陌生人的電話，出乎每個意料之外。誰以為我會哭個死去活來？哦呵！傻瓜！

穿上心愛的淡紫色洋裝，將髮束在腦後，結上一個蝴蝶結吧，那會使人活潑明朗。打扮打扮，美麗不用來悅人，是悅自己。鏡子裏浮現一張鮮明照人的臉龐，誰不由衷的欣喜？

公司的確像牢籠，可是比起那些無所事事、飽食終日、喪家之犬般浪蕩街頭的遊魂豈不勝過千倍？工作倦嗎？到附近的冰室享受享受。百葉簾外的世界不完全美好，但能不完全醜陋就夠了；渴求幹嗎？

下班後的時間是千金一刻，和偷得來的閒一樣，可不能輕輕放過。做自己喜歡做的：織夢啦，幻想啦，編小說啦，塗塗抹抹一些方格子，看看刊在報面的自己的稿，頹喪於退步或欣慰於進步。週末，週日，萬萬歲的週末和週日，逛逛百貨公司，看櫥窗；女孩子，年青的女孩子，怎能放棄享受幸福的機會和權利？標著出奇高價的貨物令人望而卻步。怎樣？這套裝？這長外衣，晴雨兩用的；這手袋？這布料？這些首飾？化妝品？喜歡的就買吧，只要不是浪費，反正是自己流汗掙來的錢！擠一擠電影院，坐石階也好的，那也是情趣。坐咖啡廳嗎？看娉婷的少女搖曳飄飄的長衫；年青的小夥子細心扶持愛人。啜一口咖啡吧，讓苦澀的咖啡沖淡那段酸溜溜的味道。

該去找些久疏的朋友坐談了；參加一些同學聯誼會聯絡聯絡感情；派對裏可以認識一些朋友，新的。時間一去不復返，但別讓友誼也附了去。

回家，閱讀喜愛的哲學書或小說；多聽幾遍悠揚溫柔的探戈，要不索性閉上眼睛沉迷在靜思裏，尋求能尋的哲理。亮起一盞小檯燈，讓柔和的燈光可愛，讓房間溫馨，讓時間靜逝。

休息休息吧！禮拜循環而來，歷史也循環而來。給自己創造一個豐富意義的歷史，不要讓歷史支配了整個生命。

明天，星期一，一個從新循環的星期一。太陽會絢艷，把雨季摒棄，淫雨不再，泥濘不再。哦！迎握你，日子，來吧！

一九六六年十一月十七日下午及十八日上午

揭密

葉蘭

當然的，C，你可以為發現了我的秘密而好笑。——那原是一段可笑的錯誤的情，你曾說。但，我仍然不諱言的承認，我為了他付出了最深最真的愛和最多最苦的淚！

你當然不會不記得那些日子，我為他做了多少在別人看來是蠢笨愚傻的事情，痴的除了他我不會想到任何人；可是我獲得的代價有多珍貴：他給了我他一生唯一的愛情。窮我此生，恐怕再也找不出第二個能以他全部的愛和整個心靈歸向我的男人。除了驕傲、滿足和感激，我還可以向他再要求些什麼？

兩個相愛的人在他們之外的人眼裏是兩個十足的傻瓜，整天作夢般的飄飄然，說的話是夢囈，作的事是夢遊時神智迷迷糊糊的下意識行動，眼中只有一個人影，腦裏心內充塞了對他的愛；是的，我們曾是兩個傻透頂的傻瓜；但有誰見到而了解我們相愛得有多狂？

過去了，那段美又狂而傻的情，我不能否認。我不明白它是怎麼去的；但當一切都趨向平靜淡漠，我才如夢初醒的擁著一份纏綿的惆悵追悼。是它受不起考驗嗎？曾有過多少打擊聯袂而至，我們都挺身而擋，以頑強的愛心；最後卻因一個含糊的緣故我們自己毀碎了它。該痛心嗎？我曾的。

我珍惜的藏起那些屬於我們的記憶：我寫給他和他寫給我的信，他的照片，他的字跡，還有他所說過的話，做過的事——在心底。過去了，但我曾真真實實的經歷過那一段日子。一件過去了的事情，你不能因再看不見它而說它不存在，那是歷史。我從那歷史中過來，是我親手創造了它。

你還想笑嗎？笑在一段沒結果的痛苦的情上？痛苦是一種悲慘的美麗，但不是諧劇，我奇怪你怎麼能夠在我的淚珠影裏印上你的笑容？

可笑和錯誤，那是別人說的。愛情本身怎麼錯法？誰解釋得了？我沉默在許多難堪的罪名中。不求諒解了，人與人，誰又能說誰是誰非？真理是什麼？真理在哪兒？你、我或他，誰能指示？誰能證實？

本來我把它看成一段秘密，只求心知。既然你已發現，我還守密何用？你不瞭解也罷，只求你能明白一點兒什麼，什麼屬於這段情的都不詼諧引人發笑。

一九六六年十一月十七日

試季

尹玲

試季結束了。

嘉宇的落第令我不滿。第二次了，他怎麼會考不上的？他的天資不錯，誰也得承認；可是這初中文憑就與他無緣似的。婉文是個小小女孩子，但她一考就中；為婉文高興的同時，我也為嘉宇忿忿不平。

晚上，我們在老地方見面。——老地方是街頭的一間茶室。嘉宇不敢親身上我家，我也沒到他住處找他的勇氣。我們只能偷偷摸摸的在外邊見面，分手時再訂下一次的約會時間；嘉宇垂頭喪氣，神情頹靡得可怕，我只得把滿肚子待發的怨言都吞回去，默默地對望著。

「茜楓，我……我不知該怎麼說好，原以為這次會考上，我可以用這張文憑去謀一份職業，積夠錢時，我就娶妳，茜楓，我……我很慚愧。」他一面說一面低下頭去，我縱想責備他，但怎忍於這時？我把聲音盡量放得溫柔：

「算了，嘉宇，別難過，明年再考過，也許因為我們常見面，使你荒廢了學業。嘉宇，是我間接害了你。」嘉宇把我擱在桌上的手握得緊緊的，激動地：

「茜楓，不，是我對不起妳，我應該為妳下苦功的，可是我沒有。茜楓我多怕妳會等不了我，我多怕妳的爸媽會強迫妳出嫁。茜楓，告訴我妳會等我！茜楓，告訴我！」

等你？等到幾時呢？媒人們已三三兩兩的在我家進進出出，似乎爸媽已看中了一個姓林什麼的，嘉宇，我能在你失意的今天告訴你這些？我低垂了頭：

「嘉宇，我願等你！」

「茜楓，妳真好，妳真好！下一學年我會好好讀書，茜楓，我好喜歡妳！」

* * *

從後門溜進房裡，原以為會神不知鬼不覺的，誰知二弟子楓不知從什麼地方鑽出，跟了進來：

「呦呦！我幾時偷看妳來？誰看不見妳們兩個？請我一場電影，我就不告訴媽。否則，嗯，妳就有好看了。」

「小鬼頭，不要臉，誰給你跟了我去偷看的？」我羞得又氣又急。

「跟嘉宇哥談得好親熱！拉手拉腳的。」他雙手抱在胸前，昂起頭，很神氣的說。

「下流！學無賴敲詐！你才十五歲呢，子楓，別學壞好不好？」

「妳呢，姐姐？妳才十八歲呢！學會跟情人私會了。妳懂的事未必會比我多，真的。」

「子楓，叫你別跟街尾那些阿飛玩在一起，你總不聽人勸的。」

「別說這些好不好？我告訴妳一個好消息：妳要在這個年底結婚。」他一臉得意的神色。

「胡說！」我喝住他：「結婚！誰會和我結婚？」

「總之不會是嘉宇。不信嗎？問媽去！好心沒好報！明天三點場的電影妳非請客不可。不然，大姊，妳知道的。」他說著，頭也不回的去了。

總之不會是嘉宇！是誰呢？噢，爸媽！你們能夠仁慈一點嗎？不要在我的戀愛和婚姻上下壓力！我愛的是嘉宇，不再會愛上任何一人。縱是嘉宇不比別人強，我也不會放棄他。我愛嘉宇，因為他是嘉宇；我愛他的整個，不是因為他的好或不好。哦，怎樣說得清我充溢整個心的愛情？

＊　＊　＊

我將裁好的小童衣褲放在衣車旁邊，剛坐好預備開始工作的時候，母親從屋後出來，傍著我坐下：

「茜楓，看妳辛苦真教人心痛！婉文就比妳幸福得多！」

開場白是嗎？我不出聲的踏著腳下的電擊，將一件一件裁成的衣身衣袖衣領綴紉起來。婉文！我怎能將自己來跟婉文比？她是上帝的寵兒，所有的幸福都歸她擁有！十六歲的婉文，能寫得一手漂亮的文章，逢試必名列前茅，還有，她生就那麼一副懂得撒嬌的可愛臉龐。師友愛戴她，父母寵她，供她讀書，買給她一切她要的東西。我，江茜楓，哦，江茜楓有什麼比得上朱婉文的？每天車車縫縫這些要命的東西，十件才只有五十塊錢，多淒的人生！

「茜楓，昨兒晚上我和妳爸商量過，妳今年也十八歲了，就早點給妳找個婆家嫁去。前天王婆來過給妳做媒，是南部朱篤的一個商家，他雖不是大富翁，但也有個店舖，有點積蓄的，將來妳嫁了去也不愁吃愁穿。茜楓，我們都決定好了，就在這個月內給妳們訂婚……。」

「什麼？」我停止了縫紉工作，吃驚的轉過來：「媽，妳不是在開……開玩笑嗎？」

「茜楓，妳瘋了？我會和妳開玩笑？妳以為我是誰？茜楓，我是妳的娘呀！」

「媽，我不是這個意思。我想說，妳跟爸真的決定將我嫁給那個我不認識的人嗎？」我怯怯的低聲說，生怕母親會大吵大鬧，給鄰人聽了笑話。

「茜楓，妳說，我會跟妳說假話嗎？妳們結了婚以後，不就認識了嗎？我和妳爸以前還不是這樣子？茜楓，聽我說，妳嫁了給他，對爸爸的生意上有很大的利益；而且，他本人也很不錯的。茜楓，乖乖的聽爸媽的話，爸媽活了這一大把年紀，辛辛苦苦的養大了妳，還捨得叫妳吃虧的嗎？下午他和他的娘會再來一次，茜楓，下午妳就留在家裡，穿戴整齊些，給人家一個好印象，記住了嗎？我要上街市買菜去了，子楓這個傢伙，沒有一個星期日他會留在家裡的。」

還不是您跟爸寵壞了他？說得蠻好聽的，我的終身大事就該由您們做主決定！真荒唐，就憑王婆那一把嘴，我非嫁給那廝不可了？天知道他是一個什麼樣的人！又不認識人家，又不接近人家，就這樣跟人家結婚？噢，嘉宇，你此刻在何處？知道我心亂如麻？對爸的生意上有大利益？就該以我的終身幸福來換回嗎？左一聲乖乖，右一聲聽話，也不必巴結如此！

十五歲，剛念完初中一，爸媽就以女孩子不用唸太多書，將來還不是嫁給人家當媳婦兒什麼什麼的一大串藉口來迫令停學。好了，書是沒得念了，在家煮飯啦，洗衣啦，挑水啦，縫衣啦整天的忙得不亦樂乎；眼看婉文初一、初二、初三的初中畢了業，現在連越文文憑也拿到手了，不由得深深妒嫉起來。婉文什麼都比我好，婉文什麼都比我幸運！可是我有什麼理由恨她？那個善良的小女孩，就只懂得愛人和使人愛！我停了學後，同學中只有她一個與我來往最密。我什麼事也不瞞她，單憑她那精明的眼睛和腦袋就夠洞穿我心底最深的秘密。

噢！怎麼會想到婉文身上去的？她跟這樁婚事根本就不相干。對了，我該怎樣拒婚呢？我該如何將這些告訴嘉宇？他會受得了嗎？試場上的失敗傷痕猶新！噢！嘉宇，我們何其不幸！打擊連袂猝然而至，怎麼應付呢？我人單力薄！

心神不寧，我縫錯了好幾件衣服，我煩躁的將它們推過一邊，回入房裡，我將鎖在鐵盒裡的嘉宇的照片取出來，凝看了好一會兒，再鎖回去。哦！嘉宇！嘉宇！嘉宇！爸媽會逼我嫁給那個我不認識的傢伙的。嘉宇，你會哭嗎？嘉宇，我的喜帖上將會與誰聯名？阮嘉宇嗎？阮嘉宇與江茜楓！噢！嘉宇，萬一你接到我的喜帖，喜帖上我與另一人聯名時，你會來觀看我們的婚禮？嘉宇，你應該找一個人早日來跟爸媽提親的，你的伯父母也可以的，你怎麼沒想到這一層？

* * *

那個傢伙來了，跟他母親來的，很準時：下午三點正。

「茜楓，出來給客人倒茶！」母親在外邊提高聲音叫。

滑稽！和台上做戲的戲子差不多！

我從房裡出來，倒了兩杯茶，奉到客人面前：

「請用茶！」

放下茶杯，我立刻溜回屏風後面，偷偷的打量這對母子。這中年婦人看起來並不慈祥，比母親要厲害得多了，她瘦小，但精悍；她發起脾氣來就夠人受的，我想。那年青人就老實得多，簡直木頭似的，那雙眼睛怎麼會這樣無神？我想起嘉宇那對晶亮的眸子，看人時總有溢不完的情意。

「這個孩子真不懂規矩！您別見怪哦！」母親陪著笑臉對她的準親家說。

「沒關係！沒關係！蠻漂亮的一個孩子！」

漂亮？我跑回房中，對著衣櫃的大鏡子仔細看自己：彎彎的眉毛，清澈明亮的大眼睛，小巧的鼻子，紅潤的薄嘴唇，白皙的皮膚，微曲的燙過的烏黑短髮。漂亮！是的，連婉文也那麼說過：

「楓姐！我要是有妳那一半的美就好了。」

從小，鄰里親戚們誰不讚嘆我的美麗？美中不足的是我長得不高，跟婉文站在一塊，我才只到她耳根那麼高；但那又有什麼關係？我又不打算去競選世界小姐！

唉！外面的談判會有什麼結果？哪一方勝利我都會變成犧牲品。爸媽只當我是奇貨！——也許是我的美麗害了我——誰越出得高價誰就能買到我。茜楓，妳不感到自己的可悲嗎？買賣？噢！怎麼我不能為自己定個身價？難道說，爸媽養育我的目的，就只為了能找到一個有錢的親家？

嘉宇哦，我們的戀情看來是無望的了。怎麼我會哭不出來？我們不是相愛很深的嗎？我們不是曾許誓非君莫嫁、非卿不娶的嗎？噢，誰能將誓言時時刻刻懸在眼前，永不叛誓？是我要叛誓的嗎？不，嘉宇，我沒有這個念頭，該死的，為什麼我偏要想到不祥的方面去？

＊　＊　＊

我的訂婚日期被父母親獨斷的定在月底，未婚夫就是那個木頭林哲明。

我要死要活的不肯答應這頭婚事，但總嚇不了母親，她兇起來的時候，相信死神見了也不敢靠近：

「我說月底就是在月底，妳敢反對我就先殺了妳，再去找那個什麼嘉宇算帳。茜楓，妳別以為妳們夠秘密，我早就從子楓那兒知道了，嘉宇是什麼東西？一個窮小子，還在唸書也學別人談起戀愛來了，飯沒得吃，肚子都飽不來哪！寄居在伯父母家，就該好好讀書報答人家。哼，什麼都不懂得想，枉費那麼多錢供養他。茜楓，妳不要忘記妳是中國人，他是越南人，妳爸爸死也不會答應讓妳嫁給他，除非妳捲了包袱跟他走。妳有膽的話妳就做去，將來再看看妳的報應。好了，茜楓，我的話說得很明白了，妳也大了，該懂得思想。」

我整個人完全呆住。哦，原來子楓這小鬼出賣我！再沒有什麼可以瞞得過爸媽了！嘉宇，噢！嘉宇！怎樣使你變得有錢？怎樣使你不再是外國人，讓爸媽答應給我們永遠在一起？怎樣？怎樣？

我哭了，淚水湧出來，徐徐順著面頰滾下，我埋頭枕頭裡，索性放聲哭起來。嘉宇，完了，我們是完了，我如何能夠跟你私奔？我們都還不到法定年齡。就算跟你走吧，我們用什麼來過活？我們住在什麼地方？錢呢？而且爸媽跟你的伯父母會告上法庭去。哦，嘉宇，前路是一層一層的障礙，一重一重的羅網，難道我們閉上眼睛投進去嗎？嘉宇，嘉宇，我得見你，我要見你，我要靠在你懷裡死去，我們死在一塊吧！

我洗過臉，對著鏡子理回蓬鬆的頭髮，哭過的眼睛佈滿紅絲，神情憔悴。從哪一天起我消瘦了的？

我從後門溜走。閃進了馬路對面的小巷，我找到嘉宇的家。怎麼進去呢？怎樣見他呢？按鈴嗎，他的伯母見了我會怎樣？嘉宇，嘉宇你會在家嗎？你應該出來的！你應該在這時候出來的呀！我遲疑了許久，最後忍不住硬著頭皮按了門鈴。

門打開了，一個肥胖的中年婦人用狐疑的眼光打量著我。是嘉宇的伯母！糟透了，這次，真是禍不單行。我囁嚅著：

「我……請問嘉宇在家嗎？」

「妳就是他們所說的江茜楓小姐嗎？」她反問起我來。他們？他們是誰？但我仍得點頭。

「妳來得正好，我打算今兒晚上到妳府上去的，請進來吧！」

我的心十五十六的亂跳，退走嗎？怎麼能夠？噢，什麼要來的儘管來吧！

我在客廳的沙發椅上坐下，對著她。

「江小姐，聽說妳就快訂婚了？」

「是的。」

「為什麼妳還敢到這裡來找嘉宇？江小姐，妳不覺得妳對不起妳的未婚夫嗎？」

我不知該怎樣回答，我的腦袋紊亂，沒有系統的思維亂闖亂奔。

「江小姐，妳一點兒也不懂事，我以為你的父母會讓妳明白這些規矩的，為什麼妳不留在家裡準備訂婚用的東西呢？江小姐，妳知道嗎？訂了婚就等於妳是那家的人了。江小姐，我警告妳，以後不許妳再來找嘉宇，我也不准嘉宇去找妳。妳訂婚，妳結婚，妳行妳的路。嘉宇嗎？他還有不曾唸完的書，我準備供他升上大學的，希望妳不要再騷擾他。這幾天來，他為了妳訂婚的消息茶飯不思，整天恍恍惚惚的。江小姐，妳不要再害他，他還有他的前途。江小姐，希望妳會了解我。此外，我相信妳也不願意妳的父母為妳受到人家恥笑。好了，妳回去吧，妳和嘉宇以前的一段事，不要再去想了。」

她一面說一面起身送客，我啞口無言，忍住兩眶淚水，滿懷鬱憤的告辭回家。

噢，嘉宇，我倒身床上，眼淚濕了枕頭，捧住嘉宇的照片瘋狂的喚著他。嘉宇，你此刻在何處？你在家？你在哭？你會咒罵我變心？哦！嘉宇！怎樣能找到你，偎著你告訴你一切？嘉宇，我渴望見你那雙灼燒熱情的眼睛，我渴望你深情的吻！我渴望聽見你溫柔的聲音哄人：「茜楓好乖！」但現在，什麼都沒有了，是嗎？嘉宇，我一個人，如何抗擋得住如許多的壓力？爸爸，媽媽，你的伯母，輿論……哦，嘉宇，你怎不跟我聯合力量來對抗？嘉宇！嘉宇！

* * *

一切都過去了，屬於我與嘉宇的戀情的。

和林哲明訂了婚後，我要為兩個月後的喜期趕辦嫁粧，派餅送禮什麼的。喜期？我淡淡的笑了笑，這喜期擁有我幾多分喜悅？一股悲哀湧上來，哽住喉嚨，淚水又奪眶而出。

有多少天沒見過嘉宇了？離別的日子才知道我有多想念他、多愛他。他一直迴避我，找人約他見面，他總不赴約，我明知道自己不對，既負罪於嘉宇，對哲明也於心有愧；可是，我怎忍得住心中那份渴切的思念呢？

婉文這些天一直伴著我，每天從堤岸趕到西貢，從西貢趕回堤岸，買布料、旗袍料、高跟鞋、平底鞋、拖鞋、化粧品、枕頭、棉被，甚至一些日常用的小家具也要買齊，我心已夠煩，還要受這些要命的奔波，真是有苦無處訴。婉文就只會睜大好奇的眼睛，無限羨慕的望住我，然後若有所悟的微笑著。

「還笑？有什麼好笑的？人家心裡煩得要死，妳還有心情不陪我煩？」

「唉呦，什麼道理？楓姐，妳不知道妳有多美！怪不得誰都想娶妳，如果我是男孩子，一定會比誰都先娶妳。」

「傻話，妳才十六歲，別做夢！」

「妳可以等我長大的，我一滿二十一歲，就立刻娶妳，怎麼樣？」

那模樣兒就像她在向我求婚似的。等？我何嘗沒答應過嘉宇等他？然而，此刻我卻趕辦與另一個人結婚的嫁粧！噢，命運！你何忍於播弄我們？

「怎麼了？楓姐？」婉文推撼著我叫：「好了好了，我們不談這個！來，今天我請客，我們去西貢吃飯如何？再過不了幾天，妳就要遠去，楓姐，朱篤那麼遠，誰能知道幾時妳再回來？楓姐，妳一回來就要來看我的，知道嗎？唔，那時我會有一個漂亮的姨甥了，妳得讓我抱抱。楓姐……咦，妳……我說錯了話嗎？楓姐，妳別哭嘛，妳哭得我心亂，楓姐！」

我又怎忍讓婉文心亂？抑住淚水，勉強對她笑了笑：

「婉文，我走後，妳要時常來看爸媽他們，我們都喜歡妳。可惜子楓壞了些，不然你們倒是一對兒。」

「噢，楓姐，我不來了！妳取笑我！我不來了！」

「好好，不笑不笑，來，吃晚飯去！」

* * *

夜裡整晚都睡不著覺，心情緊張得不得了，不知道嘉宇現在怎樣？該死的茜楓，怎麼能夠這樣不忠的？到最後一天還是三心兩意的！有哪一個女孩子，結婚時心裡盛的是她的情人而不是未婚夫的影子？

一早就起身，梳洗後，進食早餐，胃裡像是塞滿了東西，怎樣也吃不下一碗粉。

婉文來了，擁著我的面頰親吻：

「我剛學來的，還好嗎？楓姐？」

「妳就沒一刻是正經的，來，快幫我整理好這些東西。」

我們將親友送來的禮物放過一邊，我自己的衣服布料用品則塞了兩大皮箱，同學和朋友們陸陸續續的到了，她們開始替我化粧。

打好粉底、撲上香粉、畫眉毛、描眼線、胭脂、唇膏、指甲油什麼的一大堆，女孩子真麻煩！這新娘不做也罷，又不是我心甘情願的。

忙了一個鐘頭，最後才將早一天做過的頭髮梳理好。

「看看我們的新娘有多漂亮！」婉文的聲音總是尖銳地壓過一群吱喳的吵聲，我看著鏡中的自己，老天！茜楓會是這個樣子的？我何曾化過如此濃的粧？茜楓哦茜楓！妳今天飾的是一個重要的角色，不，妳是主角，唯一的女主角。導演是誰？爸媽嗎？還是上帝？嘉宇，你呢？你是一個不露面的悲劇角色。我又何嘗不是悲劇的？愛人出嫁了，嘉宇哦，你不是新郎，我的心碎成片，你呢？你呢？從今天起，我得跟一個陌生的男人廝守終生，那個男人我根本不認識，我對他沒絲毫感情；甚至，我恨他。是他拆散了我和嘉宇，是他嗎？要是嘉宇不是越南人？要是嘉宇也有錢？噢，我快要瘋了，我不要想這麼多，我不要想這麼多！

母親進進出出，忙忙碌碌的招待親友們，這些天來，她是忙瘦了，好幾次，捧起了我的臉就流淚：

「孩子，媽真捨不得妳嫁去。茜楓，妳去那邊要牢記我的教訓，好好的侍奉家姑和哲明，不要給林家笑話我們。女孩子一生只有這麼一次，有空的時候就和哲明回來玩幾天。我養了妳十八年，從來就沒讓妳離開我這麼遠，茜楓，記得媽的話，孩子，妳得乖，茜楓。」

說呀說呀的她會哽咽起來，我的心一酸，不禁倒在她懷裡流著眼淚。哦！是誰多事？要在人生途上來一個結婚，只帶來悲哀離愁思念給親愛的人！

父親為籌備我的婚事也傷透了腦筋，執會銀，借呀貸呀的四處奔跑，我怎能責怪他們呢？爸爸媽媽，是茜楓不孝，茜楓不曾好好孝順您們。此後，再想為您奉茶添飯還再能做幾遍？

子楓這幾天來也不頑皮了，一忽間長大了似的，他默默的看我準備衣物，試嫁衣，然後輕輕的對我說：

「姐姐，妳去了沒有人會請我看戲了，我後悔以前常跟妳吵嘴打架。」

後悔？人總是那麼樣的，還握在手裡的幸福往往忽視糟蹋了它，待它從指縫飛走後，才來後悔，可是我怎能跟子楓談這些？我輕輕撫著他的頭髮，柔聲說：

「子楓，你在家要好好讀書，別像以前常跟那班阿飛到處去胡鬧，你也長大了，別再讓爸媽操心，記住了？」

他點頭，有兩滴眼淚從他的眼角滾下，我的鼻子一酸，連忙掉過頭去，也流起淚來。

一切都過去了，過去了，今天起我是林哲明夫人，我是林江茜楓。噢！多奇妙的人生！一個人跟另一個怎麼會遠迢迢的尋上而生活在一起？怎麼我不會嫁給另一個人而是林哲明？以後那一串日子啊，會是什麼樣的日子？

母親進來催我換白紗衣，幾個鬧哄哄的女孩子都出去了，只剩下婉文。

我換好婚服，白紗做的裙子長長的拖曳到腳跟下，好美！轉過身來，婉文遞給我一個信封。

我拆開來，是嘉宇的筆跡。嘉宇？他怎麼能在今天寫信給我？我感到心跳得劇烈而亂，喉嚨似被誰扼住，發不出聲音來。

茜楓：

試場上的傷痕還不曾彌補，妳又為我添上另一道傷痕了。茜楓，在試季裡，我是否永遠失敗的一個傢伙？

我去當海軍了，妳披上嫁紗的那一天。但願我能將心投在遼闊的藍海中，我不想譴責妳什麼，可是，茜楓，妳明白我有多少要說的話。

仍不忘為妳祝福，茜楓！

嘉宇

我怔怔地坐著，信從指縫滑落，婉文劃了一根火柴，將信燒去。

父親進來，為我披上頭紗，我吻了吻父親的面頰，父親眼裡閃著喜悅辛酸滲半的淚珠。眼角的皺紋加深了，父親微笑著，溫柔的抬起我的下頷：

「孩子，妳總算得到了美好的歸宿。」

「是的，爸爸！」我的聲音在喉間打轉。

父親又出外廳去了，婉文握著我的手，輕聲說：

「楓姐，都過去了，別再胡思亂想，一會兒他來接妳的時候，妳要微笑，楓姐，妳笑起來好美好美。」

我點點頭，外面傳來了許多小孩子的歡呼聲：

「花車來了，花車來了！」

我瞥了鏡中的自己一眼：

「這一場是誰贏了？茜楓，往後去，窮妳這生，再也不會有試季了。」

做伴娘的婉文挽扶著我站了起來：

「楓姐，是時候了！」

一九六六年十月十九日

卷四

故歌

故歌

最不能忘的是那個晚上，你伴我倚在我家門外長廊上的欄杆看夜空從蔚藍轉向陰黑。雨終於落下了，對面人家霓虹光管的光把絲絲雨線照明。我聆聽雨滴落我心上的聲音，輕飄的、不痛，但那份纏綿的淒意縈繞著不肯散去。我轉過來看你，黯淡光線下你的形像是如此強烈的震撼著我。

雨越下越大，我們退靠門牆上。夜，深了，四周靜靜的，只有雨的聲音。讓我們佇立到天明，我說。你望著我，眼睛裡閃爍一些什麼。假如我離開這兒，妳跟我去？哪兒？比如說法國。我沉默良久：我的心很矛盾，怎麼棄家？怎樣隨你？妳不願嗎？不，我願，我會隨伴你。是的，我會隨伴你，只因你是我所喜歡的而你又喜歡我。你我都是那麼樣忌諱的避免用上「愛」字；我們的情似淡而濃。想靠在你懷裡，讓你聽聽我的呼喚有多切；我願伴你，我願隨你，天涯或海角，世上的任何一個地方，這一生，整一生。

你終於披了我的雨衣走了，你沒留下與我佇立看雨到天明。雨還下著，我回房裡，寫信給你：我愛把思念柔情寫給你，你知道我是多麼羞於啟齒的。

你會受收我的柔情，會不？我自問。你不再像以前常寫信給我，我說。你回答你實在不知道該怎麼再寫你的思念。以後我沉默，不敢再追究原因。我仍然時常寫信給你，可是我不再讓你讀；我自己積起來，有時也撕掉。我會喚你的名字，問你是否知道我在做這些傻事。你怎麼知道？正如我不知道你會做些什麼，在我們不相見的時刻裡。

許多朋友都知道我們的事，問起我時，我不承認什麼，也不否認什麼。怎樣承認？又怎樣否認？當我們彼此也不承認或否認一切。

你會愛你的詩和畫多於我嗎？我不清楚。只是我們越來越少在一起。就是在一起，時間也不長。我說過我不願耽誤你的前途，所以我不想向你追問因由，做一切你所喜歡做的，只要是你喜歡，我不會阻止。

然而那個有雨的晚上我在你家見到她，一個你曾不諱言你愛她的女孩子，我感到心在淌血。我回來，笑得多麼厲害，從此不再准妳愛任何人，也不恨任何人，我如此命令自己。

這幾天來，我瘋狂的把自己投身一本本的哲學書中，沙特的無神論和厭世觀又在我心內抬頭，是的，「嘔吐」，那感覺越來越深刻。

昨晚再見你，他們說你對我仍如昔。是嗎？我淡淡的笑，誰能知道呢？男人的心呀！你怎怨得你的父親？你喝好多酒，臉紅得可怕，眼神朦朧，我心裡一陣痛。你走後——我知道你早退的原因，我很清楚，我瘋狂的與他們鬥酒，我一杯一杯的往嘴裡灌，就讓人們說我去，放縱也好，豪邁也罷，沒有你，誰勸止我？頭暈得厲害，喂！再來一次，我半瓶你半瓶，一乾而盡。這酒好澀！許多雙眼睛在注視。妳不怕失態嗎？妳這個女酒鬼！我才不理那麼多，我有多少不快？誰能明白？

散了，這筵席。夜深，幾點了？

回家的路上喚你，有多久你沒再伴送我回家了？這些街燈，曾夜夜凝視你我的，你仍選擇我或不再？噢，多無聊的問話？

我就快離開這兒了，假如一切都順利如我願。我想問：我走時，伴著我一起去的，會是你？還是孤獨與空虛？

迴旋

尹玲

不肖姪女李裁雲，因不受勸誡，故由登報日起，與本人脫離監護人——受監人關係；此後裁雲在外一切行動，俱與本人無關。特此

敬告

諸親友。

唐李氏，××年×月×日

「裁雲，妳看清楚了？」姑母沉著臉問。我坐在她對面，不住的玩弄沙發的扶手，眼淚早已溢滿眼眶，盈盈欲墜。

「姑媽！……」我的聲音在顫抖：「您……您真的非如此不可嗎？」

「妳還叫我做姑媽？裁雲，妳還認得誰是姑媽嗎？」姑母一臉的憤怒：「多少次了？裁雲，我叫妳別再跟雨軒來往，妳有聽我的話？妳把我和姑丈的臉都丟盡了。雨軒是妳姑丈的朋友，是妳的長輩了，何況人家家裡還有妻子兒女！裁雲，妳怎麼會愚蠢得這麼厲害？妳不聽我，妳聽他。好的，裁雲，我現在讓妳自由，絕對的自由，妳以後不再會受到我的干涉管束，可是雨軒以後也再別想到這兒來。妳受不了的話，可以走，跟他去，做他的小老婆去……」

「姑媽！您怎麼……可以如此侮辱我和他？我們沒做錯事，姑媽！」

「沒做錯事？裁雲，妳說怎樣才是做錯事？妳不用再多說了，我決定了的事，別夢想能更變得了。」姑母頭也不回的上樓，還特別把高高的鞋跟大力的踩著地。

我的淚水不可遏止的滾下。姑媽，您怎麼能夠如此絕情？您怎不為我想一想？爸媽過世多久了？我不知道；爸媽的樣子是怎樣的？我也不知道。姑媽，您撫育了我十八年，教我做人，供我讀書；我連報答您的恩惠都還沒開始呢。姑媽，怎不給我機會，我做錯了什麼嗎？我只不過愛上了方雨軒，姑丈的一個朋友！噢！雨軒哦！知道我此刻柔腸寸斷？你知道我因你為你而此刻單孤無助？知道我不知何去何從？

我回房裡，一面哭著一面收拾我的東西。幾套平日用的衣服、一本日記簿、一些我珍愛的書，塞滿了一皮箱。我另外將所有貴重值錢的首飾金銀包了一包，塞在皮箱的一角。

就這樣的說走就走嗎？我環顧這個小房間：多溫暖的房間！多令人留戀的房間！十八年了，我在這裡長大，在這兒笑，在這兒哭；多少個甜甜和多少個美美的夢在這裡滋長、幻滅？那些童稚的夢此刻去了何處？我搖搖頭。小時還幻想著長大了要做隔壁張家的媳婦呢！真羞！噢！我又是怎麼愛上方雨軒的？命運的安排有多奇怪！

我挽了皮箱，默默的走出客廳。客廳裏靜悄悄的一個人都沒有。姑丈上了班，姑母在樓上生氣，表弟妹們都上了學，王媽在後面廚房裡。唉！有十八年了嗎？十八年去得無聲無息、無影無踪；我怎能再可以找回那些翻在地上打滾的日子？這個客廳，十八年來有多少變更？沙發一副又一副的換了又換；小几上那個我每天細心插上我喜愛的花束的花瓶依然完整；窗帘淺綠、淺藍、鵝黃、緋紅、淡紫的隨著季節替換；置放在牆角那座落地電唱機，曾唱走幾許如詩如夢的歲月？我嘆了一口氣，抑制眼淚，提起皮箱，朝外面走去。

「哎！表小姐，妳上哪兒去呀？還挽著這麼一個大皮箱！」正在園裡理花的老劉見到我，嚷了起來。我搖搖頭。他走了過來，替我開了鐵圍欄的大鎖。
「妳……哭過？妳去哪兒呀？」他一臉驚訝的表情。
「我走了，我要離開這兒，煩你代我轉告姑媽一聲，劉伯，你珍重自己哦！」我說完拉開門就邁步走。
「表小姐！表小姐！妳……」
攔了一輛的士，我來到西貢的一間公共電話亭。
撥了電話號碼，聽到雨軒的聲音，我說：
「雨軒，是我，我是裁雲！」
「裁雲，妳……什麼事？」
「雨軒，姑媽……姑媽將我趕了出來。你沒見到今天報上的啟事？」
「怎麼了？裁雲？到底是怎麼一回事？我給妳嚇壞了。」雨軒的聲音焦急而憂慮。
「我在××街×號電話亭內。雨軒，你即刻來，好嗎？我等著見你。」
「唔……好的，我即刻來。等我，裁雲！」
掛了電話，我提著皮箱呆呆的站在電話亭外面等雨軒的到來，該怎麼辦？我此後的日子，以後的生活呢？姑母的啟事害死人，我將被社會和人們冠以種種難聽的名詞和形容詞，我將被視如一個壞女孩，我將孤孤單單在這繁華熱鬧的都會裡而無從投靠。哦！姑媽，您怎忍心，您怎捨得？
雨軒在廿分鐘後才趕到，他一把將我拉上他的汽車內。
「裁雲，姑媽不許妳跟我來往，是嗎？」他一手扶著駕駛盤，另一手擁了我，問。我的眼淚一剎間又湧了出來，我哽咽著：

「雨軒，姑媽說我不該喜歡你，說你有了妻子兒女，雨軒，我並沒有計較這些，你知道的。是我錯了嗎，雨軒？」

雨軒不答我的問話。沉默了好一會，車子在一家旅館門前停下。雨軒替我挽了皮箱，我跟著下車。

「裁雲，妳在這裏暫時住一兩天，我立刻替妳找房子。以後我會照顧妳，保護妳。裁雲，別再哭了，人家會以為我欺負妳呢！」

雨軒跟旅館的主人相熟，所以，我們很快的就辦好了登記手續。我被領進一個上等的房間。

「裁雲，妳不要出去到處亂走，我會很快很快的給妳找到房子，以後我們會有屬於我們的天地，不用怕任何人的干擾了。聽話哦！裁雲！我還要回公司去辦理一些事。」

他輕輕吻我的額頭，走了。我換過衣服，對著鏡子靜靜的發呆。噢！裁雲，妳到底做了些什麼事來？我撫著自己的兩頰，看看，這就是李裁雲，十八歲的李裁雲，一個孤兒，由姑母撫養，反叛了家庭，被逐出來，流落到旅館去！唉！多驚人的事！我凝視著鏡中的自己，竟不敢相信這就是李裁雲：蒼白的皮膚，清秀的眉目，薄薄的嘴唇，唇彎是倔強的，一頭散開的濃黑的長髮披在肩上，小巧纖弱的身體。噢！李裁雲！誰敢相信這麼一個娟秀娉婷的女孩子會如此頑固倔強？

我從箱裏拿出幾本書，投身床上，在紊亂的思維和莫名的疲倦中拋了書本模糊睡去。

* * *

放上一張探戈音樂唱片，優美的旋律柔柔輕輕的流瀉出來，溢滿了整間小室。我慵慵的躺在床上，視線接觸到壁上鑲在玻璃框裡兩個龍飛鳳舞的大字：「雨軒」。雨軒！聽雨的小室！那是雨軒為我題的，他剛才替我掛上。

「我要時時刻刻守住妳，裁雲，我也讓妳時時刻刻對住我。」雨軒注視著我，那麼情深款款地：「我們相對一輩子，相愛一輩子，哦！裁雲！妳是那麼樣的令人不能不喜歡妳！」他擁著我，緊緊的，然後在我唇上印了一個深深長長的吻。

「看！『雨軒』！雨軒是我！雨軒是妳的！裁雲，笑笑，妳每天要對『雨軒』微笑至少三次，聽見了嗎？裁雲！噢！裁雲！我總想整天對著妳，整天守著妳，不用離開妳，那有多好！可是，裁雲，幾時我才能夠？」

「你該回去了，雨軒，九點了，她不會查問你嗎？」我抬起頭，凝視他那張剛毅的男性的臉龐。

「裁雲，不要在我面前提她，好嗎？」他苦笑，捧起我的臉，默默地注視了好一會：「裁雲，雨軒只是裁雲的，不論我在什麼地方，我的心都留在這小室內。裁雲，妳應該相信我的話，唔！」

我點點頭，躲開了他的凝視。噢！雨軒，我們怎可以相愛得如此深？我們不應該相愛的！我們不應該！不應該！

雨軒走了，我沒有送他，他有自配的鑰匙，而且，這幢房子本就是他的；我只不過，只不過是什麼呢？他的一隻小金絲雀嗎？噢！天！

我捻熄了房燈，屋裡頓時黑漆漆的。音樂停了，還有什麼要想的嗎？

哦！雨軒！雨軒！我那麼那麼樣的愛你！雨軒！

＊　＊　＊

雨季！

雨下得不厭似的，連連綿綿，如絲如縷，不絕不斷。

我關了所有房門窗門，躺在床上，靜靜的等雨軒到來。外面雨聲淅瀝：雨灑下屋頂、灑下屋簷、灑下門前小院的花草盆上。

有開門聲。是雨軒來了。

房門被打開，雨軒一臉的惶惶神色，慢慢的走過來。我坐起身：

「雨軒，你是怎麼了？你的臉色好難看！病了嗎？」我伸手摸他的額頭。他只是默默地看著我，欲言又止的。

「雨軒，什麼事發生了？很嚴重嗎？」我焦急的推著他。

「裁雲，我們剛才吵了一場架。裁雲，我的謊撒盡了，我再也找不出什麼藉口來。我多怕她會跟蹤我，探知妳的住處來為難妳。裁雲，妳知道我的心有多矛盾？我應該怎麼做？裁雲，妳是那麼樣的小，妳是那麼樣的弱！哦！裁雲，讓我看看妳！裁雲！我的裁雲！」他抬起我的下頷，凝視我良久，然後摟緊了我，輕輕撫著我的頭髮。我偎在他懷中，眼淚不能自抑的流下。哦！雨軒！為什麼人們都不允許我們相愛？為什麼每一個人都反對和阻止我們？我們錯了嗎？雨軒？噢！我對愛情的要求有多卑微！我只要你愛我如我愛你，我只要你每天讓我見一見你，我只要你能知道我付給你的感情有多深，我只要你不負我！雨軒，這樣的愛情又妨礙了人家什麼？人們都不是你也不是我，人們怎麼知道我們的愛有多深有多厚？和姑媽脫離了關係後，我就是一個不折不扣的孤兒了。父母親姓甚名誰，我不清楚；我甚至不想知道他們是誰，為什麼他們會撇下我，讓我嘗盡沒有父母的悲哀和空洞。小時常為了追問這事而被姑媽罵過打過，父母親給我的印象從小就不好。為什麼他們又要生下我？我詛咒過我這被遺棄的生命。

「裁雲，別哭！如果她使妳難堪，我絕不會放過她。」雨軒伸手捻亮了檯燈，柔和的燈光散開來，溫暖了整間小室。「裁雲，答應我妳會等我，無論如何妳都得等我，我會娶妳。我是自私了些，但，裁雲，妳得等我。我要我們有一個名正言順的合法婚姻關係，我不願使妳受人恥笑辱罵。在這段時間裏，我會讓妳安安靜靜的過活，我不會侵犯妳。裁雲，妳會相信我的，是嗎？」他注視我，渴望我的回答。我把頭埋進他的胸膛，喃喃地：

「雨軒！是的！雨軒！是的！我相信你！我會等！我會等！」

雨在院外淅瀝。

*　*　*

雨季好長好長！

每天我只能孤寂的守著窗子，默默數著外面的雨絲發痴；要不然就躲在「雨軒」內，聽著雨在「雨軒」外敲打門戶，想起自己不清不楚含含糊糊的身世和目前尷尬的處境，我會哭上一場，咒罵父母親，咒罵姑母，咒罵上帝，咒罵命運，咒罵雨軒和我自己；在自殺的衝動與猶豫下及淚眼模糊中沉睡過去。

有陽光的時候，我會到院外曬曬太陽，看白白的雲朵掠飛在藍空裏。噢！雨軒，裁下一片最輕最潔的雲，我繡上愛刺上情，裹了我整個心；風哦，做做好心，帶給雨軒！低下頭，那些養在小盆裡的花朵含羞向我微笑。我取了水來，澆在她們一個一個嫩嫩美美的花瓣上，再拔去周圍騷擾著她們的野草。

雨軒每天下班後都會來看我，帶來我所需用的東西。我將食物存放在雪櫃裏，留待第二日用，我每日必須自己弄飯吃；飯後得洗抹碗筷。此外，掃地、抹地，所有傢俬的清潔都要我自己動手做，雨軒曾開玩笑的說：

「裁雲，妳現在開始學就剛好了，誰能說我幾年後不窮呢？那時妳得操作家務而不能像有錢人家的太太坐著享福。裁雲，那時妳還願嫁我？」

我盯了他一眼，不作聲走開去。

「裁雲，又生氣了？」他在背後將我摟住：「裁雲，我說的也許會變真呢！」

我心裏萬種悲哀淒楚一齊湧上來，鼻子一酸，眼淚就不聽話的滾了下來，滴滴晶晶瑩瑩，滴落他的身上。

雨軒被嚇壞了，一把將我扳過來，捧起我的臉：

「裁雲，又來了，怎麼妳這樣愛哭？是我說錯了話，裁雲！我怎捨得讓妳操勞而不心痛？裁雲，請一個佣人來，好嗎？這次不許妳再說不。」

我閉上眼睛，讓眼淚在面頰上縱橫。我心裏有多少委屈，你又豈知道，雨軒？每天一早起身就數著分秒來等你，等呀等的，從太陽剛升起直等到太陽下山。日子有多長，你知道不，雨軒？孤伶伶的守著房子，看院外的日影斜了又正，正了又斜；或是聽著雨點滴著分秒，陪伴時間流逝。哦！雨軒！雨軒！你說，我算得是你的什麼？夜裏，你走了後，我把自己鎖在黑暗中，讓寂寞和悲哀蠶食；睡在殘缺的夢中，醒來擁滿懷的惆悵！孤單慣了，我不再知道什麼是害怕。

「裁雲！裁雲！」雨軒的喚聲在耳邊低響起，我張開眼睛，茫然的看著他。

「給妳請一個佣人來，好嗎？裁雲？」

「不用了，有佣人我豈不是變得更寂寞？你叫我做什麼來打發日子？」

「裁雲，我知道是委屈了妳！可是，除了要妳等，我還能想出什麼辦法來？裁雲，我多自私，許多時竟想要與妳同時自殺相擁死去。」

「當初你何必要跟她結婚？」我不以為然的掉開了頭。

「不是告訴過妳了嗎，裁雲？是母親看中了她，整天在我耳邊說教，我不能不娶她，結了婚的第四年我才發現妳，那年妳才十六歲，裁雲，妳怎麼出現得這麼遲？」

「十六歲，那時我才開始懂得做夢，雨軒！」

「我知道，裁雲，我從妳的眼睛看到的，以後我不時的到妳姑父家去，目的只是為了看一看妳。妳很清麗，裁雲，妳知道嗎？清麗得和妳飄逸的名字一樣。裁雲！李裁雲！我每夜總在心裏喚妳的名字，喚得倦了就睡去；清早醒來第一聲就是喚著李裁雲。」

「噢！雨軒，我是受不得刺激的，你知道？」

「我知道，裁雲，妳是那麼樣的柔弱，我怎能再將刺激帶給妳？」

我將臉擦在他胸前的衣上，弄濕了一片。我抬起頭：

「哎喲！我弄濕了你的上衣！雨軒，你告訴我好嗎？你的孩子很漂亮嗎？」

「裁雲！」他懇求的喊：「不提這些，好嗎？」

我笑了笑，掙脫他的懷抱，旋轉著到唱機旁邊，放上一張唱片，再旋轉回到他身邊：

「聽聽！雨軒，是什麼？」

「Jalousie！裁雲，妳……」

「你明白就好，雨軒！」

外面，夜色濃濃。

* * *

今天不知是怎麼的，我生火有半個鐘頭了，那些煤炭還不見紅。我用小扇子狠命的搧著，爐灰被撲得到處亂飛。

「見鬼！剛洗淨的衣服又會被染黑的了。」

我放下扇子，端起竹竿將晾著的衣服拿出屋前院外去曬。剛搭好竹竿，一個聲音在籬笆外發問：

「請問，這兒是不是姓李的？」

我望出去，一位裝束入時的漂亮少婦禮貌的向我微笑。我怔了一怔，一種不祥的感覺襲上心頭。妳必須單獨正面的迎赴和對付一件重大的事情了，裁雲！我告訴自己。

我走過去打開籬笆門：

「正是。請進來。」

我倒來了兩杯茶，與她相對而坐。

「嗯，李裁雲小姐可在家？」她發亮的眼睛緊盯著我。

「我就是了。」

「哦！李小姐，我以為妳該猜得著我是誰。」

「是的，第一眼我的直覺就告訴了我，方太太。」妳必須以妳全部的精神和智慧應付這場戰爭，裁雲，妳不可以表現得妳是處在錯誤和失敗的地位。

方太太不斷的打量著我。是將我來跟她作一比較麼？

「妳還很年輕，李小姐，不會超過二十歲吧？」

「才十八歲。一個月後就十九歲了。請妳喝茶，方太太。」

「謝謝。我以為，妳該知道我來這兒的目的的。」

「是嗎？妳不可以直截了當的告訴我？」

「李小姐，關於妳和雨軒的謠言，我聽聞了好久。起初我以為他只是逢場作戲，玩玩而已。男人們總是愛那樣的。最近我才發覺事態的嚴重，李小姐，妳還年輕，會有許多男孩子追求妳的，何必要跟一個有了家室的男人來往而壞了自己的名譽？妳知道人家怎麼說妳、說他？人家說妳勾引別人的丈夫，說他誘惑未成年少女，金屋藏嬌什麼的。妳說那有多難聽？」

「方太太，人們說錯了，我們誰也沒勾引誰，誰也沒誘惑誰。他每天只來看一看我就走了，從不在這兒逗留過一個上午或一個下午，更不用說到一個晚上了。」

「可是人們不會相信的。李小姐，妳年紀輕輕，不會懂得男人們的手段；」方太太的語氣相當溫柔，我奇怪雨軒怎麼能夠離開她：「他們喜新厭舊，待妳上了鈎之後，又會拋棄妳再追求另外一個女孩子。李小姐，妳不相信嗎？」

哦！雨軒，你會是那種人嗎？你是那麼樣的體貼、溫柔而文質彬彬；怎麼會呢？十年在商場中打滾都不曾掩蓋消磨你的文氣！可是你為什麼能夠不愛她而愛我，就只為她是你母親看中而不是你看中的嗎？

「李小姐，最好妳能離開他，越遠越好。不單只我，孩子們更需要父親的愛。李小姐，妳我都是女人，妳應該清楚當妳發現妳的丈夫另外有一個女人時的那種傷心悲痛。李小姐，妳得答應我妳會離開他！」

方太太定定的緊盯著我。我不知所措的搖頭。噢！離開雨軒？我怎麼能夠？我怎麼能夠？我是那麼樣的不能沒有他！雨軒！你教我該如何回答她？她簡直是強迫我謀殺自己！我從沒有立心要你不顧家庭，我從沒要求過你必須離開她和孩子！我只是那麼默默的愛你，默默的忍受孤獨寂寞和妒忌的煎熬！雨軒，我什麼地方做錯了？

「李小姐，妳應該知道妳的做法是錯誤的，人家會指責妳沒有道德和良心。妳怎麼會喜歡那些批評，不是嗎？」

「妳別逼我！方太太。我不知道我該怎麼做，我不能沒有雨軒。我孤單單一個人，沒有他還有誰理我？妳不能太絕情，方太太，我以為我並沒有破壞妳家庭的什麼。我……」

「妳沒直接的破壞，但妳間接的影響我們。李小姐，要是妳需要有人照顧妳，妳可以另外找尋對象的。這樣吧！我簽一張十萬元的支票給妳，妳可以離開這兒，到另一個地方去，找一份職業，然後正正當當的結婚……」

「什麼？」我的自尊心被刺傷了。我站起身：「妳這是什麼意思？哦！妳以十萬元來買我？妳以為我希罕雨軒的錢！妳以為錢能指使我？方太太，妳聽著：李裁雲清清白白，李裁雲才不要那些臭銅錢！李裁雲的愛情豈能以十萬元賣給妳？方太太，妳別以為妳娘家有幾個錢，雨軒就該什麼都聽妳的！雨軒受不了妳的市儈氣，妳明白嗎？妳有錢，妳用妳的，我才不要！我才不要！」我憤怒的大聲吼叫。老天！愛情在她眼中才值十萬元！她的家庭幸福僅值十萬元！妳不要以為錢就能買到一切，方太太！原以為妳該懂得這些的。妳的漂亮、妳的美麗可以用錢買回；我的心，我的心才不會因錢賣出！

「李小姐，我好言好語的跟妳說，妳大嚷大叫，算得什麼？」她也氣了，眼睛瞪得大大的。

「為什麼妳要侮辱我？方太太。妳不懂什麼是愛情，妳什麼都不懂！」

「妳就懂了？」她也站起身：「李裁雲，妳只懂得勾引男人，妳只懂得破壞別人的家庭。妳也聽著：妳敬酒不吃吃罰酒。好的，我控告妳，控告雨軒，看妳們還能神氣什麼。李裁雲，妳就不知道妳自己有多下流、有多卑污！妳就等著看我的臭銅錢的威力，妳……」

「妳走！妳走！我不要聽！我不要聽！」我從小到現在都不曾被人如此罵過，我怎受得了？「妳憑什麼罵我？妳憑什麼侮辱我？我命令妳立刻滾！妳給我滾！」我氣憤得雙足頓地。我再顧不得什麼體面不體面，眼淚簌簌滾下。就算是妳勝利吧！我用雙手推她：

「妳走！妳走！我不要妳留下！妳走！」她反身一巴掌劈到我左頰上，熱辣辣的。我整個人呆住，喃喃地：

「哦！妳好！妳打我！方太太，妳打我！妳打我！」

「我打妳又怎樣？告訴雨軒去呀妳！哼！我恨不得殺了你！我警告妳：妳仍然纏住他時，妳得當心。」

她是怎樣離開的，我不知道；但當我恢復意識的時候，已經是正午了，院外院內都靜悄悄的。我默默地上了大門的鎖，回到房裏，頹然倒在床上。

「雨軒」！聽雨的小室！那兩個龍飛鳳舞的字此刻該有多刺目！我抓起地上的一隻木屐，對準「雨軒」擲過去。玻璃鏡應聲四處飛散；我本能的用棉被裹住頭部。

一切恢復寧靜。「雨軒」仍還高高的掛在壁上，碎的只是外層的玻璃。哦！雨軒！雨軒！我埋頭枕頭裏，不能自抑的哭出來。

一場夢！是的，只是一場夢！這場夢何其美又何其短！兩年了嗎？噢！認識雨軒兩年了！當他開始以他凝情的眼睛注視我時，我立刻避開所有別人的糾纏而向他，是那麼專心一意的向他。

還有誰會比我更傻，比我更痴嗎？星期六晚上，我總特地留在家裏，一聽見他汽車的喇叭聲在外邊響，我立刻跑出去，迎著他叫：

「方叔叔！方叔叔！我等你等了好久好久！」然後讓他牽著我的手進屋裏來，坐在他旁邊聽他跟姑丈姑母談話。

「方叔叔，你得給我們講完羅米歐和茱麗葉的故事，後來他們怎麼樣了？」有時，我和表弟妹們纏著他，非要他講故事給我們聽不可。

「你不講嗎？你撒賴！我要呵癢了！」我頑皮的威脅他，姑母總是半認真半玩笑的斥責：

「裁雲，別嚇壞了方叔叔！」

噢！方叔叔哦！怎樣的一個方叔叔？轉一個身：方叔叔；再轉一個身：還是方叔叔！方叔叔！方叔叔！日子在旋轉尋找等待方叔叔中旋走了。

十六歲！多天真的十六歲！多無邪的十六歲！十六歲去得很遠了嗎？我怎樣再也捕不回來那似是懂事又似不懂的十六歲！

十七歲，我把初吻獻給他。我說：

「第一個吻我的人將會是我的丈夫。你會是嗎？」

他點頭，凝視我良久，然後將我的頭攬在懷中，輕輕撫我的頭髮。那晚姑丈姑母都不在家，我們依偎了好久好久。夜濃了，我倚在門口看著他的車子在黑暗裡消逝。回入房中，翻開日記本，我憑記憶和想像畫了一幅畫：一個女孩子將頭靠在一個男人的胸膛上，那當然是我和雨軒，下面我題著：今夜，我與雨軒！

十七歲，我知道自己的漂亮，我的娟秀在班上是有名的；所以，我以為憑我的美麗將可以綁栓雨軒緊緊的，何況雨軒看來不像是個會變心的男人。

姑母不久就知道了我和雨軒之間的不尋常。她將我緊關在房裡審問：

「裁雲，妳……妳們沒有什麼嗎？」

我怯怯的低垂了頭：

「姑媽，我們沒有什麼！」

「裁雲，妳還在念書，怎麼可以亂搞這些事的？妳不知道方叔叔結了婚嗎？」

「什麼？」我失聲叫了出來。

「裁雲，妳……妳不知道？」

怎麼會呢？怎麼會呢？方叔叔，不，雨軒是那麼樣的不像有家室的人，何況他曾許諾娶我？哦！雨軒，你存心騙我嗎？你想逗我玩玩嗎？

「裁雲，老實告訴我，」姑母扳直我的身子，我不能不正面對著她，「你們的感情進展到什麼程度了？他吻過妳嗎？他碰過妳嗎？」

「姑媽！」噢！接吻的事我怎樣能講得出口呢？我叫了一聲姑媽後，又緘默了。

「說呀，裁雲！」姑母推撼我的雙肩。

「他……他吻過我一次。」我羞得不能抬頭。

「還有什麼嗎？妳要說實話！」

「沒有了，真的，姑媽！」

「好，裁雲，妳聽我說，以後不再許妳和雨軒接近。他來這裏的話，讓姑丈陪他好了，不准妳出去，聽到了？」

我怎麼能夠？我陽奉陰違的仍然和雨軒來往。

「雨軒，我不管你是怎樣的，我愛的只是我愛著的方雨軒！」

「裁雲，妳真痴得可憐！我怎捨得放棄妳？裁雲，就讓輿論裁判我們，我是愛定了妳！」多傻的一對！他結了婚又怎樣？他有了孩子又怎樣？我愛的是方雨軒，只是方雨軒本身而不是因為他在這社會中的地位，不是因為他是姑丈的朋友，不是因為別人所冠給他的什麼什麼。我的腦袋單純嗎？我的眼中只有一個雨軒，純純粹粹的雨軒本身，我深愛著的雨軒！

姑丈真的生氣了。盛怒之下，報上出現了那段啟事。完了，我就是那麼樣的完了，一個女孩子！

我坐起身，找出一張信箋，一枝筆。想了很久，我終於寫下：

雨軒：

我先去了，一個十八歲的生命。感謝你曾對她加以照顧愛憐。

來世我等你，等你娶我，今生你曾許而未實現的諾言。
珍重自己，愛她！愛你的孩子！

裁雲絕筆

我讀了又讀，似乎還有什麼不曾寫進去的！我呆呆坐在書桌前沉思；良久，腦袋還是空白的一片。我搖搖頭，最後還是把信箋套入信封內。我在信封外面加上：「雨軒，我最愛的！」

我打開藥箱，取出一筒Optalidon，我把裏面剩下的藥丸倒出來：一共有十三粒。十三，不祥的數字。管它那麼多幹嗎？死，本來就是不祥的，十三粒跟廿粒還不是一樣嗎？我倒來一杯開水，對著藥丸，怔怔地發痴。粉紅色的藥衣，頗能吸引人，何況它們還是甜的，我又為什麼會想到用藥物來自殺的？就只因為方太太的侮辱嗎？侮辱！還不是我自己找來的？我能怨誰怪誰？當初姑丈姑母一片好心勸我，自己又不肯聽；那時眼中耳中心中就只有一個雨軒！妄以為愛情的力量能擊退一切艱困阻礙；妄以為靠著一片誠心就能感動所有的人和神！現在呢？事實呢？我心裡一陣痛，淚水奪眶而出。噢！裁雲哦！李裁雲！怎樣的一個裁雲？十八歲的妳，曾做了些什麼來？出世、成長；讀書、戀愛，最後為一個男人自殺死去。噢！這就是李裁雲的一生嗎？生命！是我負了生命？還是生命負我？生命！我從心底裏冒出一股寒意，不由的打了個寒噤。這就是所謂生命？十八年，十八年我是全部虛度了。我掉轉頭，想回顧十八年來的成果，但什麼都看不見，除了滿地的玻璃碎片和凌亂的床。哦！天！我該怎麼做？十三粒藥丸是有可能將我置於死地的，可是，我就這麼樣輕輕易易的將自己處死麼？父母親對我的生命不負責任——他們生下我，之後撇下我，可能，他們根本就不想到會有一個女兒的——我自己難道還能夠不對自己負責任？

我抹乾臉上的淚痕，望著化粧鏡中的自己出神。李裁雲，十八歲的李裁雲，妳是神，妳是自己的神，妳應該知道怎樣生活才是生活，妳應該懂得如何去創造自己的未來，妳必須打出一個屬於自己的天下，就只憑妳這雙徒手。鏡中的我蒼白得可怕，眼睛紅腫，長髮蓬鬆的遮了半個臉。我用梳子梳好，努力使自己恢復自然的表情。我開始檢點我需用的東西。

衣服是一定要帶的，還有許多首飾，必要時可以用來典當度日。我將剛寫好的信撕得粉碎，重新寫過：

雨軒：

雨軒到底不屬於我，所以我走了。

你不用枉費心機去尋覓我。我明白了每一個人都必須對自己負起整個的責任；這責任在他剛來到人世時就已負於雙肩的。以前我倚賴慣了，姑媽之後是你，因此一直都不能夠自己站立。

你應該感到高興，你並沒有把裁雲寵壞。我們之間算是一場沒有結果的很美的夢，醒來當然有些惆悵——我們的夢網因以情絲編成，故敵不得別人鋒利的事實的刃，你能明白，雨軒？

我長大了，一個月後我十九歲了。十九歲應該學學自立了。

再見了，雨軒，縱不在天堂，也會在地獄。

裁雲

多不像裁雲的口氣！往昔好痴好痴的裁雲呢？我搖搖頭。我與雨軒之間曾互相付予的會是愛情嗎？怎麼一瞬間我竟能無視於兩年來在艱困中建立起來的愛牆？——我們曾妄想築好後就永遠躲在圍牆內面長相厮守的？牆塌了，這牆的地基打得太鬆了；情的負擔已重，怎能再受得起風雨的侵襲打擊？

我應該無尤無怨，雨軒本就不屬於我。縱是他再好上萬倍億倍，也不會是與我共同建築愛的圍牆的人，因為他早已與另外一個人在另外一個圍牆裏，那堵牆需要他們共同協力的保護和防衛；而我，我不應該以任何手段去破壞或使其倒塌，縱然是有心或無意。

該去尋另一個可與我一同築牆的人了，我想，那堵牆該很堅固，該沒有任何力量能攻破它。我必須先選擇好適當的對象，先將地基打得穩穩的。我該感謝方太太，她的話迴旋在我腦海裏，是她的話促成我這意向。

嗯，是該走的時候了。

我提起皮箱，望了「雨軒」最後一眼，千萬種情意一起湧上心頭。但我再不能留戀了；縱令與雨軒的愛深上千百倍，我也只能退出。我能認為自己無辜，但社會將不同意。

將所有門戶鎖好——雨軒有自配鑰匙的，我走後他應懂得如何處置這幢房子——我挽了皮箱，截到的士，我上車：

「六省車站！」

芹苴章肖雯的別墅，該是我唯一可以投靠的地方。

完稿於西貢，一九六六年九月卅日

起步

伊伊

我們步入七月，你說，我們步入情人節，以輕盈與一致的步法，以曼妙與優美的旋律；以我們特有的青春，以我們天賦的歡樂。

七月，會有雨，你知道？七月，雨細細、雨密密。撐了小雨傘，你我雨中行；你說，以稚氣的專橫：「我是你知己！」

是嗎？你是我知己！所以我們在雨中行，在路上蕩，在那麼多那麼多的人群中尋覓自己的影子！所以你會找到我，所以我會等到你；所以你會以你凝情的眼睛和聲調訴說：「我要伴你，一輩子，整一輩子！」

你是我知己！所以我震撼於你的出現，恐懼的接受一切發生；讓心隨著感情的浪潮劇烈的沖激而跳動！

不！我不冷。冷的是我的手足；我的心，噢！我的心比起任何時候都熱。你當知道這些？

不，別催我唱歌。我只會唱那些淒淒慘慘戚戚的歌；而這，會破壞了傘下的情調。你聽不見？你不知道？

雨點正在傘上唱歌，雨點正在傘上跳舞！

旋轉旋轉你手中的傘，讓淡淡的光圈圈住我們。誰都不許越過這個圈半步，知道嗎？你要在這圈內，我也在這圈內。也不許任何人跨進這個圈半步；你們只能在這圈外，你們不能進來！

你別亂了步法，你別錯了方向。方向，你我只有共同的一個；你認清了？走向目標時，你該與我齊步。

酸子樹換了嫩葉，綠得那麼碧，綠得那麼翠；綠了整個七月，綠了整個愛情季節！

是愛情季節！七月，我們步入七月，我們步入情人節！
七月，有牛郎織女的相會；七月，有唐明皇與楊貴妃的私語；七月，有我們的起步！

起誓

尹玲

妳是否知道，對，我有太多的內疚和深深的歉意？

打從認識我的第一天起，妳已處處遷就。我自問：是否妳對每個人都如此容易遷就對方，尤其是妳那個她，妳認為最要好的她！

妳對我好，好得超過了一切對我好的人，也好過了一切妳對她們好的人；妳還告訴我，妳對我比對她還要好過許多倍。

噢！妳要我如何還待？我沒有妳的好脾氣，我不會遷就人，我不懂得逗人開心，我沒有耐心解釋這解釋那，沒耐心幫助別人完成任何一件事情；我有的只是那麼暴躁的壞脾氣，動不動就發怒，動不動就生氣，要不然就哭上一場。

我說：「別對我太好，總有一天妳會厭倦對我遷就；總有一天妳會後悔。我只會取，不會給。」

我說的是衷心話。我是怕妳會後悔，不是不要妳的愛。

那一天，妳和他外出，把我留在家，我哭了。接連的五個月中我沒哭，但我竟為了這事而哭，哭得那麼傷心，哭得那麼不能自抑。妳的二妹問：

「妳，為了什麼？」

我搖頭，回答不出是為了什麼，但在潛意識里，那該是妒忌。

我哭著走出那黑暗的小巷，走在恐怖可怕的靜靜的路上，我恨妳，恨到了極點，我心裡不斷的說：

「好了，完了，就這麼完了，妳要他，妳不要我，是妳願意這樣的，我依妳好了。」

走在燈光明亮的同慶大道上，看著人們笑，看著人們樂。噢！天！第一天認識妳時，我們走的同慶大道。

回家，我記上日記本：

「她不要我，也罷，就這樣好了。」

第二天。

第三天，妳來找我，妳向我道歉，妳解釋，妳用盡好話求我。哦，我本來就不是硬心腸的人，嘴頭硬，心頭軟，我答應妳不再恨，我答應妳我會更喜歡妳。

然而，以後的日子裡，妳仍間接傷害，一次又一次，也許妳出於無心，但我感到傷痛太深。我曾告訴過妳，我的感情易受傷，妳要好好保護它，如果妳想得到它。但妳，為什麼？

妳記得妳傷我最深的那次：妳說妳要陪我回美拖，我們會有一個好週末。就在我們準備走時，他來了，妳立刻說：

「妳自己回去，好嗎？下次我陪妳，哦？」

妳就是有那麼數不清的下次！我沒有話好說。忍住淚，在午後正炎的太陽下，我獨自挽著行李走出那難行的小巷。真的，小巷是如此難行，我行得步履蹣跚，是路的關係嗎？還是因為妳？

既然妳時常傷我，為什麼我不能傷妳？為什麼我要處處留心不使妳難過？

潛意識裡，（我現在只能說是潛意識，我根本不想的，妳相信我，我根本就不願）我要為自己報復。我開始講些最易惹妳反感的話，或做些反常的舉動讓妳傷心，然後心裡感到莫名的滿足。

是的，我勝利了，妳也要承認是我勝利了。我不再易哭，而妳，替代了我。

我知道我已漸漸的掌握了妳的心，妳越愛我，妳越寵我，我就越放縱，我越變得蠻橫。人，也許都是這樣，總想看著深愛自己的人為自己流淚、傷心；看著他們被自己折磨、虐待，而後感到心滿意足。自私，是嗎？

我知道，我知道我自私；所以，我時常告訴自己：

「別再傷她，夠了，失去她，不會再有第二個人能對妳如此好。」

仍然是自私的念頭：怕失去妳。

失去妳時，還有誰會用蚯蚓來恐嚇我？誰會講笑話逗我笑？誰會在我病時服侍我？誰會在我哭時陪我哭，在我笑時跟我笑？

妳是我的朋友，姊姊兼慈母，妳為我犧牲了許多（本來，妳沒有義務要如此做）。遠離家庭，孤獨生活在這陌生的城市裡，我得到幾個人的真心帮助？噢！為什麼我會這麼傻？為什麼我一點兒都不懂得珍惜妳的愛？難道要在我失去後才來悔恨惋惜？

「妳到底要『愛』還是『遷就』？」

讀著妳寫的字條，我哭。不，別這樣問我，妳是知道的，沒有妳的愛，我不會再在這兒躭下去，我會回美拖；而這是妳曾三番四次的求我別忍心去做的行動。

讓我起誓，從此當不再有任何些微的言語或舉動使妳流淚和令妳傷心；我起誓，我會好好的保護我們之間的愛。

但願妳將會很快的告訴我，我起的誓並不遲。

一九六六年五月二十六日子夜，寫於懺悔中

焚燒

葉蘭

G城此刻離開這裡很遠；而我，將會把G城裡的記憶，屬於你和我的，完全焚燒，完全遺忘。

請不要怪我什麼，也不要恨我什麼，一切是為了你，為了我，還為許多愛我們的人。

你說過我是一個太重情感的女孩子，不只是重情感，還太率直了些，太容易對人付出真情；所以，你不必懷疑我對你的愛；世上再沒有第二個人會愛你比我更深，甚或深如我愛你；世上再沒有第二個人會對你比我更痴，甚或痴如我對你。

只是，所有將只是記憶。你要環抱保存也好，或像我焚燒遺忘也罷；我將離開你，永遠離開你，一定的，不容反抗，也不容拒絕。我不願為自己辯護什麼，也不想向你解釋什麼，但我要你知道—而我想你也會知道—離開你，我有一百萬、一千萬個不願意；我會哭走了太陽，再哭走星星和月亮。然而，我還能有什麼比這更妥善的辦法？

「萍萍，只要妳能找到一個確實能給妳帶來幸福和快樂的人，我願意退出，不恨妳負心，還會衷誠的為妳祝福。」

不止一次，你對我如此說過。每次，我都會暗暗的問：「還有誰？還有誰會比你更能給我帶來幸福與快樂？」然後靜靜的凝視你；哦！擁抱我所有深深的情和濃濃的意的你！

錯了，我錯了，直到近來我才發覺。也許你真能給我帶來幸福與快樂，但那需要我們作最大的犧牲：你必須放棄你的全部事業，我則要放棄我的家庭。你不能，一如我的不能。我們沒有那樣的自由和權利，我們不能只顧自己，不理週圍的許多別人，當別人也和我們一樣的需要幸福，需要快樂和需要保障。

此刻，我離開G城很遠，也離開你很遠，正如離開我們的記憶。我含著淚，心痛得使我軟弱無力，當車子開始在黑黑的路上移動，由G城駛向D城。我必須回到我自己的家，必須回到「他」的身邊，發誓以後不再做出類似的傻事。

最後一次告訴你：親愛的，想你，愛你！然後燃起理智的火，把我們之間不正常的情感及過多的記憶焚燒，讓它們變為灰燼，隨風飄散，不再留下任何一片完整。

民五五年三月二十七日清晨

雨季

尹玲

他永遠存在，正如一些難忘的日子永恆的不滅的閃鑠在我心中

第一次見他，天下著雨；他自濛濛雨霧中踽踽而來。我拉高了窗簾，他已步上了門前的步階，我立刻打開門，迎著一陣風雨向他打量。他的眸子盛滿落寞；嘴上唇邊卻掛著一份嘲諷的微笑，冷冷的，就是閉上眼睛也感覺得到。

「陳先生？陳弘先生？」他脫下雨帽向我欠身，

「找得正好。」我說，瞥了他一眼。他有一頭濃郁而黑得發亮的髮，長長的，有水珠沿髮滴下，他漫不經意的用手拂去；

「請進來喝杯熱紅茶。」

他進入屋，很快的將雨衣褪下，說：

「好大的雨！」

「噢！是雨季了。」

我很快的弄了兩杯紅茶，為他在杯子裏下了些檸檬的液汁。他啜了一口，愜意的嘆了一口氣，一點客套都沒有：

「我姓陳，陳鏤岩。」

我拉了一張椅子與他相對而坐：

「鏤岩先生。」我舉杯。他也舉杯啜了一口。

「一位報館的朋友告訴我，說您藏有一套故宮名畫三百種的畫冊。」

「是的，我托一位朋友從香港帶回來的。」我站起身：「請等一等。鏤岩先生，您可是寫畫的？」

「您怎知道？」他望著我，詢問。

「看出來的，鏤岩先生。」我將畫冊遞給他。

「嗯！」他接過去翻著看，很快就沉迷畫中。

一段源源的靜默佔領了整個屋子的空間。雨聲淅瀝淅瀝的聽得比前更清晰。窗外的夜色加重，躡過窗隙鑽進屋子，我亮了燈企圖將黑暗打垮。

「噢……」他抬起頭對我微笑，笑裏充滿歉意。

「怎樣？」

「啊！很好的一本參考書。」他爽朗的問：「您可願意出讓？」

「我沒想到。不是嗎？這是一本可使人尋幽探勝心曠神怡的好畫冊。」

「古人們真該自豪！」他披上了雨衣：「此行總算不虛。陳兄，浪費了您的大好時間！」

「剛好相反，鏤岩先生……」

「不，請稱鏤岩好了。」

「鏤岩兄，您可將這畫冊帶回去參閱些時。」

「陳兄……」他望著我，有些不相信的樣子。

「鏤岩兄，相信您自己好了。我亦相信我自己。」我笑著拍他的肩。

「好！好！好一個相信您自己，陳兄，我們現在相信我們的肚子好了。」

他挽著我的手，在哈哈笑聲中我們投入濃濃的雨裡。

經過這次開始後，鏤岩不時地成為我的座上客。由他的言談中我知道他的生活很潦倒：貧窮成了他不可分離的朋友。他在數所華校担任美術教席，所得的薪水，除必需的開支外，都往書店裏送。宣紙的麻紙的買回來，在毛筆之下快速的報銷了去。他沒有什麼奢侈的嗜好，寫畫是他唯一的特癖。我曾參觀過他的畫室；所謂畫室真是四大皆空，兩張木櫈三塊木板砌成了一長几；几上放置了三竹筒長短大小不一的毛筆，這就是他日間的畫桌，夜裏的睡床。此外，貳張殘舊的椅子躺在角落裏；三數個上好的木箱堆疊在長几下。滿壁吊掛著完成的與未完成的畫，另外有一個葫蘆瓜水壺懸著。我在那裏盤桓了大半天，他熱情而真摯地招待我。一碟滷味一些啤酒使我們談興大增，天南地北的無所不談。我發覺他對其他的一切都顯得平庸，但談到藝術時，他卻有套精湛的見解；而且在文學與音樂上都有很好的修養。後來鏤岩談得興起，竟將他歷年來所作的畫一古腦兒的從那些箱子中翻了出來，要我批評。他的畫以山水和人物為大宗。無論山水或人物畫都帶著一份淒淒的愁意。我將我的感覺說出來；他怔了一會，嘆口氣道：

「我只不過寫我胸中的塊壘而已。」

他送我出門。我告訴他說，他的環境並不適宜於寫畫；假如他願意的話，可以立刻搬到我家來。他搖頭苦笑；最後答應我他會考慮考慮。

鏤岩一直都沒有實現他的諾言，待我問得急了，才握著我的手吶吶的多謝我的好意。他是個熱情而又倔強的人，一經決定的事就萬難更改的了。我清楚他的性格，所以也就任由他。以後，他那些巨幀的作品都是在我家裏創作出來的。有幾次，我拖著他不放。藉著咖啡提神，我與他圍著小圓桌傾談到天明。知他喜愛無拘無束，我特地為他配了鑰匙，以便在我上班的時候，他亦能在我家靜心作畫。對這事他一直很感激我，雖然他沒有明顯的表示出來。日子就在我們的相知相聚中靜靜溜去。

＊　＊　＊

那是一個相當燥熱的晚上，我浴罷回房就寢的時候，聽得大門聲響，鏤岩踉踉蹌蹌的撞進來。他似乎喝了不少的酒。我迎上去扶他坐下。他噁了一口氣，一陣酒氣撲面而來。

「好啊！陳弘！」他怪聲怪氣的叫：「俗人是有福了。」

他沒頭沒腦的話我聽得多了，今天晚上又不知有些什麼使他忿激的事。

「鏤岩！鏤岩！」我用手輕輕的批他的面頰：「喂！喂！醒醒好嗎？」

他怪笑了好一陣，然後無聲的凝視著我，眼神是那麼樣的落寞與無可奈何。

「多沒出息的鏤岩！」他抿抿嘴！裝模作樣的：「噢！你是來跟我借錢的嗎？我早勸你別再寫那些短命的勞什子了。哈哈！這是我叔叔的話。」

「這是怎麼一回事？你跟你叔叔借錢了？」

「呸！自說自話！他見我穿得寒酸，就以為是跟他討銀來的了，我就是餓死也不向這滿身銅臭的人有所要求。最後，我告訴他別以為有了幾個臭錢就可妄然批評他人。藝術！藝術豈是豬狗們所能懂的？」

「你跟他們鬥上了？」

「這是遲早的事。陳弘，我忍了多年實在是無法可忍了。」他聳肩冷笑：「只是想不到為了辭行而跟他吵上一場。」

「辭行？你要到哪兒？」我吃了一驚。

「東南部的一個小省，D城。」

「D城？為什麼你會有這樣的決定？」我望著他。

「這兩天來才決定的。為的是多搜集一些畫材。此外，D城的一所小學需要一位美術教師。」

「幾時成行？」

「兩天內。」

「那麼……」我端詳著他，沉吟了半晌：「鏤岩，你近來瘦得多了，他鄉作客，要多珍重啊！」

「這個我理會得。我只是精神不足而已。」他微笑：「陳弘，不喝杯離別酒嗎？」

我取出一支威士忌，倒了兩杯對飲起來。

「陳弘！」他停杯問我：「你看我可是沒出息的？我會永遠寂寞嗎？」那悲哀而茫然的一抹又湧現他眼中。

「不，鏤岩，是世人沒出息而已。」我緊握他的手：「鏤岩，別忘了還有許多人也走在和你同一道路上。藝術，永遠不會寂寞！」

「那麼，我是不會寂寞，不會寂寞的了！」他喃喃著，忽然縱聲大笑，瘋狂的把一杯一杯的酒灌入腸中。我受了感染，也大口大口的吞下。多苦澀的酒！我們終於醉了，是醉於濃酒抑是醉於哀情？

鏤岩，就像一片飄泊的雲，靜悄悄的帶了滿腔離情遠赴D城。

酒後的第二天，我上了他的家，以為在別前再能與他相聚把盞一次。敲開了門，才知他已於前一天的黎明時分携了行囊去了。他的房東領我進入他的房中，那張古舊的長几與三數個箱子仍留在以往的位置。

「這是陳先生托我轉給您的信。」房東說：「他說這些傢私您會妥為安排的。」

我接過信，細心拆閱，紙上字跡歪倒潦草，幾處地方留有水痕，也不知是水是淚。他沒說很多的話，我卻感到他那深深的愁意。他說到故宮畫冊放在箱子內，畫几，數箱畫稿與他留下的東西，都交付予我……我坐在長几上，怔了很久，再著手收拾起來。其實一切都早已打點好了，我只作了一些整理。喚來一輛三輪車，把一切裝載回去。途中，我把玩著葫蘆水壺。在圓圓的瓜體上，我赫然發現題「舊知」二字；字跡蒼勁，是鏤岩的手筆。拔開了塞子，一陣醇烈的酒氣撲面。我仰脖喝了一大口，心中的鬱意竟然濃烈起來。哦！舊知！舊知！竟醉人如斯！

＊　＊　＊

陳弘：

抵D後的第一件事：給你寫信。

D城很幽靜，靜得直扣人心絃，這會是一個很適合作畫的地方。我滿意於自己的選擇和決定。學校離街市大約有一公里，近河。每個黃昏我可以到河邊看日落，我想，或每個黎明在河邊看日出；夜晚在河邊看月亮的倒影；下雨時在河邊看水的漣漪。你說可愛嗎？陳弘？

再過幾天學校就開學了，讓我先享受這份難得的謐靜。堤城的熙攘還令你討厭嗎？受不了時，不妨來一來D城，陳弘！

鏤岩，一九六四年七月十日

陳弘：

不想到來看我嗎？不希望看看我所愛的D城嗎？

D城很靜，我曾說過的。清晨與黃昏我多在河邊徘徊，偶而也寫寫生。你不知道河靜的時候有多美，美得像情人。我最愛河岸的那一排柔柔的柳樹，總喜歡俯首河面照照自己。

夜裏，你知道嗎？找了幾瓶酒，獨自租了一艘小艇，河面逐波飄流。酒、烟、孤獨，是那麼樣的不能離開我，現在。

你知道學生怎樣說我？他們說：

「陳老師好怪！」

陳弘，你是清楚我的怪的，不是嗎？他們還說我近來比以前瘦了，我自己反而茫然，我從不想到要知道我的體重。

我將最近完成的幾幀作品寄給你，陳弘，你得給我批評，我到D城後的畫是進步了抑或退步了？

今天是雙十節，以前學校會放假或開一個什麼慶祝會的；可是，現在，唉！我只能孤孤單單在房裏默默的唸上千萬遍：「雙十節！雙十節！」

陳弘，你的牢騷呢？寫來呀！

鏤岩，一九六四年十月十日

陳弘：

窗外，雨連綿的下，雨提醒我，使我意識到我是在異地，那麼孤苦單丁的。陳弘，我的家鄉呢？陳弘，陳弘，我能不滴淚嗎？

春節的相見如今只是記憶。也幸好我們曾互贈那些美好與值得紀念的記憶，陳弘，要不然，像此刻此地，我能想誰？我能追憶些什麼？

大半年了，陳弘，你只給我來過兩封信，是為報復我的懶惰嗎？不要這樣，陳弘，你該知道我孤獨。我時常鬧情緒，對人對物也就往往顯得失常些。校長勸我應該去找個醫生做個總檢。哼，我就是不去，我死也不會向那些鬼醫生低頭。他們就只會胡亂的給你檢查一遍，然後閉上眼睛開滿張藥單的藥：每天要吞多少粒，多少滴，要打多少針，這種那種的，真煩人！陳弘，我還是那個老脾氣，頑固的不願受拘束。他們說我大約是患了肺病或肝病什麼的，（我還沒告訴你，我時常咳，半年來的事了）要我戒酒戒烟戒抑鬱。陳弘，我怎能戒得來呢？酒、烟、抑鬱、孤獨，貧窮都不想離開我，而我也不能離開它們。陳弘，你說我能做些什麼？

近來我也懶得寫畫了，只是懶而已，陳弘，我永遠都不會放棄畫的。有一個名叫做李祥的學生，他對美術很有天才；他說將來也要學我，到處流浪，四海為家的追尋理想。那是他的幸福，也是他的不幸；是他的聰明，也正是他的愚笨，就像我目前。他很肯用心臨摹，常在我房間裡躭上大半天。我的假日大多數有他做伴。你說這是可喜呢，抑或可悲，陳弘？

中秋節又快到了。還記得以前我與你賞雨於中秋夜？這個中秋會不會有月或是仍有雨？

第一個雨季我認識你，第二個雨季我們熱絡，第三個雨季我們分離，如今是第四個雨季了。陳弘，我們還能有多少個雨季？

鏤岩，一九六五年八月二十日

陳弘：

是除夕！多淒涼的一個除夕！

陳弘，你到底還有一個家，還有你的家人，你到底是幸福的；而我，縱令我再灑脫，不重視任何一個節日，可是，此刻，環視這空空洞洞的房間，對著一盞孤燈，我能不有感觸？

爆竹聲在外面響得多熱鬧！陳弘，我真想哭上一場！這是什麼生命？從什麼地方拾回來的？生命，我根本沒有要它。出世之前，我不知道我在何處，我也不想要來到這個世界上。而出世以後，我要為不是我所要的生命負起一切責任。陳弘，父母親的婚變在我心靈上烙下一道深深的傷痕。當他們問我願意跟誰在一起時，我誰也不要跟，我說：

「讓我自己活下去好了。」

那年我十二歲。以後我就一直靠自己的雙手和智慧生存。陳弘，你說這有多滑稽？一個是我父親，一個是我母親，可是他們卻分開了。我是他們共同的孩子，我怎能要父親而不要母親或反過來做呢？

曾有多少個女孩子在我生命中走過，但我不要她們為我停留下來，父母親的教訓一直令我恐懼。我何必誤人再誤己呢？

陳弘，你現在明白了我寧願孤獨的原因？你會說這是一種變態的心理？陳弘，不知有過多少次，我想用我的雙手結束自己的生命！這雙手，曾創造我的事業的，曾創造了一個像此刻的鏤岩的，該有多偉大？也該有多可怕？

陳弘，我告訴你一個不好的消息，但不許你驚惶，也不許你婆婆媽媽的囉囉唆唆，昨晚，在一陣劇烈的咳嗽後，我吐了一口鮮紅的血，陳弘，不要為我擔心，我自己會為自己作安排。

你會來看我嗎，陳弘？這個春節我是夠寂寞的了。有幾個學生送了應節的禮物來，可是，誰與我共嘗呢？

不祝你，你也是有福的了，陳弘！

鏤岩，一九六六年一月廿一日凌晨

陳弘：

現在是夏天了，是嗎？

春天你來，曾祝福我，希望我早日脫離苦難病痛；可是，陳弘，沒有一個神肯鑒證你的祝語，所以，我一直在虛弱中過。

三個月了，我沒有動過畫筆。它會生鏽嗎？它會僵硬嗎？陳弘，我不知道。

噢！老天，我是一個怎樣的我？

你也許會罵我，陳弘，菸與酒我沒有一天放棄過。管它那麼多幹嘛？我還活一天，我就享受一天。陳弘，近來，我感到死亡的黑影越來越常浮現在我心中。我並不害怕，但那個黑影使我不安。

唉！不談這些了。也許會有那麼一個奇蹟：忽然的，我會好起來。陳弘，鏤岩不會是易死的人，十個死神一起來我也不怕；何況，我根本看不見死神，我連它的影子也見不到。

你說我有多傻？陳弘，前幾天，咳得最厲害的時候，我竟寫下了遺囑。我要求校長能將我的遺體火化，然後將骨灰撒下河裡，讓我就是死去也能到處流浪去追求我未完成的理想。

學期早就結束了，我仍然不想離開D城。只是，下學期，我還能夠繼續這種生涯嗎？陳弘，我有些兒擔心。

雨季又快到了。陳弘，我還記得初見你時，你那句「噢！是雨季了！」曾給予我一種不祥的感覺。雨，似乎是代表了一切的不幸。當然，那是對我而言。

陳弘，給我寫信。我從來沒有像此刻如此焦急的盼你的信。

鏤岩，一九六六年五月八日

* * *

是雨季了！我把窗簾拉高，望著窗外細細密密的雨絲發呆。

鏤岩說過雨似乎是代表了一切的不幸。那不幸的感覺此刻怎麼來得這樣深刻？雨是血，是淚，是離別，是死亡！我怔了一怔。為什麼我會想到死亡這兩個字上去的？

灰色從青空降下，越來越沉重。該有六點了，剛想轉進去亮燈的時候，一個人從雨中匆匆跑來，我打開門，是郵差：

「電報！」

我接過來，捻亮了燈。電報上只有寥寥的四個字：

「鏤岩已逝！」

窗外，雨淅瀝淅瀝不絕不斷。

噢！是第幾個雨季了？

完稿於西貢，一九六六年雨季

繞道

尹玲

是我和達基訂了婚後一個禮拜的星期日。

達基與我被邀請一同去參加一個同學的生日茶會，會上只有主人幾個比較熟的朋友，所以氣氛並不拘束。

我發現有一雙眼睛在注視我。我回望他，是凌霄；我記得子祥剛才曾這樣的向我們介紹過。那雙眼睛盛有過多落寞和無奈；我被看得不自然起來。

「妳以前認識他，那個姓凌的？」我的不自然很快就被達基找出原因。

「沒有。」我輕輕地說。

「我討厭他。他看妳看得目不轉睛。」達基的醋味很濃。我不再出聲。

回到家，達基在門口與我道別。他捧起我的臉，深深的看了好一會兒：

「小瑩，我是多麼的怕妳會被另外一個男孩子搶去。妳是那麼美好！小瑩，我等了多少年，妳知道嗎？妳現在是我的未婚妻了，我可以放心了，是嗎？」他在我頰上輕吻了一下：「明天見！哦！」

達基走後，我回到房裡。凝視他置在我案頭那張含笑的照片，我搖搖頭：

「達基，你為什麼要愛我？你為什麼要和我訂婚？我何嘗愛你絲毫？達基，我們的婚姻將只是一齣悲劇！我並沒有愛你，是媽要我嫁給你的，誰叫她受了你家如此多的恩惠？哦！天！」

我感到暈眩。慵慵的倒在床上，我在無數個模糊的夢裡睡去。

我病了。

身上發著高燒，我神志不清。偶然清醒的時候，我總見達基坐在我床前的小籐椅上，默默地守著我。

「哦，達基，我使你受苦了！」看他那憂慮的神色，我知道我曾使他有多擔心，心裡不禁感到不安。

「小瑩，別這麼說！我只要妳快快痊癒！」他溫柔的撫摸我的頭髮：「小瑩，閉上眼睛休息，不要想得太多，知道嗎？」

我聽話的閉上眼睛。只一忽兒，我又墜入那迷迷糊糊的境界裡，神魂不知何去。

母親為我的病瘦了許多。這些天來，她是忙夠了。給我煎藥，為我倒茶倒水，替我換衣服，無微不至的服侍我。夜裡我總是不斷的發出駭人的夢囈，吵得她又恐懼又憂心：

「小瑩，媽在這兒！別吵，小瑩！安靜點嘛！妳見到什麼了？凌什麼？什麼玲？別胡說，哪會有鬼的？小瑩，睡睡，媽在這兒陪妳。小瑩乖！小瑩睡睡！」

「哦！媽！媽！我怕！」我在母親懷中不住的顫抖：「媽！我冷！我怕！」

* * *

整個禮拜在床上與病魔掙扎，我虛弱得不能自己起身或坐坐。躺在床上，我要母親把窗簾打開，我要呼吸外面清新的空氣，看看外面的景物。

窗外，天藍得可愛。噢！有多久我不曾見過藍天了？白雲悠悠的一片片在飄。飄忽的雲，流浪的雲，幾時我能抓住你？幾時我能綁栓你？讓你安定，讓你不再東西流浪！還有那綠綠的樹葉，朵朵淺黃色的瓊英花，你們都別來無恙？

母親帶進來一疊信，放在我的床頭：

「看，妳病了幾天就有這麼多的信了。我唸給妳聽，好嗎？」

「我自己來，媽！」我最不喜歡別人拆閱我的信，縱使親如母親。

母親慈愛的撫撫我的額頭，然後輕輕的親了我一下：

「可憐的孩子！妳爸死後，妳就沒有以前那樣活潑了。別怪媽哦！不是我不給妳幸福，是我無能為力。不過，妳有達基，他會待妳很好的，我知道。媽不會看錯人的。」

達基？達基會待我很好？也許會的，他是那麼樣的愛我！可是，愛情並不是單方面感情的傾與，也不是將愛情對象置放在面前珍愛地鑑賞或供奉。怎麼我會愛不上達基？他體貼、溫柔、英俊，再加上他那可以耀人的家世，是哪一點令我看他不順眼？綺萍就曾以羨慕之極的口吻在我訂婚禮上說過：

「我們之中，妳是最幸福的了。達基是那麼好，他會是個最忠心的丈夫！小瑩，好好享受妳所擁有的！」

最幸福？我淡淡的笑了笑。天才知道什麼叫做幸福，幸福又是什麼樣子的？

我轉過來看看達基：他滿臉掩不住的興奮。那稚氣的笑容看起來是多麼無邪。我心裡飄過一絲暗影：

「達基，我們的婚姻將只是一齣悲劇！我不愛你，達基！」

母親走開後，我立刻拆開那一封封的信。病中，朋友的問候信令人感到無限溫暖。一行行熟悉的字跡，一句句關懷的問語。噢！還有誰被寵如我？咦！是誰寫來的，這封信？字跡如此陌生？

小瑩：

聽子祥說妳病了，很嚴重嗎？但願不是。

多麼希望能陪伴妳，在妳病中，給妳侍奉茶水，為妳削削水果、調調藥品；給妳講故事、說笑話；讓妳在病中不感到害怕！

有人代我做這些？是達基嗎？我多願是他！

允許我來看妳？我會來的，總有一天，很近很近的一天。願妳早日復原！

凌霄

凌霄？誰是凌霄？子祥說的？噢！對了，是那個男孩子，那個有一雙盛著過多落寞與無奈的眼睛的男孩子。他是怎麼了？寫這麼樣的一封信給我？要是達基看到這封信？我臉上一熱，連忙塞入枕頭底下。

「小瑩，一位姓凌的朋友來看妳，我讓他進來，好嗎？」母親的聲音在房門口響起，我被嚇了一跳。會這麼巧？會這麼快？我感到暈眩，不知所措的胡亂點頭。

「小瑩，妳的病好多了？」小瑩？多親密的口吻！哦！你是一個怎麼樣的男孩子？你的一切行動都使人暈眩、使人透不過氣來。我惶然的看著他。

「怎麼啦？小瑩？是什麼使妳害怕了？該不是我吧？」他在我床沿坐下。我們的距離是如此近，近得令我害怕。

「凌……」我囁嚅著。

「叫我凌霄。我喜歡聽妳的聲音。」

「凌霄，我感激你來看我。我……我需要靜養。你改天再來，好嗎？」

「我在一邊陪妳，我不打擾妳。妳睡，我在這兒看妳睡，小瑩，好嗎？」

你怎麼能夠這樣的？你……我放開聲音：

「媽哦！代我送送凌先生！」

「小瑩，妳怎麼……」他還沒有把話說完，母親已站在房門口，微笑的望著他：

「很感謝你來看她。凌先生！」

他無可奈何的望了我一眼，默默地走了。

噢！凌霄！你別逼我！別逼我做出不對的事！我和達基訂了婚。你只是一個後來者，你出現在我的生命裏何其遲！凌霄！

達基！達基呢？達基今天怎麼不來？

「媽，達基今天沒來過？」

「他為妳也病了，頭痛頭暈什麼的。明天或許會來。」

達基！你對我真好！媽沒說錯。可是我，唉，我不知我是怎樣的！

＊　＊　＊

半個月過去了，是充滿愛的半個月，是充滿情的半個月！

達基除了那天，每天都來看我；帶來了鮮花，帶來水果，帶來書，也帶來了一個未婚夫對未婚妻子特有的愛心。

母親的眼睛閃耀著喜悅，她為了撮合我們費了多少苦心！

我靜靜地躺在床上，或斜靠在疊起的枕頭棉被上，看著這兩個最疼愛我的人為我忙碌，為我進進出出，為我擔憂，為我歡樂。

「小瑩，爸說等妳的病完全好了之後，我們就可以籌備我們的婚禮了。妳高興嗎？小瑩，那時，噢！我一分一秒也不離開妳。小瑩，我要盡力照顧妳、保護妳。妳看起來是那麼的柔弱。小瑩，妳……妳怎麼不說話？」

「我？」看著他滿臉的神采飛揚，我低垂頭：「達基，你真的要娶我？」

「什麼？小瑩，好好的妳在說什麼瘋話？我不娶妳娶誰？小瑩，到底是什麼使妳心神恍恍惚惚的？」他著急的扳直了我的身子，一疊聲的問。

「我沒有什麼，達基，你放開我。我們不可以好好的談嗎？你抓得我的肩膀也痛了。」

「噢！對不起。小瑩，妳使我喪魂失魄。我真不明白妳的腦袋此刻裝些什麼？」

「我想說，達基，你娶了我永不會後悔？」

「天！小瑩，妳今天怎麼了？我會後悔？一百世一萬世我也不後悔。是誰在妳面前說過我的壞話？除了妳，我還愛過誰來？妳不信任我？」

「不是那樣的，我是怕我不適合於你。達基，你回去，讓我安安靜靜的想一想。」

「天才曉得妳是中了什麼魔！我問伯母去。」

他氣沖沖的走了出去。我緩緩的起身，把房門上了鎖。回到床上，我將臉埋在枕頭裏，眼淚不由自主的流下：

「達基！怎樣做我才能愛你如愛一位情人？」

*　*　*

黃昏。

母親去看一位留醫醫院的親戚，臨走時吩咐我：

「小瑩，在家好好休息，不許胡思亂想，知道嗎？今早妳跟達基說了些什麼？害得他又氣又怕的。等妳完全好了之後，你們就可以舉行婚禮了。我也算是了卻一生最大的願望。」

又是婚禮！我能不有這個婚禮嗎？我算得是什麼，在這個婚禮中？新娘子嗎？怎樣的一個新娘！任人安排！任人擺佈！

捻亮了檯燈，隨手拿起擱在案頭的一本詞選，我放鬆了身心，懶慵地躺在床上：

「誰伴明窗獨坐？我和影兒兩個。燈盡欲眠時，影也把人拋躲。無那無那，好個淒涼的我！」

好個淒涼的我！哦！我把書本拋在床角，坐起身，伸手熄了燈。窗外的暮色湧進來，一片幽黯，多像那些黃昏我去掃父親的墓的暮色！哦！爸爸！知道您的女兒此刻孤單寂寞？

我走近窗口，外面暮色加濃。驀然，我發現圍牆外電燈柱下有一個修長的身影，癡癡地站在那兒，望向我的窗口。

「是你！凌霄！」我脫口呼出。噢！他是怎麼了？那份落寞與憔悴教人心痛。

「小瑩，我能夠進去？」顫抖的聲音。我毫不猶豫的點頭，飛快的跑出去開門。

「哦！小瑩！」他喘著氣，我也喘著氣。他一把將我摟進了懷裡。我埋頭在他的胸膛上，可以聽得見他的心跳動得多劇烈。

「小瑩，知道這些天來我怎麼過？每天傍晚我都在燈柱下等妳出現。小瑩，每晚我都等到雙腿發麻。小瑩，妳怎麼能夠如此殘忍？妳應該知道我愛妳，從第一天認識妳起。哦！小瑩小瑩！我的日記滿是妳的名字，妳知道？」

「我知道！我知道！我知道！凌霄！」我整個心靈都在震撼。我軟軟的靠著他。最好整個宇宙此刻毀滅，我只要靠著你，我只要靠著你，凌霄！

「妳還很弱。回房裡躺，我陪妳，小瑩！」

他扶我躺回床上，替我蓋好被，然後默默地坐在床沿。

「你喜歡坐床沿？」我仰視他，那張年輕的臉看來是如此的惹人憐愛，「你憔悴了！」一陣痛從我心底溢出。

「為妳，小瑩，為妳坐床沿和憔悴！」

「噢！凌霄！」我激越的喚著。

「閉上眼睛，安靜的說，不要亂想，我在這裡看住妳，小瑩，一生一世，一輩子！」

真的嗎？凌霄！你真的伴我一輩子？你真的不離開我一分一秒？凌霄！我知道了為什麼我不愛達基如愛一位情人；我明白了，我是在等一個凌霄的出現，我在等一個凌霄的愛情，一個我所夢想的凌霄！

凌霄！你到底是出現了；只是，你出現得何其遲？我拒絕你嗎，像上次我曾傷你？或是閉上眼睛接受一切，任由它們自行發展？你知道我有多恐懼接觸到你的眼神，第一次見你時，你知道我有多擔心我們之間會發生愛情？所以我堅決的向我自己否認你的存在，我頑固的、殘忍的將你趕出我的心扉。然而，所有努力終歸失敗。是注定了我非愛你不可？怎麼樣的一回事？我不愛我的未婚夫，我會不愛我的未婚夫而愛上一個陌生的男孩子？多可怕的浪漫？不是嗎？凌霄，我見你連這次才只三次，我連你是怎樣的一個人都不知道，到底是什麼令我們之間沒有距離？是什麼令我們毫不猶豫、毫不顧慮的將整個心互相奉獻？

我張開眼睛：

「凌霄，該怎麼辦？你和我……」

他深深的注視我，搖搖頭：

「小瑩，有許多事不是我們能夠想得來的。認識妳之前，我有過戀人，我曾以為我們相愛很深，我以為今生再也不會離開她，我們一同起誓不再分離；可是，熱度過後，從她那兒回來，把自己關在閣樓上，我才發覺我們之間本就沒有絲毫聯繫。我愛詩，我寫詩，我瘋狂的追求詩中那份超脫的美；但她不欣賞。小瑩，不知妳是否有過這種感覺？是她擋住了我的視線，我看不見前程。為了不誤人誤己，我對她說：『相愛不是相互凝視而是將視線集中在一個共同的目標上。我們沒有共同的方向，所以我們分手。』她哭了，問我方向是什麼。我說：『妳的方向是問方向是什麼，我的方向是去尋另一個方向，妳明白了？』她哭著搖頭。我默然回來，以後再也沒見她。那是一種心靈上的感受，小瑩，妳會懂？我傷害了一個女子的心，但那比害了她一生的幸福好些。我清楚我自己，勉強跟她結合，我會變成另外一個人，一個完全不是本來的我的人；那害了她，也會害我自己。小瑩，妳……妳流淚了？別哭，妳不應該哭，妳該快樂歡笑，我會給妳帶來這些。小瑩，答應我，不再哭了？」

他用自己的手巾為我拭去眼淚，輕輕的握住我的手：

「告訴我妳和達基的事，好嗎？」

「我們從小認識，我們之間有些我不清楚的親戚關係。爸爸還在的時候，生意上常得到他家的幫助。爸死後，媽媽結束了店鋪的事——我們是做洋貨的——我們就一直閒居著。達基是我們家唯一的常客，媽寵愛我，也讚賞他，所以要我嫁給他，我對他的感情一直是淡淡的，我察覺到那不是男女間的愛情。也許正像你所說的，我們沒有共同的方向：我愛文學，他則每天要在商場中打滾，我們訂了婚，也許就快結婚了。」

「妳真的會和他結婚？」

「我不知道，凌霄，近來我很失常，反反覆覆的要他考慮清楚我們應否結婚，他為人正直，不能體會我矛盾的心情，他很愛我，那也是不容否認的。噢！你明晚再來，好嗎？媽回來見到妳，那不好。」我立起身。

「不希望妳母親知道嗎？妳根本不愛達基！」

「凌霄，我很難做，我在中間，不能自己主動決定。你回去，明晚等我，我會出去。」

送走了凌霄，我感到心的負擔越來越重，母親、達基、凌霄；母親、達基、凌霄。噢！你們的影子不要繞著我，不要繞著我；我誰都不要，誰都不要！

＊　＊　＊

天飄下了細雨，我從窗口看見凌霄在燈柱下的身影，匆忙穿上雨衣，拿了雨傘就走：

「媽！我出去一會兒！」

「小瑩！妳還……」母親的喚聲從廚房裡飄出來，但我沒有聽下去。

「凌霄！」我飛奔到凌霄身邊。

「小瑩！」他接過我手中的雨傘，替我撐著：「妳不怕雨？」

「相反的，我愛雨！」我抬起頭來看他：「你呢？凌霄？」

「和妳一樣。」他微笑的凝視我，那份落寞和無奈此刻已不存在，我情不自禁的說：

「噢！我發覺你愉快的時候好看得多！」

「是嗎？我願因妳而愉快，小瑩！」

我們緩緩的沿著街道旁邊行去。黃昏細雨中一切景物都美；那份朦朧的美教人不能不回憶、不能不深思遐想。從最底層的意識裏，我模糊的感覺到我似乎曾經歷過和此時一模一樣的情景：也是一個黃昏，有雨的黃昏，一個男孩子伴我雨中行；同樣的說話，同樣的心情；同樣的路，同樣的景。是我曾做過的夢中夢境？是前世殘留在記憶中的景象？我看看凌霄。怎樣熟悉的一個凌霄！

「小瑩，妳看見這個淡淡的光圈嗎？」他指著地下雨傘邊形成的一個圓圈的投影：「從今天起，我們不許越出這個圈，圈裡有妳有我。我們也不許別人跨進來，讓他們在外面好了。妳答應我？」

「可是，達基他……」

「不要提任何人，我只要妳答應！」他專橫的說。多可愛的專橫！

「我不知道我該怎麼做。凌霄，不要逼我！不要逼瘋我！」我懇求的喊。

「小瑩，妳……好的，我不逼妳。妳答應時，告訴我一聲。」他聳聳肩，無可奈何的說。

我們沉默的行著。路燈不知已於何時亮了起來。天色變得黑了。雨點飄落傘面，愉快的舞著。道路兩旁的樹木在雨中無言聳立，承受所有寒冷。車輛稀少，行人更少。

「該回去了！小瑩，怕冷不？」凌霄的聲音低低響起，那麼深沉，那麼溫暖。

「不，因為有你。」

我們折回來。雨還是那麼輕柔地飄著。

「撐我的雨傘回去！不然會淋壞了你。」我站在門前的石階上，看著他，說。

「怕雨淋還保護得了妳嗎？」他笑了笑：「小瑩，不用了。明天見！我仍在那邊等妳。進去吧！我看著妳進去。」

「不，我看著你走。」我搖搖頭。

「聽話點！小瑩，我看妳進去。」他深深地注視我，令人不忍抗拒。

我取出鑰匙，開了門進去，屋裏的情形嚇住了我：達基失魂似的坐在沙發上，母親鐵青著臉坐在他的對面。

「小瑩，過來！」母親沉著聲音叫：「妳去了哪裏？不知道天下雨嗎？不知道妳身子弱嗎？不知道妳是達基的未婚妻嗎？小瑩，妳是瘋了？」

我怯怯的在母親旁邊的椅上坐下，犯罪感使我不敢出聲。

「小瑩，我見到妳和凌霄在一起。我明白了妳不肯嫁給我的原因。我比不上他嗎？」

「是我……我們不相配，達基。我不是你理想的妻子，你也不是我夢想的那型人。你太好了，好得令人不忍傷害……」

「可是妳卻傷了我！」

「是的，達基，我傷了你。在感情上，你屬於那種需要別人愛護的人，而我也屬於那型的女孩子。達基，我需要的是一個能替我做主能保護我的伴侶，而不是……不是一個遷就我的丈夫。」我急急的說，唯恐停下來就再沒勇氣說下去。

「妳從來不和我談過這些。自從見過凌霄，妳就變了，變得那麼快，那麼令人難以置信。」

「是愛情使我變了的。」

「愛情？妳和他的是愛情？和我的呢？」

「友情。達基，我們從小認識，可是我們並不曾努力去了解對方，你說不是嗎？」

「小瑩！」母親開口了：「妳打算怎樣？妳們的婚事呢？小瑩，連我做母親的也不明白妳打的什麼念頭。妳們不是好好的一對兒嗎？忽然走出來一個什麼凌霄，妳就連未婚夫都不要了。小瑩，妳知道妳的行動令我多傷心？」

「媽！」我拖長了尾音：「不是我不要達基，是我們不互相適合哪！」

「小瑩，妳希望我們解除婚約，是嗎？」達基痛苦的眼睛使人害怕。

「我不知道！達基，我不知道！我不知道！你們誰都不要逼我！不要逼我！」我嚷著跑回房裏。鎖上房門，我煩燥的投身床上，眼淚不能抑制的滾下：

「誰都不要逼我！不要逼我！不要逼我！」

＊　＊　＊

我站在窗口已經很久很久了，從太陽開始下山一直到現在。天色完全黑了下來。房裡黑黑的，我不想開燈。凌霄怎麼還不來？他昨晚約了我的。見他時我要告訴他昨晚的事。凌霄，你得替我想辦法，我徬徨，我無依；我不懂得怎樣處置我的感情，我矛盾，我痛苦；你知道？

路燈亮了多久？我不知道。那支燈柱孤獨沉默，像一個痛苦的情人。情人！凌霄，你是我的情人？哦！我微笑，是的，凌霄是我的情人，他令我在短短的時間內深深的愛上他。愛是那麼樣的奇異，那麼樣的不可想像！我總不會是中了邪吧？為何我能夠不愛達基而愛上凌霄的？

有敲門聲。我走過去開門：

「媽！您……」

「妳的信，小瑩！怎麼房裡黑黑的！」

「信？」我捻亮燈，疑惑的拆開信封，天！是凌霄的字跡！凌霄，他怎麼了？

小瑩：

半夜裡達基來找我。我們談了竟夕。

我走了，妳讀這封信的時候。走去哪兒，歸向誰，我還不知道。世界如此遼闊，總可以讓我流浪一輩子！

多可笑！昨天我還妄想愛妳一輩子，守著妳一輩子；今天卻說離妳一輩子，不見妳一輩子！小瑩，不是我不守諾言，不是我騙妳，只因我不能不如此做。

達基是個很好的人，妳沒說錯。談妳的時候，他哭得像個孩子。他愛妳比我愛妳深，因為那是積年累月的感情。

我心緒紊亂，小瑩，但願妳能懂我的意思。我們有共同的方向，我們有共同的目標，可是我們不能攜手同行；因為妳和我不在同一的道路上。我能繞道嗎？小瑩，我仍深望到達目標時，會見到妳或在那兒等妳，等妳與我長相廝守。

小瑩，讓我喚妳！喚千聲萬聲小瑩，我會喚小瑩整我一生！

凌霄

我反覆的讀著，最後忍不住哭了出來，凌霄，你這就走了？

噢！等我！凌霄！我知道什麼是我們共同的目標，我知道怎樣邁步向它。我先到時，我會等你，我會等你。約，不管時間多長，不理距離多遠，我都以整個心靈迎赴。

你繞道吧！既然此刻不能與我共攜手。

窗外，是夜。

回棹

尹玲

是的，就因為那是一段屬於過去日子裡的故事，怎樣再也捕不回來。還想捕嗎？不了。日子在妳的生命中流逝，但妳怎能握住它？妳只能活在時間的飄移中；時間不是一種實物，讓妳擁有，它只是人的一種意念，妳可以承認或否認它。承認嗎？怎樣教這意念存在？否認嗎？如何解釋額上眼角間的皺紋？如何解釋青絲裡參差的白髮？人，榮耀的人，悲慘的人哦，誰能在同一的河流中沐浴兩次，拾同一的浮萍，吻同一的水珠，擁同一的夢幻？

夢幻？妳又曾擁過多少不同的夢幻？那些日子啊，夢幻舞得多輕盈，總旋旋不盡似的，一個接一個。赤繩好韌好長，天南地北的把兩葉雲繫上。是誰說的？他。雲，是雲嗎？不羈的雲，放縱的雲，妳是雲，他也是雲，赤繩縱繫上兩葉雲，可是，誰又能拴得誰住？月老的手曾抖過嗎？怎麼繩會纏上了另一條？好韌好長，誰保得了呢？

誰保得了呢？就因為那只是過去日子裡的一段故事啊！美麗的故事總沒有結果的，可是有幾個人又願意將自己編入為這故事的主角？是誰贈妳這又美又苦的記憶？雨飄得好淒好冷，街頭無人，誰携手伴妳？——他好狠的心！

擺手吧！還留戀的是傻瓜。從此將夢束起，獨個兒浪跡天涯。朱敦儒的詞在迴旋，聽聽：

漁父長身來，只共釣竿相識。隨意轉船回棹，似飛空無跡。
蘆花開落任浮生，長醉是良策。昨夜一江風雨，都不曾聽得。

寫於一九六六年

記憶之鑰

尹玲

黃昏。

汽車在公路上飛馳。康白一手扶著駕駛盤，一手環了我的腰，不時回過頭來深情地看我一眼。我靠著他，羞澀的避開了他的視線，望出車窗外。

晚風好涼，一陣陣的湧進車廂裏，拂起我的長髮，有幾絲飄捲著康白的後項。我坐直了身子，深深地吸進一口氣。熟了的稻香溢滿整個空間，清新的。我滿足的懶散地靠在車墊背上，聆聽幸福在心中翻掀波浪。

「小珩！小珩！……小珩！唔？怎不應我？」聽不到我回答，康白驚異的掉過頭來。

「哈哈！噢！」笑聲未絕，我跟著惶恐的大叫。迎面而來的大卡車差點兒撞了上來，康白及時的閃開。

「你看你，駕車就要小心；要不然，闖了禍怎辦？」

「誰叫妳不肯應我？闖禍的話我們就死在一塊。小珩，妳願意？」

「我怎麼會不願意呢？康白！」我輕輕說。

康白將車子停在路旁田野間的一塊曠地上。我打開車門，剛想跳下車，康白一把拉住了我的手：

「不要下車，小珩！坐在這裡聽音樂不更好嗎？」

扭開車內的無線電，音樂輕飄出來。迴旋在車廂裏，然後越過車窗，溜進田野去，融和在柔柔的晚風裏。

我依貼著康白，他寬濶的胸膛暖得令人舒服。落日在晚霞堆中紅紅，幾片絮絮的輕雲白在晚空裏。田裡金色的稻穗把重重的頭傾過一側，極目是一片微微起伏的波浪，偶爾有一兩聲倦遊的歸鳥鳴叫從空中掠過。川走西貢——六省的各種車輛駱驛來往公路上。車聲誇張的喧囂不讓田野安靜。

康白一手擁著我的肩膀，另一手緊握我的左手，靜靜的不知沉思些什麼。康白的一雙手白皙，手背隱隱的現著幾條青筋，手指修長，指節的骨骼不大：充滿才氣的一雙手。我將視線從他的手往上移。他的臉色白裏帶紅，那是健康；寬的額頭，國字臉型，嘴唇薄：聰明，會說話，但不油腔滑調；他的衣著永遠是那麼樣的整齊清潔：白襯衫配上一條深色的西裝褲，總是瀟灑而大方；黑色的皮鞋和棕色尼龍襪很有氣派。反觀我，散漫的總不肯打扮打扮自己。一頭散開的濃濃長髮任意的披在肩上，臉上不曾化粧，衣裳裙子從不加以研究選擇，鞋子兩三雙隨腳穿上就走，懶得檢視過是否和衣服的顏色相配。幸虧康白不是個喜歡挑剔的人；要不然，包管他每天會在我服裝上，發現到最少十個缺點。

「康白，想些什麼？」我輕輕相問。

「我在想，是誰讓我們遇上了？」他看著我。我低垂了頭：

「你說呢？」

「命運。我是那麼樣的相信命運。」

一個大男人也會相信這些？我不禁笑了出來。

「妳說不是嗎？」

「我才不信。人們把一切不能解釋的都推到命運上去。你怎不說偶然巧合？」

「偶然巧合也只是命運。小珩，妳還那麼小，怎懂得世間許多緣份的事。」

二十歲了，二十歲的姜珩還算小嗎？想起前年認識他，十八歲的姜珩在他眼中又是一個什麼樣的孩子？

「要是那次放學天不下雨，我不站在學校門外發抖，你不駕車經過，我們怎會認識？那不算是巧合嗎？」

「算是緣份，好嗎？我們不要再辯論這問題了。小珩，告訴我，妳父親對我的印象怎樣？」

「不壞。可是，他沒想到我們……在相愛。」

康白嘆了一口氣，不再說什麼。暮色在田邊稻禾中升起；只一忽兒，黑暗就完全圍罩下來。天邊冒出了第一顆星星，我搖撼著康白，欣喜地：

「看看，第一顆星！……怎麼了？你？怎不說話？」我的情緒因他的沉默而低落。我賭氣的掙脫他的懷抱，傍著車窗，我將窗玻璃旋上，將額頭抵上去。

「小珩！小珩！」他挨了過來，低聲下氣地：「不要生氣嘛！我心情不好。妳知道，公司裡的業務近來亂糟糟的，我和妳之間的感情又不上不下的懸著。小珩，你就體諒體諒我好不好？」

在那柔和似水的懇求下，我還能發什麼脾氣？許多感觸在一瞬間迸發起來，我感到寒意從背脊內冒起。轉過身來，我緊緊擁住康白：

「康白！康白！」

蔚藍深邃的夜空嵌上數不盡的星星。夜涼如水，我靠在康白懷中一動也不動，聽著他的心跳以均勻的節奏。康白輕吻我的髮鬢，在我耳邊柔聲喚小珩。啊！幸福！我怎能不握緊著你？當康白在我的身旁，我覺得生命挺夠充實了，即使過去生命中曾有缺憾，但此刻這份堅精的幸福，足夠補償過去的痛苦。

陶醉在幸福的感受中，我忘記了時間溜走了多少，直至康白輕輕推我：

「小珩，該回家了，快十點了，妳爸爸會罵的。」

回去？哦！我才醒覺，怎麼時間過得這麼快？我們來時才六點半，只那麼的一忽兒就十點了？怎樣能將時間的雙翼抓住縛緊，在我與康白相依的時刻？回家？是的，該回家了，回家不就等於分離嗎？多殘酷的分離！難道我們不能建立起一個只屬於我們的永恆嗎？康白？

郊外的一段路沒有燈；下弦月直至此刻還是不願露面，黑漆漆的。康白開了車頭燈把路面照亮，許多小飛蛾迎光撞來。康白，我們不也像這些小飛蛾，撲死在愛的火光中？

我軟軟的靠著康白。多願這段路永遠拉長，永遠走不完，走不到家，走不到分離的時刻！

* * *

「珩兒！珩兒！」

父親在飯廳高聲呼喚，將這時還在擁被高臥的我驚醒了。揉了揉眼睛，案頭的鬧鐘已指著七點半。我嚇了一跳，一骨碌坐起來。

「來了，爸！」一面應著，我一面三步當兩步的，跑進浴室漱洗。

「你昨晚幾點回來？」父親青著臉孔，坐在飯桌邊，顯然是等我吃早點。我怯怯的在我的座位上坐下，捧起還冒著熱氣的一碗粥，我用最輕的聲音回答：

「十點，爸！」

「騙我！十點？十點我還在客廳裏等妳。珩兒，妳是越來越不像話了。妳說，有那一個女孩子在晚上逛到半夜都不懂得回家的？」父親氣憤的嚷著。父親從不向我發過脾氣的；只是近來因我常和康白在一起，令他很不滿。

「珩兒，不是我反對妳和康叔叔在一起；可是，妳也要有個分寸，別讓人家得著話柄取笑我們。妳媽臨終時對妳都放不下心。珩兒，你該記得媽的遺訓，聽爸的話！」父親說到最後幾句竟哽咽起來，眼睛濕潤潤的。我想起母親當年的千叮嚀、萬囑咐和痛苦的表情，心裡一酸，眼淚不由自主的掉下來，滴在手捧著的碗裏。我默默對自己說，啊姜珩，妳還對得起媽媽嗎？

「好了好了，我不說妳了，一講妳就淚眼汪汪的。妳也大了，懂得思想了。明年文科大學的升級試要是通不過，我得好好罰妳。快吃了粥上課去，我也要上班了。」

父親上班去了。我呆呆的坐在客廳的沙發上，用手支著下頷發呆。林媽進進出出忙碌的操作家務。扭開唱機，隨手放上一張華爾滋舞曲唱片，音樂在客廳內旋舞著。我沉迷在Strauss裏，逃了一天學。

＊　＊　＊

我的腦袋昏脹得很。睜著眼睛，茫然的望著教授在講台上比手劃腳的講沙特的哲理。沙特，你害得我也夠慘了，你的「嘔吐」令我讀了也不禁興作嘔之感。我根本就不需要知道什麼是有神論或無神論，什麼存在主義即人文主義的。

好不容易捱到放學鈴响，我第一個抓起書包就往外衝，差點兒把鄰座同學的坐椅撞倒。離開了鬧鬨鬨的課室，繞過一片草地，我老遠就看見康白的車子停在學校門口。我賽跑般迎了出去。

「小珩，放學了？」康白坐在司機座位，替我打開車門。

「唔！康白，等了好久？」我一面關好車門，一面問。

「不，才到。先去吃飯，好嗎？」康白開動引擎，車子平穩地滑了去。

「我提議，我們買麵包到郊外野餐，好不好？」我興奮的望著他，奇怪剛才在課室裡的昏暈這時不知去了哪兒。

「好主意！」康白微笑的看我一跟。那眼神，我深愛的眼神，充滿了關注和愛！

買了麵包，汽水和一個開汽水瓶蓋的用具，我們到了上次來過的曠地上。

同一的落日，同一的稻田，身邊伴著同一的人！我只懂得癡癡地望著康白笑。康白，多幸福的我們！

用完我們的晚餐，暮色加濃了。我靜靜地靠著康白，聽無線電每晚依時播送的輕音樂。

「小珩！」康白的喚聲在耳邊暖暖輕輕的响起。我緊閉了眼睛，動也不動。縱使這是夢境還是幻境都好，我也不想再苛求，何況這是鐵一般的事實，就在我們的眼前！

「小珩，假如我要和妳建立一個幸福的家，……妳……會答應？」

什麼？我吃了一驚，睜開眼睛，不知所措的瞪著他，望月的光華下一切都美，康白臉部的輪廓是那麼強有力的震撼著我整個心。但剎那間，我驚覺他的話的意思，一份少女的羞怯，使我俯下頭兒，不敢正視他。

「小珩，妳願意嫁給我的，是不？」康白抬起我的下頷，注視我，焦急的渴望的等我答覆。我垂下眼簾，羞怯低弱回答他：

「我……康白，我……你問爸爸去。」

「妳不願意？」他的聲音夾帶些微失望。我再也忍不住，撲進他的懷中，喃喃地：

「哦！康白！康白！我願意！我願意！你問得太突然了。康白！小珩是你的！小珩只是你的！」

「小珩！小珩！」

月下的田野美得不像在塵世間；那銀光，那稻浪，洋溢空間的禾香，輕輕吹拂的夜風，此起彼伏的蟲鳴聲，構成一幅詩般美的畫。我靠在康白的胸膛上，聽他心臟有韻律的跳動。夜空的星星們在絮語，一切美極了，但願這刻幸福無限拖長，串成永恆。

* * *

「妳是瘋了？珩兒，原來妳一直在瞞我！康白和你年紀相差多遠，妳不知道嗎？妳一直在我面前喚他為叔叔。哼，誰知道……妳們都是騙子！珩兒，妳……真給妳氣死了！」父親漲紅了臉，憤憤的拍著桌面叫。我低垂了頭，眼淚一直往飯碗裡滴。原以為在飯桌上向他提出可以省卻一場麻煩，怎知依然逃不過這不幸的來臨。年紀！年紀又關愛情什麼事來？噢！爸爸，我愛的是康白而不是您的女婿；爸爸，您怎可以因此而反對我們結合？

「又哭了？唉呀！妳……妳這個小鬼頭，怎麼總愛給我帶來煩惱？妳才二十歲呀，珩兒！康白是個中年人了，還來玩這一套！誰能担保他家裡沒有妻兒？珩兒，妳真太糊塗了，真個把爸氣壞！」

我仍然低著頭，輕輕的說：

「爸，我跟您說過了的，康白雖然結過婚，但妻子早去世了。我們並不曾犯罪，爸爸。最重要的是他愛我。我們只等您同意。」

「真正豈有此理，豈有此理！告訴他去，就算他有膽量叫我做爸爸，我也沒那麼厚的臉皮去接受。不要再多說了，我一句話，不同意就是不同意。妳還需要三年的時間才讀完大學。畢業後，妳愛嫁誰就嫁，我不管。但這三年中妳別夢想我會答應妳和康白。不要再用眼淚來威脅我。快吃飽飯午睡去。聽見了沒有？」

父親狼吞虎嚥的把剩下的半碗飯吃盡，狠狠的瞪了我一眼，一聲不响進入他的臥室。我獨自坐著，對住滿桌的飯菜發呆。有一隻手溫柔的撫我的頭髮，林媽的聲音在身後响起：

「小珩，快吃飽飯，早些休息，妳下午還要上課呢。有什麼事今晚回來再說。別惹老爺生氣，知道嗎？小珩，聽我話！」

我賭氣的將飯碗推過一邊，憤憤的回房裡去。

拉開窗簾，正午陽光熱得嚇人，遠處的空中有幾片烏雲，下午會有雨。我懶懶的倒在床上。腦裡似空洞又似塞滿了東西。想起康白的情深，想起父親堅決的反對，我的眼淚湧出來。

＊　＊　＊

我默默地坐在康白身邊，怔怔看著他熟練地操縱駕駛盤，每次和康白在一起，我總覺得幸福充實我的生命，但這時，同是原來的人兒，我的感受卻一百八十度轉變，想到茫茫的將來，我的心溢滿一宇宙的酸苦，增添一份惘然。

「小珩，妳……冷嗎？」康白詫異的回過頭來看我一眼。

「不，我……沒事。」我不自然地搖頭，掩飾的靠到他身上。康白！我如何告訴你？爸爸根本就不肯答應我們的事！

車外，雨正無邊無際的飄著，公路兩邊的稻田在茫茫的雨線中不斷往後退。我將車窗玻璃旋下，雨點越了進來，飄落我臉上，涼涼的。適才在課室裡面的悶氣給驅散了，取代的是一份淒淒的愁意。我放棄最後一節的文學史，提早一個鐘頭溜出來，打電話給康白要他來陪我。姜珩！妳怎麼樣了？我搖搖頭，搖掉那一份自責的念頭。

車子倏然停下來，我驚異的回頭看看康白。他一把抓住我的胳膊，另一隻手抬起我的下頷：

「小珩，說，是什麼回事？妳爸爸反對？罵妳？」

我呆呆看著他，熱淚湧出來。哦！康白！康白！我緊緊的擁住他，心在悽楚吶喊著：康白，你不得離開我，你讓我這樣環住你直到死！康白，別理爸爸，我不願提到他，他是我倆戀情的劊子手，康白，我不能沒有你，我會相思而死，康白，我跟你去，天涯海角只要是跟你在一起，我只要跟你在一起。

我不動的靠在康白懷中，只希望天坍下來，讓我們一起死去。康白的心跳動得比平時劇烈，沉沉的。他的雙臂緊環著我，任由我哭泣。好不容易我抑制了激動的情緒，抬起頭來，接觸到他一雙凝滿淚水的眼睛，我愣住了，良久不能出聲。他攬緊我的頭，他的聲音在顫抖：

「小珩，別哭，妳哭碎我的心，哭斷我的腸。小珩，別哭，那原是我意料得到的。我們再想辦法，我親自和他說去。」

「不，康白，他會不客氣的，爸爸的脾氣不好。康白，我跟你走，不理爸爸，好嗎？」我把額頭抵在他的胸膛上，喃喃地問。

「小珩，不要亂來，妳爸爸只有妳一個女兒，而且，妳還未到法定年齡。小珩，別哭，這樣我心更亂，我會好好安排。我送妳回去好嗎？雨越下越大。把車窗關好，小心會著涼。」

康白扶著我坐好，替我旋上窗玻璃。外面的雨比剛才密了許多，天空更陰暗。遠處高聳搖幌的椰樹，附近人家的茅屋、竹叢和芭蕉都朦朧在風雨裡。一陣不祥的感覺突然的襲上心頭，我不由自主抓緊了正預備開車的康白的手，迫切的搖撼他：

「康白，說什麼也不許你離開我，爸爸說等我畢了業就可以結婚，那時我愛嫁誰就嫁誰。康白，三年的時間，我們都可以等的，對嗎？」我注視他。他只輕輕的點點頭，避開我的視線：

「是的，小珩！」

我不滿意這個敷衍似的答覆，可是又無奈他何；賭氣的別過臉，望著窗外的雨線發呆，任由他把車子開回市區。

汽車在巷口停下。我開車門準備下車時，康白拉住我的手臂，凝視我良久，眼睛明顯的灼燒著愛和痛苦。他艱難地囁嚅著：

「小珩，我……妳要答應我，無論什麼事情發生，妳……你都得堅強地活下去。小珩。答應我！」

我怔怔的看著他，一時不明白他的話。

「披上雨衣，進去吧，小珩，以後妳會明白的。」

明白？以後？我緊張的問：

「你要走嗎？康白，不要離開我，不要！我說服爸爸去。你別走，你答應我，明天下午到學校來接我，記住哦！」

我匆匆披上雨衣，下了車、佇立雨中，看著康白向我揮手。汽車終於消失在茫茫的街頭。迎著雨，我在陰暗的光線中艱困的行到巷尾的家門。我脫下雨衣，開了門進去。屋裡靜靜的，飯桌上擺有一份碗筷。壁燈柔和的光暖暖的驅走了外面風雨的寒意。我提高聲音：

「林媽！林媽！」

林媽從後面廚房急急趕了出來，接過我的雨衣。

「老爺吩咐過不回來吃飯。小珩，妳自己吃吧！他還給妳留下一張字條，在飯桌上。我去給妳拿飯拿菜。」

我走近飯桌，碗下面壓著一張紙。我拿起來：「珩兒，我有事，今晚會很晚才回來。妳在家，吃了飯聽聽唱片，溫習功課，不要出去。」

我納悶的放下紙條。多奇怪的一回事，父親從來不曾因外出而留下字條給我，也從不吩咐我要留在家裡做什麼什麼的。平時，我晚回家或他有事羈身，總是各吃各的飯。今天，莫名其妙的今天，一連串莫名其妙的事！

我默默的獨自吃完這頓晚飯，許多問號在腦裡翻觔斗。哦！天才曉得是怎麼一回事，康白的欲言又止，父親的字條，還有我，姜珩，妳到底是怎麼樣的？

浴罷回房，我把自已關在黑暗裏胡思亂想。雨敲著窗，敲著窗簷。父親仍然還沒回來。噢！窗外雨偕一連串的問題，一直伴到我進入夢鄉。

* * *

上了最後兩節要命的東方哲學，下課鈴才响，我挾了書本就奔出課室。看不見康白的汽車，我把奔行的速度減慢。我心想著又不是公司裏召開什麼會議吧？六點該下班了，怎麼這時還見不到他？

我緩緩行出校門，在學校對面的一棵大樹下站著。每次康白都先我在這兒等我。今天，該不是發生了什麼事吧？他昨晚那吞吞吐吐的模樣，總不會有好事。我變得煩躁不安。

我開始不耐煩的行來行去。等人的滋味，生平才第一次嘗到。我沒帶手錶，天知道是幾點了。夜色漸漸濃了。有數顆星升起，閃著柔弱的光。

「請問，妳是姜小姐？姜珩小姐？」一個女人的聲音在我背後响起。我被嚇了一跳，怎會有人認識我？我轉過來，一個年青的少女扶著一輛機動車微笑詢問。我點點頭：

「是的。妳……？」

「我是康先生的秘書。康先生有一封信給妳。他已於今天下午到香港去了，大約半個月後才回來。信在這兒。」

她從手袋裡取出信來，遞給我。沉甸甸的一封信！路燈的燈光下，我納悶的讀信封上的一行字：姜珩小姐玉展。多客氣的字眼！康白啊康白，你我之間也要來這一套？

「再見，姜小姐！」那少女騎上車去了。我在迷惘中竟然忘記謝謝人家。

我迫不及待的撕開信封，意外的看到信箋竟有四張之多。向我道歉也不必如此緊張的，康白，你到底在做些什麼？

小珩：

我的小珩，寫這信給妳，我的心扭絞著萬般痛楚。小珩，這次離開妳，我不知何日再能遇到妳，在妳耳邊輕喚小珩？

小珩，你鎮靜些，妳得迎接一切要來的，知道嗎？

昨天下午，妳父親曾來電話約我晚上見面。（剛掛斷線，妳的電話就跟著來。）我們一直瞞著妳，我們其實早就認識了，當大家都還在讀高中的時候。我和妳母親同班，妳父親比我們高兩班。我們同時愛上妳母親——謝璇。

那時我家裡不很富有，我的自卑感頗重。經過一場暗中的鬥爭角逐後，謝璇終於成為姜太太。那時我傷心，我幾乎想毀滅自己。

經過那次打擊，我發誓要努力讀書，要手創出一份事業來，讓姜志強知道康白並不像他所想的懦弱無能。還有，在失望傷心之餘，我曾發誓，只要將來有機會，我一定要報復他——你的父親當年對我的傷害。

小珩，看到這裡，妳會罵我了？我卑鄙是嗎？

我一直沒有結婚（喪妻是騙妳的），後來當我知道姜志強有一個女兒——姜珩正在長大，在很久之前，我曾立志要獵取你。作為我報復姜志強當年予我的打擊；雖然，繼後得悉你的母親去世，當時，這件不幸的噩耗，曾令我激動不已，但那並不因此令我改變初衷。

經過多年來的靜待報復，好不容易等到你長大了。我多次找機會結識你，以實踐我報復的企圖，結果，我已得到機會結識你。

小珩，妳還會相信我的話？我是抱著復仇的心理來接近妳的！可是，兩年的時間過去，我竟一反初衷，深深愛上妳，這是違背了我結識妳的企圖的。我漸漸發覺到，我是真的需要妳，不再因向妳的父親報復。小珩，我這一生中只真心愛過兩個女人：一個是謝璇，一個是妳，偏偏妳們又是母女。上蒼太捉弄人了。

昨晚與妳父親交談了很久。我把我所想的都告訴了他。起初他很氣憤的罵我卑鄙，之後他轉過來懇求我別傷害妳，要我離開妳。我今年四十歲了，妳才二十。妳父親只比我大五歲，他說我們的年齡相距太遠，要是我如妳結婚，這樣傳揚出去實難向人交待。再者，我和他之間彼此存有一段沉痛的心事，至今仍未互相忘懷。小珩，我不知道怎樣告訴妳，此刻複雜的心情。一年前，我可以輕易的放棄妳；然而今天，當我已為妳獻出了此生擁有的真情後，此刻離開妳，小珩，我的心會破碎的。妳能體會我此刻所感受的痛苦？

小珩，千言萬語，我不知該怎樣說。這時我還能說什麼呢？等妳畢業嗎？小珩，三年後的事，誰能預料得到？那時候妳還願意與我這個老頭子廝守在一起嗎？而且，以妳父親目前在社會上的地位和聲譽，為妳找尋一個比我好上千倍的對象是一件不難的事。三年時間雖然不算長，但它對於一個中年人的心理影響有多大，這份心境，相信你是不會了解的。

小珩，妳怎麼想，我不知；我們那段戀情，該在這裡結束，還是拖延到三年後？妳有耐心？像我？妳能保証自己不會見異思遷？

雖然，在我的生命中，我所獻出的和失去的太多了，並感到命運給我太不公平的待遇。不過到底我曾幸福地得到妳的真摯的愛，這些足夠我回味整個下半生。兩年來的時光是一把鑰匙，開啟了我整生的記憶之門。鎖在門內的是只屬於妳和我的愛。小珩，妳明白？我在門內喚輪迴萬世小珩，我的小珩。

我等了二十年，我妄以為能報復當年所受的打擊傷害，怎知相反的，如今竟惹來一場此生嘗不了的情感折磨，小珩，我該怎麼向妳說？向妳說才好？

小珩，妳還年輕，妳得好好讀書，妳爸爸只有妳一個女兒，好好孝順他，莫使他傷心，妳不用猜疑我和他的情感關係，我們經過了昨晚的交談，我們彼此獲得了解，過去的一切怨恨已成歷史的陳跡，何況我是深愛著妳，而妳是他的女兒。

祝福妳，我引以為憾是的不能向妳話別，原諒我這段有始無終的情誼，妳得了解，為了妳，我是不得不離開妳的。

康白

我顫抖地讀著信，讀了又讀，最後我眼前一陣模糊，信上的字跟著更朦朦朧朧的。眼淚幾時湧出？我茫然。天！是怎麼樣的一回事？我軟軟的靠著電燈柱，持信的手無力的下墜。康白，爸爸，媽媽，我，噢！多驚人的一個感情「圈套」！

我勉強鎮定自己，揮手召來一輛計程車回家。

開門，父親正在客廳的沙發上焦急的等我。我撲上去，倒在他的懷中：

「爸爸，怎麼您不早告訴我，怎麼您不早告訴我？」

父親溫柔地撫我的長髮，輕拍我的背：

「珩兒，爸爸還能怎樣告訴妳呢？你動不動就哭，淚眼汪汪，嚇壞人。好了，現在什麼都好了，一切都過去了，不許妳再哭。」

我坐直了身子，面對著父親，認真的說：

「爸爸，我聽您話，這三年中要讀好書畢業，不再談感情事。可是，畢了業後，如果我仍還愛康白，您得答應我們的婚事。」

父親笑了笑，笑影裏蘊藏一絲淒意和一些難以言喻的隱秘。

「是的，珩兒，我說過的。去換過衣服出來吃飯。飯菜都冷了。」

我答應著回房去。開了房燈，案頭上康白的照片笑臉迎我。拉開窗簾，外面夜色濃濃，一陣寒意迎面襲來，是誰悲涼的歌聲在唱：

你我是兩片落葉，
在某一個巧合裏，
半空中偶然交疊，
那一刹，我交付你擁有的整一生命。

聚散匆匆，都不容訂約。
你在何處？自從離別。
那一刹成了記憶之鑰，
開啟許久以來封鎖的門；
那一刹成了記憶之鑰，
開啟許久以來封鎖的門。

叛誓

謝苓苓

為什麼你要我背叛我自己的誓言？你使我侮辱了自己（在被別人侮辱之後），連帶侮辱了你。

那一晚，我永生難忘的那一晚，在她面前，在你面前，在所有能鑒證我們的神靈面前，我曾起誓：

「從此不再跟你在一起，不再，不再，不再！」

我心神恍惚的離開你和她，像遊魂似的蕩回家，步上那一級一級的樓梯，我變得軟弱無力；就是差點沒從上面滾下來。打開房門，從對正房門口的那塊大衣櫥鏡裏，我看到自己。那神情看來就像一隻受了重傷的小兔子：驚魂甫定，是這麼的沮喪，是這麼的虛弱，是這麼的欲哭無淚和無助。

我沒有哭。真的，我沒有哭；是我哭不出了，我再也沒有眼淚來哭悼我們的情。

我跌跌撞撞的行到床邊，就這樣和衣倒下。天不曾下雨，所以我不能哭，我如此對自己說；然後，在無數噩夢中迷糊的睡去。

以後接連的日子裡，你寫信告訴我你是如何冷淡的對她，又是如何對家人採取緘默態度。我讀著，心裏一陣一陣的痛。我不恨她，因為根本上是我錯；但她使我感到恥辱，她使我想到死。我用盡一切溫柔動聽的文字來代她向你求情，求你不要為我而虧待了她。她不會知道這些，她會恨我，恨我從她手上搶走了妳的愛心。不，我並不存心搶，我沒有任何企圖與目的；就是我們不該相愛如此深，深得喪失了理智。——我不需要她知道這一切，她要怎麼想就怎麼想，要怎麼以為就怎麼以為好了；我只要你一個人明白，只要你了解我的心。

以後接連的日子，我痛苦在自己的誓言裡。行過我們曾同行的街道，聽到你所喜歡或討厭的歌曲，提到你愛用的字眼，吃你最厭惡的蔥；那些時候，我想你想得那麼切，往往把另外一個人誤以為是你，向他說些只屬於我們而他無法明白的話，然後羞赧又無可奈何的道歉。

有星的晚上，會想起在你身旁數星星的情形：你撫著我長長的頭髮，在我耳邊低說：

「苓苓，妳的髮又黑又濃，多得像我們的愛，韌得像我們的情，沒有什麼能剪得斷，沒有什麼能割得開，是嗎？小苓苓？」

我無語，靠在你懷中靜聽你的心跳動的聲音：是那麼沉，是那麼重，一聲接一聲，似是打在我的心上。

那些有月的夜裡，我枕在你的手臂上看月。你告訴我：

「以前我從不知道月會這麼圓，會有這麼亮，這麼美。銀光下的妳像神話中的仙子。小苓苓，妳似是不屬於這塵世中人。」

我笑了，滿足於你也會有這種脫俗的感覺。

還有那個有雨的黃昏，你可還記得？雨從四面八方包圍我們。雨點打到車頂上，發出急速而單調的聲響。雨越下越大，你索性停了車子，緊緊的握住我的手，緊緊的逼視我，再喃喃地喚：

「苓苓！小苓苓！我的小苓苓！」

「時間不要移動！雨不要停止！噢！永遠這樣就夠了！」我的心在叫，我的心在祈禱。但一切都不聽我的話，時間仍在移動，而雨，在一段時間過後就停止了。

「哦！天！」

我默默地看你放鬆我的手，默默地看你開動馬達，然後默默地回到家裡，默默地在黑暗中流淚。

我們之間，有多少瑣碎的記憶，我都把它們寫在日記本上，記在腦裡、記在心中。於是，到處都有你的影子，到處都有你的眼睛。那眼睛，深深的注視著我，盈滿了濃濃的情意：

「苓苓！別再逃避我！我們都互相逃避不了，我們根本就不能互相逃避！」

每次，我都會發狂的搖頭，妄想搖掉你的影子；但我失敗，總是失敗；最後，丟下所有工作，把臉深深的埋在手掌中。

噢！讓一切都死去吧！如果我能燒掉你的影子，燒掉我給你的愛，燒掉我對你的思念，燒掉我與你之間的一切，就像燒掉一封情書，那多麼好！如果我能把愛盛在棺木裏，挖了一個穴，將它永遠埋葬，不再復生，那多麼好！可是，我不能，越想忘你，你的影子在我腦中越清晰。怎麼我能夠如此痴？怎麼我能夠如此傻？

我開始努力把精神放到工作上面去，另一方面，我學會了跟許多人交際：點頭、微笑、宴會、派對、跳舞、唱歌……一連串的節目，一連串的瘋狂，之後是一連串的疲倦，一連串的痛苦，一連串的心靈鞭撻。

星期六下午，星期日，我又恢復孤獨。既然不能融合在別人的歡樂裡，我又何必強迫自己？

我恢復了獨自在街上亂蕩的習慣（我曾經一度為你放棄的）。蕩累了，回家關在房裡，睡上一個兩天。

「怎樣都可以，我怎樣都可以，只要你們快樂，只要你和她幸福。」我緊咬下唇，心中默唸這句話。我不由衷，我知道；但我如此希望。

我以為我們會永遠的不再在一起，像我所起誓的，像我所祈願的。然而，就在那個大雨的傍晚，在你懇切的催促下，在你真摯的眼光下，我反叛了自己，再度跨上你的車，再度和你在一起，再度讓你伴送回家。

我的叛誓將會給我帶來怎麼樣嚴重的後果？給你呢？神靈將會如何懲罰我們？我不願想，也不要想；我不願知道，也不要知道。來吧！一切都來吧！我是叛定了，侮辱也好，恥辱也罷，只要能和你在一起，只要是和你在一起，我什麼都會忍受，我什麼都能忍受。

叛誓是叛定了，來吧！我接受一切神靈與人的挑戰！

叛誓

尹玲

我叛了誓。

三年了，你是否還記得？那時我們都年青，那時我們都天真。你說你會永遠愛我，像我所說的；然後我們一起誓，然後我們滿足在彼此的誓言中。

我們的誓言只靈驗在一段短短的時間裡。是的，只那麼短短的一段時間裡，像是一瞬間。

是我變心，我承認。我只隱約的感覺到我們不互相適合。勉強相愛下去，也許可以。但那能夠給我們帶來些什麼？我對自己說：

「算了吧！你們是因不夠了解而相愛，因了解而分開。」

所以我悄悄的離開你，然而，你了解我的，能有幾分之幾？不，你不是那一類人，你從不想過要徹底的了解我。你以為愛就是愛，不需要尋求別的因素。哦！愛就是愛，閉上眼睛去愛，不顧一切的愛，那份愛會有什麼樣的結果！

流浪了一段日子，我回來。他們告訴我你仍痴心。

是我錯，我錯得厲害。在發覺了是自己錯之後，我一直活在內疚中。

我傷害了你。我不該那麼靜悄悄的離去。就是要分開，我也要向你解釋清楚，向你分析整個事情的內容。

我沒有，我沒有那麼做。

我考慮應該如何做才能彌補你的創傷。我們重新愛過嗎？不，那多使人不堪。無數次想提起筆來給你寫信，向你解釋一切，向你道歉，但我沒有勇氣，萬一你已不再記得這事，我的再提豈不變成罪過？

徬徨、內疚、自責、懊悔，多少日子在這些心情中過去。我變得暴躁，我奇怪我為什麼會如此。我仍然愛你嗎？要不然為什麼總為一件過去的事而耿耿於懷？

兩年，兩年的時間就那麼過去了，不容你依戀，也不容你憎恨。

他們告訴我你去了，你到那個小小的T鎮裡，創造自己的天下。

「願上蒼庇祐你！願上蒼幫助你！」

深夜裡，我喃喃的禱告。

如今，一切都已過去。三年，這不是很短的一段時間；三年，足夠讓一個人有許許多多莫名其妙的變化，足夠讓一個天真的孩子成熟。

誓言，我早已背叛了。叛誓的結果是長久的內疚。

這精神的刑罰是否會有結束的一天？我只能問你。

冰花

葉蘭

就讓我們一起做夢吧，你曾說，夢裏只有你與我。哦，這個小天地，該有多溫馨，該有多甜蜜！

於是，一連串的日子在夢裡過；我的淚珠，我的笑聲，只為你揮，只為你灑！讓夢外的人們做法去，讓夢外的人們兇狠去；我們在夢內，掇拾朵朵愛花，嵌上你我眼中唇上心裏。美嗎？看看我的旋轉，裙裙揚起，褶褶都印有你的深情。好柔好柔的情啊！給我擁它！擁滿你的柔情，讓太陽恨大地的薄倖，讓星星怨月亮的冷酷，白雲哭風陣的不專。有誰妒忌嗎？你我彼此擁有對方最真最深的情！

蒼穹眼紅了，流了一陣子淚；施放他的法寶，擺下許多許多我不能解的迷陣。有煙幕在我們之間瀰漫，你我都迷失了。噢！你呢？我怎看不見你？我再看不見你！

幕拉開了，煙消散了。哦，你仍在那邊。你怎不過來？你看見我嗎？我喚你，那麼切，那麼渴！再輕輕擁我入懷吧！訴說你最柔的夢囈！教宇宙睡去，叫萬物噤聲，教我慢慢闔上眼睛，醉在你的心跳中。噢！為什麼你視若無睹？為什麼你聽而不聞。你……你……？哦！夢呢？網住你我的夢呢？

我再不能接近你，有一些什麼冷凍的隔在你我之間，我再也再也不能歸向你。會是什麼呢？噢！一朵花！你看清楚了嗎？一朵冰凝成的奇花，那麼美！又那麼凍！凍力散發在你我的心靈之間。

噢噢！我欲哭，怎奈淚已凝固！

卸負

伊伊

我很累了，我需要休息，我需要靜靜的獨自的休息，在房中床上也好，在修道院的靜室內也好，就是在墳墓裡我也不怨。

我很累了，妳知道嗎？你也知道嗎？你們是否看得出我的疲倦？

這些日子，我沒一餐吃的飽，沒一天不受病魔的侵擾，沒一天不流淚，沒一天不憂鬱。噢！廿一歲，不正是應該快樂的年紀嗎？廿一歲，不正是應該洋溢歡笑的生命嗎？而我，每天數著憂鬱的腳步，每天凝視愁悶的烟霧；它們來，是的，它們來，來到我的身邊，來到我的心上，包圍著我，籠罩著我。

家，是在什麼地方喲？我像個流浪人，到處為家。然後在每個深夜裡流濕一枕頭思家的淚。

妳們，是否能體會那種心情？妳真能明白嗎？你真能了解嗎？要不然，為什麼妳和你總喜歡使我在心靈上受思家以外的傷？一顆心能受多少次傷？而我的心，還能夠再受幾多次？

妳說妳最愛我，你也說你最愛我；妳說妳會永遠愛我，你也說你會永遠愛我。哦！愛為什麼不是一件可以定型的物體，讓我把它定成我所想要的那一型，讓我珍藏，讓我愛惜？

多少次妳說過不再失我的約？不再恨我？不再使我生氣？多少次妳惹我哭，然後親吻我的淚珠向我不住道歉？為什麼妳不會不使我生氣，而要在我哭後甜言蜜語的勸慰、安撫？

寧可妳不約我，寧可妳不在事後向我陪不是，寧可妳視我如普通朋友。是我的心太軟，經不起妳的好話。

是我不懂得硬起心腸，所以妳以為逗逗我也沒什麼關係，反正我不會恨一個人太久。

你呢？還記得多少次你說過把心留給我？還記得多少次你說你想我、你愛我？還記得多少次你求我要快樂起來，像以前無憂無慮，你自己犧牲多少在所不惜？然而，你總是那麼樣的不經心，在我面前對每一個人都好，像對我一樣；難道說，你對每一個人都留下一顆心給他們？

夠了，我的心比起任何一顆都要來得脆軟、柔弱；我的心盛不下太多的激動和打擊。

妳們無疑是最好的言論家。但我，我沒法接受空空洞洞的言論。妳們想給我全部的，就給我，只給我；不能的，不想的，請你們別再說什麼。

我很累了，我的心連同我的人，同樣的需要休息，在床上，在修道院裡，在墓中，在哪兒都是一樣，因為我需要的是永久的休眠。

所以，妳們別再使我負荷什麼，精神與肉體上的，我要卸負。

黯別

尹玲

跳下你的汽車，我木立著注視你無情的離去。你離去，不留下一個回顧，不留下一個微笑—似往日。我的淚水湧出來，一股難言的悲哀罩滿心靈。我緊咬下唇，倔強的抬頭，朝著小泥路走去。

秀不在家。哦，週末！每個女孩子都有她們的週末；而我，我卻沒有。對我，週末憂鬱一如禮拜一或黑色的星期五，憂鬱一如每次聽到你提你的「她」；一如當我想到自殺、想到死。

淚水再次在眼眶內打滾，我閉上眼睛，它們順從的沿著面頰流下，張開眼睛，兩滴晶瑩的淚珠滴到白色的衣襟上。我搖搖頭，披肩的長髮隨著搖晃。噢！白色的衣！披肩的髮！是為了給誰看？又是為誰而留？

下午出門時，我特意仔細的打扮自己—你知道的，我一向不喜歡把時間耗費在鏡子中。但為了你，為了讓你驚奇、讓你愉悅，我改變了作風。現在我才知道那是多麼卑鄙的行動！—青不耐煩的等我，揶揄的說：「像個小天使，是嗎？小瓊，小小的瓊英花；虧妳的『他』想得出來，多美！」

「不要這樣大聲好嗎？等妳有男朋友的時候，我做妳的顧問陪數。」

「喲！男朋友？羞也不？那妳這是赴情人的約會了？」

我呆住良久，為了青這一句話。不是嗎？你能算得是我的什麼？你有你自己的天地，你離開我時，有你的「她」陪著。我呢？離開了你後，就只有關在房裡流淚，或悶悶的在大街小巷中到處亂跑，累了，回家倒頭就睡。

我鬱鬱的望著鏡中的自己，苦笑：

「小瓊，作繭自縛，知道嗎？絲盡時，蠶也不在。小瓊哦小瓊，妳怎會變得如此不智？」

我緊閉眼睛搖頭嘆氣。青搖撼我的雙肩，大聲的叫：

「又來了，妳這個氣袋，怎麼這樣喜歡嘆氣？」

「小青，我該去呢？還是不？」我懇切的望著她。她避開我的視線：

「感情的事，很難說。小瓊，我只能勸妳要理智些。他已沒有時常和妳在一起的自由和權利。而且，妳們這樣來往，對妳名譽和未來都有壞的影響。小瓊，凡事三思而後行，妳……」

「夠了夠了，」我暴躁的打斷了她的話：「這些妳怕我不會懂嗎？我總是不由自主，知道嗎？噢！我到底是怎樣的？」

我無助的望著鏡中影子。長長的頭髮柔順的披在肩上，淺淺的紫帶可愛的束在髮上，留著覆在前額一排小小的瀏海。

「換上白衣吧，小小的瓊英花。我知道『他』最愛看妳穿白衣白鞋，對嗎？」

我從鏡裡瞪住站在背後的青，她頑皮的裝著鬼臉，笑著。

我轉過衣櫥邊，機械似的取下你愛的白衣，機械的換上，然後穿上鞋子。

「看看妳，像害了一場大病似的，臉色多難看。」

「是嗎？」我毫無意識的隨口問，瞥了鏡中的自己最後一眼：「走吧！讓命運安排一切。所有要發生的事都在我的能力範圍之外。」

「不，是妳自己安排的。」

「小青！」我求助的喚，把尾音拖得長長的：「連妳也對我殘忍起來嗎？」

「小瓊，妳種什麼因就收什麼果，知道嗎？人家好好的一個家庭，妳插足進去，有什麼好？」

我煩躁的死命地搖頭。

「好了，不說了，妳就是這樣無理和固執。」

我不言的拖青出門。找到你，青默默地離去。

我原以為這個週末會是一個愉快的；然而，一見到我，你竟搖頭說：

「累，真累！公司的事搞得我頭昏，我想回去休息。妳要回家嗎？我送妳。」

我愕然的看你，一時間竟不能了解你這句話的意思。

「我送妳回家吧，來！」你再加上一句。

我感到自己的可憐和悲哀。我的自尊心從來沒有這樣被刺傷過。哦，在你眼中，我竟是這樣一個召之則來，揮之則去的女孩子嗎？就只有這麼多嗎？我的心一陣陣在痛。想大哭或大笑一場，結果我卻默默的隨你上車，默默的任你開動馬達，看你熟練的駕車朝向回家的路上。

「怎麼不說話？又想和我鬥氣了，是不？」

我不知道我應該說些什麼。我覺得我的存在實在多餘，在你身邊，在這輛汽車上，甚至是在這個世界裡。

我只有搖頭。

「又搖頭，等一下又會嘆氣了。到底妳有什麼心事看不開的？誰欺負了妳，小瓊？」

誰欺負了我？是誰欺負了我？——是你是你是你，知道嗎？我煩得想大嚷大叫。然而最傷心和氣憤時我只有沉默。哦，最好能立刻死掉。死了，我就不用負上太多感情的担；不用時時刻刻的想你；不用費盡心思來使你快樂；不用考慮應該繼續我們的情感或要退出這個圈子；不用想到死、想到自殺……。

「我不想回家。」快到家門，我不得不開口。

「想在路上蕩，是嗎？」你帶著揶揄的微笑使我感到討厭。

「像個無主的孤魂，如果你要說。」

「小瓊，為什麼妳總是這樣？」

我不再想說話。其實我們之間並沒有什麼好說的，是嗎？

「要去什麼地方？」

「秀那裡。」

秀並不在家。每個女孩子都有她們的週末，我的週末卻與平日並無兩樣，孤單單、孤零零；週末也一樣的孤單單、孤零零。

走出小泥路，大街上的路燈開始亮著。暮色，在慢慢的升起，加濃。兩邊的行人道上來往著人群；商店的霓虹光管照射城市、以及這裡面的人，你，還有我自己。

我望像天邊。遠處有一顆寒星，那顆我曾向你自認是屬於我的星星，幽幽地發出寒光。我是這顆星？也似這顆星？孤獨地生存，是嗎？

「要是幾年前遇到妳，小瓊！」你的話我還清晰的記著，但要是幾年前遇到你，我們會怎樣？要是幾年前遇到你和要是我們不相遇，是否一樣？如今，一切的發生都在我們意料之外；不，我們根本沒有想到，一切發生一如一切的已發生：我不能預料的碰見你，不能預料的無顧忌地對你付出感情；然後不能預料的痛苦，不能預料的自我折磨心靈，但，能肯定的是：我並不是為了要遇上你才來到這人間的，對不？

現在離開你，好嗎？會遲嗎？讓我離開你好了，離得遠遠的。你仍回到你的『她』身邊，繼續你們本是美滿的生活。我受不了痛苦，所以不願見到『她』將和我一樣的受苦，當她知道你除了她還有一個我時。

不向你道再見了。要是有緣，我們自然會再相遇；但那時，我不會再是現在的我，你也不再似現在的你；而且，那會是在將來，很久以後的事，你說是嗎？

再見也好，不見也罷，我還是離開你，離開得遠遠的，不說一聲「再見」。

民五四年十月卅日及十一月六日

斷絕

尹玲

我懷疑自己中了邪，要不然，就是著了魔，否則我絕不會被一個像斯這樣的男孩子輕輕易易地就征服了我的心。

＊　＊　＊

第一眼見到他，我已不由自主的心中不斷告訴自己：「小凌，你將會毀在這個男孩子的手裡。小凌，妳會的，妳逃不了的。」

在感情方面，我一向都是以倔強出了名而自豪的，我對自己說：「妳要永遠都不被任何一個男孩子征服，永遠以至永遠。」

哦！我怎麼啦？

那天上午，我隨花車陪送菁回美拖。半路上，從後面趕來一輛漂亮的天藍色汽車，裡面有人伸出手來打手勢要我們停下，一個神采飛揚的男孩子打開車門下車。

「哈！是你，斯！真好！怎麼來的？」新郎高興的大叫。

「到旅館去找不著妳們，我開盡速度趕了來。」他一臉滿不在乎的神氣立刻令我心折。從來就不曾見過有這麼一個漂亮且脫俗的男孩子！我把新娘忘了在一邊，注視他，直到隊伍重新上車開回美拖。

＊　＊　＊

晚上，喜宴散席時已是九點半。從酒樓下來，斯載了我在市區內亂轉。

美拖的夜不很亮，街燈適度的光投射地面，把這個恬靜的城市點綴得幽美，我轉過臉望斯的側影，他的側影也美得令人心動，如此令人放不下心，薄薄的嘴唇帶著過分的秀氣破壞了男性該有的剛毅，然而那份秀氣又秀得如斯可愛。我回過頭看面前直直的道路，路面是樹葉的陰影和路燈投下的光圈。右邊河岸的花園此刻很靜。

「我總喜歡於夜深時踏了單車在街頭亂闖，往往會蕩到半夜才回家。有時給海風吹凍了，回去會生一場病。」我注視前面，說給他聽，也給自己聽。

「自己一個人？」

「嗯！常是一個人。有時也會和朋友們。但我不喜歡和太多人在一起。那些時候，我會發現我和他們之間有太多距離，而我對自己也有了陌生感。」

「在西貢，我也喜歡開了車亂闖。只是西貢沒有美拖這份舒適的靜，美拖使人想到出世」

「你喜歡美拖嗎？」

「不，在美拖我沒有朋友。」

「我不算嗎？還有嘉他們？你和嘉是老朋友？」我轉過來凝視他的側面。

「妳？」他看了我一眼，再將視線拉回前面的路：「我和嘉可以算是老朋友，可是，現在他結了婚。」

「結了婚就不再是朋友嗎？我和菁是好朋友，但女孩子不同，她已不再是以前的她。她有另外一個家庭，而這個家庭和她本來的家庭又隔得如此遠。」

我們之間有一段時間的靜默。斯在市區內的每一條街道上轉著，美拖的街道有限，而且短，轉來轉去也只有這麼多路，轉得簡直令人側目。夜風湧進車內，我覺得冷，把車窗的玻璃鏡轉下，將頭靠到上面去。

「妳冷？」斯輕輕問。

「有點兒。沒有關係的，我慣了。」我用雙手環抱自己。

「在美拖遊車河，真美。在西貢就沒有這麼靜和暗而美的街道。」

「你喜歡靜？」

「是的。」

「我沒辦法將你和靜聯繫在一起，我以為你不可能，我以為你該屬於大眾情人的那型男孩子，而這類男孩子就沒有一個會靜。」

「是嗎？可是妳也有靜的時候，像現在；而在婚禮中，妳簡直搶盡了鏡頭。」

我笑了，斯也笑了。我感覺到我們之間實在並不陌生。哦！斯！是什麼遣使我們碰在一起的？是偶然嗎？還是命運？

「你相信命運嗎？」我問。

他點了點頭，很認真似的。

「我就不信。我以為一切都是由人做成的。人們在事情發生後，才推到命運上去。我常對自己說，妳要對自己負起全部的責任，妳要承受一切由妳做成的後果。所以我忍受一切。」

「有許多事情是我們所不能解釋和不能明白的，那就是命運。」

「譬如說？」

「我不能說出來，這是秘密。妳不會強迫我一定要說，是嗎？小凌！」

「當然，如果你真的不願說。噢！幾點了？」
他看了看錶，說：
「十點三十分。要回去時，告訴我。」
「十一點。明早五點半我要趕回西貢上班；如果你不認為麻煩，希望能送我。」
「如果妳一定要我送。」
「不，如果你想送。」
他轉過來深深的看我，我不動的回望他，頭依舊斜靠在玻璃上。
「妳是我所見過的女孩子中最特別的一個。」
「真的？我不是一個容易被人了解的女孩子。我很壞，是不？就像目前，我和你才相識，已經讓你載了我到處去闖。」
「不，妳不壞，但有點放縱。」
「我從不約束自己。我喜歡的，我想說和想做的，我會不顧一切的說和做。要就完完全全是一個好人，要就完全是一個壞蛋。我最討厭的就是戴上好人面具的真正壞蛋。」
「妳自己呢？」
「我想我不會屬於好人這一類。」
「但妳並不壞。」
「是嗎？」
「妳不以為是嗎？」
他又深深的望我。我不知該怎樣回答。

「告訴我妳在西貢的地址，小凌！」好半天，他命令似的問。
「不！憑什麼要告訴你？我不能讓你繼續征服我，不能，不能！」
「告訴我妳工作的地方。」他還是平靜的說。
「也不行。」
「告訴我，小凌，我們將會是彼此的好遊伴。」
就只有這麼多嗎？我凝視他。
「你不是相信命運嗎？要是有緣，我們自然會再相遇，就像今天。」
「小凌，怎樣說妳才肯告訴我？」
「那……好吧！它在××街和××街之間。」
他閃著光采的眼睛再次深深的看我，是那麼容易使人心跳。
「妳這副脾氣簡直就和我的一樣。先別笑，我總會把妳找到的。」
車子在我家門前停下，我打開車門跳下來：「謝謝你！」然後頭也不回的一直走進大門。在日記本上，我寫下了：
「是這樣的一個男孩子！啊！他？幫助我擺脫他吧！上帝！求你！」

* * *

上帝不曾幫助我擺脫斯，相反的，他的影子越來越清晰地存在我腦裡，我想，也許因為我不是教徒，或者因為我的求助言不由衷，根本上我就不想擺脫他。
天一亮，我就在門口等斯，五點，五點半，五點四十五分。

曉風冷冷地吹到我身上，無領無袖的套裝真害死人，不曉得是誰設計的好服裝！
我自己到車站，客車上，我的心一直在叫：
「斯！你毀了我！你會的！你會的！」
我沒精打彩的回到公司，一連打錯了好幾封信，偏是這天的工作特別多，我心中不由地詛咒著：
「見鬼！見鬼！簡直是見鬼！我從來就沒這樣失魂過。哦！小凌！妳到底怎樣了？」

＊　＊　＊

「小凌！」一個聲音在我面前響著。我停下工作，抬起頭：
「是你，斯！」
「嗯！是我。」他昂然的站在我的辦公桌前。又一次，我感覺到他已完完全全的征服了我：「我說過我會把妳找到的，是吧？」
我不敢望他，低下頭繼續打我的信。
「下班時等我，我會來的。」他說著就走了，連一個開口反對的機會也不留給我。
坐在斯的旁邊，我不由細看著他而心中不斷的自問：
「這是一個怎麼樣的男孩子？這是一個怎麼樣的男孩子？他出現在妳的生命裏，此時，以這個現有的存在，然後呢？」
斯發現了，轉過頭來；我裝著看馬路上的景物。
「妳有點兒怪。」
「是嗎？和你差不多的。」

「週末，這個下午完全給我，好嗎？」
「我的？不，我要回家。」
「留下來，為我，小凌。」
「不。」
「留下來，為我，小凌！」
「不！哦！不！」
「小凌！看看我」我轉過來。「留下來，為我，小凌！」那樣溫柔的聲音！那樣誠摯的表情！我不能自主的點頭。小凌！小凌！妳就這麼輕易的屈服了嗎？這麼快嗎？哦！小凌！可憐可恨的小凌哦！妳自己不尊重自己，妳自己不遵守自己對自己許下的諾言。小凌，可恨的小凌！可憐的小凌！

整個下午我和斯在一起。我們說，我們笑，我們讓車子無目的地亂闖；我輕輕地唱出淒豔的西班牙情歌，斯也輕輕地哼著相和。噢！煩惱和憂鬱，你們都走吧！我要的是歡笑，我要的是快樂；我們年青，我們無邪，我們有享受幸福的權利，而我現在擁有幸福，至少，這是剎那的幸福。緊緊握住它、享受它，這片刻，然後，往後的日子裏，妳將不會因此刻的漠視而後悔莫及、而無從回憶。小凌！妳是中了邪，著了魔！

* * *

小凌：

妳和斯的事，我和嘉已聽說了。這原是在我們意料之中，因為妳和斯都是那麼容易吸引人和容易被人吸引；但它來得畢竟是太快了些。

斯太能使人迷，是嗎？小凌？那濃郁的黑髮，那夢似的大眼睛，那直挺的鼻樑，那笑起來甜甜的薄薄的唇，那年輕漂亮的臉龐；他太會說話，他太懂得女孩子的心理；除外，他還有太多可供化費的金錢。他具備征服異性的一切條件，小凌，妳呢？是否也被他的所有所征服？

現在，小凌，願不願意聽聽妳的好友幾句誠懇和真摯的勸語，或可以說是意見？

立刻離開他，小凌，最好以後永遠都不再見他。斯是一個迷人的男孩子，妳必須付出莫大的勇氣和決心才能真正擺脫他，我知道。但，要是妳不這麼做，小凌，妳知道妳將會接受一個怎樣的後果嗎？妳知道人家將會如何批評妳？妳知道有多少個女孩子也曾經這樣的毀在斯的手裏？

斯並不存心玩弄愛情，但他對感情不認真、不負責，他喜歡新鮮和刺激，他高興於和許許多多不同的女孩子出遊，一個接著一個。而妳，小凌，偏是妳對感情的佔有慾又那麼強。小凌，想想看，妳能受得了？

小凌，妳是一個聰明的孩子，妳拿得起，放得下；那麼，不要再猶豫了，立刻離開他，妳已沒有剩餘的時間來考慮。

請相信我和嘉。嘉了解斯遠比妳了解斯為多，而且，妳是當局者迷。我和嘉是為了妳好。小凌，我們真不願看到妳會為一段沒有結果的飄忽的愛而痛苦頹喪，在不遠的將來。

還記得你自己常說的那句話嗎？「妳必須承受一切由妳做成的後果」，那麼，妳為何要承受一個慘痛的後果，當妳可以避開它，當妳可以以一個美好的來換取這個慘痛的？對嗎小凌？

小凌，我是勸妳而不強妳聽我，我相信妳還有足夠的理智來觀察判斷一切。嘉後悔不曾提早警告妳，但願這封信不會到得太遲。

我們為妳祝福！小凌！

菁

好了，夢醒了，小淩，妳還依戀什麼？我把菁的信放下，望出窗外。窗外有藍天，有白雲，有酸子樹的嫩葉子搖幌在微風裏，一切都很美。哦！似乎有什麼破壞了這份午時寧靜的美的？——是斯！斯的影子！它不斷的湧現在我腦海裡！哦！斷絕得了嗎？小淩，斷絕得了嗎？妳拿得起，現在放得下嗎？

斷絕？噢！斷絕！沒有依戀，沒有痴迷；沒有猶豫，沒有遲疑！

民五四年九月腹稿
十月五日完稿

長髮

尹玲

「妳不屬於憂鬱型的女孩子，知道嗎？貞貞。妳的頭髮就使妳活潑和明朗。」

就因為他這句話，我發誓我要留起長髮來。

「長長的，平平的，沒有波紋的髮最可愛。」

也為他這一句話，我不再燙髮。

如今，頭髮長披肩了，剪得平平的、直直的、烏黑的、光亮的；可是，他呢？

* * *

我們在春天裏認識，夏天裏熟絡。我們不只是同校同學，也是同鄉，還是思想上的趣味相投；只是，我們的性情不相似。然而，那又有甚麼關係？只要我們相愛，只要我們相愛。

想想看，多少個早晨，我們在一起唸書？多少個黃昏，我們在一起看日落？多少個深夜，我們在一起漫步街頭？哦！你還記得起嗎？

那是怎樣美妙的時刻！我眼中只有一個他，心中只有一個他。只要有一個他，其他世上的一切存在都多餘、都可厭、都無意義。

噢！你知道你佔了多重的份量？——在我的感覺和思想中。

* * *

「是妳，貞貞！」我就喜歡聽他充滿快樂的聲音，每一次到他的寓所看他時。噢！為甚麼出自他口中的「貞貞」會特別令人好受？

「是我，怎啦？」

「來，坐嘛！」他把我推落小籐椅。——我就愛坐在這裡，看方格窗外的白雲悠悠在飄；或有雨的黃昏，雨絲密密的灑下。

「收回妳的心，聽我問，幾時妳才不再發白日夢？不再追尋妳的雲呀，星呀，月呀，還有甚麼風呀雨呀的？幾時妳才不再瘋瘋癲癲的熬夜寫妳那些勞什子文章？看妳呀！青青白白的總胖不起來，眼睛像夢，心神恍惚。喂！問妳呀！」他搖撼著我的雙肩，大聲的叫。

「怎麼啦？看！飄蕩的白雲多美！」

「妳……嘿！」他負氣的站起身。

「甚麼？你要我放棄我所愛的？唉！凌，你應該協助我創作才對嘛！我要成功，我要出名，我要寫，我會擁有許多愛護我的讀者……。」

「好吧！妳就和妳的寶貝文章或甚麼讀者在一起好了，不要再理我。」他的臉變得和灶上的鍋底一樣，卻又冷得像冰。

「不理就不理！」我也負氣的走出他的房間，倚著騎樓的欄杆看下面的住屋和人家。小巷算得上清潔，有幾個小孩在玩耍，大人們稀疏的進出。

「貞貞！」不知過了多少時間，凌的聲音在我身後响起，我沒有回頭。

「貞貞，原諒我，就當是我沒說過那句話。」語氣帶著懇求。哼！說得蠻好聽的；明明是自己說的，卻要人家當是沒說過。

「貞貞！」噢！怎樣溫柔的呼喚哦！我慢慢地回轉身，接觸到他那對盈盈著情意的眼睛，我再也矜持不了：

「凌！啊！凌！」

他張開雙手將我擁住：

「貞貞，我們不要再互相傷害了，好嗎？」

「誰傷害你來著？就只有你欺負我。」

「還說沒有？那次妳回鄉下，要我到車站送妳；我不去，妳又哭又鬧的，我只好投降。後來，在車站，妳得意的笑：『勝利終歸是我的。』妳就不知道那句話傷得我多深！」

是嗎？噢！凌，我們到底是怎麼樣的？我們不是彼此深愛著嗎？怎麼我們總是想氣氣對方？

我將臉貼著他的胸膛，在他心臟跳動中遺忘了世界。

＊　＊　＊

炎熱的夏夜裏，凌拖著我逛遍了西貢。

「最熱鬧的是黎利大道。」我睜大眼睛看著滿街燦爛的燈光和太多的人們。

「我們稱這兒為花街：阮惠大道。」我深深地吸入從兩邊花亭散發出來的香氣。

「白籐碼頭，妳說它比得上我們家鄉的碼頭嗎？」我搖了搖頭：

「人太多！而且沒有那份原始美！」

我還是最喜歡西貢堤岸的主要交通路線：陳興道大道，只因為它通往凌的寓所。

「折回去，吃雪糕去！」凌拖我折回頭。

「嘿！我們是在練腳力呢？還是在量路？」我喘著氣問。

「都不是，我們在完成一項偉大工程。」凌朝我擠擠眼睛，我們都笑了。

在黎利大道和阮惠大道轉角處的一間冰室前，凌買了兩支雪糕，我們一路舔著回家。甜甜的，像你的笑，像你的情意，凌！

* * *

學校放假了，而校裏的升級試是在暑假期內舉行的。

我並不很用心讀書。拿起書本，只看了一頁，我就會懨懨欲睡。往床上一躺，把書本一丟，它會一直滾到黑暗的牆角，傷心和默默地躺著。於是，睡意全消了，害人的「靈感」總會在這時候到來。

「貞貞，聽我說嘛，不要再追捕靈感，把妳的心思集中到書本上去；要不然，我升了班而妳留級，那將是多麼不愉快的事！」

「你升就升好了，我不在乎那張證書的。我需要的是我的讀者，知道嗎？我還是要寫的，管它留多幾年呢！」

凌搔頭，注視我良久，似是想不透我唸書的目的。

「妳呀，就有太多夢，整天都不會清醒。」

「你沒有夢？你升了級，多讀幾年，畢業出來了可以當教授。喲！真威風哪！」

「妳這是挖苦我？」他緊繃著臉問。

「不敢，未來的教授哦！」

「妳，哼！」他憤憤的拍著桌面。
「我怎啦？得罪了你？」我依然是一副挑戰的神氣。
「好吧！我就當教授給妳看，妳去找妳的靈感好了！」

＊　＊　＊

考試結果：凌考取了；我則因哲學一科不夠分而留級。那個吝嗇的哲學教授，怎不多給我兩分？害得我要重頭再多唸一年同樣的書本？噫，我不是親口說過不在乎那張證書的嗎？我是怎麼了？
放榜後的當天下午，凌一直陪著我。
「貞貞，不要哭了，妳哭得使人心亂。」
我抬起頭，看到他那副惶惶的樣子，禁不住「嗤」的笑了出來，凌搖搖頭：
「說你孩子就是孩子，總是長不大，還哭著又會笑起來。」
「誰哭著？胡說！我是流淚不是哭。」
凌從壁上取下那塊方鏡，遞到我面前：
「看看妳的樣子，多可笑！」
我用雙手掩住面孔，一面不住的搖頭：
「不看，不看，我不要看！」
「好了，不看就不看，妳笑了就不許再哭。」
「不依你啦！只會取笑人，討厭！」
「討厭也好，喜歡也好，請妳立刻去洗臉，我們吃飯去。妳是哭飽了，我可餓著呢！」

從餐室出來，已是晚上九點多，夜越深的西貢越顯得有點淒清，商店大都打了烊，馬路上有間歇來往的行人和車輛，我們並肩行著。

夜風有點冷，我拉緊了衣領。

「冷？」凌輕輕地問。

「有點兒。」我也輕輕地答。

「妳從來就不懂得帶備毛衣。」凌溫和的責備。這句話我聽過不知多少次，我不是不懂得帶，也不是忘了帶，而只為聽他這句關懷的責語。凌呀，你是否知道？

我轉過臉望他，是那對眼睛。你的眼睛想告訴我些甚麼？凌，你可知道你的眼睛總像要訴說甚麼而無從說起？

「貞貞，不要自暴自棄，作家也該愛惜自己的生命，要不然，凍壞了妳怎麼寫文章？」

我不作聲。

「妳不屬於憂鬱型的女孩子，知道嗎？貞貞，妳的短髮就使妳活潑和明朗。」

「是嗎？我會留起長髮，我喜歡憂鬱。」

「長長的，平平的，沒有波紋的髮最可愛。……哎，不，我說錯了，我本來不想那樣說的。貞貞，我不願見到妳憂鬱；快樂起來，為我，好嗎？貞貞！」

我看著他，點點頭；但隨即，又搖搖頭。

「貞貞，不要傻，聽話一點。」他輕輕地撫我的短髮，溫柔的說。

我望回前面的路，路面印著我們的影子。影子一忽兒前，一忽兒後；一忽兒清晰，一忽兒模糊。

凌沉默，我也沉默。我們行在這清寂的城市中心，是否也相同於行在我們的真實生命裏？而我們的生命呢？是否在我們的掌握中？或它只是它，它不由得我們主宰，不由得我們意識？它自生自滅嗎？噢！生命！甚麼是生命？

到我家門，凌伸出手來，我也伸我的手，他緊緊的握住，眼睛眨也不眨的凝視我，我怔怔的回望他，我們就這樣的互握手互注視著，世界似乎只存在在彼此的凝視裏。

不知過了多久，我輕輕地掙脫他的掌握，他無言的轉身疾步離去，我一直看著他的背影消失在黑暗的街頭。夜！如此靜！如此冷！

* * *

貞貞：

我離開了妳，離開西貢，離開越南。

小貞貞，妳會「流淚」嗎？像上次考試妳考不上二年級時。會恨我嗎？恨我無聲無息、靜悄悄的就走了。噢！貞貞！小貞貞！為了不願見到妳的淚眼，為了不願見到妳痛苦悲傷，我不得不這麼做。一切是為妳、為我，明白不？貞貞。

妳還記得嗎？有一天，我和妳同看校裡的佈告；我指著壁上的告示問妳：

「貞貞，升了班申請獎學金到日本去留學，好嗎？」

妳搖搖頭，滿臉撒嬌的神氣：

「我不要去，我要留在這裡，和你在一起。」

妳不要去。我卻在同學的慫恿下暗暗呈上申請書，結果，是我去了，我們還是不能在一起。貞貞，妳會怎樣的恨我？

那天晚上，送妳回家時，我本想告訴妳，但妳一臉無罪的神情教我說不出口。而且，妳在失意中，如何受得起這雙重打擊？

貞貞，好好讀書，可以嗎？妳總是不聽我的話，整天痴痴迷迷的寫那些勞什子文章。捱夜捱得多了，精神不好，知道嗎？天冷時記得多穿衣，要使生活過得規律化一點。妳呀，就是生活太沒規律，所以常常生病。妳試問問看，那裡有人在晚上八、九點才來一口氣吃完早餐、午餐連晚飯的？今後，有誰代我來提醒妳？

妳說要留起長髮，是嗎？也好，但不許留憂鬱哪！三年後我回來時，妳的髮一定已長到後腳跟了，會嗎？貞貞，長不大的小貞貞，記得了沒有？把長髮留著，把憂鬱送走，把心思放到書本上去。還有，把我放到妳心底裡。

想起我時、有空時、不恨我時，寫信給我。我會想念妳一如妳會想念我，也多如妳想念我。

三年的時間不長，等我，貞貞，小貞貞。

想妳，愛妳。

等我，毋忘我。

凌

寫於西貢，民五四年八月廿六日初稿

重修於十月

誕辰在西貢

尹玲

這天，想起您們：外婆、爸爸、媽媽和弟弟妹妹們，在梅和斯陪同下的無目的底閒蕩中。記下這些飄忽的意念，給您們，也給自己。

＊　＊　＊

外婆哦，告訴您的外孫女，到底，您忍受痛苦的力量是從哪兒來的？這卅多年來，您遭受過多少氣、多少難和多少災？您又怎麼度過？外婆哦，把您的力量也傳一點兒給我吧！

爸爸，整整的二十年裏，孩子曾給您帶來過多少快樂、多少安慰？孩子曾給您帶來過多少煩惱、多少哀傷？哦，爸爸！爸爸！您為孩子付出了多少？收回的又多少？而孩子，孩子只曉得收不懂付出。爸爸，今後，孩子該怎麼辦？

媽媽，孩子二十歲了。這廿歲是怎麼來的？由您的血和淚，由您的痛苦和快樂，由您一切自身的感受而來的，是嗎？媽媽？哦，媽媽，媽媽，這廿年，對您，到底是一段怎樣的時間哦？

弟妹們，姊姊離開你們，已有多少個一天了？一天、又一天，還是一天；姊姊總是無法將這些一天加起來。家裡少了姊姊，你們覺得怎樣？

小弟，有風有雨的下午，你還會有「姊姊會回來」的直覺嗎？

這些日子，故居可好？

我在異地，鎮日在茫然與混亂中過日子。

都城很大、很大（若與農鄉比），足夠讓我蕩走一個整天。而我也常是如此來蕩走青春的。

不知將死於何日、何時、何地？緊張的氣氛總令妳不時提心吊膽。死是什麼？是否也如生？

* * *

梅，我們的相遇，該說是「緣」嗎？妳在西貢，我在遠離西貢的一個小城市裏；而我們竟相遇，而且相親，還相愛。

妳為我付出多少感情，梅？是否也多如我為妳付出？妳和我？我們之間的友誼，將不似你和別人或我和別人之間的友誼那麼快消逝，是嗎？

我曾有過最要好的朋友。但在一段時間過後，她悄悄地遠離了我，不說一聲再見。我留下，茫然在友誼的迷失中。

梅哦，妳呢？是否我最要好的朋友？現在，一如將來，以至永遠，而不只是某一段時間裡的？

斯，我們才相識，為何妳竟為我付出如此多？

越狂熱的感情越容易熄滅，知道嗎？斯！而熄滅後再也無法重燃。斯，我們都年青，我們的日子還遠長，友情並不只存在初相識的幾天裏，對嗎？斯！

最感謝妳和梅，斯；陪了我這整個半天，於今日。

* * *

今天，太陽很艷，天空晴朗；妳怎麼總是想到黑暗？過去已過去，而未來，哦，妳不創造未來嗎？一切都將會很美麗；而一切也將由妳。決定和負責一切吧，妳自己！

西貢，一九六五年十月

感情的飄流

尹玲

從報館裡出來，天下著雨。杜望望我，再望我手中的雨傘。

「也好在妳帶了雨傘；不然我們會變成些什麼？」

我們相視大笑起來。杜的眼睛裡藏著些什麼，很能動人。

早些時候，天空晴朗，太陽很艷，我撐著傘去找杜。他帶了我到報社去找一位朋友：我希望能在報館裡謀到一個職位。結果是不成功。我坦然，沒有什麼值得哀傷或失望，只要當初妳別付出太多希望。

杜打開雨傘：

「讓我來撐！」

當然囉！難道要我替你撐不成？——我心裡說，卻沒有講出來。

雨不很大，雨線細細的、幼幼的，偶而灑到我的臉和身上。很涼快！噢！這個細雨的黃昏裡，能和愛人在一起一定是很美的。我側轉頭，望著杜。

你這個漂亮的男人，到底在轉些什麼念頭？你不是我的愛人，而我也不曾愛過誰；那麼，我們行在一起，算是什麼？

杜發覺我凝視他，轉過頭來：

「妳在看些什麼？」

「我在問我，要是你的萍看到我們這時的情景，她會怎樣？」

「哦！我想，她會恨你入骨，會約妳決鬥；或者，她一聲不響，回去偷偷地哭泣、失眠、傷心。」

是嗎？你就這麼輕描淡寫的、像敘述別人的故事似的來傷害你的戀人？男人都是這樣的嗎？在別個女子面前，任意的猜測、批評、毫無顧忌的中傷了自己的戀人？哦哦！

「妳，很使人著迷！」杜側過臉，望我一眼，說。

「是嗎？真的嗎？我自以為我最不能令人迷，否則我不會一直到現在都沒合適的戀人。」

「沒合適的戀人並不等於沒有戀人。我相信，你會有許多戀人的。也許他們不令妳滿意，唔？」杜的大眼睛裡閃著些什麼。

我望住面前的雨絲：

「噢！我不知道什麼是愛情，我也不知道怎樣才算是戀人。我曾經有過許多男朋友或男同學，我也曾經喜歡過一些男孩子；但朋友不等於戀人，就和喜歡不等於愛一樣。」

「當然的，我以為我會知道。」

「你向我否認你對萍的愛？有什麼用？」

「真的沒用？」

杜的左手輕輕地環過我的腰。我望望他。他的眼睛像火。我不知道自己應該做些什麼。路燈開始亮著，雨絲還飄。

「小盈，告訴我，真的沒有用？」杜的聲音是出奇的動人，哦！他就是以這些來奪了萍的心，然後，再向我否認那段感情？

「也許是吧！我從不讓男孩子征服我。」

「是妳希望妳去征服他？假如是這樣的話，我願意被妳征服。」

「不。我自己告訴我：不要讓愛情纏上身。所以，我不願去征服別人。」

「是嗎？好吧！小盈，我先告訴妳：我一定征服得了妳。看著吧！妳別硬！」杜的聲音充滿自信。

「向我挑戰？我也告訴你：你一定征服不了我。看著吧！你別強！」我仰起頭，注視著他，學他的聲調說。

「好吧！我們都等著瞧！」杜的眼睛盈著和聲音裡同等的自信。他用力攬緊我的腰。我輕輕地拿開他的手。

「怎啦？不接受我的挑戰？認降？」

「我不要這樣的戰爭，像火。」

「妳要似水的？也可以。來，我們先去吃晚飯。」

漂亮豪華的餐室裡，我們揀了靠欄杆的位子，從這裡可以俯視半個都城的景貌。外面，雨絲仍輕輕在飄。

＊　＊　＊

「如果妳不怕晚，我帶妳到一個迷人的地方去。」從餐室出來，杜說。雨早已停，道路濕濕的。

「什麼地方？」

「舞廳。」

「好的。」——我接受你的一切挑戰，因為我知道我永遠不會投降。如果我們之間發生愛情，也只限於今晚；知道嗎，杜？我們的愛情將似烟、似雲、似霧、似夢，而這些，將會很快的散去，一點也不留下痕跡。

舞廳裡暗得像地獄。這是我第一次入舞廳。我什麼都看不見，只得讓杜拖著。舞池周圍的小燈泡發出黯黯的七彩的光。我究竟在做些什麼？我竟會到這些地方來？我從不想過我會有這麼的一天。噢！是我墮落了嗎？

墮落的定義如何？

我們在舞池邊的檯子坐下。音樂響著；舞池裡有人在旋轉。我不知人們在跳些什麼舞；我根本就分不清什麼是四步、三步；什麼是華爾滋、什麼是探戈和恰恰。

「來，跳舞去！」杜拉著我的手。

「我不會跳。你知道我是不會的。」

「我可以教妳。慢四步是最容易學的了。」杜的眼睛在黑暗中特別亮，也特別吸引人。

慢四步？似乎曾有人對我說過：慢四步只可以和愛人跳。杜，他算是我的什麼人？

「來吧！猶豫什麼？」他不由分說的就拉了我下舞池。

「妳的手放在這裡。」他拉了我的左手放到他的右肩後，「我帶著妳跳。」

哦！我到底在做些什麼？跟一個男人在黑暗的舞廳裡跳舞？我從不知道跳舞是什麼，從來就沒有一個男人如此摟過我。這個黑暗的地方，就是杜口中迷人的地方？

「一二三四……」杜不斷的數著。

這就是跳舞嗎？這就是使許多人迷戀的舞？我茫然的四處張望。人們也一對對的相擁起舞。我感到暈眩。

噢！杜，是你找錯了對象，還是我入錯了地方？妳的萍也許會喜歡這種情調；可是，我不。我不像別的女孩子，我也不願像別的女孩子；我要我是我，我只是我，不是任何一人的影子。可是，杜，為什麼你會看不出？我不承認我是一個好女孩；也許我很壞，比誰都壞，但我仍然是我；而我不屬於這舞廳，那是因為根本上我就不屬於它。

「小盈！」杜輕柔的喚我。

「什麼？」我仰起頭。

「妳在想些什麼？心不在焉的。」他的眼睛帶著笑。

「我在想：為什麼我會到這個地方來？為什麼會是和你？為什麼我會讓一個男人如此擁住？為什麼你不怕你的萍傷心？為什麼……」

「不要再『為什麼』了。我喜歡，我愛。夠了嗎？小盈？」

「你當初也如此對萍？」

「不要再提她，好嗎？我就不知道為什麼以前我會喜歡她。和妳比，她俗氣得多。」

是嗎？你以前也拿萍來跟另一個女孩子比過，你以後也會拿另一個女孩子來跟我比？然後，你愛所有後來的女孩子？以前的就個個都俗氣？

噢！杜！我們的愛情，如果發生，也只將似烟似雲似霧似夢，知道嗎？我從不愛過誰，不讓愛情纏上身，不讓任何一個男孩子征服我，也不去征服任何人。噢！為什麼我又會跟你來跳舞的？

「好好的用心學，小盈，妳會跳得好的。」

是嗎？好吧！既然來到這裡，為什麼不跳它一個痛快？然後，離開這個地方，我將是另外一個人。

我放鬆自己讓杜帶著。我不再想什麼。這只是一段情感的飄流。我們從這裡開始，也將在這裡結束。妳征服不了我的，我也不願去征服你。實際上，我們只是在放縱感情，我們不控制自己。等到一切都已成為過去，我們會發現我們原只是一對多麼可憐的傻瓜。

哦！杜！飄流吧！讓我們底情感。

寫於西貢

陌生

尹玲

我又見到了你，在這個曾有一次我們同到過的河濱。世界，不，西貢，本來就不大；以後，我們見面的機會也許還很多。

你可曾想到，彬說給你介紹認識的朋友會是我？我倒奇怪於自己的荒謬，明明知道是見你，我還是跟了彬來。

我不譴責彬什麼，我只找尋她要如此做的動機。我問她，她說不願意看到我和你之間的誤會沒有終止。我說：

「其實我們之間沒有誤會，是人家以為我們有誤會罷了。我們是已不再是朋友的朋友，因為他願意這樣。」

我說的錯麼？

我們的疏遠很突然，突然到我不知究竟我和你在做什麼。我茫然於我們的疏遠。為什麼？為了什麼我們不再是朋友？

我記得後來我寄過幾封沒有回音的信給你，我要求你解釋。你不解釋。也許你連看都不看。我開始為自己的愚蠢悔恨。既然你願意毀滅我們的友誼，為什麼我不呢？

於是，我不再寫信，我不再詢問，我學會了坦然和冷漠。

後來有幾個我們不願意和不能避免的會面；你冷漠，我也冷漠。你怎麼冷漠，我就怎麼冷漠。朋友們問：

「你們怎麼啦？」

「沒有什麼。」我搖頭，心裡悵然。

妹妹也知道我和你不再來往。她不說什麼，但她知道。我知道她會知道，原因是不再有你的信，還有我再也不像以前常提到你。她不明白是為了什麼。然而，她怎麼能明白呢？連我自己都不明白是為了什麼。

我也希望過我們會和好如初，但那是很久以前的事。如今麼，我任由事情自己發展。我既會不想到我們是朋友，也不會想到我們是仇人。是朋友，我們會互相記得，是仇人，我們當然也不會互相忘掉，只有從不見過面，或見過面而不相識的陌生人，才會有那種漠不關心，才會有那種冷淡。所以，我對自己說：

「妳和他之間有的是冷漠，因為你們是兩個陌生者，一切都陌生：思想、心靈、甚至是感情。」

所以，我不再為我們逝去的友誼哀悼，我甚至不記得我們之間曾經有過友誼。

偏是彬說要看我們不再負氣；偏是我竟荒謬至不反抗的跟她來。難道我還對我們過往的情誼存有希望，存有信心？我不能回答自己。

河濱，流水依舊，藍天依舊，椰樹依舊，草坪依舊，不依舊的是我們，還有我們之間的情感。

彬故意遠離我們，讓我們有單獨談話的機會。可惜她的心機是白費了：我們是兩個會講話的啞巴！還有什麼可談的？我想不出話題。我們之間，可談的還有什麼？友誼麼？——已消逝。談世事？——我不感興趣。講今天的天氣，周圍的景象？——太無聊。我索性沉默，看別人。可是，你呢？難道你也和我一樣的想嗎？或是你在和我比賽沉默？

回來，彬埋怨我：

「妳真傻，為什麼我走開時你們不講話？」

「沒有什麼好講。」我聳了聳肩。

「你們的誤會不願意消除麼？」

「我們沒有什麼誤會，我們已不再是朋友。」

「真給妳氣壞，白費了我一場心機。」彬不快樂。

「可是為什麼妳要這樣做？我說妳傻。」

「妳才傻呢！」

我只好笑。也許，我才傻。最傻的是跟她一起來見你。本來，我早該回去的了，回到遠離西貢的家裡。然而，我卻答應了彬留下來，原因是要見你。奇怪，我竟會如此行動？我竟會如此衝動？我沒經過考慮的就答應了彬，我這麼輕易的屈服人家！

我一直為這件事感到後悔。

彬送我到車站。她說這是她的第一次送別。送別，並沒有什麼，彬，只不過是難過一陣子。最悲的是送情感。我的第一次送情感，竟不為被送的人所接納。我想對彬說這些。但她能明白嗎？彬聰明，但還小，她不會懂得這些的。我只有沉默。

彬勸我不要太多心，假如我已認為你是最和我談得來的朋友。我笑笑。難道我連友誼和愛情都分不開嗎？

「回去好好讀書、工作，不要胡思亂想。把一切都拋開吧！看開一點！瞧妳，心事重重的樣子，教人看了就不開心。」彬像姊姊對妹妹似的叮嚀著。我想流淚。我從小到大得不到哥哥和姊姊的愛。我渴望著，但仍沒有。雲和杏願意認我做義妹，他們也愛我一如愛他們的妹妹，可是我仍只是他們的義妹，我不能因此而說我真正的有哥哥和姊姊。

車離了站，我悵然。彬不知會怎樣。

客車上，有的是陌生的人。我不認識他們，他們也不認識我。我和他們之間沒有絲毫感情。我們有的是冷漠，一如我與你之間的冷漠。冷漠是由於陌生，而我和你，由熟絡趨向陌生。

生命的問號

葉秀琦

就是這樣的嗎？人生就只有這麼多？

妳出世了，是那麼偶然，妳從沒想到，也從不願意，為什麼是在這個時間，這個地點？為什麼不在那個時刻，那個環境？妳被迫的要承認一切你所不懂的和所不願承認的。生命，早在妳的選擇之前產生。當妳意識到妳的生命時，生命已明明白白的、沒有絲毫虛偽地尋求生存下去。噢！玄妙不？奇異不？妳怎麼不能為妳自己決定妳的命運？是命運嗎？妳從來都不肯相信命運的。不，我的一切是由我來決定，沒有什麼命運！

是嗎？妳出世了，茫然的生存。妳從不曉得為什麼妳要活。（根本，生命就不是妳要的。）然後，妳被送進學校讀書，妳被許多人羨慕著。人們說妳有福。福，究竟是什麼，妳不懂得。幼稚園、初小、高小、初中、高中，之後是大學；妳一年一年在升級；年頭至年尾都背了書包上學。然而，迷惘和煩惱並不是因為這而不包圍妳。為什麼這，為什麼那；妳追問一切，一切沒有人回答，而妳自己也答不出的問題。

一切的發生是如此偶然。妳的生命、妳的命運、包括妳的愛情。

愛情！哦！愛情！這到底是什麼？妳模模糊糊的總弄不清楚。只是每一次和男孩子們在一起，人們就會傳妳在鬧戀愛。於是，妳自己也以為妳擁有愛情，在人們的「宣傳」中。

是那年吧！十五歲。十五歲是一首詩，一首歌，是一個夢，一個謎。——不，不，什麼都不是。十五歲的生命就是十五歲的生命，真真正正的生命。十五歲，有天真的歡笑，無邪的夢想以及早來的愛情。那年，妳有一個小伴侶，你們玩在一塊，讀書在一塊，整天嘻嘻哈哈的，無憂無愁。大家以為你們是一對。可是，年齡漸長時，你們自自然然的互相疏遠了；就像當初自自然然的聚在一起一樣，你們各走各的路，誰也沒有怨誰。你們像陌生人似的漠視對方。

跟著的是那個有一雙深邃憂鬱眼睛和耐人尋味的笑容的男孩子。妳就是給那對眼睛和那個笑容迷住。你們常默默相對，從對方的眼睛裡看自己。這就是愛情嗎？但就在一年後，妳無言的離開了他。妳只隱約的感到他不適合於妳。

接著又是另一個男孩子：那個啞巴似的青年。妳抵受不了太長久的靜默。愛情並不只是你看我，我看你，像兩具木偶，不動也不說話。妳憤憤的和他分了手。

噢！愛情！男孩子！怎麼總沒有我的份兒？怎麼沒有一份永恆屬於我的愛情？怎麼沒有一個適合我的男孩子？

不久，一個對妳千依百順的男孩子闖入妳的日常生活，不管妳需要什麼，只要妳開口，他就會立刻為妳做到，但是愛情不是憐憫和遷就的代名詞。就是這樣，妳默默的拋棄了他，一個愛妳深深、愛妳更甚於愛自己的人。

然後，又是一個男孩子。妳和他在一起的時間比你和別人的多。妳們笑，妳們哭，妳們快樂，妳們生氣。妳將所有的感情傾向他，妳也接受他奉給妳的愛。愛情，很美！像夢一般美。可不是嗎？妳陶醉在你們編織的夢裡。

「戀人，把我們編成的夢逐個逐個串起來，套住我和你。我們將過夢一樣的生活。」

夢，很美。夢，也只是夢。夢中，只有他深情的凝視，沒有哀傷。可是，夢外？

就在夢正濃時，他對妳說：「我們的相戀將不帶來幸福。」

夢醒了。好夢從來總是最易醒的。

「再有人問起我，問起我們的愛情，你就說：一切都已成為過去，再不回來。」妳淡淡的回答他。

趁早分手也好，免得將來痛苦。我的戀人，就當是我們從沒愛過，或者從不認識。

妳嘴裡說的硬，心卻一陣陣的痛。

愛情，不要再纏住我！你們都走吧！走向需要愛情的人們！

就在那天下午，一個年青的影子又闖入妳心扉。趙指著他，悄悄對妳說：「就是他！」

是他？那個有一雙清亮眸子的男孩子？很美。妳不知是否應該征服他或讓他來征服妳。妳把臉埋在兩隻手掌內。

「妳！為什麼？」趙不明的問。

「沒有什麼，我在考慮是否應該再來一次戀愛。」

可是，一切都沒有結果。你們是兩個人，沒有絲毫關聯的兩個人。你們只是兩個過路者，偶然的碰在一起。你們每人有每人的路。妳的路不是他的，他的路也不同妳的。你們有著不同的目標；所以你們之間沒有愛情。

噢！主！請讓我安靜！我的心再經不起更多的激動。要就一個完全適合於我的男孩子，要就什麼也不要出現。主！求您！

妳怎會想到主的？妳根本就不信教。妳只信妳自己，妳要自己決定自己的一切。

我能夠麼？當決定了一切，生命已到了盡頭。死去，永不復生。

妳想不通，人為什麼要生出來受幾十年的罪，再痛苦的死去。生不帶來什麼，死不帶去什麼。在生與死之間，是苦、是難、是淚、是血和忍受。

想不通，總是想不通。人是一個玄秘的宇宙；而每一個人是一個個別的世界。

妳連妳自己的世界都不明白，怎能去了解屬於妳之外的世界。妳的世界是妳做主宰。妳之外的世界由別人統治。妳管不了自己，還能去侵犯人家？

想不通，總是想不通。妳到底是誰？從哪兒來？往何處去？——妳是葉秀琦。你的父母創造了妳。妳將往死亡的道路去。

啊！是嗎？葉秀琦，簡簡單單的三個字，這就是我？我是這個名字？可哀不？一個名字控制了我整個：思想、人格、情感、性情……妳做了這個名字的奴隸，妳要對自己、對別人負起這個名字的責任。總不明白是為了什麼，你並不喜歡這個名，也不是妳起的名，為什麼一定要妳承認？

父母親造出了妳，為什麼會是妳？為什麼妳不是這兩個人以外的女兒？為什麼妳不是男孩子？為什麼妳必定生在這個家庭裡，有這麼個兄弟姊妹，有這麼些親戚朋友？

還有妳的出生，是為了準備赴死，那又何必出來受苦受罪？妳出生的一剎那，也就是妳死的時候。沒有生就沒有死。出生是為了死亡。然而，死亡是不是為了另一個出生？

沒有人解答妳的傻問題。妳只能在自己的思圈裡兜圈子。圈內，是妳的世界。妳只可以活在這個圈裡。妳沒法越出這個圈。

人生，是否也如一個圈？人被逼生存在圈內，一生一世也不能越出圈圍？

於西貢，民五十四年六月廿七日

影子

尹玲

和盧分手回來，我把自己關在房裏，讓靜寂和黑暗包圍我。

我曾一而再，再而三的對自己、對你、對別人否認我們之間的愛情；最近，我更連最初、最淺、最淡的友誼也不容許存在於你和我之間。然而，謠言仍是無根據的到處流傳。

一個半月前，我寄給你的最後一封信提議過：

「就這樣吧！讓我們以後只做個點頭朋友：偶然遇見時，交換幾句客套話；隔了差不多時間，我們互相交換一封簡簡單單的問候信。這樣也許會使到所有的人都感到滿意：了解我們而不能有所幫助的，不了解而對我們有所誤會的，還有兩個當事者：你和我。」

這封信內容冷冷淡淡的語句幾乎使我不敢相信會是我寫出來的。但，我還是簽了名，寄出去。就是後來你讀了也說不像是我寫的信。然而，如果我們不這樣做，以後會造成什麼結局？

我曾想過：換了我是一個男孩子，或者你是一個女孩子，我們友情就不會受到如斯多的非議和阻礙。是否因為人們不能和異性建立友誼，因而否認了一切異性之間的友誼？

像我這樣的一個人，最後仍要向謠言低頭，我不禁為自己無理的屈服而苦笑。以往我常為自己的倔強、硬頭硬頸和我行我素的態度而自豪；可是，現在，我卻要為一兩句人家的閒話而放棄一個我認為是最和我談得來的朋友。倘若我不如此行動呢？

我曾看過莎莉麥蓮和歐德莉夏萍主演的「雙姝怨」。人們傳著她們兩人之間犯上同性戀。麥蓮最後因為不能澄清謠言而自殺了。夏萍埋葬了好友之後，漠然地走出墳場，在人們滿足而驚異的眼光下。

我當然不會自殺，尤其只是為了這些遠離事實的誤會；我甚至不會流淚。我已經沒有從前的容易笑、容易哭；我堅強了許多。在性格上的轉變，大哥給予我的影響最大，大哥要我樂觀、堅強，要我永別憂鬱，要我看得開、放得下一切。大哥本人就是如此：豪爽、曠達、有忍耐心、有毅力，從不將仇恨記在心上。

「我們為什麼不儘量使人幸福，然後快樂在別人的歡笑中？」大哥時常如此對我說。要是世上每個人都和大哥一般心思，這個世界將會多美？我也努力向大哥學習：我相信大哥的話不會錯。所以，對無論任何事，我總一笑置之。

在此之前，有人傳說我在學校時曾鬧過戀愛，天曉得我和他（人家所以為的我的對象）連普通的招呼都沒打過一下。我不知道人們到底根據什麼；而且，我也自問人們為何這般關心我，關心到把所有我不會做的事都推到我身上。於是，人們不斷的為我編羅曼史，從文章裏猜測我的家庭環境、我的為人、我的個性、我的情感。甚至，碰見我時，人們會問：這篇文章裏的男主角是誰？那篇文章裏的男主角又是誰？要是他們一旦發現那些文章裏面的男主角誰都不是時，不知有怎麼樣的想法？

真是荒唐可笑，為什麼人家一定要認為我們在談戀愛？為什麼一定逼我們承認？我們的事，我們不理就算了，幹嗎別人要理？使我感到啼笑皆非的是：謠言不斷的流傳在你和我不斷的否認聲中。

我坦白地告訴盧我們的友情。她冷笑：「妳還不知道這個社會是什麼樣子的嗎？哪！就是這樣！」

就是這樣嗎？我反覆自問。

就是這樣！好吧！我算是認清了社會。

「但，不止這麼多，還有呢！將來，妳等著瞧吧！」盧再加上一句。

也好的，我等著瞧。活一天我就瞧一天。

我想起小時候讀書，我是多麼忠誠地深信老師們的訓話。教書時，我也將這些話訓導我的學生。哦！原來我只是騙我的學生，就像當初我的老師騙我。

我打開窗門，對面街燈的柔光斜斜地射進來。院外開得正盛的瓊英花搖愰在微風的吹拂下。樹葉和花朵編成美麗有緻的影子，斜斜地搖愰在我的書桌和睡床上。

「噢！影子！」

只要有一絲微光，它就會出現。既然如此，我又何必關起窗門來將自己埋於黑暗中？

我不再怕，來吧！影子！

於美拖，民五十四年五月二十九日

結束

尹玲

大哥深沉的說：

「好了，結束一切吧！」

我笑了笑，對他點頭，表示同意。

「他的人並沒有甚麼，但最大的缺點是看不開，甚麼事都看不開。」

「不關我的事。」

「好了，結束一切吧！世上多的是配得上妳的男子。」

大哥又重複那一句話。結束，就結束！我怕甚麼？何況，大哥，我已有了嘉嘉。

「我又沒說甚麼。我拿得起，放得下。大哥，你要相信你的妹妹不是一個普通的女孩子。」

「呃，我知道。」

西貢的夜很亮，不像美拖。街道兩旁立著整齊的燈柱。強烈的光不吝嗇地四向放射，投在地上的我們的影子不斷地變幻著。街上的商店，有的開始打烊。我跟著大哥走。只要有大哥在身邊，我就不會有被遺棄的感覺。就像有你在我身邊一樣，嘉嘉。

大哥帶我進「飛蝶冰室」。我們在中間的位子坐下。我投目左邊靠壁的那張桌子，第一次我踏進這冰室所坐的位置；也是第一次，唯一的一次，我和川坐過的位置。現在，那個位子空著。空著的位子，川，不悲哀嗎？我在你心中佔據過的位置，現在也空著嗎？或是已被另一個影子佔去？

大哥依然沉默，怔怔地凝視著我。我無言的拿起啜管攪拌杯子裏白白的鮮奶；然後，用力地啜一口。

「妳很可愛。但為甚麼……」

「緣份，大哥。連你，已有三個人試過為我們……」

「我不。我在為妳作決定。」

「哦！」

電唱機正播放黃鶯——越南名歌星——唱的Con đường mang tên em。哦，哦！那曾經使我和嘉嘉熱愛的曲和詞。嘉嘉！想著你呢！我們那晚曾坐過的桌子現正被一對情人佔著。嘉嘉，我們那晚也如此刻這對情人？嘉嘉，我恨不得能立刻見到你。

「妳在想什麼？」

被大哥的問話驚醒，我抬起頭來：

「一個男孩子。」

「是川？」

「不。嘉嘉。」

「誰？」

「一個你不認識的男孩子。」

「妳愛他？」

「是的，我愛他。」

「妳……妳的思想和感情都複雜，令人難……」

「所以煩惱最多。」我笑。

「告訴我嘉嘉的事。」大哥的眼光帶著命令的樣子。

「一個不很英俊，也不魁武的男孩子，我們在一個偶然的場合裏相識。差不多要忘掉他的時候，他再在我眼前出現。他趕走了所有曾在我心扉徘徊的影子。他獨佔了我的心。」

「甚至是川？」

「哎！大哥，你別以為我對川痴情。其實我早已忘了我們之間的情誼。我不過是要讓你親眼看清楚他的為人，大哥，現在你總該知道川是一個甚麼樣的人啦？」

大哥默默點頭。我也不再說甚麼。

四周是靜寂的，唱機嘎然而止。

嘉嘉，我又在想你了。

那些夜裏，我們從西貢一路步行回家。我數著電燈柱。你數我們的腳步。

那些傍晚，我們擠巴士。從西貢的首站一直搭到堤岸的終站。第一次的時候，我曾問過你：

「你可知道我為甚麼一定要到終站才下車？」

「為甚麼？」

「因為這是第一次，而且與你同在一起。因為第一次最富意義。」

你笑了，笑我常有許多奇怪的念頭。

那些下午，我向同學借了機動車，讓你載著我到處亂闖。我們是一雙百靈，只有我們自己才互相了解！是嗎？嘉嘉。

那些早上，我們早就相約，溜到馬路上看行人、看車輛；或躲入冰室裏大「嘆」我們甜甜的雪糕，或是濃濃的咖啡，或是苦苦的啤酒。

「不准妳喝酒！」

「我偏要喝。我還要煙呢！」

「聽我的話，乖乖，不要喝酒，不要抽煙。」

我依言的放下酒杯，不再和你爭辯。

我奇怪我竟會不反抗的聽從你的話。我一向甚麼都不怕！我會怕你？

「怕軟不怕硬的傢伙！」我心裏罵著自己。

我們曾像小孩子一樣蹲在地上彈「波仔」。我們曾在廟裏參拜進香。我們曾忘掉一切的由上午走路到晚上，回家向媽媽撒謊。我們曾在一起讀過書。我曾被你打手心，只因為做不出數學習題。你也被我取笑，為了記不熟討厭的哲學家們所說的話。我們曾像傻子一樣的玩，像瘋子一樣的發怒。我們鬥過嘴，我們吵過架；我們刻薄的揶揄對方。

「你們簡直是一對寃家。一見面就鬥氣。」蓮就曾經這麼說過。是嗎？嘉嘉。不是寃家我們就不會聚頭了。

嘉嘉！嘉嘉！叫著你呢！現在你在甚麼地方？心裏可有感應？嘉嘉！嘉嘉。

「回去吧！」

「哦！……哦！」

「又在想嘉嘉了？心不在焉的。」

我羞赧的低垂著頭，跟大哥走出冰室。

「幾時我可以見到嘉嘉？」

「有機會的時候，大哥。」

我抬起頭望大哥。大哥很英俊。大哥很愛我。譬如說，大哥是嘉嘉，或者，嘉嘉是大哥，那多好！大哥，你知道我正在這樣想嗎？嘉嘉，你也知道嗎？

大哥送我到家門。

「晚安！妹妹！願妳有一個甜美的夢！」

「唔！明天我不來了！你就不理你自己啦！」我在提醒大哥，可不能對自己太疏懶。

大哥輕輕地握住我的手。大哥，嘉嘉不像你握我的手時那麼有力；嘉嘉，大哥沒有你那深深的凝視，活像要把我的影子整個的刻在你的瞳子裏似的；大哥也不像你站著看住我進了門才離去。大哥只輕輕握我的手，放開，就鑽進的士裏去，回到他自己租的小樓閣。那小樓閣很簡陋，同屋的都是貧苦人家，簡直就不配他住。他那麼英俊，那麼壯健，那麼豪爽。我不知是否應該作這樣的想法？

然而，我不向他問這些了。嘉嘉，我給你弄得頭昏。我給愛情攪得心神不寧。

嘉嘉，我是在想你、愛著你呢。

「好了，結束一切吧！」

好的，我結束過去的一切，但是，大哥，和川是結束，和嘉嘉方才開始！你以為是嗎？

嘉嘉，你好，我結束過去的一切。你和我現在才開始呢！

我們的未來是可以笑著來迎接的！

民國五十四年四月二日，西貢旅次

距離

尹玲

黎黎，這些日子，我活在空虛與茫然中。

你了解那種心境的苦悶麼？黎黎，一整天，我不知應該做什麼，也不知自己在做什麼。我不再是我。時間自己溜走，在我不覺中溜走。一切，對於我，全無意義。

芹苴會比美拖好嗎？黎黎，我羨慕你的空軍生活，多姿多彩。雖然時刻都在驚險中，但你有足夠的自由，飛向你所喜愛的地方。

對眼前的環境厭倦時，我總不期然的想起你，我希望我是個男孩子，像你一樣自由自在地飛翔。可是我不能，我不相信有什麼命運，卻又不能改變現有的一切。也許你不會相信，但我還是告訴你：對目前的職業，我不存熱心，甚至感到厭惡；書本欺騙了我，人們欺騙了我。要不然，為什麼對著一群無邪的孩子，我還是見到醜惡？

黎黎，人們互相欺騙，也騙了自己。人們不敢忠實地把事實道出來，人們盡可能的掩飾，盡可能的遮蔽，何必呢？是不，黎黎？當一切美麗、高尚、純潔的語言和詞句已被人們用完了時，我只好把最不美的鋪張出來，為什麼不可以？黎黎，當美好的已不復存在，當聖潔的已完全為人所洞悉，我們不能夠像別人刻劃美的一面來刻劃醜的一面嗎？黎黎，也許我本身是罪惡，所以我總不相信有完善的事物。你知道了，有何感想？

＊　＊　＊

黎黎，你此刻會快樂，會思念我？

我仍然感到抑悶。

那天，我不願送你，（當然，願送你時，我會安排自己的時間。）你為了趕回去赴某宴會而不接納我的懇求。這對我，是一種恥辱，別人的一餐，吃掉我所有的情意。我不明白我們之間的情誼，到底是什麼情誼？

我們彼此是最好的朋友，我們曾互相承認。但除了是朋友之外，我們還是什麼？

我不譴責你，也不想譴責你。在你，你自以為有充分的理由。我卻不那麼想，我對我們的交情很有信心。然而，我要你為我留下時，你卻因另一個可以拒絕的邀請而不顧我離去，我不能再說什麼。

當事實與我所想的相違時，我只感到悲哀。要是我不對我們的情誼付出太大的信心，我將不會感到什麼。

曾有一次，我也懇求你為我留下。你不聽。你走時，我私自到車站送你。回來後，我不斷的感到悔恨。自問為什麼我要如此。為什麼要你留下？你不留下時，為什麼我會不快樂？而你走時，為什麼還要去送你？當然，我不能回答自己。我不願說口是心非的話。我不想欺騙我自己。

你既然無情，那最好我也無義。但是，不能，黎黎，女孩子總難硬起心腸來。雖是恨你，我也不願你受到任何不如意的遭遇。

我不譴責你什麼，我也不想譴責你，我們之間已不再需要譴責。

＊　＊　＊

黎黎，我們的隔離，越來越遠了，尤其是心靈上的。

我現在才知道，原來自己是這麼傻，我做的事都是傻事，我說的話都是傻話，我想到的都是傻東西。

我曾以為我有足夠的能力來消除你與我之間的距離，盡我的力量。也曾有一個時期，我真的以為我們之間再沒有距離。我們會一直沒有距離下去。

結果是事實粉碎了我的夢想。我們之間不僅有著距離，而且所佔的空間越來越廣。

我希望我能從你那兒得到一些什麼，或者是愛。但什麼都沒有；有的是我所不想得到的傷心。

我不明白你為什麼偏喜歡在我面前提起你對別人的愛或是別人給你的愛？我不止一次的說過：

「如果得不到全部，我就一點兒都不要。」

感情不像鈔票，同面額的就張張都具有同樣的價值。我要的是與別人不同的愛，跟別人的一模一樣，我情願把你給與我的愛送給他，讓他得到全部而不是二分之一。我得到零，但整個的零比二分之一，甚或是三分之二的好。

我自私麼？我不否認。

我是傻人，做的事沒有一件不傻。我給你用來做比較，和另外一個人。

為什麼我不早些發覺？為什麼你會利用我的真心？你利用了最神聖的友誼。我問上帝：

「這是黎黎？」

上帝不回答。於是，我們疏遠了。

我們之間的隔離越來越遠，尤其是心靈上的。

要就整個、全部；要就甚麼都沒有。黎黎，這是我。

＊　＊　＊

黎黎，不要責我，不要怪我。
我們相識的日子不長，我們卻如斯大膽而糊塗的不去控制自己的情感；我們大膽，但實在太糊塗。
怎麼我們不在相愛之前努力去了解對方？怎麼等到相愛後才發覺彼此之間有距離？
分開來吧！既然在一起，我們的思想和心靈也不能融和。
你願意，我也願意；我們的分離在彼此的願意之下。
我們再沒有相愛下去的必要，我們也再沒有相處的必要。是不，黎黎？
黎黎，不要責我，不要怪我。
你願意，我也願意，就這樣吧！

＊　＊　＊

黎黎，久違了！
雯是這麼天真，她以為可以幫助我們拆除誤會。
我們之間又有甚麼誤會呢？是不？我們曾經是朋友，好朋友。但後來，我們不再是朋友，因為你願意。我順著你的意思，向別人宣佈我們不是朋友，我們是兩個陌生者，從不認識也從未相遇。
別人也許會相信，也許會不。但只有一點可以肯定的是，別人不會傻。
雯就是不傻的人之一。她看得出，很早以前就看得出，我們並不是互不相識的陌生人。
雯問我，如果她給我介紹朋友時，願不願意認識。我覺得她問得奇怪。我說：
「認識朋友有甚麼願意不願意的？我現在願意認識所有的人。」
「男朋友？」

「男或女也都只是朋友。」

雯另次問我：

「如果你和你的朋友曾經有過誤會，我不知道而為你們作介紹時，你不會生氣？」

「不。」

我猜到雯說我們，我和你，黎黎。而後來，事實證明我的猜想不錯。

雯為我們介紹時，我感到滑稽。為甚麼兩個曾相識而且相熟的人要裝作互不認識來讓別人介紹？

我們的戲演的不錯；雯，你，還有我。

我也懂得做戲了，我開始變的時候就懂得做戲了；或者說，我懂得做戲時就開始變了。我驚人地變了，黎黎。

也許你還不會忘記，以前的我是一個那麼容易害羞的女孩子。我對誰都認真，對甚麼事都認真。在我，沒有變質的愛情，沒有不固的友誼，沒有醫不好的病，沒有太年輕的死；沒有無花的春天，沒有無月的秋季。世間沒有恨，沒有仇，沒有悲傷，沒有痛苦。

真的蠢！我竟會如此的蠢！當我發覺世界不如我所想時，我失望了。世界多的是變質的愛情，多的是不固的友誼；還有醫不好的病，太年輕的死，還有……

於是，黎黎，我學會了交際話，交際的技巧，而且我學得很好，我也使用得很好。然而，我失掉了「自我」。我不再是我，不再是本來的我。

這是值得悲哀的嗎？黎黎，悼吧！為已死的過去。

雯天真的要為我們解除誤會。也許，她以為世上沒有不可冰釋的誤會。然而，我們沒有誤會，我們有的是距離。心靈的空間距離隨著時間越來越廣。所以，現在縱然在一起，我們再也無法把這距離縮短。時間永不回頭，我們的距離永遠拉長。

斷情

尹玲

我傷害了文，所以，他離我遠去。

＊　＊　＊

很小的時候起，我就寄居在姑母家裏；那是因為姑母家富而我家窮；而且，姑母膝下沒有兒女，視我如同親生女兒。第一天到姑母家，我認識了文。

「小蘭，來，叫表叔。」

姑母把我叫到跟前，指著她身邊的一個小男孩對我說。

什麼，這樣的一個小男孩要我叫表叔？我睜大眼睛凝視著他良久，想從他身上找出做我表叔的資格。突然的，我縱聲大笑起來，那小男孩窘得立刻轉身就走。

「小文！回來！」小文並不回來，姑母轉過來問我：「笑什麼？有什麼好笑的？」

「比我還矮哪！要我叫表叔，不知羞？」我又朗聲笑起來。

姑母有點生氣：

「妳知道他是誰？他是姑丈的表弟，妳叫做表叔，又有什麼好笑的？」

姑母生起氣來很使我害怕。我停止了笑聲，撒嬌的叫，把尾音拖得長長的：

「哦！姑媽！」

也許我撒嬌的工夫很到家，把姑母叫得高興起來：

「妳這個小鬼頭，也懂得這套。來！」姑母摟住我，親了親我的小臉蛋：「妳以後在這裏，和小文一同讀書，一同玩，他會教妳許多好玩意。」

* * *

小文並沒有教我什麼好玩意；他一見我就遠遠的避開了，好像我是隻可怕的獅子。

他家就在姑母家對面，他的父親是姑丈的舅父，我們拐彎抹角的也拉得上是親戚。小文有五個弟妹，他們幾個比我還小的小孩子和我很要好；小文不曾教我玩意，我卻教了他們不少。禮拜天在家裏，我總跑過那邊，和他們做買賣遊戲；我當主人，他們是顧客；隨著興趣，主人操縱一切。厭了的話就：

「來！我們玩打麥。一二三，一籮麥，兩籮麥，三籮打……。」

「誰要挑繃繃？」

「我！」，「我！」……

有時，我也來一手翻槓架的表演來嚇唬他們，他們看得目瞪口呆，羨慕極了，也學著我的樣子爬上去翻，結果翻破小弟的頭；我被姑母罵了一頓。

我們最安靜的時候是我講故事時，除外，我們的聲音足以震動鄰人的屋子。鄰家的果樹常遭我們光顧，我爬上樹採摘時，他們把風。

「主人出來了！」

「走！」大家一哄而散，不要命的趕快逃走。

後來，不曉得是誰做的情報，偵查出我是這「小鬼黨」的領袖；情報呈上姑母手裡，我有兩個禮拜天不准出門。

＊　＊　＊

十二歲，我升上中學。那年，小文十五。

小文和我不再像從前互不理睬互不交談了——同了六年學，而且天天見面，我們由陌生、漠視而熟絡起來。

小文讀書的成績比不上我好，起初，他很憤怒，一次段考前，他恨恨的對他母親說：

「小蘭有什麼了不起？你看吧！這次我要勝過她。」

後來，果然是他勝我。但過了那次，他又輸給我，而且一直輸下去，他投降了，自動向我求教。當時，我很得意，心中不住的說：

「好呀！你也有今天。」

此後，我們時常在一起讀書、遊玩。假日他會請我出外散步，看電影。

每一次我們在一起，大人們的眼光就特別奇怪，起初我並不在意，後來，小文的母親那雙笑得瞇成一條線的眼睛惹起我的注意；甚至，連他那些小鬼弟妹也漸漸的會取笑我們。

「你們越取笑，我就越裝給你們看！」

我故意和他親熱；上學和放學，我要他用腳踏車載送我；晚上，做完功課，跑過他家裏和他聊天。我主動地爭取每一個可以在一起的機會。

第五次的約會，電影院內，他握住了我的手，用力的握住。

「小蘭！小蘭！」他急促而艱難地喚著。

我側轉頭看他，那對深情的眼睛在黑暗中特別光亮，我輕輕地掙脫被握住的手。回家的路上，他一直不敢看我。到了家門，我用手肘碰他，他才轉過來望我，臉上還有尷尬的表情：

「什麼？」

「我沒有生氣，你別這樣。」我笑了一笑，朝他裝個鬼臉，就往樓上衝。

＊　＊　＊

十六歲，我初中畢了業；他卻在同年到一個偏僻的鄉村裏工作。

「為了什麼？」離別前夕，為他收拾行李時，我輕輕問。

「為了賺錢，為了將來。」他放下手中的衣服，轉過來握住我雙肩。我把頭靠在他結實的胸膛上，傾聽他的心跳動。

「小蘭，給我一個紀念：讓我吻妳。」

他俯下頭來，我驚恐地連忙把他推開，他失望地瞪住我，良久，再默默地繼續整理行裝。

「文，不要這樣。我們……唉！我不知應該怎麼說。我以為：除了我的丈夫外，沒有人可以吻我；你不是我的丈夫，小文！你明白嗎？」

他抬起頭來，靜靜的凝視我，眼中的光采很動人：

「小蘭，我明白的。我……希望我回來時，能夠吻妳。」

我羞澀的低垂頭，這樣的話虧他說得出口。我越想越覺得羞，老半天，才拼出了一句不成話的句子：

「你……我……噢！不！」

＊　＊　＊

文一去就是兩年，那個夏季，他悄悄地回來。

「噢！是你，小文！」

那天中午放學回來，我回到房裏，看到文正坐在我的桌前，手中拿著我的一張照片，我高興的差點將他推倒。

「不小了，已成年了。」他爽朗的笑了笑，站起來，走到我的面前。

「好！長得高了，也漂亮了。看看，頭髮長了許多，不過長髮比較好看；還有……唉呀，妳也懂得畫眉毛，塗唇膏了？」他皺了皺眉頭，凝視我。

「為什麼不懂？我十八歲了。」我揚揚眉毛，仰起頭，說。

「小蘭，唔，我想說，妳還在讀書，不要太過於打扮自己。唔，妳要用功於書本上，而不是在容貌上。唔……」

他一連幾個「唔」逗得我大笑起來。

「怎麼？笑什麼？」他的眉頭皺得更緊了，一面還不住的搖頭。一瞬間，我才發現他已成熟了許多，他比我高出半個頭，筆挺的西裝把他襯托得更英俊，幾年前的那個矮小子會是眼前這個挺拔的青年？我把眼睛睜得大大的，繞著他轉了幾圈。

「夠了吧？小姐，可別看穿我的心。」

我突然想起臨走前的那句話，臉上一熱，慌忙的把他拉下樓：

「吃飯去！」

兩天後，文又回到他工作的鄉村去。

他不曾告訴我那邊的生活，兩年中所寫的信也只是簡單的幾句問候話。

「那邊很好，唔，很好。」他只這麼一句話，當我不斷的追問時。

「很好，很好，當然好啦，要不然，你也不會迷著那邊！」

「小蘭，妳這是什麼話？」

「中國話！」

他生氣的回到他家裏，把行李收拾好立刻就走。這是後來小冰——他的妹妹——告訴我的。

他不再寫信給我，少女的自尊心也不讓我先寫信給他，我只能從小冰那兒得知他些少的日常情況。

* * *

「小文回來了！」

我進了文科大學的第二天中午，姑媽在吃飯時對我說。

「真的？」我衝口而出，隨後，我才發覺自己的衝動，掩飾的說：

「很突然，我沒有聽說過他要回來。」

「吃好飯過去看他吧！」

我還很恨他的無情，可是心裏又禁不住的想見他。就在我決定不來是去還是不去時，他過來了。

「小蘭！想不到我會回來吧？」

我羞澀的看他一眼，點點頭。

「今晚讓我陪妳去玩，我們很久沒有在一起了，是不？」他的眼睛閃著迷人的光采，我又點點頭。

就這樣，晚上，我和他漫步在白籐河濱上。

「小蘭，聽說妳上了大學，恭喜妳。」

「噢！」

「真快，又兩年了。以後，我再不離開妳，好嗎，小蘭？」

「唔！」我簡直不敢望他，我不知他說這些話時的表情和心情怎麼樣。

「小蘭，假如說……唔，小蘭，如果我們相愛，會妨礙妳的學業，是嗎？」

我不作聲。好一會兒，他伸手來環著我的腰：

「我可以這樣做，是不？小蘭！」

我點點頭，將頭斜靠在他的肩上。

「到美景樓去，慶祝我們的重逢！」

我依順的跟著他，露天的九樓上，我看見藍得很深的天空，還有一顆一顆的晶瑩的星星。遠處，船和橋上的燈火倒映水中，亮亮的在波動，我們相對喝著啤酒，幽美的彩色燈光使我陶醉。我望著他，他也望我，我們相視一笑，我發現文原來是這麼俊帥的一個男孩子。

「妳笑起來真美，小蘭，妳給我的第一個印象就是可愛的笑容。」

我想起那次把他弄得發窘的情形，不禁忘形的大笑起來。

「好了，夠了，不然整座美景樓會被妳笑塌的！」

我也發覺有好幾對眼睛在注視我，不好意思的垂下了頭。

「小蘭！」文的聲音是出奇的溫柔。我抬起頭。

「大學裏幾年可以畢業？」

「快則三年；否則必在三年以上。」

「三年後，我可以吻妳啦？」他俏皮的望我。

「你很壞！我……哦！你這就算是求婚？」

「可以這麼說。」

「我……我不知道，我……我真的不知道。」

「妳可以回去考慮考慮。我們從小認識，雖然不能說是完全互相了解，可是也差不多的了。」

＊　＊　＊

我和文親密地來往著，像中學時代一樣。

對文，我不知自己是否真正地愛著他。他屬於那種倔強得有點過份的男孩子。有一次，他約我去海濱散步，我另外叫了小冰一起去，上巴士時，他看見了小冰，立刻跳下車頭也不回的就走了；留下我和小冰在車上，窘得無地自容，我們差不多要哭出來。巴士在第二個站停下時，我拖了小冰下車，步行回家。

「我說我們兩個去，誰要小冰陪？」後來，我責問他時，他還恨恨的說。

文就是這麼一個無理的人，他似乎從不懂得什麼是體貼、殷勤；而我，偏又最欣賞他這一點。噢！我，究竟是一個怎樣的我？他，又是一個怎麼樣的他呢？

＊　＊　＊

那個晚上，文和小冰過姑母家來找我坐談。

「蘭姐，妳一共有多少個男朋友？十個嗎？」小冰突然發出這個奇怪的疑問，我有點臉熱，藉開玩笑來掩飾：

「不止，也許有一打呢！」

「那麼，妳選擇的對象會是一個怎樣的人！」

「我嗎？嗯，我，我的對象，唔，將是一個學問比我高深的人；唔，否則，將是一個目不識丁的。」我學文的口氣在「唔」著，以為可以引他發笑，誰知他的臉正一陣青一陣白的，我才發覺自己說錯了話。

「小冰，我們回去。」

姑母驚愕的瞪住我們，小冰害怕的怯怯地跟她大哥回家。

第二天，我寫了一封道歉的信要小冰轉交給文，沒有回信。我再寫了一封，文依然沉默。他連見也不給我見。

* * *

小蘭：

我走了，妳會怎樣想？

是的，妳說得對，妳應該選擇一個學問比妳高深的人來做妳談戀愛的對象。我們，我和妳之間，相差得太遠了：妳上了大學，我還滯留在中學階段；彼此的思想、興趣和性情各方面也不能融合，妳屬於那種需要別人小心愛護的女孩子，我則是一個粗心和不懂體貼的人。——小蘭，我們有情，卻無緣。

我已進入海軍學校受訓，這是經過考慮才決定的事。航海的生活使我嚮往，海洋令我著迷。小蘭，如果妳要知道，那麼，我告訴妳：海洋和小蘭在我心中各站一半的位置，只是，今後，我將永遠永遠的盪漾在海的懷抱裡，也許能有再見小蘭的一天，但那時，小蘭不可能再靠在我懷抱裏，傾聽我的低訴。

母親曾多次催我結婚，不論與誰。畢竟，母親是老了，渴望能在臨死前抱一抱孫兒。我用盡了方法來逃避媒人們的撮合，我等妳的愛。妳曾給我愛；可是，同一時間內，妳也給了我恥辱。可憐的母親，最後，她還是失望而傷心地送別她的愛子，眼光光的看著他反叛自己。

談這麼多做什麼。我們之間，只有少年時代的一段情。如今長大了，夢早該醒，情早該斷。我們兩個人，各有各的宇宙，妳的不同我的，我的也不似妳的，我們的宇宙不能相互融合，因為根本上就不能融合。

小蘭，就這樣好了，我走出妳的宇宙吧！

文

* * *

我傷害了文，雖然是無心，但，他還是離了我，遠去。

送情

尹玲

心中是一片惆悵與茫然，我送走了我們之間的一段情。

走出你的寓所，天還下著細雨，我無目的地跳上巴士。

「堤岸！」我遞一張五元的鈔票給售票員，他撕了一張票，找回一枚一元硬幣給我，我下意識地塞進書包內。

隔著玻璃車窗，隔著細細雨絲，西貢的景物朦朧。我重重地呼出一口氣。

車上乘客稀疏；不像今早我從堤岸到西貢時那麼擠，擠得我連動都不能動一下。每個人都沉默。我環視著。一張張陌生的面孔使我意識到我正在異鄉。這個地方不屬於我，這裏的人不認識我；同樣的，這裏的愛情也不願永恆歸附我。

愛情！我的愛情？我們的愛情？就是這樣的嗎？

我再環視車廂裡的人，仍然沒發現一張熟悉的面龐。此刻，我感覺到真正的孤獨。一切都離我遠去。那些我們在一起的日子如今何在？你已不在我身邊。我不能再凝視你的凝視，從你的眼睛裏找回我的影子；不能再看見你快樂的笑容；也不能再為你發怒時難看的表情而發笑，哦哦，就是這樣，愛情，來時容易去不難！

巴士在每一個站停下，讓乘客上下車。我不再動，安靜地凝視坐在我面前的一個女學生。她挾著書本，也安靜的坐著。我自問她是否曾想過：到底為了甚麼而用功讀書？讀了書有甚麼用？她曾否懷疑過老師們所教的那些空洞、不切實的理論？就像我曾信任一切而現在又懷疑一切。我希望能知道她正在想些什麼。然而不能。她自己就是一個個別的神祕宇宙，她有屬於她的世界，那裏面不容許任何一人窺視或探知。

我惘然靠在座位背上。我也曾妄想過了解你；妄想從你那兒得到愛情，像我為你獻出我的愛一樣。結果，我失敗，我無能為力，就像此刻我對這個陌生的女孩子一樣。

車在總站停住，每個人都下車，我茫然地跟著。

堤岸不像美拖那麼寧靜：人聲、車聲、還有許許多多混雜的聲音。我奇怪著為什麼直到今天我才留意這些惱人的聲音。

郵政局正門的大鐘指著六點十五分，大哥這時會在家。我發覺我急切地需要見大哥。我失意時，只有大哥能使我感到世上不缺乏愛。

大哥住在一條小巷子裏一間小屋的小木樓上。小小的閣樓：一張堆滿書籍的小檯子，一張小櫈，地板上鋪著一張當睡蓆的油紙，一個旅行袋。這差不多就是大哥的全部財產。

「大哥窮，妳也要跟大哥窮，知道嗎？」大哥曾如此對我說過。我不作聲。但我花起錢來並不窮，因為窮的時候根本沒錢可花費。

跟房東打過招呼，我一直跑上樓。推開房門，大哥正躺著看書。

「大哥！」

「妳，這時候才來？」

我點頭，淚水湧了出來。都只為了你，我連大哥都差不多要給忘掉。

「妳怎麼啦？」

「我剛送走一段情，大哥！」

「就像送走妳的天真？」

我無言，在小櫈上坐下，頭伏在小檯上。

大哥替我倒了一杯茶，送到我手上。我搖了搖頭，將杯置放在樓板上。

我多麼渴望能伏在大哥懷中痛哭：哭走心中憂悶，哭走飄忽愛情，哭走一切我所不願再記憶的事。可是，我不能，也不敢，在三、四年前，我是可以的，如今，廿歲了，我和大哥之間也有了距離和顧忌；而那，是外來的。二十歲，我感到時光的易逝。我抬起頭：

「大哥，我二十歲了，是嗎？」

大哥似乎覺得驚訝：

「二十歲了。——還哭幹嘛？」

「沒有了。大哥，以後，我不再哭泣，我長大了。」我努力笑了一笑。

大哥凝視著我良久。我能從大哥那雙晶瑩而沉著的眼睛裏看到我自己。

「告訴我，那段情怎麼樣？」

「我以為我們互相戀愛著。但最近，感情淡化了，而且，我們的愛情受到太多阻礙。」

「就只有這麼多？」

「是的。雖然我仍愛他，但我決定不再要這段情。」

「也好。愛情大多數只是一種自私自利的慾望的表現。如果妳能為妳愛的人獻出一切而不計較妳所得到的；妳使他得到幸福、快樂，然後，從那份快樂中感染過來；那麼，這是最崇高的愛。譬如說，父母親對兒女的愛。」

我感到迷惘。我的腦袋昏脹。究竟愛情是什麼東西，我不明白。我連想也不願想了。我只知道我曾瘋狂似的愛過你，我也曾不計較我所付出和所得到的。我們也許真的曾相愛過，但我們只曉得互相凝視對方。不，相愛不是互視而是將視線集中在一共同的目標上。我們沒有共同的目標，所以我們的愛情不持久。

我步出騎樓，從這兒可以望見整個小巷的住屋。下面的泥路凹著水窪，我才記起我從你的寓所出來時，天下著雨。雨停時我不知道。我笑我的失魂。

暮色從對面人家的屋頂升起，從巷口那棵開滿花朵的鳳凰木升起，罩著小樓。大哥站起身要開光管。

「不，大哥，我們點蠟燭吧！」

大哥從牆角裏檢出一根小洋燭，擦了火柴點著。小洋燭的微光不能照遍整個房間，但照亮了大哥剛毅的臉。那雙明亮的眼睛映著燭光，閃著慈愛的光輝。一瞬間，我紊亂的情緒平靜了。我不再想到幸福以外的東西。

大哥扭開那副小型收音機，柔和的輕音樂優美地迴蕩在這狹小的空間。我們盤坐在地上，靜靜聽著。

這小房間很幸福，溫暖洋溢著我不能從別處得到的大哥的愛。

西貢，一九六五年

迷惘

尹玲

十二月廿二日。

和珠並躺在她的床上，珠怔怔地望住我。

「我有什麼改變麼？」

「不，卻憂鬱了許多。」

「憂鬱？不了。」我笑。

「感情方面呢？」

「我已學會了坦然、冷淡。」

「再沒有別的？」

「仍是那麼多：人類、社會、宇宙、生命。舅父剛從醫院回來，錢花了不少，病一點兒也沒好，兩個多月在醫院，他怕了。」

珠仍然望住我。

「還有我自己；我的一位朋友從文章裏猜想我的心事。但錯了，她以為我的煩惱是由感情而來。我說：『不，妳錯，別人也錯。我只因為我不能為自己的生存和別人的生存找到意義，甚至於加上去也沒可能。』活著，但不為什麼。不可哀麼？珠！」

「我和妳有同感。」

我們互握著手，思想和心靈在這一瞬間，屬於兩個人的，融和了。

＊　＊　＊

十二月廿四日，凌晨二時。

我沒想到珠會這麼晚到來，她來時已快十二點了。她邀我去教堂參加彌撒，我欣然的答應。我知道我；我想藉此忘了杜；因為和我們同行的還有春、山、武、申、正等一班人。

到教堂時，彌撒已完畢，神父正講到主的出世，珠叫我應耐心聽，我不願，她聽她的，我和春坐到草地上談我們的事。

一點，春吵著要走，我倒無所謂，就算今晚玩個通宵我也不反對；平安夜，我的心靈卻一點兒也不平安，我似乎想得很多，但不知在想什麼。明天，明天放假，我不用回校上課，睡到中午也沒人理，那，為什麼我不乘機多玩一會兒？

一部分人開始離開教堂，我隨著珠她們走，教堂燈火燦爛，然而逐漸遠離我們。教堂門前聖母的像，還有釘在十字架上的主，遠了，遠了。主離開我們太遠，主拯救得了我們？

夜風很冷，我環抱著自己，什麼都不想的行著。

「不祈禱嗎？」山問。

「祈禱？祈禱什麼？為誰？為什麼？」我抬起頭。

「為你自己，為我，為我們，為我們的朋友，我們的同胞。」

「如果上帝不拒絕我的禱語，我願為天下的人祈禱。」

「妳不信教？」

「什麼教都不信。不知死後我的靈魂會往哪兒去？天堂麼？主不要；地獄麼？魔鬼也不准；成仙不成，成佛更難；我想我將會在天堂與地獄之間作無限的游蕩。」

山笑了，兩排牙齒在夜裡白得可愛，我從沒見過哪一個男孩子有如此的美牙。

我們講不著邊際的話，為了不使空氣過於沉重。

我真想這樣子一直行到天亮，縱令風再冷，夜再寒，身上的薄衣不能溫暖我的軀體。

最後我卻是第一個被他們送回家。從騎樓上望著他們遠去的背影，我才發覺路上沒有了行人。

下弦月的淡光斜斜地射進窗口，照到我的床上，也照著我，這不眠的人。

*　*　*

一九六五年一月四日，午睡前。

要不是杏催得厲害，我會一直賴在床上，不起身了。

冷得發抖，心口在痛，頭很暈，勉強的為自己打扮，再跟杏到街上去。

年貨攤多人，我茫然於人們的擁擠。

年，又一年。年，算得是什麼？人們嚷著要過年，我縱不能從年裏找出什麼意義，也只能跟著別人過。我常不能為自己的行動尋出一個真正的目的，我解釋不來為什麼我要這樣做或那樣做，我總是不為什麼似的，想做就做，喜歡做就做。

昨天從美拖出來，朋友們問我到西貢有什麼要事，我一時答不出話。什麼事也沒有，說「到西貢玩」麼？

我不喜歡。西貢的確不比美拖好，至少，在我，這是不容否認的。

在西貢，我的思想麻木，感情麻木，話也不願多說一句。許多次和最好的同學行在最熟悉的街道上，我也覺得陌生。一切都似乎和我無關連，一切都隔離著我。我行著，什麼感覺也沒有。

杏也許不能理解我這種心情。有時，和她談話我總心不在焉，我自己責備自己，但我還能做什麼？

夜半。

是一點了，胸口還是在痛。我自問著我會否在這時突然死去？

杏睡得很熟，臉上帶著笑意，是夢見如意的事麼？

剛才和杜從堤岸步行到西貢，又從西貢步行回家，我們談了很多，雖然只是不著邊際的話，但也能表露彼此的思想、觀念。

我談到病，也談到死。病與死，似乎已深刻地印在我底意念裏，我無法不想到死，尤其是心口作痛時。

「我死，也許會使別人快樂。」

「是麼？」

「嗯，其中就有你。」

杜似乎想說什麼，似笑非笑地。

「如果我的彩票中十萬元時，我們的生活將會改變。」

「不，也許是你的，但不會是我的。」

「妳能沒關係麼？妳是我的好朋友之一，我也是妳的好朋友之一，我們是要好的朋友。妳不承認嗎？」

「我們是好朋友，我不反對。」

「那，為什麼？」
「為什麼有了錢我們的生活會改變？」
「譬如說，那時我們的相見就不至如此困難，我們不用約定幾時幾點在什麼地方。」
「就只有這麼多？」
「妳以為？」
「我以為，你不應該這樣。如果你知道每一次遊玩後回家，我總感到厭倦、懊悔，你就更不應該，你要好好的利用這筆錢，我能說的只有這些。」
「我不是全部要來做無謂的花費，我還有許多正經事要做，但，妳不認為我的話對？」
「為什麼不全部好好利用它？」
「為什麼不可以不全部好好利用它？」
「因為我們不是有錢的人，我、你。但，錢將是你的。」
「那麼，一旦我有錢，我們就疏遠？」
「我不那麼想。但可能錢會使我們之間有了距離。」
「妳想我會是那種人？」
「你不會，但社會會，人們會；還有，錢也會。」
「妳……」
「我……」
「妳誤解了我。」
「不，我們之間不會再有誤解。我了解你比誰都多。」

「那，是我不了解妳，現在。」

我不能再說什麼。送我到家門時，杜忽然說：

「可以握手麼？」

我愣然的伸出手，第一次我們握手分別。從杜凝視我的眼睛裏，我察覺到一種異樣的光彩。如果我們相愛？有可能麼？可是我又不願愛杜。對愛情，我不敢冀求什麼。我害怕那一天的到臨。那一天，要是彼此之間感到不能再分離而環境迫使我們分離時，我，將會怎樣？而他，又會怎樣？我們彼此是最要好的朋友，我們互相承認。但，假如是愛人，我能承認麼？還有他，也會承認麼？

*　*　*

一月八日。

從西貢回來，差不多有一個禮拜的時間我不回學校。學生們的功課弄成什麼樣，實在叫我擔心。學期結束時，他們的成績不好，我不也應負起一份責任麼？

*　*　*

一月九日下午。

早上勉強回校上課，才講了半課書，我感到暈眩，只想嘔。挨到下課，我已不支，到黎的房裏一直躺到放學的時間才回家。

黎在回堤岸之前來看我，我們相識才只有三個禮拜的時間；但她付給我的愛已超乎這短短的時間所能培植的。

「不舒服怎麼還上課？」
「我不能常請假，縱令學校答應，我的良心也不允許。」
「有病就不要勉強。」
「我還做得來時，應該做下去。」
黎不再說什麼，我沉默。她走時，重新囑咐我要為自己的身體著想。

夜。

一連幾個夜都失眠，我自問著是為了什麼。
心口又在作痛，似乎從來沒這麼痛過，一陣陣的。——幾點了？我不知道時間。
寒風從打開的窗口不留情的湧進，街上冷清清，我又為自己的失眠和病痛而唱歌。
頭很重，暈，我想到死。假如我這時死去？假如我在甜睡中死去？
靜寂中，我的歌聲在這寬闊的房子裡迴蕩，我聽自己的聲音，我感覺到它的陌生，這歌聲如此淒，如此恐怖！會是我的？我停止唱，一切復歸靜寂。
頭很重、暈，我想到死。我想到貧窮的姨婆痛苦得滿佈皺紋的臉龐，我想到我的化妝品，我想到我的學生，我想到杜，我自問著我現在到底在何處？我茫然。
我再次打開窗口，外面是夜。
夜，靜寂、寒冷、淒涼、迷惘。

脫稿於病中，美拖，一月

生命的迷惘

尹玲

讀著妳的信，我流淚了。

我還能再說什麼？徐，我還能再說什麼？

我從來沒有想到，最關懷我的朋友，原來是妳。是否我們以前互相了解的太少，現在的較多，如妳所說的？妳是這麼的關心我的未來，我的生命；連同我的感情，我的思想。

「這段情只是妳情感上痛苦的開始，妳相信麼？玲！」

我能夠不相信麼？徐，縱令妳不說，我自己也預感到，我自己也能明白。我的情感始終找不到一個適合的安置地位。所以，我痛苦，我不承認自己是一個感情脆弱的人，卻又偏偏那麼容易感觸，為感情而煩惱；正如我永遠不肯承認自己的懦弱，卻又如此容易流淚，一點兒小事也能令我難過大半天。我時常自問為什麼不學別人的坦然和堅強？但當我想到這正是我，這些足以表現我而不是別人時，我又釋然了。我就是這樣的在自己矛盾的心思內不斷兜圈子。

妳說我自私，只想死一了百了。可是妳可曾想過：是我自己想死的麼？妳活下去，是為了妳的將來裏的一個目的、一個目標。我呢？我不能為自己的生命找尋一個理想，甚至於想為人生添上一個人為的意義也不能。妳不覺得這是可悲的嗎？假使人生有它自在的意義，當然用不到我來給它加上，但現在，我想給它加上，讓我有理由活下去也不能夠。我能給它套上什麼意義？我還能給它套上一個甚麼樣的意義？

妳叫我回憶一下我三妹死後留給活著的人的悲痛。徐，如果有的話，這悲痛也早已不存在，它隨著歲月而消逝，或跟著三妹的長眠逝去。我當然不能說她不曾到過這塵世間；但倘若我這樣想，我會相信她是不曾到過人間的。可不是麼？她去了，一點痕跡也不留下。我懷疑著她是否真的曾和我活在一起。她呢？人們說她死了。我也只能這樣想：她死了，我的三妹死了。

我知道我的三妹並不想死，而且從來沒想過死是什麼。她還小、還年輕、很年輕。她不懂得什麼是死，死是什麼。然而，她卻死了，不意地、突然地、或者可以說毫無因由地、被逼地——死了！

妳不喜歡我想到死？妳以為我的想死是為了情？不，妳錯了。我的三妹死去，並不帶走我活下去的勇氣；那麼，一段短暫的愛情的消逝（譬如它將是短暫與將會消逝的話），難道我會一死來殉它？不，永遠不！愛情，對於我並不算是怎麼一回事。也許妳不相信，但我仍告訴妳，我會犧牲我的一生去追尋永恆的愛情。那永恆的愛情裏，有我真心愛和真心愛我的人，而且一直維持到我們死去的一天。如果死後靈魂還存在，我們的靈魂也將相互愛戀。我會盡我的力量去實現這理想、願望。假使這世間不容許永恆的愛情存在，那是另外一件事，將來的另一件事。我不能現在對妳說將來我會怎樣。未來的事，妳不知，我也不知。

不，永遠不！徐，我想到死，但不是為愛情。我並不缺少活下去的勇氣——我甚至有死的膽量，而照我想，死比活更難；我懂得生存是什麼，怎樣生存，但對於死，我卻一無所知。——我可以承受一切痛苦，我只是感到迷惘：為什麼我不能為自己的生命找到一個意義，甚至於不能按上一個不很確當的意義。

人世間的險惡、奸詐，妳憎惡，我還會喜歡麼？它使妳受不了，但我卻不感受到什麼。徐，妳有想過嗎？妳意識到社會的不公平正是它的公平。如果每個人都同樣富有，同樣善良，那公平或不公平的意念就永不會出現在妳底意識裏。

我的一位朋友說過：

「那些意識到社會的不公平的人，應該負起消除這些不公平的責任。」
我笑了笑：
「可惜這些不公平的力量壓倒了人們的意識。」
妳呢？徐，妳以為怎樣？
也許有那麼的一天，我感到我實在不能缺少宗教的慰藉，我實在需要宗教來穩定我的情緒或信仰。但目前，原諒我，徐，我不願信任何教。我不是無神論者，我只是不信教。遇到了不能解決的事時，我會想到神。但那不是主或上帝。那神是我的意念的，也許根本就不存在，正如妳所信奉的主，我總不曉得祂到底在何處。
我這些話會引起妳的不滿？——請原諒我。
我並不覺得妳的話荒唐無理。相反的，我反覆的讀妳的信許多次，再把妳的話和我所想的作個比較，然後才告訴妳這些。可能我對妳的話有所誤解，但那是不能免的，每個人都會有這種情形發生的可能。我希望妳能再告訴我，我這封信曾使妳想了些什麼。
寄給妳美好的祝語。

於美拖，民五十三年十二月九日

私語

美拖・金蘭

（上）

昨夜天一直下雨，現在還沒停止。珍送我到門口，然後回進屋裏去，我感到抑悶；想哭。天很暗，雨在飄。我挽了行李，蹣跚地行著，到十字路口站了很久也等不到車。我把雨衣拉緊，抵禦風雨的寒意。路燈亮著，清楚地照射飄過它的雨線，我全身發抖，落寞的感覺佔據了整個心靈。叫到了的士，我跳上去。我吩咐司機開到車站。路靜而黑。我不知道車子究竟是在什麼地方。到了目的地，我買車票。這裏的阿飛調戲我，我沉默，不敢出聲。我恨到了極點。

昨天下午我想回美拖，儀說：

「我的這個下午完全給妳！」

「要是你對我：『我希望妳留下，明早才回去！』我會立刻留下來，只為你！」

儀重覆這句話，我留下。我要儀於我走時送我到車站，我怕天沒亮時的城市和城市人，儀答應了我。於是，儀用機動車載了我，從堤岸出西貢，從西貢過慶會，回到西貢再往守德去。風刮得很猛，我的手冰冷，臉上火熱，我疲倦得只想躺；一場重病的預兆。我知道我將會病。

我努力和儀說笑，為了不使儀掃興，我裝得什麼都沒有似的。然而，回到堤岸時儀說：

「明早我不能送妳。」

我氣了，瞪住他良久。沉默。我感到暈眩。

「下次我可以送妳。明天不能！」

「那剛才你又答應？」

「我從來就不曾這麼早出公寓。」

「第一次為了我，不可以嗎？」

「下次吧！」

「下次我不需要你，明早我才需要有你。到車站的路上和車站使我害怕。第一次，也是唯一的一次，我大清早趕回美拖，為了你。從今以後，我永遠都不再這樣做。」

儀不再說什麼，我沉默。城市被霓虹燈光點綴。我拖著沉重的腳步，和儀並行著。

「每次出遊，妳總會在最後時刻不高興。為什麼？」

「我能夠快樂麼？」

「為什麼一定要我送妳？」

「我不強迫你送我。我奇怪著你竟放心讓我獨自地在天還黑時出車站。我留下來，只為你。我拋棄了我的學生，他們四點就到我家裏來等我。還有我的父母親，他們等我回去。你一點兒也不為我著想。」

儀似乎想說什麼，但什麼都沒有說。我們並行著，卻像陌生者。我覺得我們之間已生疏了許多。我想到如果下午我回去：學生們歡迎我，父母親不惱我；我也不會被朋友們取笑。一切都已成為過去，情勢已無法再挽回。學生們怨我害他們白等半天；父母親恨我說謊；而我再沒什麼理由來為自己的行為動作最低限度的辯護。

我看了儀一眼，儀仍不說什麼，兩眼直視。西貢的夜空沒有星，沒有月。好像要下雨。我豎起冷衣的衣領，圍住頸項。寒意仍從外面侵入，我互握著雙手。我希望有一雙溫暖的手緊握我冰冷的手，讓我不再感到冷，不再感到孤單。什麼都沒有，在西貢我孤獨。儀在我身邊，但他是那麼樣陌生。燈光美化了街道，行人很多。一切都不屬於我，其至不屬於我的記憶。它們太陌生，我看著，似乎從來就不曾見過。燦爛的燈光吸引別人，也許是那些年齡和我相彷的女孩子，但永遠不能吸引我。刺目的燈光使我暈眩，擁擠的人群教我感到窒息。

儀仍然不出聲，像一具沒有靈魂的屍體在移動，我問我自己：到底我這樣行像什麼？像無家可歸的流浪人？像隨街蕩的無賴？像無主的孤魂？儀呢？

我轉過一條較暗的街道，儀跟著我。我重重的呼出一口氣。儀望住我，帶著詢問的目光。

「你忍心不送我？」

「下次可以。明天不。」

(下)

我不再出聲，再沒有什麼可說。我恨不得儀立刻離開我，永遠別再讓我看到。

「走！你走！以後不要再見我！」

我想喊出來，結果卻沉默，到珍的家的路上冷清清。這裏沒有亮的燈光，沒有多的行人。我們的鞋擦著地，在靜寂中呻吟。

「妳太容易生氣！」

「我不恨你，我恨我自己。」

「恨妳不堅定自己的意志？」

「為什麼下午我不回去？我留下，為了誰？我又得到什麼？滿懷說不出的抑悶，只有這麼多。」

到珍的家門口，我進去。儀坦然的掉頭離去。我換過睡衣，倒上床。我想記下今天的心情。我努力想，但什麼都想不出。我的頭紊亂而沉重，今天所積的疲乏於此時佔有了我。我只知道我在悔恨中睡去。

半夜裏我醒來，壁鐘敲三下，天下著雨，淅瀝淅瀝的。我聽著，感到荒涼。眼皮重得很，可是總不能再入睡。珍躺在我身邊，一張厚厚的棉被包裹著她，我不知道珍幾時上床。現在珍睡得很安祥。我感到冷，用被蒙住了頭。黑暗，儀在我腦海裏出現，如斯清楚。此時儀會睡得甜。儀永不會知道我這時在想著他。儀從來就不為我掛心過。儀太坦然。我不曉得是否以這個坦然來掩飾他內心豐富的情感。儀說過：

「我不喜歡暴露自己的情感。一切只讓我自己知道。」

我凝視他，努力去了解他這句話的真正意思。儀卻別顧，轉換話題。我只有嘆氣。我自問為什麼儀要這麼說。我知道他一向不喜歡、不願意別人猜中他的心事。許多次我說破了他正想著的，他只一味否認。儀並不否認我所想的，他只搬出一大堆理由來為自己辯護。那些時我只是笑。「隨你，你怎樣說都可以，我已知道了你正在想什麼。你推去哪裏也只是如此。如此是我所道破的。」——我不曉得儀為什麼要如斯鄭重的為自己的思想辯護，是為了表現他那過人的坦然？但設使儀因此而煩惱？不久前儀對我說：

「前些時候我以為我們的友情已進入愛情的領域。現在卻不！」

我感到愕然。為什麼儀不在他「以為」時對我說？我從來就不想到我們的友情會變成什麼。然而儀這句話卻使我開始作自我檢討。我不禁要常常向自己發出疑問：

「我會愛上儀麼？」

我又怎能回答得出？

現在卻不？為什麼現在不？就是現在才是我們相愛的時候。我不能夠講得出愛情是什麼，但是，我想愛和我自以為愛時，我會不顧一切去愛。要是儀於此時對我說：

「我愛妳！我希望妳也愛我！」

我一定不再猶豫，我不愛儀不為他這句話，不為了使他快樂；我愛只為了我愛。也許將會有我不再愛儀的一天，但那沒什麼關係。我只知道現在，現在所有的一切。現在來愛，我說我愛。我對將來的事一無所知。我連自己明天是否還生存也懷疑。

我不再多說什麼。我沉默讓儀去找尋我的真正心意。儀很了解我，他能從我最平常的舉動中知道我想表示的一切。

我們如常地繼續友誼。誰也不再提到愛情。然而正是這個沉默表現了愛情。我和儀都明白。我們不說，但我們知道。

我任由事態自行發展，我不再理會它。我沒想到如果我和儀真心相愛時會如何。儀遠離我，至少目前他不在我身邊。我回美拖後，儀離開我更遠。我不怎樣難過，當想到要和他分離，他想在哪裏，那是他的權利。我不為了愛他或他愛我而要他永遠陪在我身邊。儀是一個人，他有絕對的自由。我也一樣。我不希望儀為了滿足我的心願而勉強為我做任何一事。我要他送我到車站，因為他曾親口答應我。如果他不說而我願意留下，我不怨他。儀為了要我留下而對我許了一個不實現的諾言，我不喜歡。儀使我感到恥辱；我覺得我已被他欺騙。我恨儀。我更恨我自己。

壁鐘敲了五下。我想該是起身的時候了。

才下床，珍也坐了起來。我低聲說：

「妳只管睡。我先收拾行李。」

珍不理我。我任由她，我帶來給珍太多麻煩。珍不怨我——我知道，我從珍那兒感到愛的存在。我不知道珍對別人是否也一樣，我不願珍對別人也如此，如果有的話，也不要在我面前表露出來。我希望珍只愛我一個，或是最愛我。我很自私，在感情方面。我清楚我自己。

「天下雨，就穿我的冷衣回去吧！」

「不用了。不知道什麼時候我才再來。」

「穿回去又有什麼關係？」

「我不怎樣冷。穿了去妳在這沒得穿。我會不安。」

珍笑笑：「也好。把雨衣穿上吧！雨下得很大。」

我默默地穿上她的雨衣。珍送我到門口，然後回進屋去。我感到悶抑、想哭。天很暗，雨在飄。我挽了行李，蹣跚地行著。

我冷得全身發抖。要是這時有儀在身邊，我將不冷。

我上了客車，不把雨衣脫下。旁邊的男客不滿：「妳的雨衣把我的衣服弄濕了。」

我假裝沒聽到，望出車外，外面很黑，隔著玻璃車窗，我什麼都看不見。

我打了個寒噤。我互握了雙手，按住胸口。雨衣不能溫暖我薄弱的身體。我感到悶抑，想哭。

車離了站，城市不曾清醒。頭很重，我想躺，我靠在玻璃車窗上。外面，雨還下著。我說，無人聽到：

「別了！西貢！別了，愛人，儀！」

一九六四年十一月十六日，回美拖客車上

卷五

寄向虛無

寄向虛無——給三妹

尹玲

我放棄了大學裏兩堂法文的課，上葬妳的義地。

墳場不很靜，附近人家的孩子在這裏玩耍的很多。

我找妳的墓。雖然我不曾忘記，但那麼多的新墳使我眼花，還有眼裏的淚。

在這裏！對了，在這裏。跟別人的墓比起來，妳的墓顯得特別淒涼：野草長滿了墓頂和周圍，一塊小小的石碑不能叫人注意。我感到心酸，如果我有錢……但我什麼都沒有。我有的只是對妳的愛，我有的是無盡的愛，還有懺悔，還有追念。三妹！可是這些對妳還存有什麼意義？現在，妳什麼都不要了，妳不要我的愛，不要我的懺悔，和我的追念；妳也不要這個社會，妳不要世界，不要宇宙，更不要人類。我感到氣梗在喉裏，差不多要窒息。

三妹，人死了會到哪裏去？為什麼人死了就永遠不能再和活的人見面？我總不能想像得出死是什麼，人怎麼會死？而且妳還那麼年幼，妳還那麼可愛。要是我死了能和妳再見，那我願即刻死。但死了見不到，死了沒有什麼感覺時，我的死將會有什麼價值？

我們的別離漸漸被時間拉長。而拉長了以後，再不能縮短。妳死了的第一天，我們才分別一天，但現在已是不知多少個一天了。這些日子，我為生活忙碌，想起妳時，我只能想。我還能再做什麼？我在美拖，妳遠離美拖；我們活在兩個不同的世界。妳在妳的世界裏，不知道我的世界，而我也無法想像得到妳的世界；我們的兩個世界互相隔離，妳的世界我也不能尋得到。

燃香，烟薰得眼睛怪難受，但我始終總不能哭，我罵我的無情，我的眼淚呢？我付給妳的愛呢？還有以前因想妳而流的淚？見了妳的墓，我反而哭不出來，為什麼？為了什麼？

我凝視著烟一縷縷的升起，散去、消逝，我自問著它們往哪兒去，而妳呢？三妹！妳又去了哪兒？妳也似它們，散去、消逝？

一個活的人，上帝不給他美好的靈魂和純潔的心，而美好的靈魂和純潔的心卻被上帝奪回。我問我：這是怎麼一回事？我答不出。我問上帝，但只有烟上升，小孩子們在嬉戲、在爭吵；還有一個個墳墓，淒悲、沉默、無言。

太陽在下山，餘暉照著妳的墳，照著我，照著墳場；太陽向大地道別，明天它會再來。而妳的離去，沒有再見的日子，我向墳墓告別，也不預約重逢的時候。

離開墳場，我無言。我問上帝在哪裏，是否在虛無？而，三妹，也被困在虛無裏？

甲辰年重陽節前夕

荒落

尹玲

離開西貢前的一剎那，我流淚了。佩不知道我為了什麼哭。當然，我不能向她解釋：為的是你沒有來。

你沒有來，是的！你沒有來；你不理我等了多久，你不想到我在數著每一秒鐘來等你，我暗暗祈禱：你會在我上車之前趕到。然而，我畢竟是失望了，上帝永遠不理會我的祈求，我的禱告。我失望，似乎從來就沒這麼失望過。

在車上，我一直流淚，腦袋重得逼使我把臉埋在掌心內，我自問著為什麼我會為你而如此痛苦？

「我從不真正愛過任何一人，所以我也不曾為任何一人痛苦過。」

這句我對你說過的話，我還記得那麼清楚，我甚至可以想像得出當時驕傲的表情。然而，現在我痛苦了，是我已愛了麼？

想到你，想到已愛上你，我的心被絞似的痛。我恨我，恨我對自己不忠實，恨我不堅決遵守自己對自己許下的諾言：對每一個男孩子都只有冷漠，不讓愛情纏上身。我失敗了，我自己騙了自己。我抬起頭，凝視自己的一雙手掌，然後緊握著拳頭。尖長的指甲直刺入皮肉；很痛，我知道我還生存，我沒有死，我還活著，我還痛苦，也許我將會快樂，但我仍還活著。

「為什麼妳總想到死？妳還年輕，妳還這麼年輕，妳還有許多日子要過。常想到死將會影響到妳的未來。死將是妳心中、理智或思想上的一個陰影。妳將會因此而放縱自己，不約束自己，輕視自己的生命，把寶貴的生命當做兒戲來玩弄……。」

你的話那麼多，但我還是完全把它們記下來。我忘不了，正如忘不了你對我說時懇切的態度、關懷的表情。這幾天來，在西貢，我多次想到死。死的意念已深刻地印在我腦中——你曾說過的。死，又算得是怎麼一回事？生時不知死的滋味；而死了更不知道死是什麼。那為何我們要怕死？為什麼你不許我常談死？我見過太多人死，那麼容易地，那麼突然地，在一轉瞬間就無言地離去，永遠也不再看我一眼，我曾向你追述過我三妹死時的情形；也打從那一次起，我才明白死原只是這麼一回事，死了的人將永遠被人遺忘。

你還記得不？曾有幾次我問你：

「如果我死了，你會怎麼想？」

但你總是避免答覆，你只勸我凡事看得開些。可是我又有什麼事看不開的？我對一切都看得那麼平淡，連我自己的生命，我對一切都不關心，任由它們自己發展，在可能的範圍內。

「死後，不知會有幾人為我流淚，不知到何時人們才再記不起我？你呢？」

你只笑笑，沒有回答。

「妳不應該再捱夜，妳應該愛惜妳自己。不要以為所有的人都壞，或是人生不值得留戀，每個人都有活下去的義務。妳明白麼？」

每次聽到你這句話，我總會疑惑的看住你，但當真情在你眼中洋溢時，我又輕鬆的笑了。哦！假使我們是一對戀人，也許我會改變；改變對生命的冷漠，對世人的敵視和對人生的懷疑；為你，只為一個你。但為什麼以前我沒想到？多少次我們在一起，你說你的抱負，理想；我訴我的憂鬱、哀傷。多少次我們不理會人們的談論，人們的目光而隨意地行動？我說：「那些所謂禮教、所謂道德，我根本就不重視。並不是我否認它們的真正價值，但只為了我知道自己絕不會衝破它。如果我們的同遊會使人家看不順眼，或者人家會因此而認為我是一個壞女孩，那也只好由他們。我不以為這是不好的。要是我認為是壞的事，我永遠不會去做它。」

可不是麼？我們同遊了一共多少次，但我們何嘗有什麼不正當的舉動？到咖啡館喝一杯咖啡，到冰室聽音樂，深夜在街頭漫步，到車站送別，甚至是到你的寓所看你，也沒有什麼值得指責的地方。

「我可以跟妳一樣想，可是人們卻不，人們永遠不。」一向你訴說我的悶抑時，你如此說過。

人們永遠不，是的，人們永遠都不。我知道，很早以前我已經知道。但為什麼我們一定要依著別人的行動而行動？看著別人的眼色來說話？跟著別人的思想而思想？啊！不！我不！我不理那麼多，人們怎樣想都可以、怎樣以為都可以；只要我自己明白我自己，能意識自己的行為，能分別是非、黑白。

然而，為什麼那些時候我不想到我們可以成為一對戀人？我們甚至可以成為一對最理想的戀人：因為你能夠完全明白我的所作所為，正如我能夠完全瞭解你的所思所言。但為什麼那些時我沒想到？

現在會太遲了麼？你能否告訴我？

當韶一再叫我應該先想清楚：我到底愛的是誰時，我自然的總想到你。我想到你，像別的女孩子想到她的情人一樣。韶說：

「妳真正愛上一個人時，一定會感到不能缺少他。沒有他，妳活下去也沒意義。妳說，妳有沒有這感覺？」

我搖頭。為什麼愛一個人就要他永遠陪在身邊？我不，我不那麼想。如果愛了你，就算你離我多遠，我也會一樣愛你。我愛你，你離去或在我身邊時同樣的深。

韶說我太浪漫，這種脫離現實的想法要不得。但我相信你會瞭解我，一如你曾多次瞭解我的思想，我的情感，或是我的一切。

我為你而痛苦，這是第一次；第一次我因感情而為一個男孩子痛苦。我奇怪著：我往日的倔強和堅決到了哪裏去？我往日的驕傲和矜持又去了何處？等你，不見你來時，我竟流淚，我感到空虛、惆悵、徬徨。但倘若你來了呢？我會不會不顧一切向你訴說我當時的心情，我問我自己，可是我答不出。

從今以後，我再不能驕傲地仰起頭對你說：

「我從不真正愛過任何一人，所以我也不曾為任何一人痛苦過。」

哦！如果你見到我低垂頭羞赧地說：

「我已愛上一個人，我為他痛苦過，而他就是你。」時，你會有什麼感想？驚奇？愕然？或者這一切早已在你意料之中？早在我們多次的同遊中看出？早已看出而你不願說破？

今夜，有漆黑的夜空；夜空有一顆孤寂的寒星，望住它時我無法不想起你。而你見到它時，是否也不能把我忘記？

夜，很淒清，我有荒落的感覺。我又想到了死，也許我會比我原有的壽命更早一點死。體弱、多病、捱夜、多思，死的意念經常縈繞著我的思想——這些都是你要我儘量避免的——我能不早死？

荒落的夜、荒落的星、荒落的風，陪伴我，一個荒落的失眠人，懷著荒落的思想和荒落底情感。

於美拖，民五十三年九月卅日

不眠

尹玲

「考到了！看！妳的名！」依興奮的重重地拍我的肩膀，我手裡的洋燭隨著擺動，差點兒跌下水滏裡，

「考到了！」我喃喃地重覆這三個字，但自己卻感覺到似乎失去了點什麼。

離開了黑黝黝的放榜地點，依陪著我騎了腳踏車無目的地走。

「考到了！」這三個字的餘音不斷的在我腦中迴繞著，我有點茫然的感覺。

雨後的夜空依然閃耀著稀疏的星顆。我自問到底那一顆是屬於自己的；明的？黯的？

美拖這幾天來一直下著雨，不很大，但總像永遠不願停止似的。現在，算是暫時停了，也許今夜或明早又再下的。

雨後的街道濕滑滑的，真討厭，一不小心便會跌倒的；還有，水花不時的濺到我踏著車的腳上，怪難受。

倦了，我們回到依的家裡，天南地北的瞎扯了一陣。無意間，我們談到了我以後的事。

「似乎父親不準備讓我升大學；但我多麼希望能一面工作，一面再繼續讀書。」我有些兒惆悵。

「一定是他怕妳的身子捱不起：妳的體康太差了。再說，女孩子讀到這程度也算太多了。」

「什麼？……妳也這麼想？」

「是的。」

短短的一瞬間，我眼前的景物都不見了，黑暗的一片，恐怖的。好一會兒，我才發現依正怔怔的驚奇地望住我。我只有嘆氣，沉默。

「怎麼啦？」

「沒什麼！」我不願再多說。

要是將來我決定不再升學，倒不是為了我太差的體康，而是為了母親的辛勞多病和弟妹們的年幼無知。繁忙的功課和惡劣的健康難不倒我：別人能捱得住，我相信我也會受得了。但父親蹣跚的背影和母親刻苦的臉龐，卻使我一天比一天更不忍離開家，家裡少了我算不了怎麼一回事，可是我能長期經得起良心的責備麼？

天邊，一顆寒星離群的獨自一眨一眨地閃光：不知它可是在笑矛盾的人們？想讀書的人就沒機會讀，有機會的卻偏不想讀書。我搖了搖頭，把恨依的念頭逐出我的意念。依沒有錯，她從小就無意識的接受了這傳統思想的灌輸：「女子無才便是德」，讀太多書的女孩子會使人害怕不敢親近。我感到失望的是我一向以為依了解我，但今夜，是這句話已使她存在我腦海中原來美好的印象開始消滅。而憂鬱，不知從何處來的，又在這瞬間充滿我心靈。

依整天都為生活而奔忙，再也沒有時間想太縹渺遙遠的事，所以她沒有憂鬱，沒有感情的衝突，沒有心靈的苦悶；跟她相反的，我是太多空餘時間，我可以不愁吃，不憂穿，我每天可以隨意做我所喜歡做的事。我常把自己關在樓上沉思，胡思亂想的結果是內心的痛苦逐日增加，我常會追問這為什麼，那又為什麼；但依只說：這是這樣的，那是那樣的：她不像我喜歡問這為什麼是這樣而不是那樣。

我有時會恨自己，為什麼我不學依那樣現實一點？只看到眼前，不理會到渺茫的將來，也不回顧遠了的過去，學她把一切都建築在物質的出現上，將所有的情感置於心的一角，或者把它們完全趕出「我」——一個軀體，沒有靈魂，沒有感情，不是很好嗎？然而，畢竟，我還是我，一個太容易感觸、太感情用事的女孩子。

我向依告辭時，她還是疑惑的望著我，她一定在想，不知說錯了什麼話而惹起玲生氣？實際上，我憂鬱時往往是呆坐著不出聲，甚至會當場流下淚來，不管旁邊坐了多少人或什麼人。我沒有生氣，我只感到悶抑，壓得我心靈重重地，簡直透不過氣來。

街上冷清清，沒有行人。我顫抖在夜風的吹拂中。

夜，該很深了，弟妹睡得那麼熟。書桌上的鬧鐘在靜夜裡响得特別地起勁。我睡不著，心數著每一滴答的响音，在憂鬱的長期折磨下，我發覺我的情感已脆弱到再經不起任何一下最輕微的打擊。而憂鬱招引來了失眠。失眠的晚上，我整夜不睡，我數鬧鐘的聲音，連今夜已是記不清的許多夜了。我不禁問自己，到底我的體力還能承受多少憂鬱，又能支撐到哪一個不眠的夜？

窗外，樹葉掩埋寒風的騷擾。

遠處，偶爾有狗吠聲聲，响徹了這被死寂擁抱的城市。

於美拖，民五十三年八月十日

愛

尹玲

姊姊：

昨天是星期日，妳為什麼不來接小玲出去玩呢？

昨天，所有寄宿的同學都走清光，只剩下小玲，小玲怕的要命；學校這麼大，要是有什麼跑出來咬小玲，妳要小玲逃到哪裏？

哦！姊姊，為什麼昨天妳不來呢？張老師上街時在門口見到小玲，她問：「姊姊呢？」

小玲說還沒來，她看了手錶，又問：

「這個時候還不來，幾時才來呀？」

小玲搖頭說不知道。結果，她要小玲坐到校園的石凳上等，不要走來走去。

可是妳一整天都沒來過，是嗎？姊姊！

吃午飯和晚飯的時候，小玲只好自己跑進厨房和李媽一同吃。晚上睡覺時，小玲哭濕了枕頭，好在沒人發覺。

小玲不知道，小玲要姊姊賠償。嗯！等小玲想想看，要妳賠什麼好？啊！對了！小玲要姊姊給小玲買一個洋娃娃，會唱歌和會睡覺的，姊姊，好嗎？

姊姊，小玲的同學個個都說姊姊很美，老師們也說姊姊漂亮。嗳！小玲真快樂！

姊姊，這個星期日妳一定要來接小玲呀！如果妳又我丟下小玲一個人在學校裏，小玲又要哭啦！

小玲，三月廿三日

＊　＊　＊

姊姊：

剛才第二堂下課後，小娟對小玲說：

「我的媽媽說妳的姊姊是舞女，真下賤！」

小玲問她「舞女」是什麼？「下賤」又是什麼？她說不知道，她只聽媽媽這麼講。

後來小玲去問黃老師，她卻扳起臉孔問：

「誰教妳這些的？」

小玲就把小娟的話告訴她，不知她為了什麼很緊張的把房門關了，細聲問小玲：

「妳知道妳的姊姊做什麼來供給妳唸書嗎？」

「做護士，在一間大醫院裏。」

不是嗎？姊姊，那次妳帶小玲去玩，經過一間大醫院時，妳說妳在裏面做護士的。

黃老師不作聲的想了很久才說：

「老師也不知道舞女和下賤是什麼。等以後老師懂了再解釋給妳聽。好好的回宿舍睡吧！」

為什麼老師也不懂呢？姊姊，妳懂嗎？告訴小玲好嗎？

小玲要睡午覺了，要不然，下午上課時打瞌睡會被老師罵的。

小玲，三月廿五日

＊　＊　＊

姊姊：

昨晚小玲很夜才睡，小玲睡不著嘛！

姊姊，為什麼妳昨天不高興？陪小玲去玩，什麼都不說，小玲怕的要死。姊姊，是不是小玲惹妳生氣？姊姊，小玲做錯了什麼嗎？姊姊，妳告訴小玲吧！小玲答應妳，小玲改過，以後不敢再惹姊姊生氣了。

姊姊，妳買的洋娃娃很可愛，小玲睡時，她也很乖的睡著；早上小玲起床，她也跟著醒。小玲給她起了一個可愛的名字，叫小莉，好聽嗎？姊姊！

這個禮拜六是兒童節，學校裏開遊藝會，妳也來參觀，姊姊，好嗎？張老師要小玲在那天唱一支歌：「可愛的家庭」。哪！小玲唱給姊姊聽；一，二，三：

「我的家庭真可愛，整潔美滿又安康，姐妹兄弟很和氣，父親母親都慈祥……」

咦！姊姊，你看小玲真傻，妳不在這兒嘛，怎能聽到？噢！小莉！妳這小鬼敢笑我？看我打歪妳的嘴巴！姊姊，小莉很壞呀，還在笑小玲呢！

哦！是了，姊姊！為什麼小娟、小明、小麗她們都有爸爸媽媽而小玲沒有呢？姊姊，妳也有爸爸媽媽嗎？小莉也有嗎？哼！小莉又笑了！這小鬼頭！

姊姊，記得星期六到學校看小玲唱歌呀！星期日妳帶小玲去逛街市，給小玲買一頂小帽子，可以嗎？

小玲，三月三十日

＊　＊　＊

姊姊：

今早小玲等妳很久也不見妳來，小玲氣得哭了，黃老師連忙跑來給小玲打扮：畫眉毛啦，搽粉啦，塗胭脂啦……

姊姊，小玲唱歌時有些害怕，下面很多人看著小玲，小玲覺得頭暈。唱完後小玲趕快跑回房裡躺；連小珍和小芳跳的舞也沒看。

姊姊，妳怎麼不來呢？老師們說小玲唱得很好。但姊姊沒有聽到，小玲真傷心。

啊！是了，妳還沒有收到小玲的信，是嗎？不！不會的！信已寄出五天，為什麼呢？

明天又是星期天了。姊姊，妳會來嗎？小玲等妳呀！等妳來帶小玲逛街！

小玲代替小莉問候姊姊，小莉睡著了，小玲也要去睡了。

小玲，四月四日

* * *

姊姊：

妳原諒小玲好嗎？小玲真笨！是呀！姊姊前天要上班，怎能來看遊藝會呢？小玲真笨！

姊姊，妳買給小玲的帽子很美麗，大家都這麼說。小玲給小莉戴上的時候，她也笑了。

姊姊，小娟近來總不愛和小玲說話；小玲逗她笑，她也轉過臉去，假裝沒聽見。真氣死人！姊姊，小玲也不再和她玩了，好嗎？

學校快要放假了，這個星期四起考大考，大概下個禮拜，不！再下一個禮拜就放假。姊姊，小玲要讀書去了。小玲希望這次能考到第一名，姊姊再獎給小玲新衣，像上次一樣，好嗎？

姊姊：

剛才小玲聽到同學們說妳早上有來過學校看張老師，是嗎？姊姊！為什麼小玲沒看見姊姊？為什麼姊姊不看看小玲？姊姊恨小玲了嗎？

小玲，四月六日

＊　＊　＊

姊姊，妳不要恨小玲呀！妳不要生氣！姊姊，小玲很乖嘛！小玲很聽話的。老師們都讚小玲是一個好學生。姊姊，小玲很想念妳，小玲很想見妳，但小玲又要讀書。唉！這個星期日妳一定要來給小玲見見才可以！

小玲，四月七日

＊　＊　＊

姊姊：

上個星期日妳不來，害得小玲等到飯也不吃，覺也不睡。姊姊不愛小玲了嗎？姊姊！

小玲已考完試了，下個禮拜行了散學禮就開始放假。姊姊！妳下個星期六來接小玲回鄉下渡假，好不好？我們又回到河邊釣魚、捉蟹，下午去游水，晚上捉螢火蟲，好嗎？

小玲很疲倦，小玲怕會生病，小玲病了又要姊姊担心，小玲很不想。小玲自己祈禱，求上帝讓小玲健康，這樣就不用姊姊勞心了。

小玲，四月十六日

* * *

姊姊：

近來不知怎的同學們都不願跟小玲在一起，她們見了小玲總是跑開。哼！這些小東西，真氣人！

早上張老師叫小玲到她房裡帮她把本子疊好，然後，張老師切了一隻梨給小玲吃，老師問小玲：

「放假後，小玲在這裡跟老師住，好嗎？」

小玲搖頭，老師又說：

「姊姊不能帶妳回鄉下，姊姊要做工嘛！回宿舍好好想過。姊姊要做事才有錢給妳讀書，買新衣和新帽呀！」

真的嗎？姊姊！妳和張老師談過嗎？哦！上次她們說妳來找過張老師的。

小玲不願跟老師，小玲願跟姊姊。妳帶我去跟妳住在一起，姊姊！小玲愛姊姊嘛！

吃晚飯時，小明偷偷遞給小玲一張紙條：

「她們說妳的姊姊做舞女，才不跟妳玩。我的媽媽也不准我和妳講話。但我見妳可憐，所以告訴妳，以後我們只可以偷丟字條，不要給她們見到，她們會告訴媽，媽又要打我了。」

唉！又是什麼「舞女」！姊姊，小玲真不知她們在弄什麼鬼把戲！

小莉這幾天來被小玲放在抽屜裏，真可憐！今晚小玲抱住她睡。小莉很乖，永遠都不會哭的。

小玲，四月十八日

* * *

姊姊：

今天是星期日，妳又讓小玲等了一天。

早上小明又遞來一張紙：

「她們說見妳的姊姊和許多男人在一起，坐汽車兜風，上菜館。小玲！妳到底有幾個姊夫呀？妳看了我字條要好好收起，記得嗎？等會兒媽媽來接我回鄉下渡假，我不參加散禮了。我們要下學期才再見。呀！在鄉下我會常常想念妳的。」

姊姊，妳看她們愈來愈不像樣，怎麼問起小玲有幾個姊夫來呢？

姊姊，下個星期二行散學禮，妳也來嗎？哎！小玲又忘了！姊姊要上班，沒有空！

姊姊，她們說妳和許多男人在一起，真的嗎？妳不可以和男人在一起麼？為什麼她們又裝作很神秘的偷說呢？我真不明白妳和她們在弄什麼東西！

小玲，四月十九日

* * *

姊姊：

小玲已讀了妳的信。姊姊，妳怎麼不早些告訴小玲妳已被調到很遠的地方呢？如果妳早點說，小玲就不會吵著回鄉下了。好的，姊姊，小玲聽妳的話跟張老師住，但妳每個星期日都要回來看小玲和小莉呀！

姊姊，你去的那個地方叫什麼名字呀？那兒好玩嗎？有什麼奇怪的東西嗎？妳住得慣嗎？會想念小玲嗎？姊姊！小玲希望星期日快到，小玲又可以見回姊姊了。

下個學期小玲升上五年級。這次小玲真的考了第一名，張老師獎給小玲一部美麗的圖畫書，學校也給小玲幾本書：什麼名人傳記啦、苦兒流浪記啦……幾本簿子和一打鉛筆。姊姊，你來探望小玲時也要給小玲獎品呀！

小玲聽妳的話，小玲很乖，小玲會帮張老師做工作的。再見！姊姊！小莉也舉手說「拜拜」呢！

小玲，四月廿三日

完稿於美拖，民五十三年六月卅日

飄浮的白雲

尹玲

玲給我寄來了一張紅色的請帖和一封信：

李老師：

這封信將會給您帶來無限的悲痛一如我寫它時——我知道，然而，我還是寄去了這最後的一封。老師，我要結婚了！這是連我自己都感到愕然的——它發生得太突然了，雖然我早已知道這是無可避免的事，老師，「時代的悲劇」的故事不幸的又在我身上重演。——現在，我似乎是已沒理由再隱瞞您了：我早愛上您，也許是在第一次的邂逅時。但是當時我沒意識到我們之間純真的感情卻原來就是愛情。——您那深情的眼光明顯地告訴我：您在愛著我；於是，我耐心的期待著您的表示。月復月，年又年，結果，我所得到的只是永遠的失望。老師，是否「師生」的名義阻隔了我們？空虛的稱呼、不著邊際的關係摧毀了我們應有的幸福？老師，倘使當初您對我有所表示的話，縱使是一句簡短的「我喜歡妳」，我一定會不惜的堅決的用一切辦法來拒絕別人的求婚，然而，現在……

我感到腦袋昏漲漲的，眼淚如泉似湧出。我緊閉著雙眼，讓悲哀隨著熱淚沿著兩頰徐徐的淌下。啊！我哭了，為什麼呢？為了玲？為了我？我自己亦茫然。

我怎能忘掉和玲相識的那段日子？玲，是善良的、嫻淑的、溫柔的；她給我帶來太多甜蜜溫馨的回憶；她給我帶來太多天真美麗的幻想、憧憬。然而，現在，這一切的一切都已隨著一張紅帖子而消散了……它們將隨著無情的時光溜走……溜走……

玲的倩影活現在我腦海中，明晰地……往事又一幕幕的展現眼前……

＊　＊　＊

是我高中畢業的那年……

為了減輕父母親的負擔，也為了滿足自己的自尊心，我欣然的答應了群——我的好友——到他家裏當一個補習班的教師。這是一個越文中學第一級會考班，專為華僑學生開的，於是，我邂逅了玲。

我開始留意到玲，是為了她勤勉好學的精神，但更為了她那帶著稚氣而又憂鬱的面龐及像是露著無限憂怨的眼睛，縱使是在談話笑語時；而當她緘默沉思的時候，那憂怨的眼神更似乎是滲入了憤懣與冷漠。

基於人類好奇的天性，我不覺的對她特別注意與關懷。以她這樣的年紀，是不應該如此憂鬱的呀！到底是為了什麼？——我常自問著。因此，我希望能更進一步的去認識她、了解她、慰藉她——我願我能成為她的朋友、知己，而不是「教師」。上蒼終於賜給我一個絕好的機會。

一個夏天的下午，我照例的到群的家裏教書，客廳裏只有群和玲的談話聲，兩人的話題把我攝住了——我在客廳的門口站著。

「李先生已答應了給我免費的。」玲說。

「他說？幾時說的？」群問。

沉默……

我坦然的進入客廳中，一看見我，玲漲紅了臉，顯得很忸怩，她望著我，露出羞赧與道歉的眼光，也許她為了說謊而感到不安，我裝得像是什麼都不知道的樣子。

放學的時候，我在街道的轉角處等玲。

「玲，希望妳能坦白告訴我，是不是妳想要求我讓妳免費，如妳對群所說的？」我凝視著她，說。

「噢！不，老師，我只不過在敷衍他而已。我打算過幾天後再繳給您的，我不敢向姨父要錢，他……」玲欲言又止。

「不要緊的，玲，我可以答應妳，只是妳應該更努力讀書。近來，我發現妳似乎懶散得多了，這是不好的。」

玲的眼睛泛起了紅圈，濕潤潤的，她轉過身子，背向我，低聲說：

「謝謝您，李老師，我會努力的，我一定不辜負您對我的期望。」

我又愉快又惆悵的看著她的背影漸漸地消失在夕陽的餘暉裏。

第二天，玲遞給我一封信：她對我的幫助致以衷心的謝意。我回了信，告訴她我願意幫她做一切我的能力所做到的事。此後，我們開始了書信的來往，我希望她把我當作一個朋友看待——也許為了想報答我的恩惠——她答應了，她變得比從前更聽話、更勤學、也更可愛。

玲常到我家裏坐，在我的第一次邀請之後。她對我家裏所有的人都表示好感、親切；我的父母及兩個小妹妹——清和鬭。

清時常請玲教她寫中國字，她們兩人在一起寫、讀的情景著實叫我忍不住要笑，玲還常對她談及中國的文化、風俗與習慣。

玲總喜歡在夜幕開始低垂時到來，那正是我們的閒暇時間，人數本來少的家，此刻是更少了，清上夜學去，關跟她的一班小朋友到處走，我的父母也到了隔壁三伯的家裏聊天，家中只剩下我，冷清清的。

我和玲常是默默地相對坐著，讓時間在無言中消逝，讓心靈間的感情在沉默中互相交流，讓說不盡的言語在四目交投的剎那間傾吐無餘，讓……偶然，我也盡量的尋找話題以驅散空氣中的沉悶，有一次，我問玲：

「玲，妳心裡似乎是蘊藏著許多悒鬱的心事是嗎？」

「您怎麼知道？」她微偏著頭問。

「在妳寫給我的許多封信中。」

她微微的一笑：

「也許是罷！」

「但……我覺得這是沒可能的，妳還很天真爛漫，尤其是在課室裏，信裏的『玲』似乎比妳老練世故得多了。」

「是嗎？真的嗎？」

「是，所以我始終懷疑著：為什麼一個人竟能保持著外表上的愉快，當她滿懷心事；尤其她還只是一個年青的女孩子。」

「您真的不明白為了什麼嗎？為了我不願接受世人所施捨給我的假同情和憐憫，以及帶著驚異或是鄙俗的眼光。」

我給這句話怔住了，我不知道我應該說些什麼好，現在我已明白：為什麼她能愉快的談笑，儘管她面上的神色並不能掩飾她心內的憂悒。

「您明白我的意思嗎？老師。」

「嗯！明白，不過……我以為，妳不應該存有這許多灰色的意念，妳還小呢，十六歲，應該是活潑的、振奮的！」

「每個人都有他自己的環境，在缺乏幸福中成長的孩子怎能跟那些幸福的孩子來比呢？」

「可是，妳總不會欠缺得太多呀！」

「是的，老師，美麗的表面常把醜惡的事實遮蔽了，我缺乏了什麼，除了上帝和我之外再也沒人知道。」

「妳能告訴我嗎？」

「如果您願意知道。」

我點頭，玲冷冰冰的說：

「親情，不！愛！」

冰冷的語氣中帶著絕望，我不由得一愣。罩在玲面上的憂鬱更加深了，她惘然的望著門外，外面，漆黑的一片，我家門前的小路靜靜地躺著；靜，出奇的，可怖的；夜，似乎是更深、更冷……

從那晚起，我再也不敢提到這類話，我怕看到玲悒悒的面容，我怕……我喜歡聽到玲天真的笑語，無憂慮的歌聲——我願意分享玲的快樂，但是玲竟少有真正愉快的時候。

漸漸地，我發覺我已為她付出了很多情感。我願我是唯一給她帶來「愛」的人，我願這「愛」能補償許久以來她所欠缺的。

「玲，妳很值得同情、憐恤。」

好幾次，我想對她說這句話，可恨的是我沒勇氣啟口。我只能暗自的為她分擔愁悶，共享快樂，為她祈禱，為她……一天不見她，我就覺得心裡彷彿失了什麼東西似的；於是，我感到焦灼、煩躁，我坐立不安，我盼望她能立即的出現在我眼前，像天上的仙女下凡一般……。每次望著她的背影消失在陰暗的黑夜中，我心內總是不期然的感到悵然，我心底深處暗暗的喚著她，但，她如何能聽到這些親切的叫喚聲？也許正是所謂「愛情」罷，我已愛上了玲而不自知。

至於玲，也許她也愛著我——我可以從她脈脈含情的眼光中讀到一切要說的話，她曾含蓄地問我：

「老師，您還記得我告訴過您的故事嗎？」

「『時代的悲劇』中雲和英的故事？」

「嗯，兩個不同國籍的男女相戀的故事，而結果，她只得忍著苦痛嫁給一個她所不愛的人，只為了他們不同的種族的界限。」

「為什麼妳又提起這事？」

「我深怕，終有一天，我也會步上英的後塵。」

一種陌生的感覺突然的湧上心頭，我自然明白玲的意思，可是，我還能說些什麼呢？——我們已不幸的出生在這混亂的時代中，在這充滿了腐朽的封建思想的社會中成長、生存。

* * *

會考的結果：玲考取了，得到這消息時，她即刻的跑來通知我。以往經常佔據在她臉上的憂鬱已不知去向，取而代之的是稚氣的勝利的微笑。從我認識她以來，這是她最興奮的一天，我強抑著心裏的激動，望著她，良久……

「玲，我真為妳高興。」

此後，玲仍如常的時時和我見面，可是，不知為了什麼，她變得比以前更沉默寡言；有時，她會靜靜的坐著深思，一個鐘頭過後，她起身向我告辭，我曾問她到底是為了什麼，但她只默默的搖頭，然後報以一個艱澀的苦笑。

終於……

一個夜晚，玲來向我道別。望著黯然神傷的她，我心裏不禁的起了莫名的恐懼。我緊張的問：

「玲，出了什麼事？」

「老師，明早我要回鄉下，和爸媽住在一起。」她嗚咽地說。

「好好在這裡讀書，要回去做什麼？這樣豈不荒廢了妳的學業？」

「這是爸媽的主意，我不敢不從。再說，與其留在這兒遭受別人的白眼，倒不如回家的好。真的，老師，我受不了，尤其是人家的奚落，那對我簡直是一種精神上虐待。」

「但是，這兒還有……」我本想說「還有我」，可是，我忽然的又頓住了。我呆呆地望著她，她低下頭……無情的時光在無言中流逝，一如我們每一次的相見……。

第二天，我為玲負著沉重的行囊，伴著沉重的心情，我們默默並肩行著——我一直送她到安東車站。車還沒開行，我們坐在車站旁的長櫈上。

「玲，到那邊後，希望妳能常給我寫信。」

「您放心，我會的。」

「我也希望妳能永遠的記著我們的友誼。」

「我永遠也忘不了我們的友誼，一如永遠的忘不了您。」玲說，眼睛凝望著遙遠的天邊飄浮不定的白雲。我們又恢復了沉默。

車要開行了，玲緩緩的站起，登上車，她回頭望了我最後的一眼，車子開走了，留給我的只有飛揚空中的塵埃與及永恆的懷念。

分別後，玲果然履行她許下的諾言，她常寄信給我。有時，她也特地從鄉下趕回西貢探訪我，每一次的會面都使我感到有說不出的快樂——儘管會面的時間只有短短的一小時，依然是那張憂鬱的面孔，但雙眼中的憤懣似乎已增加了許多，也許是她在人生的途程上受到了不少的委屈——我想。我不忍問她，我不願提到令她傷心的事，我只默默的望著她，我比往昔更愛她。

* * *

兩年的時光，在靜悄悄中過去了……

距今三個月前，玲的來信一天比一天少，最後竟絕了跡。我感到疑惑，於是忙去信詢問，結果是得不到回音，這更給我添了不少憂慮；我常想著這件事，我為它定下了許多假設，然而我又不能結論：事實究竟如何。不久以前，是一位友人告訴我：玲已訂婚了。我感到驚愕但並不很相信。

「萬一是個確實的消息，那又怎樣呢？」我有些兒害怕。

而……今天，殘酷的事實竟不因我脆弱的心靈而饒我：玲親口告訴我她的「喜訊」。

「倘使當初您對我有所表示的話，縱使是一句簡……」這句令人心傷的話隱隱的傳來，自然的，我又想起了當年我贈給玲作為紀念的「默戀」：（註）

第一次邂逅時，

四目交投默默無言，

欲把心事向伊說，
卻又低頭不語——欲言又止！
舉步一回顧，
有柔情萬縷依依。

第二次見面時，
面上已泛起了羞澀！
還來不及言語，
過後又懊悔當時的遲疑，
默許明天如再遇，
定將心意訴與伊。

多少明天會面總如此，
多少機緣難再總遲疑，
怨艾生來膽怯不自持！
又無能抹滅心中的影子，
日記上寫滿自我陶醉的艷句，
然卻夜夜失眠愁對明日訴相思。

＊　＊　＊

窗外，蔚藍色的天際仍然飄浮著朵朵幻變的白雲……

註：「默戀」一詩是徐卓英君之作品。

無盡的愛

何玲

明天是清明節，我將要去拜三妹的墳。

從出世以來，這還是我第一次去拜山，而拜的又是我的親妹妹。我不知道那個時候我的心情將會怎樣：我會哭？會流淚？悲哀？傷心？難過？似乎，時間已差不多奪走了我對三妹的愛。現在，每一次，每一次想起她，我只覺得眼眶濕潤而不像她初去世時常常淚流滿雙頰；我只是呆呆地想著而不像當初發狂似的倒在床上偷偷哭泣。

我還記得那一天，是三妹死後一個月的那一天，我和母親特地由美拖老遠的趕出富潤看她的墓。墓地是冷清清的，滿眼都是一座座堆起的墳墓，怪淒涼的。三妹的墓上長滿了野草，我下意識的隨手拔去了幾根。

「三妹在下面，在穴裏。」

我的眼淚不由自主的落下來，似乎永遠不能遏止似的。母親也哭了，哭得那麼傷心。我想起了亨利・柏爾遜說過的一句話：

「只有失去了孩子的母親才能體會痛苦的滋味。」

十三年前秋天裏，母親生下了三妹，再含辛茹苦的把她撫養大。而今，十三年後的秋天，她就這麼靜悄悄的走了，永遠也再不回來的走了，連一句告別的話都不曾說。於是，我的眼淚再一次不聽話的滾了下來。

母親要我禱告；但我什麼都不說，只那麼靜靜地跪著，望住燒著的香出神：一縷縷嫋嫋上升的煙漸漸散在空間、散在虛無中，再也尋不回來。

當時我多麼想將她從墳中扶她坐起來，再喚醒她。於是，美拖將又再有我們不離的形影。——然而，我只是想，我沒有做，我明白那是沒可能的。三妹安息了；是的，我不應該再騷擾她，我應該讓她的靈魂安靜。於是，我和母親含了滿眶熱淚，懷了滿腔悲酸依依地離開這對我也是陌生的義地。

富潤很繁華，富潤很熱鬧，但富潤沒有美拖的寧靜，沒有美拖的安祥。三妹在富潤，沒有人知道，沒有人照顧——富潤，像是一個太遙遠的地方，太陌生的地方，對於三妹，也對於我。

而，明天，我將又見到三妹的墓，刻有她的名字的石碑。啊！三妹的墳上可仍是長滿了野草？石碑上的字可曾被無情的風雨剝蝕而模糊了？墳場附近的孩子，有沒有頑皮地跑上三妹的墳墓亂踏？

我的心猛地收縮了。我感到內疚。一個十三歲的小孩子，離開了家庭，離開了最親愛的父母和姊妹而獨自長眠於陌生而淒清的墳地！

「三妹！三妹！」我喃喃地喚出。

我身旁的少婦手裏抱著一個小女孩。那小娃娃長得很俏，兩隻烏溜溜的眼珠活潑地轉動著，不時望住我。哦！三妹不也是這麼美麗麼？三妹不也是這樣討人喜愛麼？為什麼上蒼不讓她活下去？為什麼？為什麼呢？

車子在濱瀝橋（cầu Bến Lức）頭停下，等候那邊的車先過。一個盲者彈著吉他，挨住車子唱著一首越南情歌。不連續的琴聲，沒有絲毫情意的歌聲，教人聽後起了反感。哦！他唱，只為了能獲得一些好心人一、兩塊錢的施捨嘛！

車裏的人一動也不動。盲者等得不耐煩，摸索著向後面的車子行去，依然是不連續的琴聲，沒有感情的歌聲，單調的，惹人反感的。

車子經過濱瀝橋；從橋上，我鳥瞰著橋下的河水。仍舊是這條美麗可愛的河：清澈的水，微微的波，一艘小船不疾不徐的划行著。我的心再一次被這詩意的畫面撩起陣陣惆悵。蔚藍的天飄著白雲，遠處仍是高聳的椰樹，還有那一排排低矮的芭蕉；路的兩旁有稻田，更遠的是農家的茅屋，若隱若現。

我希望我能從天上的浮雲找到三妹的影子：那憂鬱的臉龐，那羞澀的笑容，那挺秀的鼻樑，那惹人憐的小嘴，那……。沒有，什麼都沒有，只有那善變幻的白雲片片。

路，像是永遠都走不完似的。過了平田橋、過了富林、過了……哦，我該下車了，路還是走不完的。前面還有許多伸延的路，無窮盡的，就像我對三妹無窮盡的愛和懷念一樣。

飄忽

尹玲

黎給我寄來一封信，從遙遠的蜆港，他目前須駐的根據地：

……蜆港太熱，太陌生。我想西貢，也想美拖。西貢有我的親人，有我所熟悉的一切。美拖雖也陌生，但那兒有妳。妳知道我是怎樣渴望接到妳的信？那一行行柔弱但可愛的字，和那撒嬌的語氣。曾有幾次，飛機飛過美拖上空，我總向下面揮手微笑。我的同伴不知道我的揮手和微笑寄給誰，然而我怎樣說呢？我只有笑著搖頭，回答他們的詢問。可惜的是我並未認識妳，不然我可以想像妳那些時候欣喜的表情。瓊！妳很殘忍，總不肯讓我見面，連照片也不寄一幀。其他飛機在我的頭頂上飛旋，很嘈。瓊，願接到妳的信，好久沒讀到友人的信了，連妳的在內。瓊，此時的心情，妳能體會麼？……

我們終於在某天相見了，那是一個早上，在西貢。黎告訴我他多次進行戰鬥飛行的情形，和從前受訓時期的艱鉅和樂趣；還有他的情感……很多很多。我只聽著，很少說話。我凝視他說時興奮和神往的表情，我感到那剛毅的臉上另有一種魅力，我幾乎被它征服！

終於，我還是被它征服了。那種神奇的剛毅實在罕有：在那麼多的男孩子中，我才從黎那兒找到。

我們很快就互相了解對方，被對方愛著。

那一個聖誕夜，黎到美拖看我。

黎是教徒，但我不是。我喜歡聽教堂的鐘聲，但不喜歡聽聖歌，也不喜歡聽聖經，更不願聽牧師說教。人太擠，我受不了。我問：

「我們走？」

黎有點不願，結果還是跟了我從人群中擠了出來。我回轉頭，望了教堂前面主的像一眼，再無言地和黎並肩行著。燦爛的燈光漸漸遠離我們。

河畔的公園沒有這麼多人。平安夜，人們總喜歡往教堂去，不論是不是信教。

我們漫步在幽靜的小徑上。夜，很深。天上有星星，晶瑩。而黎深邃的眼睛，在夜裏更放射迷人的光芒。

「第一次見到妳，我就被妳迷住，瓊！」

「為什麼？」

「為妳特別的氣質和獨有的問話。」

「甚麼問話？」

「『為什麼』。」

我笑。黎輕輕地握住我的右手。

「笑甚麼？」

「笑你。也笑我。」

我的手完全置放在黎大而暖的手臂裏。我不再感到夜風冷冽。

「我告訴妳我以前飄忽的愛情時，妳總愛問：『為什麼你不繼續愛下去？』」

「不對麼？為什麼不繼續愛下去？」

「我的理想愛人還未相識。但現在我遇上了。妳知道是誰？」

我不答話。黎停了步，仰起我的臉，抵禦不了他眸子裏深度的情意，我低垂頭，掙脫他的手。我們默默地離開公園。

沿街的住屋有炫麗奪目的彩環和一串串綴連著的小燈泡裝飾。我輕聲說：

「聖誕夜！」

「是的，聖誕夜！而對於我，這個聖誕夜最難忘！」黎的嗓子低沉而有力。我不敢再說什麼。

送了我回家，黎無言的離去。我從樓上的小窗一直看著他的背影在街頭消失……。

（回憶是美麗的！我把信繼續看下去。）

瓊，我們的事，妳不考慮過麼？妳不會不知道，我愛妳有多深，我甚至願意為妳奉獻一切。我的空軍生活，是一個青年應盡的義務，如今我已深深愛上了我的職業，因為妳愛它。

答應我，瓊，考慮我們的將來；我想說，妳應該考慮到我們的婚事。

妳也許還未忘記，我曾告訴過妳我以往的愛情，那不過是和她們談談而已，從不想到要跟她們長遠在一起。但奇怪的是，和妳，我卻希望我們永遠不分開。瓊，我不願看到，也不願知道，妳被另外一個男子愛著，我要妳永遠永遠只是我的愛人。

瓊，我說得太過坦露了，除此之外，瓊，我還能再說些什麼？親愛的，祝妳愉快

黎

* * *

讀了你的信，我覺得難受。

黎，我可以告訴你，我從不想到我們以後的事。我愛你，我不否認；但我不希望我們長遠在一起。

你不明白麼？這沒有甚麼難以了解的地方。黎，你還記得嗎？你告訴我你以前飄忽的愛情時，我總喜歡問：

「為什麼你不繼續愛下去？」

換了我，我會繼續愛下去，但只是愛而已。我不以為戀愛一定要達到它的結束或結果：結婚。不，從不，愛只為了愛，不為任何別的目的。

我喜愛雲朵的飄忽，正因為我的感情也是那麼飄忽，那麼難於捉摸。我知道你不敢對我講這些，所以我替你說了出來。我們為什麼不坦白，讓以後不再有誤會，讓以後誰也不能怨誰？

黎，為什麼我們不能繼續維持目前的狀態？為什麼一定要我答應考慮婚事？為什麼你一定以婚姻來結束我們的愛情？不，我不答應你。假使因此你不再喜歡我，那我們最好是各走各的路，就當是我們從沒相愛過，從不認識也從未見面。我們兩個是兩個陌生人，你不認識我，我也不認識你。

我不願意我們的感情趨向破裂，但，是你迫使我這樣做。要是沒有你的信，沒有那些語句，我永遠也不會厭惡你。

我的情感多是飄忽，像此刻窗外天邊浮著的雲朵。

你記得我也好，但最好你能忘掉，連同我們之間一段飄忽的愛！

瓊

脫稿於美拖，聖誕，月下

黑暗的盡頭

尹玲

花緊緊地靠著我，顫抖的聲音說：

「蘭，讓我偎著妳！讓我靠著妳！只有這樣，我才有生存下去的勇氣！蘭！」

我們剛從校裏出來。今晚的學校實在熱鬧，雖然聯歡晚會並不十分成功，未能達到它的目的；——許多同學不守校規，不守秩序，亂跑亂叫，亂搶食物；尤其是當看到正在草地上表演扭腰舞的兩位同學的舞姿，他們更粗言粗語的大嚷，害得我們幾個女孩子只能躲回課室裏。我們這特別的男女混合班，偷偷地等到全校的其他各班同學都已回家時，再在課室裡繼續我們預定的節目。席上，花總是落落寡歡，儘管每個人都為了黃壽引人發噱的言語和動作而縱聲大笑。我很難過，跑到她身邊坐下，大力握住她的手。花的雙眼濕潤，但她極力忍住不流下淚來。

「蘭！席散後，我更感到孤單！我本不想參加這個聯歡會，因為別人的歡笑會給我帶來更多眼淚，但到底，我來了，為了誰？為了我自己？」花在我耳邊喃喃低訴。

「花，忘了一切妳所不喜歡的事！」我直望著正在吹簫的文風，逃避地說。

花從鼻孔裏哼了一聲，她冷笑，我明白的。

聯歡會在Auld Lang Syne的歌聲中結束。

花和我住在同一條街上，所以，我們一起走了出來。

美拖的夜很寧靜，清幽；除了偶然還在街上蹓躂的夜行人的足聲，或機動車走動的聲音。吳權街不但靜，而且暗。我只隱約看到花面部的輪廓而看不清楚她臉上表情。從她嗚咽的聲音裏，我知道她在哭。我挽著她的手，把她拉得更近。

「吳權街！充滿了甜蜜回憶的街道！蘭！」我又用力地握住她的手。我想也許這能使她感到溫暖，比起什麼慰語都好。實際上，我也不知道用什麼言語安慰她。

「他快要結婚了！」被梗塞在喉嚨裏似的絕望的聲音。

轉到比較光亮的黎利大道上，我見到她流滿了雙頰的淚，她舉起手帕掩住嘴唇，又不住的擦鼻子。不忍再看她，我回轉頭。我實在想不透愛情有什麼魔力，會使人們為它而歡笑，而痛苦，甚至是死？我想起當年的英，她結了婚，留下一段愛情的恨，給她的戀人、也給她自己。如今，眼前的花也嘗到愛情的苦味——愛人遺棄她，跟另一個人結婚。前幾天，我無意中聽到花憤恨的對霞說：

「男人都不是好東西！男人都是狗！」

當時，我沒想到這句話的真正意義。現在，我明白了。

「三年的愛情，用淚水、微笑、擔憂、愉快建造起來的愛情，竟為了另一個女人的笑臉毀於一旦！天！我曾做過什麼罪孽呢？天！」花夢囈般的聲音又在我耳邊響起來。我不說話，輕輕唱著Nếu ta đừng quen nhau（若我倆不相識）。

「不要再唱！我不聽！」花惶恐的搖撼著我。

「學我！花！妳應該學我！什麼事都要看得開，不去想會使妳痛苦的人或事！妳應該選擇一個值得妳愛的人。——他對妳變心，難保他不會對他現在的未婚妻變心，花，是嗎？」

「忘不了的，蘭！到處都有我們以往親熱的影子，忘不了的！」

要是她懂得中國歌曲，一定會整天不停地唱著「不了情」。

很自然的，素的影子在我心中變為更完整，可敬也可愛。他從不對我說過一句「愛」的話，我們也不像別人常在一起……但我們藉心靈的感通來互相了解，互相敬慕，也互相信賴。素很害羞，也太沉靜，他第一次請我看電影時，竟猶豫了整個鐘頭，直到我不斷催問，他才說出來，給我的信中，他常以暗示的口氣告訴我：

「我相信，在我的人生過程中，妳是唯一令我敬愛的女朋友。」

「我常祈禱，願我們能長遠地在一起，尤其當我在社會上遭受了折磨時，縱然我明白那只是幻想。」

「……」

我當然會明白這些句子的意思。要不然，在每年一次的暑假的會面裏，我也能從他雙眼放射出來的光彩見到愛神的影子；那雙清澈、深邃的眼睛包含著無底的情意總愛凝視我每次見到我，也在我每個愉快的睡夢中。長久的別離似乎並不會使我們互忘；相反的，我們的愛情越來越深濃了：空間和時間都不會使我們受到絲毫影響；我們相信：「真正的愛情並不建築在拍拖、看戲、或散步上，而是在我們心靈的互相聯繫和信任上。」素就曾對我說過：

「許多時後，情話不能代表真實的愛情；而沉默，才能使雙方的感情漸漸深入對方的心坎中。」

也為了這，當花問我：

「蘭！妳常妒忌嗎？」

我搖頭笑了笑。的確，我沒想過我會妒忌，也從不疑心素會拋棄我，甚至於從不想到他會愛上第二個女孩子。我說：

「我要是對素不放心，老早就跑到西貢了，還會待在這兒讀書？我能安心唸書，也是因為對他的信賴。」

「哼！現在的男人呀！百分之九十九都是愛情的騙子，剩下的百分之一，也未必是好人。」

我不再說什麼，我愛素，我也相信我們的愛情會永久存活下去，直到我們死了，我們的靈魂也互相愛戀著，在天堂或地獄裡。

這是否我熱愛生命、歌頌人生的最主要原因？我不曉得。儘管Jean-Paul Sartre和Albert Camus都為了人生的非理、可憎、煩惱、憂慮、虛偽和令人噁心而痛惡，而失望，而變為悲觀厭世；然而我從不詛咒世界，也不埋怨上帝、命運和人類，因為世界注給我希望，上帝賜與我快樂，命運給與我幸福，而人類帶給我溫暖。出世以來，悲哀只降臨到我身上唯一的一次——三妹（秋玲）去世時，但兩個月後，我重新找到了快樂泉源——我相信秋玲永遠不會死去，她活在我心裏，在上帝身邊，在聖母慈愛和溫暖的懷抱中；從書本上我可以尋到生命生存的原因；素的愛給我帶來了比以往更多詩意的憧憬。於是，再一次，我拍著胸膛對自己說：

「一切痛苦、折磨、悲傷都來吧！我已準備了迎接你們，就像懷著滿腔喜悅當我接到素給我的生日禮物一樣」！

……

我們又沉默地行著，昏黯的街燈拖著我們的影子；一會兒長，一會兒短，一會兒在前，一會兒又在後面。我望著，默數著街道兩旁一株株粗大的酸子樹，街心印著婆娑的樹影。我仰起頭，天邊，一顆明亮的星星不停地閃爍著，我直覺地以為那是秋玲眨著的眼睛。我指著，輕輕對花說：

「看！那是我的三妹！花，妳試找看那一顆是我！」

「哪！」她指著另一顆晶瑩的星星：「妳的星最亮！」

「呸！我才不要呢！亮的給妳。」我孩子氣的呶著嘴唇。花笑了，眼淚還凝在眼眶裏，掛在雙頰上。於是，我也笑了。

花的情緒似乎平靜了許多，她鬆開了和我緊握的手，安詳地行在我身邊。

「今夜，將又是一個失眠的夜晚！蘭！」她喟嘆著，但已不再嗚咽。

到家了，我站住握著她的手：

「再見！花！願妳將以接受妳愛人禮物時欣喜的心情來接受命運所帶來的一切不幸，像我！晚安！」

「晚安！再見！」花微笑地望住我說。

她婀娜美麗的身影逐漸遠去，消逝在街道黑暗的盡頭處。

民五十二年十二月十四日

心香——與秋玲亡妹

尹玲

三妹：

天下著苦雨，午夜的雨聲原是淒涼；而今夜，今夜更悲慘了。三妹！在異鄉的妳，沒有人照顧，沒有人關懷，妳將會怎樣傷心呢？風颳得很緊，雨下得特別大，雷也打得那麼響，是為了同情妳的不幸？抑或是對殘忍的上帝提出的抗議？三妹，剛蓋好的墳墓可會為了太鬆的泥土而被雨水滲濕那才埋下的新棺材？帶不夠的衣服能溫暖妳殭冰的身體？可憐在這淒風苦雨的深夜裏，妳竟連一張薄被單都沒得蓋。這麼冷的天，在郊外，妳會受得了嗎？

七天在西貢！是的，七天在西貢，送走了妳十三歲的小生命。十三歲，妳實在還太小，太不懂事了，三妹，妳什麼都還不懂呀！那些舊鬼會欺侮妳嗎？告訴我，三妹，誰敢欺侮妳，我一定找他算帳。

今午，十二點放學回家，還沒到門口，表弟已跑出來對我說：

「二表姊不知為什麼哭到眼都腫了。」

當時，我並不會想到是為了妳死了——三妹，還記得嗎？前天下午，我和英去探妳時，曾和妳約定了今天出去接妳回來過中秋節。三妹，記得不？妳還點頭「嗯」了一聲。我輕撫著妳的頭髮，走了。想不到，那竟會是我們的最後一面。三妹，妳……然而，我才進到屋裏，爸紅腫的眼睛把我怔住了，接著，二妹嗚咽地吐出：

「三妹死了！」

剎那間，我只覺得雙腿軟到快要站不住了。勉強支撐著，顫聲問：

「誰說的？」

「立伯伯差人進來說的。」

怎麼會呢？三妹，前天，妳的病不是已好了許多嗎？我還對英說道：

「你看，她兩頰的腫已消退了，不再紅了，是不？」

他當時也點頭說「是」呢！三妹，難道妳忘了這些話麼？為什麼妳竟忍心去了？我心的深處堅決地否認這個消息。然而，能夠嗎？

於是，我開始問自己：到底是誰奪走了妳？死神？不！病魔？也不！是上帝！上帝造出妳，也毀了妳，是嗎？三妹！我心裡暗暗怨恨上帝的不仁慈。

三妹，我真恨不得能立刻飛到妳身邊，看看妳是不是已真的死去，偏是我碰到了那架倒霉的客車，走到半路就停止了。我只得壓住滿腔悲哀和怒火瞪住那滿頭大汗、正修理車頭機器的司機。

我多麼希望能痛痛快快大哭一場！可是，我竟沒有眼淚，縱使是假的一滴。我奇怪著我會為了一個陌生的女歌星的死訊而流淚，而妳，我的親妹妹，我竟哭不出來？

我趕到妳的病房……床是空的，隔床的老太太打著手勢告訴我妳在殯儀處。

媽腫起和失神的眼睛及悲痛的表情叫我忍不住放聲大哭。這個時候，眼淚才如泉似湧出，我咬了咬下唇，努力抑制著衝動的感情，媽告訴我妳死都不瞑目，真的呀！妳死在異地，見不到爸、外婆、兄弟姊妹的面，那又怎能安然閉目呢？媽還說妳臨死前做夢見到二妹去買鴨蛋給妳吃。啊！太可怕了，三妹，妳為什麼夢見這些可怕的事？

人們抬著妳，把妳放進棺材裏，啊！我看到了妳：眼睛半開著，僵直的身體，沒有血色的皮膚……

我撫著妳的眼皮，冰冷的臉，我只叫了一聲：「秋玲」！再也說不出什麼來，為什麼妳總不肯蓋上眼皮呢？外婆說因為妳死得太久了，但願妳並不是為了恨我的遲到，三妹！

人們忙亂的燒香、金銀紙、祭拜；我卻躲過一邊偷偷哭泣。

棺材被抬上靈車了，我在後面跟著。送殯的行列是這麼稀少可憐：周伯伯、外婆、姨母、舅父、叔母和我。三妹，倘若妳知道了這事，妳會不會像往常那樣，遇到了委屈時，躲在一角嗚嗚的哭？

妳被葬在富潤的崇正義祠內。三妹，妳可知道？三妹，富潤——妳從未到過的地方；三妹，富潤——離開美拖有八十公里那麼遠，妳怎會認識路途回來看我？三妹，上帝會指引妳麼？

三妹，十五天與病魔掙扎，結果，醫學的進步仍挽不回妳弱小的生命，三妹，這是誰的罪過？

前個星期六，我還和妳爭書包上學；前個星期六，妳曾和我鬥過嘴，如今呢？

上個星期日，半夜裏，我和媽送妳到西貢留醫，本希望妳能醫好了病回家過節，誰想到妳竟因此而病死他鄉？而我，去接妳回來的竟是去送葬的一天。天哪！為何妳那樣喜歡捉弄人？

上個星期，妳為了說不出話而用粉筆寫滿了妳心中要說的話在床上。兩個星期來，妳因不能吃東西而瘦至只剩下一副皮包骨。三妹，是我的罪，我的罪過呀！——妳在西貢整整七天，我卻在美拖循規蹈矩的照常上學，和寫我的愛情的文章和詩篇。七天，我只探過妳兩次，三妹，我病時，妳服侍我；妳病時，我在妳身邊的時間還不到一天。三妹，妳罰我吧！上帝！罰我吧！

是妳的命薄？還是……？我和四弟曾生了一個多月的病，現在卻完全健康了。而妳，才只十五天，死神卻將妳的命索了去，——是什麼道理？

三妹，妳知道嗎？今早，爸抵受不了這突來的噩耗而無氣力地躺在床上流淚；連平時和妳合不來的二妹都傷心到癱瘓。第一次，十八歲的生命裏，我見到爸哭，還有媽，十五個夜裏，有三分之二的整夜沒睡過。而我，也是第一次了解「死」，第一次嘗到「悲哀」滋味。三妹，妳並不狠心的，為什麼又不拒絕死神的邀請呢？三妹！三妹！

家裏，自妳病後，妳所種的幾盆花缺少水份，它們無力地掙扎著維持短暫的生命，三妹，為什麼妳不學學它們？今後，少了妳那雙纖手的照料，它們會跟隨妳死去？還有，妳所飼養的小貓已長大不少；牠是那麼活潑地跳來跳去，如果牠知道鍾愛牠的主人已不在時，牠還會那麼愉快麼？

下午，妳的校長來問過妳，他想叫妳的同學去送妳，結果，妳沒有被運回來。

下午，爸的朋友不斷的到來問候，每個人都為了妳的死而嘆氣惋惜。——三妹，妳是我們群中最柔順也最美麗的一個呀！——可是，三妹呀！每一句問話都賺去爸幾滴眼淚，妳知道嗎？

妳去了！是的，妳去了，再也不回來！還沒埋葬妳時，我曾幻想著會有一種神妙的力量使妳復生。然而，埋葬了妳，我的思想麻木了，我笑，毫無意義的笑，像戲台上戲子那樣卑鄙的假笑！

美拖少了妳將會缺乏生氣；家中少了妳，誰也再提不起工作的興趣；學校裡少了妳，同學們會感到黯然；世界少了妳，對我，再也沒有什麼意義。三妹？妳聽到我的話不？三妹！

從前，我到哪裏都用單車載妳同去，同學們取笑說妳監視我。可是，今後，監視我的，如果有的話，恐怕只有妳不滅的靈魂。是嗎？三妹！

秋雲、秋雪、玉贊和華表弟還不知道妳去世，表弟天真地纏住二妹問：

「三表姊不回美拖，永遠在西貢嗎？」

我們點頭，眼淚不聽話的一大顆一大顆滾下來。幾個小孩子驚愕地瞪住哭泣的大人，三妹！此後，到新民學校的路上，再也見不到妳領著三個天真的孩子上學了。此後，他們要自己照顧自己。三妹，妳怎不想想，他們還不會當心車輛的呀！

今夜的風，冷！今夜的雨，淒！今夜的以後，再也沒有妳修長的倩影；今夜的以後，再也沒有妳可愛的笑臉；今夜的以後……

二妹對著妳的遺照痛哭；我只有將滿懷的懺悔和悲哀發洩於紙上；外婆老淚縱橫的向她的朋友追述妳的往事：妳很愛洗頭，妳很嫻靜害羞，妳喜歡呶著小嘴說：「唔」，妳……

回來吧！三妹！縱只是妳的魂也好。回來吧！我給妳唱一首妳所喜愛的「梭羅河畔」。三妹，記得嗎？幾個月前，我才教會了妳「當我們同在一起」，如今，我們卻不同在一起了。三妹！妳年紀輕輕，為什麼偏要先我而死？三妹！三妹！

三妹啊！十五天的痛苦，媽終宵不眠的細心照料，再加上爸整個月的收入仍救不了妳。三妹，一坯黃土，妳長眠於陌生的地方！臨死，見不到爸，見不到姊妹、兄弟，人們都說這是妳的命運。可是，為什麼妳的命會那麼壞？

三妹！來生，我們在哪兒相見？三妹，來生，太遙遠了呀！三妹！我遺憾的是為什麼妳會在病快要好時死去？妳不等等見我的面，三妹！三妹！我怪誰好呢？

天堂裏，主可曾虐待妳？不會吧，妳原是一個惹人愛的女孩子呀！妳會在天堂裏！妳會在天堂的！妳將會獲得主的寵愛的！

三妹，我再也寫不下去了。淚水滴在稿紙上；眼前——模糊的一片；我的喉嚨彷彿被什麼東西塞住了；腦袋脹到我什麼都想不出了。三妹！妳能回來嗎？茫茫的雨夜裏，妳可會迷失了路途？下午我們祭妳的飯和肉，妳吃下了嗎？妳不餓了？妳的喉不再痛了？

啊！上帝！我求您！求您愛護我的三妹！她還小，她已十幾天沒吃過東西，她很餓，她的喉嚨痛……上帝！我求您愛護她！

三妹！我等著妳的歸來！三妹！妳的魂回來吧！我等著，我堅信妳會回來的！三妹！三妹啊！我等妳，回來吧！三妹……

民五十二年九月廿一日，淒涼的美拖雨夜

歸途

尹玲

四天的時間溜走了，多麼快！該是我回美拖的時候啦！爸媽一定正焦急的等我的歸來；再說，我也不能長久地留在這裏做客人的；縱使芳歡迎我，我也覺得過意不去，芳實在太好了，她是那麼樣小心照顧我、關懷我，倘若我有一位像芳那樣好的姐姐，就算拿滿山的金子來換，我也不答應——我想。然而，臨走時，我什麼都沒有說，就這麼悄悄的走了。我本來就拙於辭令的，而當我愛或恨某一個人時，我更不會說話。但願芳能明白我的心，我默默祈禱。

上了的士，我猶豫了好一會兒才叫司機直駛到車站去——，這個時候，離正在他家裏等著我吧？不見我來時，他將會怎麼樣的失望呢？昨晚，從他那兒告辭出來時，他問我：

「玲，明早妳會再來嗎？」

「如果你歡迎，我會來的。」

他似乎不滿意這個回答，緘默良久才冷淡地說：

「妳不喜歡的話就不用來了。」

假使當時他說：「我希望妳來。」那麼就是天坍了下來，我也會再去找他；然而，他是如此倔強而冷漠，我有點傷心，默默地走了。

小巷子裏盡是泥濘，黑暗和恐怖包圍著。我多麼希望他送我走出黑暗的巷子而到光明的大道上，一連兩晚，他都是那麼靜靜地凝視我離去。

我答應過如果明年的會考成功的話，我會再上西貢探訪他，可是，明年，我還會有到他家去接受他那份冷漠的情意的膽量麼？——我自問著。

到了車站，我買車票坐上車去。奇怪的我竟在這剎那間感到孤單。我孤零零的來，也孤零零的去，沒有人迎接，也沒有歡送；我的來和去到底是為了什麼？為了誰？我自已亦茫然。

車開行了。我凝視著空中的白雲，暗暗地說：「再見了，西貢！」

過了富林，汽車開得更快，涼風拂面，我深深地吸進一口清新的空氣，我覺得這才是屬於我的世界。這幾天來，住在西貢，我有說不出的煩悶；一天到晚什麼都不用做，我只能呆坐著癡想，獨個兒去逛街或探朋友。

離深邃的眼睛和憂鬱的臉孔又湧現我腦海裏。每一次見面，我都要努力搜索一些話題來和他談談；要不然，我們只能像兩尊石膏像似的呆坐望著門外漆黑的夜空。我不明白是為了甚麼，離總是那麼沉默和羞澀，我們之間從沒有好好兒談過話。好幾次，我抵受不了室內那沉重得近乎凍結了的空氣而走了。離曾對我說過：

「我有許多話要和妳說，但也許是因為太多了反而不知從何說起。」

我相信他不會說謊，因為從認識他的第一天起，我已發覺他是誠實的；而且他深邃的眼睛也告訴了我他的情意。然而，我還是一樣的抵受不了他那太過沉默的沉默。

我努力把注意力轉移到車窗外的景物，不再想離。遠處是蒼翠碧綠的一片，幾株高聳的椰樹似乎傲睨人世間的一切，芭蕉隨風輕擺著寬闊的長葉；不知名的蔓草開著黃色嬌艷的花朵纏繞在誰家的籬笆上，水田中的水泥浸沒了稻莖，偶而也有正在播種的辛勤的農夫；天邊，蔚藍的天空，浮著朵朵白雲。我記起了我贈離的那篇「飄浮的白雲」。離像是早已忘了我這份禮物。前晚，當我提起時，他露出滿臉茫然的神色。當時我感到十分委屈；我不知道我們之間的情誼是否還像初期的那般純潔、完整？或是我的影子將隨著時光的流逝而漸漸消磨在離底記憶？我相信離也愛著我——雖然他從不加以承認——但又有誰能擔保少年時代衝動的愛情能維持不變直到最後在世的那一天？

又是離，又是煩惱的事情！啊！我何不假設離深愛我一如我的愛他？我想到了我們初認識時離寫給我的信，信並不很長，但充滿了關懷底情意。我笑了，若離能永遠那麼關懷我，我將不會對他有什麼更大的希求了。我旁邊的兩個婦人老是絮絮不休地大聲談話，我實在感到討厭。但隨即，我又笑了，如果這時候離在我身邊，我不是也像她們一樣絮絮不休地，向他介紹我所愛的第二故鄉麼？

濱瀝橋下的河水是那樣清，那樣碧綠，微微的波浪起伏著；幾艘小木船正徐徐滑行河面。突然間，我發現我已深深愛上了這對我並不很陌生的河流；她是那麼幽美，那麼嫻靜。我還記得小時候，每當行過這道橋，我總喜歡數著豎立在橋兩邊的黑鐵柱，然後躲在父親懷裏撒嬌地說：

「爸！這麼多，我數不了。」

現在，我從前的那份純真幼稚和癡憨已沒有了。我靜坐著俯視清幽的河水，輕輕唱著「藍色多瑙河」；聽到的人一定會說我瘋了，但是我不理會，就是我瘋了也不關他們的事啊！

車子仍疾駛在並不太潤的西貢——美拖公路上，路的兩旁植了許多鳳凰樹，尤其是從忠良到美拖車站那一段。這個時節鳳凰花早已落了，除了偶爾有一兩枝遲開的花還高傲地誇耀著她們底鮮美嬌麗。

越接近美拖我越想念離，他會不會知道我是這麼的愛他？或他只當我是他的妹妹一樣愛我？——我不禁問了自已。

我又回到美拖，帶了滿懷的憂思和懷念。假使前兩晚不見他的話，也許我還不至於這樣苦惱——我想。相見了又分離，這又給我們帶來了些什麼？

美拖的天空很晴朗，白雲片片仍然漫無定向的飄向不能預知的地方。

離深邃的眼睛和憂鬱的臉龐隨著〈飄浮的白雲〉再一次呈現我腦海裏。

於美拖，民五十二年八月五日

落第

尹玲

杏和庭匆匆忙忙的從老遠的西貢趕到美拖探望我，又匆匆忙忙的趕著回去。

我曾寫信告訴他們：我需要他們的安慰，我需要他們的勸解；我需要他們在我身邊，我需要的，很多很多。然而，當他們在我眼前出現時，我笑了，毫無準備的笑，毫無意義的笑，我自己感到無恥；我咬緊下唇，讓我的笑裏不滲有要滾下來的眼淚底苦澀。

我落第了，我怕見到人們那種奇異的、蔑視的目光和卑鄙的冷笑。我需要見一見杏，我需要見一見庭；我知道我永遠不會在他們的眼中和臉上找到那種目光和那種冷笑。不會的，永遠不，杏愛我，一如庭愛我一樣。而實際上，我又有什麼罪過，我已盡了我最大的努力：別人尋好夢的深夜裏，我獨自捱著冷苦讀，我熬夜，我極力的支撐著並不很健康的身體讀完所有需要讀的課，我自問我還對得起自己的良心，我盡了一個學生應盡的責任。結果，我仍然失敗，慘痛和出乎意料地。

放榜那天的前一個晚上，一位同學跑來告訴我這本不應該告訴我的消息。當時，在他面前，在父母親及弟妹們面前，我裝得十分鎮靜，完全不在乎似的；我笑，我說話，就像是根本沒發生甚麼事一樣。但天曉得我正在發抖，心被刺似的痛，那位同學告辭後，我立刻藉故溜到街上，漫無目的地亂闖。我發覺我的雙手冰冷，雙腿發軟；淚水盈滿眼眶，只要我一閉上眼睛，它們會在任何地方與任何時候掉下來的。

偶然，我見到了清和麗。清說：

「哭甚麼？還未正式放榜嘛！也許他們的消息不正確！」

也許？對了，也許！為甚麼我不假設這消息是不確實呢？

清和麗陪了我在河邊散步，我多麼想往河裏跳。跳下去，一了百了，甚麼事再也用不到我管。我不會游泳，還怕死不了麼？但清和麗能睜大眼讓我去死嗎？我只能搖頭。

第二天，我從雪的家的後門把她喚了出來，我們在外面溜達（足旁）。雪已聽到了同一的消息。我騎腳踏車，載了雪，我們到距美拖市五公里遠的觀音修院膜拜觀音，在河邊的公園呆坐著，又在戲院裏渡過兩個忘憂的鐘頭。我們又繞著美拖市走。美拖實在太小，走來走去都是這些路，碰來碰去也只有這麼些人。今天的日子似乎給拉長了，我們不知該做甚麼來打發這漫長的一天。

一整天，我們沒有吃飯；一整天，我們在太陽底下曬著；一整天，我們痛苦、絕望。

送了雪回家，我再去找清和麗。

榜是貼出來。我不敢看。清代我看過。他說：

「沒有妳的名字！」

晚上再見雪時，她流著淚：

「我考到，他們剛知。妳知道嗎？」

我怔了一怔，一股難言的悲哀直湧上心頭。我也流淚了。

至少我們之中的一個己成功，也不枉我們在試期前同讀的辛苦。

我懇求雪代我告訴父母親，請他們准許我在雪的家裏挨過這最難堪的一夜，她去了。我在河畔的公園裏坐了很久。清和麗陪著我。我只是哭。哭累了，我把臉埋在手掌內。

清和麗要我早點回去睡覺。我只搖頭，仍然坐著。清說：

「看妳哭著真叫人難受！這次考不到，下次努力些，不是很有希望嗎？」

「我把所有的精力和希望都集中在這次會考上。現在，一切都幻滅了！」

「妳總不能這麼認真的呀！」

「也就因為我把它看得太認真，所以當事實和想像完全相反時，我才這麼苦惱。也許我失戀時也不會比這次痛苦。愛情對於我並不比學業來得重要！」

我不知道要是庭聽到這句話時會怎樣的恨我。但的確，愛情，對我，只是一種糢糊不清的意念，一種飄渺的感受。

我聽到一絲輕微的嘆息。我抬起頭，清望著我，搖了頭，似乎無法了解我這奇怪的思想。

夜，天空有繁星，海風吹來，我不自覺地挨到麗的身邊。麗握住我的手，吃驚地說：

「哎！看妳！冷成這個樣子！快回去！我們送妳，妳走了一整天，一定很疲倦。今晚會睡得甜的。」

麗的誠摯教我不忍再搖頭，只好讓她和清送我回到雪那裏。

雪明天還要去西貢考口試。我陪著她讀英、法文。我裝得很愉快。但我知道自己當時的心是悲哀的。

熄了燈，黑暗中，我實在再也不能抑制那已忍了太久的眼淚，我哭了。

我想到父親、母親、庭，還有在九泉之下的三妹，以及多少對我寄以期望的人。我自己失望算不了甚麼，但別人從我這裏得到失望，在一年的期待之後，我實在感到痛苦。

我哭得更厲害，雪被驚醒了，她撫著我的頭髮，輕輕說：

「蘭！別再哭！下次再來！聽我的話！」在那聲音裏，我聽到嗚咽。

我仍在哭。我從未哭過這麼多，包括三妹死去的那一次。腦袋脹得很痛，脹得那麼重，我感到呼吸有點困難，索性坐了起來，整條手巾是濕的，枕頭也是濕的。

雪又開了燈，拿起書本讀著。

是凌晨四時了，雪疲倦地睡去。我也受不了多哭的痛楚，替她熄了燈，無力地躺下。夜，很冷。寒風從開著的小窗湧進來。我用被子蒙了頭，昏迷地睡去。

醒來時已是早上七時，雪在整理行裝，她不安地望住我：

「妳哭到眼睛都腫了！」

我照鏡子，連自己也給嚇了一跳。我本預算送雪到車站，只好取消了，甚至連送她到門口的勇氣都沒有。

「蘭！回去再讀過，聽話一點，我走了！」

我目送著她離去，孤單和空虛一齊湧上心頭，眼淚又再次流下。我緊咬住下唇，戴上越南斗笠帽，把帽沿拉得低低的，騎上單車回家。

整個上午我不敢見人，躲在房裏，獨自躺著。我想到那一大堆要命的哲學書：倫理學，論理學，心理學，形而上學……我的心房在收縮……

清約好了將會來告訴我他自己的成績。清讀實驗科學班，比哲學班遲一天才放榜——但直至晚上，我還見不到他踪影。我感到一些不幸的降臨。我不顧一切的去見他。

清沈默和憂鬱，這和他平時的性情相反。

「怎麼啦？」我第一句就這樣問。

「考不到！」短短的三個字，卻使我同情他那含有悲哀與失望的心。

我甚麼都說不出來。一切慰語在這時都是多餘的，無益的，甚至是惹人反感的，我明白。

空氣沉重得使人感到窒息，我問：

「出去走？」

「好的。」

麗陪著我們默默地走了一大段路。

「我考不到，讓恨我的人快慰吧。」

「也讓愛我的人痛心。」我接了清下一句。我又笑。最哀痛的時候，我只有傻笑。我記起了一、兩位曾遇見我的同學的問話：

「妳在校時的成績很不錯呀！為甚麼會弄成這樣？」

不管他們是有心或無意，但這樣的一句話對我是莫大恥辱。哼！如果我的參與會考只是為了我自己，那成功與否根本就不引起我的關心，我不必因成功而欣喜，更不必因失敗而絕望。但我是為了我的父親、母親、弟妹們，還為了愛護我的友人；更為了許多愛管閒事的人。

這一夜，我們很晚才分手回家。路上靜靜地，拖在地上的木屐發出了悒鬱和淒涼的呻吟。

以後的兩天，我整日在街上蹓躂，不知何去何從？我不想讀書，不想工作，甚至不想吃飯，不想睡覺。

父母親寵愛我。他們關心的不是會考的成敗而是我的體康。父親說：

「考不到就算，別哭壞了身子！」

當我向母親訴說我常頭暈時，她愛憐地望著我說：

「妳以後不要再熬夜，也不要再憂悶。第二期再考過。」

我想起去年我的一場大病，母親日夜在身旁服侍的情，我流淚了。

要是父母親能責罵，也許會減輕我的痛苦；但相反的，他們對我只有仁慈，我的慚愧和內疚也就加深；我甚至感到自己犯了不可饒恕的罪。正因為我對這次會考獻出了我的一切：精力、希望、憧憬、夢想，我才有今天太苦痛的感覺，希望越高，破滅的失望越大。

我曾希望能靠在杏的懷裏大哭一場，讓悲哀盡隨淚水消逝。然而見了杏和庭時，我反而十分鎮定，我不像在想像中那麼軟弱地倒入她懷中「哇！」的哭起來。因此，在送他們到車站時，我感到悲哀重疊著悲哀：會考帶來的失望和離別難受的滋味。

美拖的下午近來常有悶鬱的陣雨。憂鬱，至少我自己有這種感覺的。今天，似乎更慘黯：杏和庭匆匆的來，又匆匆的去；如果他們不來，我沒有短暫相聚的歡樂，就沒有送別的悲傷了。

在雨中送別自己所愛的人，那滋味不好受。我滿臉滿身都是雨水，陣陣寒意從心底升起，加上外面冷風的侵襲，要不是為了杏和庭，我早就暈倒了。

車離了站，載走了我愛及愛我的人和朋友，也載走了我剛獲得的少許歡樂，留下來的是空虛和孤單，孤單再加空虛！

美拖，六月稿

烏雲

尹玲

緊張的高中會考在我們恐懼的心情與疲勞的軀體中過去了，莉嚷著要回鵝貢去，任我怎樣挽留也不能使她回心轉意，老實說，她是為了這次的會考；這次的會考……我不敢再想下去，數理化和數學都繳了白卷，這還會有什麼希望呢？我和莉並不埋怨試題出的太難，我們只罵了自己：誰叫在考試前不努力，不用功？莉更像發了狂似的，整天對住別人傻笑；要不然就來找我，我們兩人騎了腳踏車到處走。

「越痛心我就越笑得厲害，知道嗎？玲。」莉絕望地對我說。

我實在受不了她這種近乎瘋狂的態度，可是我又找不出適當的語言來安慰她——我自己也正忍受著內心痛苦的煎熬來陪她玩，陪她笑，陪她講瘋話。前幾天，會考還沒結束，我曾為了陪她逛街而沒有時間溫習功課。然而，我不忍心拒絕她的請求，尤其是當她失望的時候。住在異鄉的人需要的是溫暖的友情——我知道——因為從前還在西貢求學時，我也有過這種需要。我們騎著腳踏車，默默的走在幽靜的道路上，清淡的燈光照著莉蒼白的臉色，我忽然覺得她很可憐。莉比我大幾個月，她底親生母親早在她還年幼時逝世；可幸的是她的後母很疼愛她，她曾驕傲的對我說：

「我很幸福，因為我有一個愛我的後母。」

莉還很純樸、天真、率直，她想到什麼就說什麼，縱使那是一句會使我生氣的話。我就愛她這一點。我們成了很好的朋友。每次從鵝貢上來時，她總帶了些從她家裡果園摘下來的水果送給我。

幾個月前，我們聚在一起討論著會考的事。

「努力吧！玲，我們兩人都考上之後，我到妳家裡住一天，再到娟那兒住一天。那時，妳們要帶我遊遍整個美拖省也可以。然後，妳教我寫中國字，講中國話。現在，我們要拋開一切來用功溫習功課，妳說好不？」

我點點頭。

然而，現在，一切都完了，一切都像湄公河靜靜的流水，流到河口，流入海，不知去向了。

今早，當考完了英文——我們的最後一科——出來時，莉幽幽地對我說：

「玲，今天中午我要回鵝貢了。吃完午飯後，妳到我那兒送我去車站，好嗎？」

「什麼？今天中午？那天妳不是已說過明天才回嗎？留下來我們再多玩一天，明天才回去吧！莉。試都考完了，我們有的是時間。」

「不，我要回去。雖然，回去後，我不知應該向爸媽說些什麼話。回去後，我會想念妳。但是我仍然要回去，還留在這裡做什麼呢？考試的成績已夠叫我痛心了，玲！」

我不再多說——這是她的脾氣。

午飯後，我到莉那兒，娟也在，她正幫莉整理行裝。莉的行李很簡單：一個裝滿了書籍的皮書包，一個裝衣服的手袋。我們三人踏了三架單車，一起出發。路上，我總是走在前面，莉和娟在後面絮絮不休的談話，我真不知道她們這時候還有什麼話好談。

到了車站，莉買了車票，坐上車去。時間還很早，車還沒開行，可是莉卻催我和娟回去。

「妳們回去吧！車子要到三點才開行呢！現在……才只一點四十五分。」她一邊看著腕錶一邊說：「回去好好地讀書，我們一定要在第二期考到。七月，我上來時，我將帶給妳們許多棗和木瓜。有空時記得寫信給我呀！」

莉笑了，笑得很甜，面頰上的梨渦清楚的現出。我不知道她究竟是因為快樂或是因為過度悲哀？

「替我問候妳的家人。我們走吧！玲。」娟上了單車。

「珍重吧！再見了！莉。」我回頭大聲的對莉說，莉又笑了。

娟和我在回家的路上。

「有空時，我會到妳那邊看妳的。」娟說。娟的家離我的家很遠，差不多有兩公里那麼遠。

「嗯，先謝謝妳，有空時，我也會去看妳。」

「玲，回去努力的讀書和寫作吧！莉不贊成妳寫稿，可是我卻鼓勵妳多創作。」

我笑了笑。對於不能作答的話，我聽了之後，總一笑置之。娟又說：

「真的，我希望並誠懇勸妳多寫作。」

娟是一個年輕的越南女作家，她當然希望我能成為她的「同志」。聽了她的話，我還是默然不語。老實說，我根本就不知道應該說些什麼。

到了十字路口，娟說：

「我從這條路回去啦！這比較近些。」她用手指向左邊的道路：「再見！玲。」

「再見！我會去看妳的，娟！」

我獨自踏著車，心裏突然感到一陣空虛。莉回鵝貢，娟又不多陪我一些時候，我只覺得一切都離我遠去，一切與一切……。

「莉這時在想什麼呢？會想到我嗎？」我自問著。然而，誰知道呢！也許她正想著我，也許想著她家裏的雙親、弟妹們；或著她正想到這幾天考試交白卷的尷尬情景？……

我仍然走在寬闊的雄王大道上，孤獨的……

天邊，遠處飄來了幾朵烏雲，遮住了本來是蔚藍晴朗的天空。

於美拖，民五二年五月八日

夜雨

尹玲

夜，很靜。

她默默地倚著窗前，夢幻似的眼睛凝視著天空。

天上，有星星和月亮。星星，羞澀的、含情的、但也神秘地眨著眼睛，圍繞在皎潔晶瑩的月亮身旁；遠處，幾顆失群的星兒孤獨的佔據了天空的一角，發出黯淡的光，恰像少女幽怨的眼神。深藍色的天穹上，飄浮著朵朵的白雲……。

晚風輕輕地吻上她的臉，飄來了夜來香清淡底芬芳。她伸手撥了撥垂在額前的髮絲，然後，深深地吸了一口清涼的空氣。

倏然地，外婆慈祥的面龐又浮現在她腦海中。外婆，和藹的、溫柔的、慈愛的、也是絮絮不休的。故鄉的一切景物，孩提時代的幸福生活，不期然的隨著外婆的影子而呈現在她底眼簾。——故鄉的月亮是夠美；銀色的月光灑遍了村閭的每一個角落，照著她稚氣的臉蛋，也照亮了外婆滿佈皺紋的面龐，地上，印著一團黑影……門前小溪的蘆葦叢中，螢火蟲間歇的閃光似乎要和天上的星兒爭輝，清淨的溪水靜靜的流著，月兒在水中波動。一陣微風吹過，蘆葦發出了沙沙的聲響，草地上，不知名的昆蟲為她奏著悅耳的交響曲……。

她躺在外婆的懷中，纏著她要她講牛郎織女、嫦娥奔月的故事；或者，她仰著頭，細數天上的點點繁星，外婆為她哼著小曲，而她總是在外婆單調而和諧的哼聲中睡熟了。

夢裡，她飛上天擷下了心愛的星星，連成一串串的，小心翼翼的掛在胸前……

夢裡，美麗的嫦娥伴著她進入玄秘的月宮……悠揚的仙樂，奇異的仙果，漂亮的玉兔……她陶醉了……。

然而，現在……，她永遠的不再聽到外婆可愛的嚕囌，不再看到外婆蹣跚的背影，也不能復睹故鄉親切的景物，可愛的家園了……。

她覺得眼眶有些兒濕潤……她開始在星群中尋索，冀求能從這芸芸眼睛中找到屬於外婆的一顆。那一顆星一定像外婆那樣的害羞，它會獨自的躲在天的一角，幽幽地閃著淡淡的光……但是，她失望了，永遠的失望了。一顆殞落的星辰又怎樣尋得回呢！

自然的，她把頭垂了下來。驀然，她的視線接觸到一雙夢似的眼睛；那雙眼正痴痴的注視她，那眼神含有萬種情意——她的心在劇烈的跳動著，心房在收縮著，體內的血液在沸騰著。她伸手按著發燒的面頰，然後，抬起頭，望著窗外漫漫的長空出神。晚風仍輕輕的吹，她佇立著，薄薄的白色衣裳在飄……。

* * *

他轉過頭，努力的集中精神為坐在他面前的孩子講書。然而，那美麗莊嚴的倩影吸引著他；他總是在不知不覺中回過頭，凝視她。但是，每接觸到她那憂怨的眼光時，他又立刻的垂下了眼皮。他不能解釋那到底是什麼樣的心理：他喜歡她那股幽怨而嚴穆的神色，可是，他不敢正視她；她的眼神似乎帶有冰冷的成份，逼視著他。——他只能偷偷的看她，偷偷的……。

孩子放學的時間……

他無可奈何的站起身，在如豆的燈光下，他望了她最後的一眼；那裏面蘊藏著無限的繾綣、憐愛。他緩緩的步出大門，她的視線跟隨著他……他的背影漸漸地消失在黑暗中……

她躺回床上，閉上眼睛，極力的使自己入睡。但是，奇怪，今夜，她竟失眠了。繾綣，依依不捨的神色，夢寐般的眼睛依稀的出現在她眼前……

＊　＊　＊

一夜，兩夜……多少個夜晚都在無言中消逝……

她明白她已深深的愛上了他；而他，也在第一次的邂逅中愛上她。他們從對方的目光中知道了彼此間的感情；可是，他們從未交談過，她們只是默默地對望著，在每一個及每一個相見的晚上……

＊　＊　＊

然而……

有一晚，黝黑的夜空，沒有星星，也沒有月亮，一位親戚從遠方來探訪她。他們談了很久……他用懷疑的眼光望著那陌生的年青人，良久……他也望著近乎痲木的她，她的眼眶裡閃著淚光……。他預感到：將會有一件不幸的事情發生。

夜裏，她輾轉反側，那位遠親的話縈繞她腦裏：

「這是命運的安排，妳逃不了的；而事實上妳也無法拒絕這頭婚事……。」

命運！命運！……她不禁飲泣了。

＊　＊　＊

第二天晚上……

她默默地倚在窗前，毛毛的細雨在飄著。昏黃的路燈照著僻靜的道路。路面，很濕，很滑，沒有行人，沒有車輛。夜，靜悄悄的。

遠處，他正疾步朝她走來。她蹲下，這樣，她可以看到他而他沒可能見到她。

他像往常那麼樣的一邊行，一邊望著窗口，可是，今夜，他失望了……

她懶散的躺在床上，眼睛呆呆的望著天花板，無數的思潮在她腦海中泛濫著……

「今後，我將會如何？他呢？」她發出了囈語般的自問。——沒有答題的問話。

她看了看壁上的掛鐘，是他回去的時候了，她即刻坐起來，整理凌亂的頭髮，下了床，又來到窗前蹲下；外面，雨還在下著。

他出了門口，回頭望著窗口，希望能看到她，可是，他是永遠的失望了……。他猶豫了一會，最後，他頭也不回的邁步在雨中行著，他的背影漸漸地消失在黑暗的遠處……

她緩慢的站起，雙眼仍注視著他已消失了的背影，熱淚盈眶……

雨越下越大……雨點飄過了窗口，落在她悵惘憂鬱的臉上……

夜，很靜。

午夜的雨仍然不斷的飄著……

於美拖，民五十二年二月十二日

為什麼不呢？

櫻韻

從西貢回來，我只覺得無比疲倦，無比厭世。疲倦，並不屬於軀體的，而是精神上的。西貢，差不多使我窒息；我頭暈，有想嘔吐的感覺，我的思想麻木，我的情感不再衝動；我以為我會在西貢死去；可是，我還能活著回來，回到伴著詩情畫意的湄公河的美拖。然而，美拖也在這時候使我的腦袋昏脹；我失望，我絕望。我自問為什麼不在西貢死去？為什麼不呢？在你身邊死去不是一件非常感人的事嗎？就算你當時正在恨我，你不理睬我或詛咒我，我也可以想像得到：我微笑著望了你最後一眼，慢慢地閉上眼睛，呼出最後一口氣，不動了；你將會驚慌的搖撼著我，你將會急切地呼喚：

「韻！妳不要死！韻！妳醒來吧！韻！我答應不再恨妳！不再憂鬱！」

嗯！那該是多麼動人的一瞬呢？

可恨的，這一切都只是夢想。

我回來了，真的，我又回到美拖了。年晚的美拖也如西貢那麼熱鬧，那麼令我透不過氣。於是，我又想到了見你時，你冷淡的態度使我有暈眩的感覺。我奇怪著當時我竟不會哭，我還笑呢，你記得嗎？我不知道我那個笑容是否難看，但那個笑包含著我所有的眼淚、憂鬱和憤怒。是我的自尊心不讓我哭？是為了報復你？我不明白我當時的心情，我甚至不知道我當時怎麼向你告辭，怎樣離開了你那兒。

第一次見到你冰一樣的面孔出現在我跟前，我感到我的心已不再完整，它正一片片的裂開，裂開，就像我那封已給你撕了的信一樣。整個下午我都不想工作，不想動，不想想；我只躺著，我以為我已死了。那不是很妙嗎？死了，就沒有煩惱了；死了，要是上帝問為什麼我憂鬱、為什麼不快樂，你試猜我將怎樣回答？我將說：

「因為我赤紅的心已被盜走！」

上帝將罰你，打你入地獄裏，我將為了恨你而不代你求情。但是啊！上帝死了！是不？最信奉和瞭解天主的尼采（Nietzsche）曾這樣歎息過。要不然，為什麼世上有太多不公平的事？為什麼人不自由？不快樂？為什麼沒有和平？嗯！上帝死了！要不然，為什麼你會這麼殘忍？為什麼你不怕上帝的懲罰？——上帝已經死了！為了賦與人們更多的自由；但哪想到人會因此更被剝削自由？於是，我流淚了；曾在你面前自認倔強的我竟哭了！我恨我的懦弱，是的！我懦弱，我一點兒都不倔強，我竟敵不過自己的情感，自己的憂思。再一次，你憂鬱的面龐和眼睛湧現我腦海中，我不禁地輕輕喚出：

「啊！憂鬱的孩子！」

我不知道是否應該告訴你：當我發覺我已墮入情網的一剎那，正是我失去了愛情的時候；我戀愛了，但隨即，我又失戀了；而這些，只為了一個很簡單的原因：你變了！變得那麼突然，那麼奇怪，那麼使我傷心。我恨！為什麼我不早些發現我對你當初原始純真的愛慕原就是愛情。啊！當初，要是我們明白我們之間是戀人，也許，我們會永遠相愛下去，我們永遠和好下去；我們之間永遠沒有爭吵，沒有惱恨，然而，為什麼我們不呢？為什麼不呢？

我們之間以往有過太多溫馨的回憶，是嗎？湄公河畔的美拖公園，斜向河心的椰樹，天連水的茫茫大海，倒影在水裡的白雲片片；還有，高橋下的草茵，西貢河的渡船，白籐海濱的海風，紅樓夢裡美麗的愛情故事，我們互贈的自己創作的詩章……這一切與一切，至今仍盪漾在我腦海裏的，竟不能引起你絲毫感觸？我不相信你是個實際上不重情感的人，我一萬萬個都不相信；我知道你在掩飾，你在裝扮。何必呢？何苦呢？我們為什麼不隨著自己的心欲、感情而行動、而思維？我們為什麼要為別人的臉色、別人的觀念而束縛自己？你自己知道嗎？你在逃避，但不是逃避我，也不是逃避別人，更不是逃避上帝，而是在逃避自己，逃避一切出自你心底的，你逃避你真實的心思；你愛的你不敢說你愛；你恨的又裝著你不討厭；你把別人的意念強灌進你腦袋裡，於是，你以為你也是這些人的一份子，你也和這許多人沒有兩樣。你自以為做得對；但是，你可曾想到：這正是你永遠憂鬱的主要原因？你明明憂鬱，偏想裝笑臉；你愈是裝，愈不像。我希望你憂鬱時，就盡量憂鬱，盡量哭，盡量叫；快樂時，盡情笑，盡情跳。我不喜歡見到你憂鬱，同樣的，我也不喜歡看到你強裝的歡樂。你還記得不？我曾向你低訴我的不得志，我憂鬱的心事；也曾向你暢述過我衷心的愉快，我的夢想，我的憧憬。我曾希望你能分享我的快樂，我也曾要求你讓我分擔你的憂鬱。為什麼不呢？是嗎？當我們之間已不再陌生、當我們已默默相愛，當我們不用說話也能看透彼此的心意，為什麼不呢？是嗎？

我永遠都忘不了和你相見的日子，我們常靜默無言地對坐著。你曾幽默地說我們比賽看誰最沉默。這難道不是充滿詩意的畫面？啊！湄公河畔，靜靜的流水、小鳥、白雲、藍天、綠草、紫荊花，還有兩顆跳躍著同一節奏的心；難道你不愛戀？我們，陶醉在大自然的懷抱中的；我們，沉浸在靜靜的愛河中，傾聽著彼此無言的心聲，凝視著對方憂悒的眸子；或著，請望向遠方白茫茫的大海，且聽我唱一首「歸來吧！」；這裏面滿含著我的心意，我的戀情；而只有你，才能領會，才能感受。

然而，畢竟，你使我驚愕地變了，完全變了，我再也不能從你面上找出那份欲言又止的神態，我再也不能從你的動作裡找出發窘不安的表情。你坦然，出奇地，似乎我們之間從沒見過面，我們之間沒有絲毫感情，我們之間完全陌生似的。哦！既然有今天這樣尷尬而傷心的場面，為何當初我們要相識？為何當初我們互相愛慕？為什麼當初我們不互視如陌路人？為什麼我們不加以控制自己的情感？為什麼不呢？

若不曾邂逅，在繁華的西貢，我將永遠不會留戀西貢；若不曾談心，於幽靜的湄公河畔，我將永遠不會愛上湄公河；若不曾相識，我們之間將永遠沒有愛，也沒有恨，更沒有仇。

然而，為什麼不呢？為什麼不呢？……

茫然

尹玲

一個月了，是的，整整一個月了，今天，我第二次見到三妹的安息之地；一坯黃土——那下面，是一具棺材，內面躺著僵直的她——上面長滿了野草，前面有一塊小小的石碑。這就是每一個人的最後歸宿？——我茫然。

母親放聲痛哭，我任由她，我真羨慕她能夠痛快地哭。——許久以來，我學會了沉默，也學會了流淚：因此我總不能放任自己毫無顧忌地號哭。在三妹的墳前，我擺下了水果和餅乾來祭她，母親在一旁要我禱告，可是，我實在不知要禱告什麼，向誰禱告，我的心暗暗地說：

「三妹，媽和姊又來探你了，妳知道不？妳走前餓著肚皮，現在還餓嗎？妳還需要什麼呢？告訴我，三妹，我給妳帶來。」

要是三妹在天有知，那麼，我內心的默禱相信她也會聽到，然而，沒有人回答。

墳場裡冷清清的，觸目盡是白色的墳墓，以前我愛白色，我認為白色是純潔美麗的象徵。現在，我卻害怕了，白色原只是悲哀的化身呀！我回轉頭，凝視刻在石碑上的三妹的名字，眼淚又湧了出來，滾落餅乾之上，如果三妹能吃到這塊餅，她會不會嫌有淚水的鹹味？

八月，有沁涼的秋風，有淒清的秋雨，更有微寒的秋夜，而每夜，躲在溫暖的被窩裡，我總不其然的會想到三妹臨終的冷，她緊抱住母親，要母親用所能取暖的東西都給她蓋上：而醫院裡，除了被和氈外，還有什麼能取暖的？但隨即，她無力地倒在床上，嗚嗚地哭了三聲，死了。天邊，第一道曙光開始出現，——於是，一股悲涼的寒意不留情的從我心底直升上來，我緊抓住被子，流淚了。……

現在，只要三妹能復活，不論須付出的代價多高，我也心甘情願。然而，能夠麼？有可能麼？我恨我的愚蠢，為什麼我不於她生前給與她多一些愛？以後，縱然我把所有的情感都傾向她，她再也不會感受到了。

十三年了，整整的十三年來，從她出世後到死時的那一剎那，我付與她的愛只是那麼一點兒。而那一小份的愛，除了給我帶來她死後的悲痛和懺悔，又給她帶來了些什麼？

以往，我活在幸福中，不曉得悲哀和痛苦是什麼，偏愛學別人做無病的呻吟。如今，悲哀降臨到頭上來了，卻又勉強裝回笑臉以期趕走悲哀，我能不罵自己無恥嗎？望著縷縷上升又飄散了的煙，我不知道是否三妹的幽魂也化在那一縷縷飄向虛無的煙裡？

離開三妹的墓，離開這淒清的墳地，母親和我沉默地走著，天，又是黃昏了，夕陽的餘暉裡，母親痛苦的臉上多添一層哀傷，憂鬱的眸子還閃著淚光，而我，思想似已失了方向般的，更茫然了。

垂頭

尹玲

讀了你的長信，一封我從未得過的那麼長的信，我笑了；是笑自己的多情，是笑自己的愚蠢，也笑自己的天真。

我試著照你的話去做，試著記不起你，試著不認識你，或者，我根本就不和你同時生存在這討厭的世上。然而，不能夠，無論如何努力，我也不能把你趕出我的意念。我當然不會知道，我之所以無能力，只因為我已對你付出了那麼多情感，真摯和純潔的。

我想不出，怎樣也想不出，一個正常的人會這麼殘忍：一秒鐘之內把一年中所付出的愛完全收回，完全勒死，很奇怪，這個世界的花樣竟會這麼多？我自問著究竟我還會再碰到多少類似的事，在以後漫長的歲月裏，再讓我傻笑，再讓我痛苦和悲哀？

男孩子都是這麼無情的麼？世人都有一顆毒狠的心？人世間沒有愛？我能相信嗎？你告訴我！你回答我！你難道已經忘記，我曾不止一次說過：對你，我有最原始最純潔的感情；對你，我會依戀，我會敬重，我會憐憫，甚至，我會愛。但為什麼人家一定要以為這是男女之間的情愛？只有這種愛才是愛麼？為什麼人家不說這是兄妹之愛，朋友之愛，或者，是人類的愛？我不明白，我實在不明白！

「如果有可能的話，妳把我曾寄給妳的信和相片完全燬掉；就當是我們不曾相識……然而無論如何，我對妳仍存在著一份濃厚的感情，就像當初那樣。」——

這是你寫的一段，還記得？我又笑了，既然當做不曾相識，又何來的感情？如果有了感情，怎又會互不認識？你不自覺得矛盾麼？

「我希望我能跟妳一樣想法：妳是我的一個妹妹，愛撒嬌撒野，愛哭愛笑，愛跑愛跳；但人們不會這麼想的。人們會把所有不美的名詞和形容詞加到我的身上，而那，對妳或我將來的幸福都有壞的影響。」

「許多時候，我也覺察到我們之間的感情很微妙，也許會有更進一步發展的可能。既然我自己都看得出，還能責怪別人嗎？」

這又是你的另一段。我唸著，不知自己在想什麼，別人……自己……幸福……影响……

對了，既然你自己都這樣想，又怎禁得止人家不懷疑？但我不是，我不那麼想，我把愛情和親情分得那麼清楚，我需要的是你的親情，我需要的是一位兄長，我需要人愛護，像一位長輩愛護他的小輩一樣。我的感情無依無助，我需要有可以依靠的人，但那絕對不是一位愛人。

今早和你漫步在西貢的街頭上，行人太多，太喧鬧，我想起了我的故鄉，那裏很寧靜，沒有太多人，沒有太多車。我不愛西貢，但對故鄉又不怎麼依戀，反正，在哪裏，我都只有一份淡淡的愛；在哪裏，我都孤獨，我都憂鬱；在哪裏，我都沒有由衷的快樂。

「我可以為友誼而犧牲愛情，卻未想過為愛情而犧牲友誼。」望著路旁兩行直直的酸子樹，我對你說。

「我不明白。」你似乎感到驚奇。

「因為我可以自由選朋友，而婚姻則是父母所要決定的事。你也會看得出，我對愛情並不怎樣重視，談戀愛並不一定會結婚；而婚姻也不一定會有愛情。每一次參加別人的婚禮，我總會自問：到底他們兩人是否真心相愛？而今後，兩人將永遠互相束縛在一起，愛情根本就沒有什麼，只是人們自以為在戀愛罷了。其實如果分別了一段時間，雙方不知還會互相記得不？」我說得太多，但不激動。

「妳這種想法和做法太傻！」

「我自己知道我愚蠢。」

「為什麼要為友誼犧牲愛情？愛情不美麼？而且妳這樣做，對妳婚後的幸福很有影响。」

「誰能担保我明天不會死？」

「為什麼如此此悲觀？妳還年輕，妳還很年輕，妳會有光明的前途。」

「騙人！我不聽！你以為我不會講這些話嗎？只不過因為我覺得它們虛偽，空洞，我不喜歡。明天，你能說明天我還生存？明天的事，誰也不能預知，你、我，或者任何一人。」

「聽我說！我們都年輕，我們都有美好的未來，我曾多次於有意無意之間和妳減少接觸，為的是妳未來的幸福，妳應該明白。」

「我明白。但多或少的接觸並沒有什關係。我說過，不只一次，我把你看成一位哥哥，我也相信你會像對你的妹妹一樣來對我。我沒有哥哥，我沒有姊姊，我缺乏愛，我需要愛，但那不是男女之間的愛。」

「人們不像妳一般純潔，人們不容易想像得出妳那種超俗和抽象的愛。人們也許沒有惡意，但輿論將不饒恕我們。」

我不再說什麼，我們的談話總是無結論。最後，你還是你，我還是我，我們的問題被堆積起來。送走了你，我獨自一人蕩著，在多人的街上，人們歡笑，人們忙碌。只有我，這個從遠地來的客人，依然孤獨，依然憂鬱。

我再次讀你的長信，一封我從未得到過的那麼長的信：

「我們未相識之前，並不感到互相依戀，為什麼我們現在不呢？妳就當是我們不曾相識。妳有妳的，我有我的方向……」

可是，為什麼我們要相識呢？我望向天空，我見不到上帝，我見不到命運。上帝只能看見，上帝只能聽見，上帝高高在上，但上帝不能命令我做這或做那；命運也只能躲在我看不到的地方，是嗎？但為什麼我們相識？

「讀了這封信，妳一定會發怒，妳會恨我的。但我會忍受，我為了妳好，才這樣做，妳應該明白。」我應該明白，是的！我應該明白，西貢不屬於我的，我應該回到我的故鄉；西貢屬於你的，屬於西貢人的，但不屬於我。我屬於我的故鄉，那兒有湄公河、椰樹；那兒有埋葬了我的無邪和我的幼年的墓。無邪，被葬了，永不再回；幼年，被埋了，也永不再回。

對著你的長信，一封我從未得過的那麼長的信，我垂頭，無言。

細雨濛濛

尹玲

六月的雨絲不斷在飄……飄……

藍陪我倚在公園內的欄杆旁欣賞雨中的美拖，雨中的湄公河畔。園內，除了我們兩個，再也找不出一個人，陣陣微風伴著落在樹葉上的雨點發出輕輕悅耳的節奏；柳絲隨著微風輕搖；街道兩旁的酸子樹經過雨水沖洗後更是碧綠的一片，遠處，艷紅的鳳凰花在雨中盛開越發顯得無比的豔麗、嫵媚；冷落的花園似乎哀怨地接受雨的蹂躪，它無言地凝視著躺在懷裡的花草、樹木，像是在為它們悲傷，又似乎在默默的安慰它們。

我們沒撐雨傘，也不披雨衣，雨輕輕飄落我們頭上、臉上，沾濡了我們的衣服，但是我們誰也沒想到要離開——雨水淋在身上使人心曠神怡——我們只感到暢快、舒適。雨點飄落河面，激起無數漣漪，一個個圈子逐漸在擴大，擴大；我們凝視著。忽然間，我想起了藍和靜的事。他們相戀已有一年了；可是每次談到婚姻時，靜總是有意的避開。我問藍：

「你和靜怎麼樣了？」

他聳肩苦笑，一絲痛苦掠過他滿是雨水的臉上。但隨即，那明澈、智慧的眼睛射出堅決的光芒：

「我和她？不是早告訴了妳麼？我愛她，她也愛我；但她不願和我在一起，我實在太窮了。也許，她是對的，我們的結合不會有什麼幸福。」

我心裡很難過。他繼續說：

「今早，她寄來了一張紅帖子，請我於下個禮拜去參加她的婚禮。」

「啊！」我不禁驚叫起來。

「沒有什麼奇怪的，玲。這年代，愛情並不單是心靈間情感的交流，也不是心與心的吻合而還要講求現實，金錢與階級；這年代，愛情只是一件附屬品，用來點綴人底生命……玲，妳明白嗎？」

我搖了搖頭。他冷笑，笑聲中帶著驕傲，也帶著感喟。他似乎在鄙視靜，鄙視世間的每一個人，世間的一切；也似乎在為他們惋惜。

水中，有浮萍和落葉隨波逐流，湄公河永遠是那麼樣的溫柔、文雅，她永遠是靜靜地跟著無情的時間流著，流著……

雨仍然下著，像一幅薄紗；它披在大地的身上。對岸的景物是朦朧的，不清的：高聳的椰樹，低矮的芭蕉，翠綠的果園中，幾所小茅屋若隱若現。河裏，偶而有一兩條小船，冒雨渡河而簸盪在微微起伏的波浪中。

我們沉默良久，藍轉身為我拂去髮上的雨珠，輕輕撫著我的頭說：

「回去吧！妳的身子很弱，在雨中躭得久，會生病的。」

他的舉動是這樣的親熱、關切和自然，我深深的受到感動。實際上，我們是一對義兄妹。他沒有弟妹而我也沒有兄姊，因此我們互視如同胞兄妹。平時，他常為我解答許多書本上的難題，他教我應該如何做人，他勸慰我每當我做錯了事或煩悶時；他借了很多名人傳記以及關於人生之類的書籍給我，而且一定要我細心閱讀。空閒時，他會帶我去看一場有趣的電影或陪我散步。他是一個高中畢業生，他告訴我他從很遠的地方到這裏做事，但他從不肯告訴我他在做什麼事。

「不，我不回，你答應過陪我在這裡直到雨停的。」我仰起頭，看著他：「哥哥，你到底參不參加靜的婚禮？」

「也許會去；不過，可能我不去。」

「為什麼。」

「不為什麼。」他回答，眼睛望著白茫茫的遠處。

細雨迷濛中，在天與海的相接處，我隱約見到一艘大輪船模糊的影子漸漸的消失。看著他迷茫、惆悵的眼神，我知道他的心已被那艘輪船帶走，帶到遠方，帶向茫茫大海中，讓它呼吸到更新的空氣，看看更遼廣的天空，見識一下更新奇的事物，更讓它消遙自在的飛翔。

藍重新低下頭，似乎在思索。

「想什麼？哥哥，我想問你……曼對你很癡情，你為什麼不愛她？」

藍輕輕嘆了一口氣：

「妳還很小，不懂這些的。大人的事，就是告訴妳也不明白，別再問了。」

「我還小？」我很不服氣，反問他：「那麼曼和我一樣小，為什麼她可以懂這些？可以談戀愛？」

曼今年也十八歲，她很美，天真、羞澀、嫻雅、柔順、善良，讀書的成績也相當好。她並不比靜遜色呀！我就不明白為什麼藍偏愛靜而不愛曼。再說，曼是那麼痴心愛著他，願和他同甘共苦，不像靜那樣薄情。

「曼和妳不同，她早熟，懂的事比妳多。但我一向仍當她是小妹妹，和妳一樣。」

我相信藍的話，但是曼的痴情能不令他動心？

雨仍在飄著。一陣海風吹來，我不由得打了個寒噤。我感到有點兒不舒服，陣陣寒意侵襲我的身體。藍慌忙叫車子送我回家。

回來後，我發燒了，在床上躺了兩天，吃了藥，熱度漸漸消退。

第三天的下午，天上飄著毛毛雨，我披上雨衣到藍的住所看他。他住在一條小巷的一間小木屋裏。在巷口，我遇到了曼，她向我打招呼：

「玲，妳去找藍？」

「嗯。」我點頭。

「他走了。」憂鬱的眼睛，憂鬱的面孔，憂鬱的聲音，曼差不多要哭出來了，我實在不忍，暗罵藍殘酷。曼絕望的表情使我沒勇氣注視她。我從沒見到她這樣痛苦過。

她嘆了口氣，微微發抖的聲音說：

「也許他是永遠不再回來了。妳……玲，再見。」

「再見！有空時請到我家來坐，或許我能幫助妳一點什麼。」

望著她盈弱嬌小的背影，我不知道她嫩稚的心靈能否受得起這重大的打擊？

小巷裏滿是泥濘，我十分艱難地才到了藍的寓所，我輕輕開了門，房裏的一切依舊如昔，連壁上那幀裝在相框裏靜的照片也沒變動。

我默默巡視著，回憶著。

房東在門口出現，她遞給我一封信：

「藍先生要我交給妳，他今早才走。」

我撕開信封，信箋上寫著：

玲：

我走了，妳感到驚奇吧？

我走了，我知道妳會生氣，會傷心，然而，我還是悄悄的走了。玲，我怕妳的淘氣、妳的撒嬌、妳的悲傷，妳的哀求，但尤其是妳的眼淚會使我不忍心離開妳，離開美拖，所以，我靜靜的走了。

玲，妳還年輕，應該好好兒讀書，別胡思亂想，影響了學業，知道嗎？我的妹妹該永遠是乖的，聽話的。我回來探望妳時將會買許多糖果和書給妳。聽哥哥的話，妹妹。

至於曼，妳告訴她，我實在不能接受她的愛，但我會永遠記著這善良和可憐的妹妹。再過幾天就是靜的佳期，我能想像到她登上花車時的情景。但願她會幸福。

玲，以後我將會微笑和愉快的想到妳們和美拖以及富詩意的湄公河畔。

此後，天涯海角，我將過著飄泊無定的生活。人生，本來就是飄泊無定的，是不？玲。

此後，「人生何處不相逢」，也許，我們會有重逢的一天。但是誰能知道明天呢？

此後，在那不能預知的遙遠地方，我將日夜的為妳與千千萬萬的人祈禱，祝福。

我會寫信給妳，但妳不必回覆。——流浪似的生涯沒有固定的地址。

最後，願妳能永遠記住我的話，好好的做人。

妳底哥：藍

在公園內，細雨迷濛中，我又隱約見到一艘大輪船模糊的影子漸漸消失在天與海相接的地方。

六月的雨絲不斷在飄……飄……

細雨濛濛。

於美拖，民五十二年初

嚴冬裏的寒梅

尹玲

佩英默默地和我並肩行著，她失神的雙眼有著無限留戀的遊覽園裏的一切，不時還發出一聲聲輕微的歎息。平時充滿了熱鬧、歡樂氣氛的校園，此時卻顯得如此的淒清、蕭條。

溫暖和煦的陽光沐浴著大地，陣陣微風柔和的俯吻著我們，開始枯黃的樹枝上傳來啾啾不停的鳥鳴聲，然而，這仍掩飾不了秋天特有的肅穆與悲涼的感覺；一片秋葉無聲的飄落在我們跟前，佩英俯身拾起了它，低喟著：

「哈，又是樹葉凋零的季節了。妳能預測這片落葉日後的命運嗎？」

我知道她這句話的暗示，連忙說：

「英，我雖不能確定它將來的命運；然而，我卻祝福它將得到一個美滿的歸宿。」

她發出了一聲苦笑：

「妳以為會麼？」

「是的，在事實還未發生之前，任誰都可以為它的未來祝福，縱使是不著邊際的祝福。」

我們又陷入沉默中。細碎的腳步聲此刻聽來是如此的清脆、響亮而扣人心弦。我們間雖有千言萬語卻又不知從何說起，良久，她指著附近的一張石凳說：

「我們就坐在這兒談吧！」

我依言坐下，她直望著前面，自言自語的說：

「過了今天，不知道何時我們才有重見的機會？」

我轉過身子，摘下身邊一朵白色不知名的小花兒遞給她：

「英，別那麼樣的悲觀，也許，伯母會改變初衷的。」

她凝望著那朵白花出神，沉痛地說：「也許？然而那希望是太渺茫了。」

這句話使我有說不出的惆悵、迷惘。

「英，假如妳真的離開這裡後，會不會在閒暇的時候回來探望我呢？」

「我不能肯定的答覆妳，不過，我將永遠永遠的懷念妳，不論在任何時候及任何環境之下。玲！」

她顯得有點激動，緊緊的握住我的手。我抬起頭來，她含著兩顆晶瑩欲滴淚珠的雙眼正望著我；我不禁感到一陣心酸、內疚：

「英，原諒我，我很慚愧，我愛莫能助，我……」

「不，玲，妳不必為我難過，這是命運的安排。」她打斷了我的話，傷感地說。忽然，她淒涼的笑起來，那笑聲比哭更難聽：「我……我倒樂意於接受它的支配。」

一時間，我找不出安慰的話，只得彼此無言的對望著。偶然，仰視空中飄浮不定的白雲片片，心裏頓然起了無限的感觸。佩英把剛才那朵小花鄭重的夾在書本裏，然後，她也轉身摘下另一朵，插上了我底髮鬢，低聲說：

「玲，留取這一朵花，好讓我們永遠記住這難忘的今天，這使人留戀的美麗年華。現在，我們回課室去吧！」

我還是默默的跟著她。她跑進課室，回到座位上坐下，課室裏是冷清清的有點兒淒涼，佩英凝視著牆上的黑板像是要把它的影子深深地印入腦海中似的。良久，才傷感地對我說：

「玲，從今以後，我再也永遠的不能坐在這裏跟妳一起讀書、一同遊玩了。啊！上帝！讓時間停止溜走吧！好使我能永久的逗留在這兒，做著少女綺麗的美夢！別再推我跌進殘酷的現實裏！就讓我在夢幻中繼續我的生命吧！這裡的一切是那麼樣的令人難忘，令人留戀！」

我默然的走到她身邊，坐下：

「佩英，再沒有別的辦法了，是麼？」

「沒有了。爸媽已將聘禮收下而不曾問過我的意見。兩個月後……兩個月後……玲，完了！什麼都完了，我……。」她再也說不出話來。

「英，妳可以再和父母商量，說明事情的真相，再請他們設法解除婚約，試試吧！英！」

「不能的，玲，妳不明白的，爸媽只有我一個女兒，我怎能教他們為我而傷心呢？我只能歸咎於命運；真的，這是命運的安排，玲。」

命運，多可怕的命運！它殺害了多少顆稚弱底心靈，毀滅了多少青年的幸福！甚至是佩英，也逃不出它的魔掌。

「英，既然妳深信這是命運的安排，那麼妳應該勇敢的抬起頭來，面對著現實，堅強的活下去。我想，伯母是成年人，她一定不會選了壞人給妳的。」我這席話顯然是言不由衷；雖然如此，我還是繼續說下去；因為，除此之外，我還能說些什麼呢？「英，我們做人要像疾風裏的勁草，嚴冬裏的寒梅，在不平凡的環境裡奮鬥下去。英！『人生就是奮鬥』，記得嗎？炎黃的子孫是不應如此的萎靡不振的，中華民族的兒女永遠是堅毅的、振奮的，不頹喪也不氣餒。記住，梅花是中國的國花，而梅花代表高貴、純潔、倔強、忍耐、勇敢，冬天裏，當所有的花草樹木都屈服在酷冷的嚴威之下而枯萎時，她卻獨自在凜冽的寒風中，傲然的盛開著。英，妳不覺得她是值得敬佩的嗎？」

我的一大堆漫無條理的話似乎使她感到心煩。她低著頭，一手輕撫著檯面，另一手則放在嘴裡咬著。離別的愁緒不斷的湧上心頭，我不覺也變得無語。

學校附近的教堂忽然敲起了喪鐘，憂鬱、單調的鐘聲嫋嫋的在空間響著、發散著。

「天上的繁星又有一顆不幸的殞落了！」佩英發出像囈語般的聲音。

這時，校工進來對我們說：

「妳們兩位請回家吧！我要關校門啦！」

佩英無奈的遲緩的站起，依依不捨的又看了這已度過三年時光的地方最後一眼；然後，頭也不回的走出校門。

「永別了！母校！」佩英喃喃的說。

我們又默默無言地並肩行在回她家的路上。到她家門口，我們站住了，我想安慰她幾句話，然而，口拙的我卻什麼也說不出來，想說的話早已不知飛到哪兒去了，僵持了好一會，終於，我無可如何的對她說：

「佩英，我祝福妳，祝妳將有一個美滿幸福的家園！我將永遠的惦念妳！英！別了，珍重吧！」

她悽然的流淚了。於是，我像逃犯一樣的逃開了，為了怕對著她帶著譴責神色的眼睛，啊！多懦弱的我！

＊　＊　＊

半年後，我接到佩英一封沒寫明她的地址與日子的信：

……還記得別離那天我們所說過的話嗎？玲。畢竟，我還是疾風裏的勁草、嚴冬裏的寒梅、炎黃的子孫、中華的兒女。玲！歡笑吧！為我的新生而歡笑吧！我到底沒辜負妳底期望。

妳會以為我正幸福愉快的生活在美滿的家園裏？不，妳猜錯了，玲！讓我告訴妳吧！

距婚期還有十天的時候，我終於說服了我的未婚夫，使他明白沒有感情、勉強結合的婚姻是絕對沒有幸福的，而由他出面和我解除婚約……玲，我又恢復自由了，我是多麼的高興啊！現在，我已到了×地一所醫院裏服務，我要將我僅有的生命獻給社會、國家與人類；將我所學到的知識，僅剩的體力來救護所有的病人，只要我尚能生存的一天，只要我體內的最後一滴血還沒流完之前，我還是自願的將我的一切奉獻給人類，相信我吧，玲！美麗光榮的遠景在等著我，我將一步一步的走上前去投在它底懷抱裏。

玲，我永遠的懷念妳！正如我永遠的珍惜臨別時妳贈給我的花朵，它象徵著我們之間純潔及永恆的友誼。

妳底好友：英草

這時，我好像看到，在遙遠的×地，泥土正長出了一株永不萎謝的寒梅。它是多麼的高尚、純潔、倔強、堅決而又和藹；她以無盡底愛滋潤了多少顆枯乾的心靈，她以大無畏底精神救活了幾許可貴的生命；她含笑的立在酷冷的霜雪中，抖擻著精神，燦爛的盛開著。充滿了征服世界的毅力與勇氣底寒梅呀！妳百折不撓底精神將流芳百世。願妳永遠永遠的開在土地上。我為妳祝福！

脫稿於美拖，民五十一年十一月八日，子夜

雨

尹玲

毛毛的細雨連綿不斷的飄著……飄著……是那麼樣的柔和、可愛。

霏霏細雨落在我的身上，浸溼了我的衣裳，沾濡了我底頭髮；而我似乎還不察覺到這些，依然在雨中行著、獨自的行著。

在雨中漫步似乎已成為我的一種習慣、愛好；雖然每次在雨中漫步之後，我總免不了要在病床上躺一兩天，然而，我仍愛雨，我仍獨自在僻靜的街道上行著，每當微微的雨絲紛飛的時候。——雨似乎是我靈感的泉源，散步於雨中，我想得很多，關於過去、現在，以及未來的事情。

眼前是迷糊朦朧的一片。我再也辨不出前面的景物。——啊！我的眼眶中已充滿了水，是雨水？也許吧！是淚水？也可能是。然而我不想分辨。管它是什麼水呢！在我，哭，眼淚，早已不是什麼稀奇、陌生的東西了。自從懂得世事以來，我哭了許多，可是那又有什麼用？我的眼淚並沒有改變現實的能力。

現實是如此的黑暗與殘酷——對於我。有時，我禁不住要大聲疾呼：「上帝呀！為什麼您待我那麼樣的不公平、那麼樣的忍心呢？您可知道：每當看見別人勤快地工作時，我禁不住要望著我那已斷了一臂的手而流淚——儘管我明白那是無濟於事的。而寄人籬下的窮孩子所忍受的白眼，您可曾領受過？您可嘗過缺乏了親情底溫暖的痛苦滋味？您……」。我再也喊不出聲來，終於，我像一個小孩子那樣的痛哭起來。

是社會的不公平與罪惡造成了這可悲的現實？是人類挖掘了埋滅自己的深淵而仍不自知？是上帝為了懲戒

意志不堅定的人們而使用的一種刑罰？是……總之，我猜不透，我也不猜了。——現實教我懷疑在我周圍的每一個人、每一件事物，甚至我自己。我用含著敵意的眼光看著世上一切事情的發展與結果，我仇視著一切的一切。

說什麼人生就是奮鬥？說什麼人應有勇氣與毅力來克服一切困難？說什麼失敗為成功之母？我曾努力奮鬥了多少次？我曾拿出了多少勇氣與毅力？然而，我所得到的是什麼？仍是一連串的失敗，仍是黑暗一片的前途。

「漫說什麼是『歡樂』，也無庸說什麼是『幸福』，更不必說什麼是『親情』，因為陌生的名詞著實離我太遠」！

不能否認的，我的情感太豐富也太脆弱了。是因為這而使我仍沉浮於不能自拔的情感底漩渦裏？因為這而使我爭取光明日子所做的努力都化為烏有？啊！雖有自知之明而仍控制不了情感的氾濫，可笑亦復可憐之至！

＊　＊　＊

清淨的雨點依然不斷的飄著。雨呀！我求你永遠不停的飄著吧！你的純潔將洗淨社會底污穢、罪惡！我求你將它們帶入泥土中永埋於地下！我求你將幸福、光明、公平和無限的愛賜與這世界裏所有的人們！我懇求你，雨呀！永遠的下吧！不停的飄吧！飄吧……

＊　＊　＊

霏霏細雨仍浸溼了我的衣裳，沾濡了我底頭髮，而我似乎是仍不察覺到這些，依舊在雨中行著，獨自的行著……

毛毛的雨絲仍然飄個不止，是那麼樣的溫柔、可愛！

脫稿於美拖，民五一年十一月三日，午夜

無盡的繫念

何尹玲

我總喜歡獨個兒漫無目的地步行，沒有人，連我在內，曉得這是為了什麼。許多朋友說過我有滿腹心事，憂鬱的，我不曾加以否認；但我總想不出我有什麼憂鬱的心事。一個像我這般年紀的女孩子又會有什麼心事呢？學業？愛情？社會？人生？——也許是吧！一個女孩子，年青的女孩子，似乎只為了這些才煩惱。我想起了班上一位女同學憂鬱的臉龐；那份憂鬱，是如此的難以分析；那份憂鬱，似乎蘊結了人間所有的痛苦；又似乎是空虛的，飄渺的；那份憂鬱，使人有一種無可名狀的感覺。

「這個年代的女孩子！哼！」

我曾親耳聽過這句話。但很可惜的，這句話只是那麼短短的沒有下文。我不知道這個年代的女孩子怎麼樣？虛榮心重？無責任感？浪漫？放縱？不可理解？不可思議……？

沿著河岸的許多方食亭裏塞滿了人，美拖的夜只有這裏和這個時間最熱鬧；人們盡情地、放肆地吃喝、享樂。冰室裡有幽黯的燈光、迷人的音樂。在往時，也許我會獨個兒進去坐一會兒。但現在，我以前所感受到的那一種美的情調已不存在了。是因為尹的離去？——我茫然。

西貢的夜或許會比美拖的夜更吸引人、更熱鬧、更輝煌。要不然，尹也不會一去就兩個月，信也不給我一封。這時的尹也會跟我一樣，漫無目的的隨街走？他一定不像我這麼孤單，他會有許多朋友的。兩個月的時間，他能沒有新的朋友嗎？兩個月的時間，他能不有所改變嗎？——我感到暈眩，是因為我體質的虛弱，但更為了我對尹的懷念和失望。

樂鴻公園內也充滿了人。河裏有兩岸的燈光的倒影，搖曳著，不停地。

「週末！」我呼出重重的一口氣。

是的，週末。美拖的週末！討厭的週末！

我轉過幽靜的黎利大道：行人很少。可不是嗎？只有那些跟我一般傻的傻瓜才會於週末尋到這條僻靜的路。路燈散發出淡淡的光，拖長了我的影子。我不想再想什麼，我希望我的腦袋空白，空白的腦子會比較好過一點的。……

「玲！聽我的話，好好兒讀書。等我！一年，也許是兩年，有了足夠的條件時，我們就可以在一起了，永遠永遠地。玲！答應我！好嗎？玲！」

尹臨行前夕對我說過的話又自然而然地掠過我腦海裏，掠過我耳邊。我記得當時我很乖地點了頭。

尹輕輕地握了我的手，但隨即又放開。我們默默地並肩行著，幾乎行遍了美拖的街道，我們才依依地分手。那夜也像今夜，沒有月亮，只有稀疏的星星。

我沒有到車站為他送行，我知道我會哭的。我太容易流淚，尤其是感情衝動時。在課室裏，我哭過幾次，只為了受不了同學的揶揄。

我是這麼乖地聽尹的話，安心讀書，安心期待。

然而，整整兩個月了；尹不曾回來看過我，一封短短給我的信也沒有。——西貢離開美拖並不很遠呀！為什麼呢？為什麼呢？

我不知道尹已找到什麼工作，也不知道他住在何處，更不知道他是快樂還是憂鬱，日夜思念我或早已把我忘掉。

一年，兩年，這並不是很長的時間，我相信我能等的，等到他回到我身邊的那一天。

只是，一年，兩年後，他真的會回來嗎？他會仍然是我所愛的尹嗎？他能不被繁華的西貢所改變嗎？

「玲！聽我的話，好好兒讀書。等我！一年，也許是兩年……。」

我不曾忘掉，也不能忘掉，我仍舊很乖地讀書，等待。

……

我走到街尾，無意識地；這個地方太暗，該回轉去了吧？是的。也許已是深夜十一時多了，這裏一個行人都沒有，除了我。

美拖的深夜很寧靜，尤其是在這段非常黑的街尾。我踏在地上的木屐聲清楚地劃破沉寂的空間，沉寂的宇宙。那聲音聽來有點兒可怖。

沒有人，連我在內，曉得我喜歡獨個兒漫行的真正原因。

「這個年代的女孩子！哼！」

也許對的，這個年代的女孩子會有許多不可理解、不可思議的古怪行動，像我。

夜醒

尹玲

陰沉的天空，令人發悶的天氣，住在這間簡陋的小屋裡，愈發更煩了。

據說這屋子常鬧鬼，但我還是租了下來，——我實在再租不起比這更好一點兒的房子，我提著唯一的小箱子進到屋裡坐下不久，雨就嘩啦嘩啦傾盆似的落下來。

房東是一個廿六、七歲的女人，有明亮的眼睛和白皙的皮膚，她跟我有一句沒一句的聊天，似乎為了有我這個愚笨癡傻的住客而得意、高興。

「李先生，這房子有鬼的，你不怕？」她問。

我正呆看門外的雨；聽她這樣問，我只有望著她苦笑：

「要是怕我寧願睡街頭也不會來租了。」

她閃動著那雙美麗的大眼睛，像是不相信：「從前有一位房客在這兒上吊，以後就沒有人敢住了，就是我住在隔壁也有些害怕。」

「妳見過這鬼了麼？」

「沒有。」她嬌羞的笑了笑，還帶著幾分稚氣的神態很動人；我欣賞著。

「你從哪裏來的？看你風塵僕僕的樣子，很遠吧？」她又問。

我俯頭望了身上的衣服；變黃了的白襯衣和一條由藍而灰的西褲，低聲回答：

「嗯，很遠。」

「在哪兒？」

真是多事，我不知道她問這些來做什麼，我發惱了：

「在很遠很遠很遠的地方。」

她哈哈大笑，似乎為這孩子氣的答話而開心：「算了，我不問了。以後，早晚兩餐我會給你弄來，骯髒的衣服我替你洗，我走了。」

她充滿憐愛的眼睛望著我，依依的走了，雨還下著，她瑟瑟縮縮的閃進鄰屋。

我開始打量這比我更值得同情的屋子。

屋角結滿了蜘蛛網。屋內，四壁蕭條，除了一張舊帆布床，兩張椅子和一張快要倒的桌子外，什麼都沒有。壁上有幾隻油蟲正緩緩的往上爬，牆角不時發出陣陣霉氣。屋頂有幾個小洞，雨水從那兒漏了下來，我嘆了口氣，走到門外看周圍的環境；我站在屋簷下，水滴滴滴滴的落在階前，激起的水花濺了滿地，然後沒入泥中，滂沱的大雨弄得小小的巷子滿是泥濘，東一個水窪，西也一個水窪；濕軟的泥土，行起路來雙腳一定會陷進去的——我想，我不曉得這裡的居民在下雨天怎麼行法，對面是一列舊的破屋，我這邊的一排也都差不多。當然，有錢人誰會住到這條窄小醜陋的巷子？巷口處有兩株大樹，很高，很茂盛。

天還是那麼陰沉可怕，我回到帆布床邊躺下，重重的呼出一口氣，室內濁悶的空氣被驅散了許多，我覺得。

我躺著，思潮隨著我的胸膛在起伏。

一個容形憔悴的女人站在我面前微笑。

「啊！嬛嬛！嬛嬛！妳……」我驚喜得大叫起來，這不正是我朝思暮想的妻子麼？我跑上前，抱住了她，我撫著她的秀髮，我親著她的額角……朦朧中，我感覺到有一隻手在我臉上移動，我張開眼睛，是剛才的女房東的手，她柔和的笑了笑：

「我聽見你喊我的名字，連忙跑過來了。」

我感到錯愕；但隨即我明白過來：

「真對不起，我叫的是我的妻子，我在夢中見到她。」

女人似乎很失望，默默的凝視我，幽怨的眼神帶著譴責。良久，她緩緩起身，走了。

我目送她離開，心裡不知是什麼滋味兒，才來了不過幾個鐘頭就發生了這麼麻煩的事；長久住下去，那會演變到什麼地步呢？

我重新躺下，閉上雙眼。我想到了可憐的嬛嬛——我底愛妻，年邁的母親，還有那年稚的女兒——小嬛。剛才原來只是一個夢，一個幻覺呀！我失望了。然而，我也真的蠢，嬛嬛這個時候怎能逃出來呢？就算出來了，也斷不會知道我在這裏的，想到她，我不禁感到內疚。我不曾完成丈夫對妻子的責任，反而讓她獨自挑起養活家姑和撫育女兒的重大負擔。想到老母，想到小嬛，我淚下了。

我從大陸上逃出來已有十多年了，在這人情淡薄的地方，更加上了沒有親戚朋友，我找事做反而碰了大釘子；絕望之下，我只好寫稿藉稿費來維持生活。我拼命的寫，拼命的絞腦汁，人變瘦了，衰弱了，也多病了。

然而，我還是有一餐沒一餐的活下去，我還是拼命的寫下去，為的是等著和嬛嬛見面。——文人的生活本來就是清苦的，何況我是個舉目無親的異鄉客，稿子久久才獲發表一篇；我不明白是因為故事不動人？運筆不夠靈活？是表達的技巧不成熟，還是坎坷的命運不饒人？窮極時，我去行乞。領到稿費時，我去找一個或半個沒人要的房子住上一個禮拜，半個月。

……我又清楚的見到嬛嬛出現了，她含著笑，握著我的手，愛嬌地依偎著我，輕輕埋怨：「你怎會變成這樣子的？這麼久也不寄信來，媽和孩子不知有多想念你，而你……」

我摟住她，算是回答。

我又見到母親，母親老得多了，頭髮斑白，老態龍鍾，深凹的眼眶含滿了淚水，激動的叫出：

「兒呀！你終於回來了！」

我還見到可愛的小嬛，她長大了，該十二歲了吧！活潑的眼睛很像嬛嬛。她呆望著我，張大了嘴巴，羞澀的叫了聲：「爸」！

我再也禁不住衝動的情感，緊緊抱住她們痛哭，她們瘦了許多，膚色蒼白，像我一樣。我心裡很難過，只懂得用哭來發洩心中的苦悶。昔日美麗的家園，現在已不復重睹，我無言地和她們相對，回憶著以往快樂的日子。

我聽到了淅瀝的雨聲，似乎來自遙遠的地方，我傾聽著。

一聲雷響，我驚醒了，啊！原來又只是一場夢，甜蜜的夢，悲哀的夢。

雨不斷在訴說它多年的經歷，飄泊無定的行蹤，流浪的生涯；告訴我它的喜怒哀樂，它的煩惱的心事，它的愛人和敵人，它的……

外面，有漆黑的天空，呼呼的風聲和淅瀝的雨聲。

夜半。

寫於美拖，民五十一年

雨夜寄語

尹玲

徐：

寫這封信的時候，已是子夜了。正如你知道：我喜愛在深夜裏靜靜的一人工作；因為周遭寧靜的氣氛會使我的思想變得更靈活，使我的腦子變得更清醒。

外面，天正下著雨。午夜的雨聲聽來是如斯的淒楚，而又易撩起人的遐思。雨點滴滴瀝瀝的落在後院白鐵板蓋的屋頂上，音律是單調而和諧的，像一首「淡淡哀愁」的雨夜曲！偶爾，一陣微風吹送，樹葉隨著發出輕微的沙響。室內，陪伴我的只有一盞書桌上的孤燈，淡淡的燈光照在信箋上，照著我揮動的筆，也照亮了我瘦弱的軀影；家裏的各人都正在尋著他們的美夢，弟弟正發著含糊不清的囈語，也許他夢見了白天和同伴們爭玩具玩的事情罷。

我推開了窗，窗外，漫漫的長空是漆黑的一片；雨仍「藕斷絲連」似的下著，街道兩旁的路燈散發出昏黃的微光。偶爾，遠處傳來幾聲賣麵包童的喚賣聲，劃破了這淒清的宇宙的氣氛。——多麼的可憐啊！孤苦的孩子。為了生活，也許還為了一家老幼的溫飽，他要忍著飢寒，冒著雨，到處的叫賣！難道他不曉得這時正是人們睡意正濃的時候嗎？倏然的使我聯想起那些「以勢凌人」的有錢人來，他們在歡樂的場所裡一擲千金而毫無吝色，但，當窮人求乞或要求他們救援時，他們卻裝起一副可憐的表情，推說無能施予援手；或者擺出義正辭嚴的態度，教訓或勸誡別人！徐，你生活在都市裏，對於這些可悲的齷齪臉譜，一定比我認識得清楚。

近幾天來，美拖下了不少的雨，一連幾天總是細雨綿綿，直至星期四的傍晚，才結束這場「馬拉松」式的雨。雨下得多了，河的水面也跟著高漲起來。

徐，你愛河嗎？你可曾在夕陽的餘暉裏，倚著岸上的欄杆，望著上漲的潮水而發癡？而呆想？你可曾在月夜裏，欣賞著倒映在水中的月亮的波動？你可曾在細雨中，站立河邊，看無數被雨點激起的陣陣漣漪，而追憶著已褪色的童夢？

從小我就愛上了這靜靜的河流——湄公河，那是由於我童年的生活在這裏消逝：無邪的笑聲，天真的幻想，無盡的歡樂隨著足跡散遍了整個湄公河畔。孩提的時代總是幸福的，無憂無慮，不懂世故，不曉虛飾，活潑而又愚魯；稚嫩的小心靈不曾染上一絲世俗的塵埃，還有什麼比這更純潔呢？雨果（Victor Hugo）說得好：「孩子好比小天使兒，他們只為人帶來了快樂與歡笑，因為他們本身就是快樂與歡笑。」——每個黃昏，我總喜愛在河畔漫步；清涼的空氣，花草的芳香，使人心曠神怡！尤其是岸邊幾株傾斜的椰樹，益教我愛上了這幽雅的天地。啊！溫柔的湄公河！妳宛若一位文靜、嫻淑的少女在無言的工作著，你流經了多少地方？灌溉了幾許田園？養活了多少家庭？如詩如畫的湄公河畔！數不清的詩人為妳寫下了雅麗的詩篇；算不盡的文人為妳作下讚頌的文章，美麗的湄公河啊！願妳能永遠地那麼與世無爭，靜靜的流著…流著……。

這幾天來，我又病倒了！也許你會感到愕然吧，然而對於我，委實算不了什麼一回事，病痛、憂鬱是我最親切的朋友，它們早就與我結下不解緣了。你會覺得我「言過其實」罷？是，本來這些話的確不該出自一個十七歲女孩子的口裏的，然而，我又怎能說些「自欺欺人」的假話呢？事實上卻是如此！所以你不必為這消息而擔憂，難過！縱令我明白健康的重要性，但那也不會起什麼作用的，不是麼？徐，病中，我嘗透了被人遺忘的滋味！啊！我是多麼的渴望能聽到一句表示關懷的慰語，即使是一句簡短的：「好些罷？」我想我也會感到滿足的；然而畢竟我失望了！我躺在床上整個上午，沒有人照料，假若在這個時候，我真的死去，也不會有人發覺的，我想。——當然你不會同意我這種「灰色的意念」的！說真的，徐，有很多時候，我真想脫離這個醜惡的世界，一了百了；可是理智卻不容許我這樣做，無數的理想與希望支持著我，它們要我堅強的站起來，為一個輝煌燦爛以及不遠的途程，再奮鬥，再努力，直至心疲力竭時止！我又想到：既然我們生存在社會裏，我們就要有應付、對抗和改善社會所造成惡劣環境的毅力，要有生存下去的勇氣！是不？徐！

夜深了，窗外的雨早已停了。再聊罷！

於美拖，民五十一年

附錄

尹玲散文創作篇目

篇名	筆名	寫作日期	刊登日期	副刊名稱
能說的唯有回憶	徐卓非	一九七六，夏	一九七六／八／二十二	台北《中華日報》副刊「小品文大展」「花雨」系列
誰能使時光倒流	阿野	一九七六	一九七六	台北《中華日報》副刊
結局	徐卓非	一九七二	一九七六／六／二（農曆丙辰年五月初五日）	台北《中華日報》副刊第十一版
藥香	伊伊	一九七五／十	一九七五	台北《中央日報》副刊
我們怎能無語	伊伊	一九七五	一九七五	台北《中華文藝》月刊，頁二四～三十
笛音	何尹玲	一九七四	一九七四／十二	台北《新文藝》二二五期，頁一〇八、一〇九
有一葉雲	何尹玲	一九七四	一九七四／九	台北《新文藝》二二二期，頁四九～五二
祝福	阿野	一九七四	一九七四／二／十八	台北《青年戰士報》副刊
在聖島上	尹玲	一九七二／七	一九七二／十二	台北《中華文藝》第四卷第四期總二十二期，頁五～十二
如果成為記憶	苓苓	一九七二／七	一九七二／九／十三	台北《青年戰士報》副刊
聖塔．露西亞	阿野	一九七一／十二	一九七一／十二／二十六	台北《中央日報》副刊
撕碎的記憶（刊出時編輯改為〈碎心記〉）	尹玲	一九七〇／四	一九七〇	台北《青年戰士報》副刊
有一傘的圓	尹玲	一九七〇	一九七〇	台北《文藝》月刊三十一期
淅瀝．淅瀝．淅瀝	何尹玲	一九七〇	一九七〇	台北《新文藝》月刊
我們暫且迷信	尹玲	一九七〇	一九七〇	台北《文藝》月刊，頁二二九～二三三

將成的記憶	尹玲	一九六九／六／二十，美拖	一九六九／八／四（一）	《成功日報》學生版
因為六月的雨	尹玲	一九六九／六	一九六九	《亞洲日報》副刊，亦刊於台北《文藝》月刊第十九期一九七一年一月，頁一一四～一一九
四月譜的	何尹玲	一九六九	一九六九／五／十六（五）	《成功日報》學生版
憶鑲在瑰夢中	尹玲	一九六九／五／九，西貢	一九六九／七／四，農曆己酉年五月二十日	《成功日報》學生版
明天以後	尹玲	一九六九	一九六九／四／十五，農曆二月二十九日	《亞洲日報》副刊
假如妳能讀到——寫給三妹，假如妳能讀到	尹玲	一九六九己酉年清明	一九六九年己酉年四月初五	《亞洲日報》副刊第六版
這些日子的編結	尹玲	一九六九	一九六九／四／五（六）	《成功日報》學生版第四六六期
此時情	DL	一九六九／二／二十六～二／二十七	一九六九／三／九（日）	《萬國日報》副刊「青春」版第十期
還是春天	尹玲	一九六九／二／二十四	一九六九／四／十九（六）	《成功日報》學生版
待化的繭	DL	一九六九年初	一九六九	
你說你十點半來	小鈴	一九六八	一九六八／十一／二十九	《成功日報》學生版
假如分手	尹玲	一九六八	一九六八／十／二十二（二）	《成功日報》學生版
那抹嬌嬌的淺紫	尹玲	一九六八	一九六八／八／三十（五）	《成功日報》學生版
無星無月的晚上	尹玲	一九六八／八／二十七	一九六八	

那青春的驕人的	小乖	一九六八	一九六八／八／十三（二）	《成功日報》學生版
退還的記憶	尹玲	一九六八	一九六八／八／六（二）	《成功日報》學生版
嘩啦嘩啦	小乖	一九六八	一九六八／七／三十（二）	《成功日報》學生版第四二九期「情人節與雨」專輯
玎璫集	尹玲	一九六八／六～七月	一九六八／七／十二（五）	《成功日報》學生版
絕音	尹玲	一九六八／六／二十二，病床上，雨中黃昏	一九六八	
淡淡的三月天	尹玲	一九六八	一九六八／五／二十一	《成功日報》學生版，分二次刊登
訊	尹玲	一九六八	一九六八／三／十九（二）	《成功日報》學生版
回到以前	尹玲	一九六八／三月杪	一九六八／四／二十三（二）	《成功日報》學生版
最後一個聖誕	尹玲	一九六八	一九六八	《成功日報》學生版
不為憑弔	尹玲	一九六八	一九六八	越南西貢濤聲文社編《湄風》，頁十二
踏在夜的潮上（一）～（四）	尹玲	一九六七於隴海海濱	一九六七／十二／五 一九六七／十二／八 一九六七／十二／十九 一九六七／十二／三十	《成功日報》學生版，分四次刊登
流浪的那雲	尹玲	一九六七／十一／二十三	一九六八／三／十二（二）	《成功日報》學生版
寂寞・寂寞・寂寞	尹玲	一九六七，西貢	一九六七／十一／二十一（二）	《成功日報》學生版

冷冷	尹玲	一九六七／四／二～五	一九六七／六／三十（五）	《成功日報》學生版第三五四期
待補	霜州	一九六七	一九六七／三／十四（二）	《成功日報》學生版
倦言	陳素素	一九六七	一九六七／一／三十一（二）	《成功日報》學生版
嗨海	尹玲	一九六七元旦	一九六七／五／九（二）	《成功日報》學生版
年的門檻	尹玲	一九六七丁未春前	一九六七／二／十六（四）農曆丁未年正月	《成功日報》學生版
那不曾道出的	尹玲	一九六七，西貢	一九六八／一／十六（二）	《成功日報》學生版
聖誕花瓣	尹玲	一九六六年聖誕，西貢	一九六六／十二／二十四（六）	《成功日報》學生版「聖誕專號」
禮物	小鈴	一九六六年聖誕月	一九六六／十二／二十四（六）	《成功日報》學生版「聖誕專號」與〈聖誕花瓣〉同一版面
束縮	小鈴	一九六六／十一／二十五下午	一九六七／四／十三（四）農曆丁未年三月	《成功日報》學生版與〈待覆〉同時刊登（散文兩篇）
待覆	小鈴	一九六六／十一／二十一及二十三	一九六七／四／十三（四）農曆丁未年三月	《成功日報》學生版與〈束縮〉同時刊登（散文兩篇）
徒鏤	尹玲	一九六六／十一／二十四	一九六七／六／三（六）	《成功日報》學生版與〈迎握〉同時刊登（散文兩篇）
迎握	尹玲	一九六六／十一／十七下午及十一／十八上午	一九六七／六／三（六）	《成功日報》學生版與〈徒鏤〉同時刊登（散文兩篇）
揭密	葉蘭	一九六六／十一／十七	一九六七／二／二十五（六）	《成功日報》學生版

試季	尹玲	一九六六／十／十九	一九六六	《亞洲日報》副刊，分四次刊登
故歌	故歌	一九六六／十	一九六六／十一／十	《亞洲日報》副刊
迴旋	尹玲	一九六六／九／三十	一九六六／十二／二十	《成功日報》學生版第三〇七期起，共六期
起步	伊伊	一九六六／七	一九六六	《成功日報》學生版
起誓	尹玲	一九六六／五／二十六，子夜	一九六六	《成功日報》學生版
焚燒	葉蘭	一九六六／三／二十七	一九六六	《成功日報》學生版
雨季（一）～（四）	尹玲	一九六六，西貢雨季	一九六六／十一／十五～十八	《遠東日報》副刊，分四次刊登；亦刊於台北《文藝》月刊
繞道	尹玲	一九六六	一九六六	《成功日報》學生版，分四次刊登
回棹	尹玲	一九六六	一九六六	越南西貢濤聲文社編《水之湄》
記憶之鑰	尹玲	一九六六	一九六六	越南西貢濤聲文社編《水之湄》，頁三三～三八
叛誓	謝苓苓	一九六六	一九六六	《成功日報》學生版，與另一篇〈叛誓〉同一版面
叛誓	尹玲	一九六六	一九六六	《成功日報》學生版，與另一篇〈叛誓〉同一版面
冰花	葉蘭	一九六六	一九六六	《成功日報》學生版
卸負	伊伊	一九六六	一九六六	《成功日報》學生版
黯別	尹玲	一九六五／十／三十及十一／六	一九六五	《成功日報》學生版第二三二、二三三期，分二次刊登
斷絕	尹玲	一九六五／九腹稿；一九六五／十／五完稿	一九六五	《成功日報》學生版第二〇七期，分二次刊登

長髮（上）（中）（下）	尹玲	一九六五／八／二十六初稿；重修於十月	一九六五／十一／二十三 一九六五／十一／二十五 一九六五／十一／二十八	《亞洲日報》副刊，分三次刊登
誕辰在西貢	尹玲	一九六五／十	一九六五	《亞洲日報》副刊
感情的飄流	尹玲	一九六五，西貢	一九六五／八／二十六	《成功日報》學生版第一五〇期
陌生	尹玲	一九六五	一九六五／七／二十一	《成功日報》學生版第一四〇期（每逢星期一、四出版）
生命的問號	葉秀琦	一九六五／六／二十七	一九六五	《成功日報》學生版
影子	尹玲	一九六五／五／二十九，美拖	一九六五	
結束	尹玲	一九六五／四／一，西貢旅次	一九六五／六／八	《遠東日報》副刊，分二次刊登
距離	尹玲	一九六五／三／二十一	一九六五	《遠東日報》副刊，分二次刊登
斷情	尹玲	一九六五	一九六五	《亞洲日報》副刊，分三次刊登
送情	尹玲	一九六五	一九六五	《遠東日報》副刊
迷惘	尹玲	一九六四／十二～一九六五／一，美拖	一九六五	《亞洲日報》副刊，分二次刊登
生命的迷惘	尹玲	一九六四／十二／九，美拖	一九六五	《遠東日報》副刊
私語	美拖．金蘭	一九六四／十一／十六，回美拖客運上	一九六五／七／五	《成功日報》學生版，分二次刊登
寄向虛無	尹玲	一九六四甲辰年重陽節前夕	一九六四	《亞洲日報》副刊
荒落	尹玲	一九六四／九／三十，美拖	一九六四	《亞洲日報》副刊
不眠	尹玲	一九六四／八／十，美拖	一九六四	
愛	尹玲	一九六四／六／三十	一九六四	《亞洲日報》副刊，分二次刊登
飄浮的白雲	尹玲	一九六三／一九六四	一九六四	《亞洲日報》副刊，分三次刊登
無盡的愛	何玲	一九六四／四／四	一九六四	學海版
飄忽	尹玲	一九六三於美拖聖誕月下		《遠東日報》副刊

黑暗的盡頭	尹玲	一九六三／十二／十四	一九六四年初	《亞洲日報》副刊，分二次刊登
心香——與秋玲亡妹	尹玲	一九六三／九／二十一，淒涼的美拖雨夜	一九六三	《亞洲日報》副刊，分二次刊登
歸途	尹玲	一九六三／八／五，美拖	一九六三	學海版
落第	尹玲	一九六三／六，美拖	一九六三	
烏雲	尹玲	一九六三／五／八	一九六三	青年之友版第一八一期（每逢星期四、日出版），分二次刊登
夜雨	尹玲	一九六三／二／十二	一九六三	
為什麼不呢？	櫻韻	一九六三	一九六三	《亞洲日報》副刊
茫然	尹玲	一九六三	一九六三	
垂頭	尹玲	一九六三	一九六三	《亞洲日報》副刊
細雨濛濛	尹玲	一九六三	一九六三	新文藝版，分二次刊登
嚴冬裡的寒梅	尹玲	一九六二／十一／八，美拖	一九六二	《亞洲日報》副刊，分二次刊登
雨	尹玲	一九六二／十一／三，午夜	一九六二	
無盡的繫念	何尹玲	一九六一／一九六二	一九六一／一九六二	學海版
夜醒	尹玲	一九六二	一九六二	
雨夜寄語	尹玲	一九六一	一九六二	

釀文學178　PG1248

那一傘的圓
──尹玲散文選

作　　者　尹　玲
責任編輯　林泰宏
圖文排版　周妤靜
封面繪圖　許　可
封面設計　蔡瑋筠

出版策劃　釀出版
製作發行　秀威資訊科技股份有限公司
114 台北市內湖區瑞光路76巷65號1樓
電話：+886-2-2796-3638　傳真：+886-2-2796-1377
服務信箱：service@showwe.com.tw
http://www.showwe.com.tw
郵政劃撥　19563868　戶名：秀威資訊科技股份有限公司
展售門市　國家書店【松江門市】
104 台北市中山區松江路209號1樓
電話：+886-2-2518-0207　傳真：+886-2-2518-0778
網路訂購　秀威網路書店：http://www.bodbooks.com.tw
國家網路書店：http://www.govbooks.com.tw
法律顧問　毛國樑　律師
總 經 銷　聯合發行股份有限公司
231新北市新店區寶橋路235巷6弄6號4F
電話：+886-2-2917-8022　傳真：+886-2-2915-6275

出版日期　2015年1月　BOD一版
定　　價　690元

Printed in Taiwan

國家圖書館出版品預行編目

那一傘的圓：尹玲散文選 / 尹玲著. -- 一版. -- 臺北
市：釀出版, 2015.01
面； 公分. -- (釀文學；PG1248)
BOD版
ISBN 978-986-5696-60-3 (平裝)

855 103023846

讀者回函卡

感謝您購買本書，為提升服務品質，請填妥以下資料，將讀者回函卡直接寄回或傳真本公司，收到您的寶貴意見後，我們會收藏記錄及檢討，謝謝！如您需要了解本公司最新出版書目、購書優惠或企劃活動，歡迎您上網查詢或下載相關資料：http:// www.showwe.com.tw

您購買的書名：________________________________

出生日期：________年________月________日

學歷：□高中（含）以下　□大專　□研究所（含）以上

職業：□製造業　□金融業　□資訊業　□軍警　□傳播業　□自由業

□服務業　□公務員　□教職　□學生　□家管　□其它_____

購書地點：□網路書店　□實體書店　□書展　□郵購　□贈閱　□其他

您從何得知本書的消息？

□網路書店　□實體書店　□網路搜尋　□電子報　□書訊　□雜誌

□傳播媒體　□親友推薦　□網站推薦　□部落格　□其他__________

您對本書的評價：(請填代號　1.非常滿意　2.滿意　3.尚可　4.再改進)

封面設計____　版面編排____　內容____　文／譯筆____　價格____

讀完書後您覺得：

□很有收穫　□有收穫　□收穫不多　□沒收穫

對我們的建議：________________________________

____

____

____

請貼
郵票

11466
台北市內湖區瑞光路 76 巷 65 號 1 樓
秀威資訊科技股份有限公司 收
BOD 數位出版事業部

（請沿線對折寄回，謝謝！）

姓　　名：＿＿＿＿＿＿＿＿　年齡：＿＿＿＿　性別：□女　□男

郵遞區號：□□□□□

地　　址：＿＿＿＿＿＿＿＿＿＿＿＿＿＿＿＿

聯絡電話：(日)＿＿＿＿＿＿＿＿ (夜)＿＿＿＿＿＿＿＿

E-mail：＿＿＿＿＿＿＿＿＿＿＿＿＿＿＿＿